SCIENCE FICTION

Herausgegeben
von Wolfgang Jeschke

Ein Verzeichnis weiterer Bände dieser Serie
finden Sie am Schluß des Bandes.

BARBARA PAUL

DAS DREI-MINUTEN-UNIVERSUM

STAR TREK
Raumschiff ›Enterprise‹

Deutsche Erstausgabe

Science Fiction

WILHELM HEYNE VERLAG
MÜNCHEN

HEYNE SCIENCE FICTION & FANTASY
Band 06/5005

Titel der amerikanischen Originalausgabe
THE THREE-MINUTE UNIVERSE
Deutsche Übersetzung von Andreas Brandhorst

2. Auflage

Redaktion: Rainer Michael Rahn
Copyright © 1988 by Paramount Pictures Corporation
Copyright © 1993 der deutschen Ausgabe und der Übersetzung
by Wilhelm Heyne Verlag GmbH & Co. KG, München
Umschlagbild: Pocket Books/Simon & Schuster/Paramount, New York
Umschlaggestaltung: Atelier Ingrid Schütz, München
Printed in Germany 1993
Satz: Schaber Satz- und Datentechnik, Wels
Druck und Bindung: Ebner Ulm

ISBN 3-453-06232-9

KAPITEL 1

»Die Galaxis steht in Flammen«, sagte Captain James T. Kirk.

Sein grimmiger Gesichtsausdruck teilte den anwesenden Offizieren mit, daß er es ernst meinte. Von den sechs anderen Personen im Konferenzzimmer der USS *Enterprise* wirkten vier verblüfft, sogar schockiert. Der Erste Offizier Spock kannte bereits die Fakten, und seine Miene blieb so ausdruckslos wie — fast — immer. Lieutenant Uhura, für die Kommunikation zuständig, seufzte nur: In den vergangenen drei Nächten hatten sie von Flammen und glühender Hitze geträumt.

»Würdest du uns bitte erklären, was du damit meinst, Jim?« Die Stimme des Bordarztes Leonard McCoy klang noch skeptischer als sonst.

»Sie alle wissen, daß unsere Sondierungen seit einer Woche extreme Hitze aus der Richtung des Beta Castelli-Systems feststellen«, sagte Kirk. »Aber seit einigen Stunden empfangen wir keine zusätzlichen Daten — weil unsere Telemetrie-Sonden nicht mehr senden.«

»Vielleicht sind sie defekt«, vermutete der Steuermann Lieutenant Sulu. Er selbst hatte die Sonden programmiert und auf die Reise geschickt. »Eins steht fest: Unsere Empfänger funktionieren einwandfrei.«

»Wie viele Sonden haben wir insgesamt eingesetzt, Mr. Sulu?«

»Sechs«, lautete die Antwort. Normalerweise wurden sie paarweise verwendet. Als das erste Paar keine Informationen mehr übermittelte, hatte Sulu erst ein zweites und dann ein drittes ausgeschleust.

»Glauben Sie wirklich, daß man die *Enterprise* gleich mit *sechs* defekten Sonden ausgestattet hat?« fragte der Captain. »Ich bin schon viele Jahre bei Starfleet, und ich habe nie erlebt, daß *eine einzige* Meßsonde versagte. Sechs Ausfälle beim gleichen Einsatz ... Nein, Fehlfunktionen sind nicht der Grund. Wir empfangen keine Signale mehr von den Sonden, weil sie ... geschmolzen sind.« Uhura gab keinen Ton von sich und schauderte.

»Ich bitte Sie, Captain!« wandte Chefingenieur Montgomery Scott ein. »Die Hülle der Forschungskapseln besteht aus molekularverdichtetem Alphidium! Eine derartige Substanz schmilzt nur bei ...«

»Unmeßbar hohen Temperaturen.« Spock ergriff nun zum erstenmal das Wort. »Unmeßbar zumindest für die Instrumente der Sonden. Genau da liegt das Problem. Die letzten Daten wiesen auf Temperaturen hin, die fast über das Analysepotential der Sonden hinausgingen. Genau einundzwanzig Minuten und siebzehn Sekunden lang blieben die Werte konstant — dann verloren wir den Kontakt mit den Kapseln. Der Captain hat die logische Schlußfolgerung genannt: Offenbar erreichte die Hitze ein Ausmaß, das genügte, um unsere Sonden zu schmelzen.«

»Mr. Spock!« entfuhr es Scott ungläubig. Er starrte den Vulkanier aus weit aufgerissenen Augen an. »Haben Sie eine Ahnung, wie heiß es sein muß, um *Alphidium* zu schmelzen?«

»Ja, Mr. Scott.«

»Heiß genug, um auch uns zu verbrennen«, warf Kirk ein. »Die *Enterprise* könnte sich in eine Art Dampfkochtopf verwandeln. Alle Welten des Sektors 79F sind in Gefahr. Die Hitzefront ist in Bewegung und dehnt sich um so mehr aus, je größer der Abstand von ihrem Ausgangspunkt wird.«

»Was ist mit Zirgos?« erkundigte sich der Navigator Pavel Chekov. Zirgos war ihr Ziel: der dritte von vier Planeten im System der Sonne Beta Castelli.

Kirk nahm kein Blatt vor den Mund. »Jene Welt existiert nicht mehr. Als die Kapseln noch sendeten, führten die planetaren Sondierungen zu negativen Ergebnissen. Mit anderen Worten: Das Sonnensystem Beta Castelli ist verschwunden.« Er zögerte kurz. »Zusammen mit dem Zentralgestirn.«

Einige Sekunden lang herrschte nachdenkliches Schweigen. »Wurde die Sonne zur Supernova?« fragte Chekov schließlich.

»Das ist unmöglich, Fähnrich«, erwiderte Spock. »Beta Castelli war nicht alt genug.« Mit Hilfe des Bibliothekscomputers projizierte der Vulkanier eine grafische Darstellung auf den Bildschirm. »Es handelte sich um einen gewöhnlichen G2-Stern der Hauptreihe, Größenklasse minus siebenundzwanzig. Zwar verbrauchte er pro Sekunde fünfhundert Millionen Tonnen Wasserstoff, doch der nukleare Brennstoffvorrat war groß genug. Ich schätze, unter normalen Umständen hätte Beta Castelli erst in etwa fünf Milliarden Jahren damit begonnen, Helium zu verbrennen. Darüber hinaus hatte die Sonne nur neunzig Prozent der solaren Standardmasse — nicht genug, um zur Supernova zu werden. Eine stellare Explosion könnte auf keinen Fall stark genug sein, um alle Planeten zu zerstören und überhaupt keine Spuren von ihnen zu hinterlassen.«

»Beta Castelli war zu jung und zu klein«, übersetzte Kirk. »Nein, es muß eine andere Ursache geben. *Etwas* kam und hat ein ganzes Sonnensystem eingeäschert.«

Uhura stöhnte leise. »Aber was ist heiß genug, um eine *Sonne* zu verbrennen?«

Kirk nickte. »Genau das müssen wir herausfinden. Wir nähern uns so weit wie möglich und versuchen, weitere Daten zu sammeln. Vielleicht finden wir irgendwelche Hinweise.«

»Entschuldigt bitte, wenn ich schwer von Begriff bin«, brummte Dr. McCoy. »Aber sollten wir nicht in die *entgegengesetzte* Richtung fliegen? Etwas, das heiß genug ist, um einen Stern zu braten, könnte die *Enterprise* schon aus einer Entfernung von mehreren Lichtjahren verdampfen lassen. Übrigens: Wo befindet sich das Ding überhaupt?«

»Wir wissen es nicht, Doktor«, antwortete Spock. »Wir sind nicht einmal sicher, ob es die Bezeichnung ›Ding‹ verdient. Vielleicht haben wir es mit einem völlig unbekannten Phänomen zu tun. Wir benötigen mehr Daten.«

»Also springen wir in den Backofen — um festzustellen, wie heiß es darin ist«, kommentierte McCoy.

»Nein, Pille.« Kirk lächelte. »Wir treten etwas näher an den Backofen heran und riskieren einen Blick auf die Temperaturanzeige.«

»Captain...«, begann Scott besorgt. »Was ist mit den Zirgosianern? Konnten sie sich in Sicherheit bringen?«

Kirk seufzte schwer. »Ich weiß es nicht, Scotty. Wir haben keine Notrufe empfangen. Uhura?«

»Das stimmt«, bestätigte die dunkelhäutige Frau. »Nur Statik vom ganzen Sektor.«

»Sind sie alle tot?« hauchte der Chefingenieur fassungslos.

Chekov schüttelte den Kopf. »Unglaublich. Ein ganzes Volk ... Einfach ausgelöscht.«

»Vielleicht nicht ganz«, sagte Kirk. »Zirgos hatte Kolonien. Spock?«

»Die Zirgosianer besiedelten zwei der drei anderen Planeten im Beta Castelli-System«, erklärte der Vulkanier. »Der dritte war ein Gasriese. Aber jetzt existieren die vier Welten nicht mehr. Nun, es gab noch eine weitere zirgosianische Kolonie, und zwar außerhalb des Heimatsystems. Ich nehme an, daß die Hitzefront noch nicht bis dorthin vorgedrungen ist.«

»Also haben einige Zirgosianer überlebt?« fragte Sulu.

»Wir finden es heraus«, meinte Kirk. »Doch zuerst müssen wir in Erfahrung bringen, was jene enorme Hitze erzeugt. Scotty, sicher bleiben den Kühlsystemen des Schiffes erhebliche Belastungen nicht erspart. Achten Sie insbesondere auf die strukturelle Stabilität der Dilithium-Kristalle.«

»Aye, Sir.«

»Lieutenant Uhura, benachrichtigen Sie Starfleet Command von unseren Absichten. Und schicken Sie der anderen zirgosianischen Kolonie eine Subraum-Mitteilung. Wie heißt der Planet?«

»Holox, Captain.«

»Holox. Bitten Sie um Informationen in Hinsicht auf das ... Phänomen.«

»Ja, Sir.« Uhura stand auf und folgte dem Captain durch die Tür. Chefingenieur Scott machte sich sofort auf den Weg zum Dilithium-Reaktorraum auf dem Maschinendeck, doch Dr. McCoy schien nicht zu beabsichtigen, zur Krankenstation zurückzukehren. Statt dessen beschloß er, die anderen Offiziere zur Brücke zu begleiten. In der Transportkapsel des Turbolifts schwiegen sie, dachten nicht nur ans Schicksal der Zirgosianer, sondern auch an die eigene Sicherheit; angesichts dieser Überlegungen war niemand zum Plaudern aufgelegt.

Eine Routinemission hatte sie in diesen Quadranten geführt: Kirk sollte sich vergewissern, ob die Klingonen das Waffenstillstandsabkommen achteten und die zirgosianische Souveränität respektierten. Es war vorgesehen, daß die *Enterprise* nicht nur Zirgos anflog, sondern auch einige andere Föderationswelten — eine direkte Kontrolle der interstellaren Routen zwischen den entsprechenden Planeten. Für gewöhnlich brachten solche Überwachungsaufgaben nur Langeweile, was jedoch nichts an ihrer Bedeutung änderte. Jetzt blieb dem Captain keine andere Wahl, als die Mission zu unterbrechen. Diesmal mußten die Klingonen warten — die sonderbare Hitzefront stellte derzeit eine größere Gefahr dar.

Auf der Brücke begaben sich Spock, Uhura, Chekov

und Sulu sofort zu ihren Konsolen. Kirk verzichtete zunächst darauf, im Kommandosessel Platz zu nehmen, stemmte die Hände in die Hüften und starrte zum Wandschirm. Das große Projektionsfeld präsentierte ihm einen normalen Anblick: gleichmäßig leuchtende Sterne. Weder düsteres Glühen noch wogender Qualm deutete auf etwas hin, das selbst Sonnen verbrennen konnte. Trotzdem: Irgendwo dort draußen lauerte eine Hitze, die bereits mehrere bewohnte Planeten verschlungen hatte.

»Mr. Chekov...«, sagte Kirk nach einer Weile. »Berechnen Sie einen Kurs, der uns zum Zentrum des Hitzephänomens führt.«

Der junge Navigator sah auf seine Instrumente. »Ich kann gar kein Zentrum lokalisieren, Captain. Die Hitze scheint überall zu sein.«

»Fähnrich Chekov hat recht, Captain«, sagte Spock. »Die Sensoren sind nicht imstande, so hohe Temperaturen auf einen bestimmten Ausgangspunkt zurückzuführen.«

»Na schön. Dann wählen Sie irgendeine Stelle.«

Chekov kam der Aufforderung nervös nach. »Kurs zwei eins eins Komma vier.«

»Volle Kraft voraus, Mr. Sulu.«

»Volle Kraft«, bestätigte der Steuermann.

Dr. McCoy räusperte sich. »Bilde ich es mir nur ein, oder wird es hier tatsächlich wärmer?«

»Deine Phantasie spielt dir einen Streich«, entgegnete Kirk. »Es dauert noch ein oder zwei Tage, bis wir die Hitze zu spüren bekommen.«

»Ich fühle sie schon jetzt«, brummte Leonard. »Jim, selbst wenn wir nahe genug an das Phänomen herankommen, um Messungen vorzunehmen — was versprichst du dir davon?«

»Zum Beispiel Informationen über Ursache, Ausdehnung, Dauer und dergleichen. Spock hat bereits darauf hingewiesen: Wir brauchen Daten. Wie würdest du bei den Ermittlungen in bezug auf eine Feuerkatastrophe vorgehen?«

»Man rufe die Feuerwehr.«

»Wir *sind* die Feuerwehr, Pille.«

McCoy gab sich geschlagen. »Ich bin in der Krankenstation.« Er wußte, daß es diesmal keinen Sinn hatte, James T. Kirk zu widersprechen.

Der Captain beobachtete, wie der Arzt in den Turbolift trat. *Pille neigt zur Schwarzseherei, aber vielleicht ist sein Pessimismus diesmal berechtigt.* Er ging zum Befehlsstand und ließ sich in den Kommandosessel sinken. »Mr. Spock, stellen die Sensoren bereits Veränderungen der Temperatur fest?«

»Ja, Captain.« Der Vulkanier war nicht nur Erster, sondern auch wissenschaftlicher Offizier der *Enterprise.* Er sah in den Sichtschlitz des Scanners und fuhr fort: »Die Anzeigen deuten darauf hin, daß sich uns eine Welle aus nicht meßbarer Hitze nähert, und zwar mit ziemlich hoher Geschwindigkeit. Wenn wir den gegenwärtigen Kurs beibehalten, erreichen wir die Front in einunddreißig Komma sechs Stunden. Die Auswirkungen der Hitze machen sich natürlich schon vorher bemerkbar.«

»Natürlich«, murmelte Kirk und sah wieder zum Wandschirm. Er konnte jetzt nur noch warten und sich fragen, was dort draußen im All heißer war als eine Sonne.

Uhura blieb vor ihrem Bett stehen, und Abscheu zitterte in ihr. Sie mußte ausruhen, wenn sie auch weiterhin allen Erfordernissen des Dienstes gerecht werden wollte, doch die letzten drei Nächte hatten Schrecken gebracht: gräßliche Alpträume und dazwischen Phasen der Schlaflosigkeit. Uhura befürchtete ähnlich unangenehme Erlebnisse auch in der kommenden Nacht.

Die schlaflosen Stunden brachten Erinnerungen. Sie entsann sich an Einzelheiten, die sich tief im Unterbewußtsein verbargen, trotz ihrer Bemühungen, sich endgültig von diesem ganz persönlichen Dämon zu befreien. Die Reminiszenzen beschränkten sich nicht nur auf Bilder. Andere Wahrnehmungen kamen hinzu: der Gestank eines verschmorenden Computerterminals, aus dem Funken regneten; der ätzende Rauch einer Gardine, die Stück für Stück den Flammen zum Opfer fiel; der süßliche und scharfe Geruch jener kleinen, hölzernen Gazelle, die Uhuras Vater geschnitzt hatte und deren Beine verkohlten...

Und dann eine Szene, die sich nicht aus ihrem Gedächtnis verbannen ließ: T'iana, die unter einem umgestürzten Balken lag, um Hilfe rief und so weinte, wie nur ein entsetztes zehnjähriges Kind weinen kann. Auch Uhura war erst zehn Jahre alt, stolperte durch den dichten Qualm, wich den lodernden Flammen aus und versuchte, T'iana zu erreichen. Irgendwo erklangen die Schreie von Erwachsenen: *Dein Haar brennt! Dein Haar brennt...*

Das zeigte ihr der erste Traum vor drei Nächten: Erwachsene, die sich bemühten, die Flammen an Uhuras Kopf mit bloßen Händen zu ersticken. In den Visionen war das Feuer hartnäckiger als damals: Es kroch über die Arme, über den Rücken — während große Hände weiterhin nach ihrem Kopf schlugen. In jener Nacht erwachte sie schweißgebadet und so erschüttert, daß sie zwei Stunden lang keine Ruhe fand.

Mehrere Ärzte hatten Uhura nach dem Unglück behandelt, und einer von ihnen wies darauf hin, daß ihr wahrscheinlich Alpträume bevorstanden. Der Psychologe behielt recht: Nach T'ianas Tod träumte sie fast ein Jahr lang von Feuer. Aber im Lauf der Zeit wiederholte sich der nächtliche Schrecken nicht mehr so oft und verlor an Intensität. Bis zur Pubertät erholte sich Uhura vollkommen von dem erlittenen Schock.

Diese Ansicht vertraten jedenfalls die medizinischen Experten. Als Sechzehnjährige erlebte sie noch einmal einen Brand, ohne dabei in Panik zu geraten. Außerdem kannte sie die Ursache der Alpträume: Sie fühlte sich schuldig, weil sie nicht imstande gewesen war, ihre Freundin zu retten; sie glaubte, versagt zu haben. Inzwischen wußte Uhura natürlich, daß es überhaupt keine Möglichkeit gegeben hatte, T'iana vor dem Tod zu bewahren. Heute verzieh sie es sich, am Unmöglichen gescheitert zu sein — auf einer rationalen Ebene gelang es ihr, jene Ereignisse objektiv zu beurteilen.

Doch die emotionale Wunde war noch immer nicht verheilt.

Es schmerzte nach wie vor, an T'iana zu denken, an ihr fröhliches Lachen und ihre schelmischen Streiche. Sie hatten sich im Institut für höhere Mathematik kennengelernt, das einen speziellen Lehrgang für begabte Kinder veranstaltete. Den Schülern standen keine Einzelzimmer zur Verfügung. Tagsüber arbeiteten sie sechs Stunden lang allein, und deshalb bestand das Institut darauf, jeweils zwei Kinder in einem Zimmer unterzubringen — damit sollte isolationistischen Neigungen vorgebeugt werden. Der Zufall führte Uhura und T'iana zusammen, und schon nach kurzer Zeit entdeckten sie zu ihrer großen Freude, daß sie auf der gleichen ›Wellenlänge‹ lagen. Zwischen ihnen entstand ein besonderes Band der Freundschaft, das nicht einmal der Tod zerriß und nach all den Jahren noch immer existierte.

Das Gefühl, versagt zu haben ...

Vor drei Tagen verkündete Spocks ruhige Stimme im Kontrollraum der *Enterprise:* Die ausgeschickten Sonden waren so intensiver Hitze begegnet, daß sie nicht einmal genaue Meßdaten liefern konnten. Uhura nahm unbewegt zur Kenntnis, wie der Kontakt zu den ersten beiden Sonden abbrach, was sich später beim zweiten und dritten Paar wiederholte. Instinktiv wußte sie, daß die Kapseln verbrannt waren — obgleich das All zwischen den Sternen *kalt* sein sollte. Captain Kirk erzählte von Zirgos und Beta Castelli, doch Uhura ahnte schon vorher, was sich nun anbahnte: die Konfrontation mit dem größten Feuer ihres Lebens.

Voller Unbehagen starrte Uhura auf das Bett hinab. *Nein, es hat keinen Sinn.* Sie konnte nicht für immer wach bleiben, aber die Träume waren schlimmer als Müdigkeit und Erschöpfung. Sie mußte irgend etwas dagegen unternehmen. *Dr. McCoy*, dachte sie. *Ich brauche seine Hilfe.* Uhura zog sich rasch an und verließ ihr Quartier.

Wie sich herausstellte, war der Arzt im Untersuchungszimmer der Krankenstation beschäftigt. Die Besucherin wartete im Büro, saß dort vor McCoys leerem Schreibtisch. Stille umgab sie, abgesehen vom leisen, kaum hörbaren Summen des Warptriebwerks. Es klangen keine Durchsagen aus den Interkom-Lautsprechern. Nach einer Weile fielen Uhura die Augen zu, und ihr Kopf sank nach vorn ... Sie schüttelte sich, hob die Lider und versuchte, wach zu bleiben.

»Nun, Lieutenant, was haben Sie auf dem Herzen?« McCoy kam herein und nahm auf der Schreibtischkante Platz. »Sie sind ein wenig blaß.«

Uhura zögerte. »Bitte geben Sie mir etwas, das mich am Träumen hindert«, platzte es jäh aus ihr heraus.

McCoy wölbte die Brauen. »Ausgeschlossen. Mit solchen Medikamenten werden nur Manisch-Depressive behandelt, die sich selbst verletzen könnten. Auf vielen Welten sind derartige Präparate verboten — weil sie süchtig machen und gefährlich sind.«

»Ich bitte nicht um eine längere Behandlung damit, Doktor, nur um eine Dosis — für heute nacht. Morgen erreichen wir die Hitzefront, und dann muß ich voll einsatzfähig sein. Ich benötige unbedingt sieben oder acht Stunden ungestörten Schlaf. Nur eine Dosis.«

Leonard schüttelte den Kopf. »Nein. Selbst eine Dosis könnte schon Abhängigkeit nach sich ziehen, und glauben Sie mir: Der Entzug ist weitaus schlimmer als irgendwelche Alpträume. Und es gibt eine noch größere Gefahr: Vielleicht funktioniert das Mittel. Vielleicht sorgt es tatsächlich dafür, daß Sie nicht träumen. Kennen Sie die medizinische Prognose für Leute, denen Träume vorenthalten werden?«

»Nein.« Uhura seufzte. »Wie lautet sie?«

»Solche Patienten schnappen früher oder später über«, sagte McCoy offen. »Wir brauchen unsere Träume, um bei Verstand zu bleiben.« Nach einer kurzen Pause fügte er etwas sanfter hinzu: »Berichten Sie mir darüber, Uhura. Wovon träumen Sie?«

»Von Feuer. Von Hitze und Flammen.«

Leonard nickte verständnisvoll. Nur drei Personen an Bord der *Enterprise* wußten über Uhuras traumatisches Kindheitserlebnis Bescheid: der Captain, der Erste Offizier und der Bordarzt. Die betreffenden Informationen gehörten zu ihrer Personalakte und würden sie begleiten, bis sie irgendwann aus dem aktiven Starfleet-Dienst ausschied und sich in den Ruhestand zurückzog.

»Alte Erinnerungen?« fragte McCoy. »Oder neue Arten von Feuer?«

»Sowohl als auch. Es beginnt immer mit Erinnerungen, doch dann wird etwas anderes aus ihnen, etwas, das noch schlimmer und ... unaufhaltsam ist. Drei- bis viermal in der Nacht erwache ich schweißgebadet. Inzwischen fürchte ich mich davor, zu Bett zu gehen.«

»Wann hat es angefangen?«

»Vor drei Nächten. Seit wir von der Hitzefront wissen, der wir uns nun nähern. Dr. McCoy, ich könnte es nicht ertragen, eine vierte Nacht auf diese Weise zu verbringen ...«

»Das brauchen Sie auch nicht.« Leonard lächelte. »Ich darf Ihnen keine Arznei geben, die das Träumen völlig unterbindet, aber ich habe etwas anderes, das Sie in die Lage versetzen sollte, ruhig zu schlafen.« Er aktivierte das Interkom. »Schwester Chapel, bitte bereiten Sie eine Tridocan-Injektion vor. Lieutenant Uhura kommt gleich zu Ihnen.«

»Ja, Doktor«, tönte es aus dem Lautsprecher.

McCoy wandte sich an Uhura. »Bei Tridocan handelt es sich um ein neues trizyklisches Medikament, das einen Teil der REM-Phase in den Delta-Bereich verschiebt — dadurch träumen Sie erheblich weniger. Aber Tridocan bietet noch etwas anderes, das in Ihrem Fall besonders nützlich ist: Es erlaubt Ihnen, einen unangenehmen Traum zu beenden.«

Verwirrungsfalten bildeten sich in Uhuras Stirn. »Wie?«

»Indem Sie einfach ›Halt!‹ denken. Das Mittel wirkt als Chemo-Hypnotikum so aufs Gehirn, daß Sie eine begrenzte Kontrolle über die unbewußten Gedankengänge bekommen, und dazu gehören auch Träume. Ganz gleich, was Ihnen das Unterbewußtsein beschert: Sie sind ihm nicht hilflos ausgeliefert. Wenn Sie etwas erschreckt, denken Sie ›Halt!‹ — und schon hört es auf. Vielleicht müssen Sie ein halbes Dutzend Träume beginnen und unterbrechen, bevor Sie einen finden, der Ihnen gefällt, aber Sie können frei wählen. Was noch wichtiger ist: Sie riskieren nicht, durch Traummangel auszurasten und dadurch einen Platz in der hiesigen Intensivstation zu bekommen.«

Uhura lächelte zum erstenmal seit Tagen. »Versprechen Sie mir nicht zuviel?«

McCoy erwiderte das Lächeln. »Nein. Natürlich ist es nur eine vorübergehende Lösung — gewissermaßen eine Behandlung der Symptome. Die Ursache der Alpträume bleibt davon unberührt. Wie dem auch sei: Sie werden ruhig schlafen. Kommen Sie morgen zu mir.«

Uhura bedankte sich und ging ins Untersuchungszimmer, wo Christine Chapel mit dem Tridocan wartete. Nach der Injektion sagte die Schwester: »Bei manchen Patienten wirkt das Mittel schneller und besser, wenn sie vor dem Einschlafen das Wort ›Halt‹ wiederholen. Dies ist Ihr erstes Mal — probieren Sie's aus.«

»In Ordnung. Muß ich mit irgendwelchen Nebenwirkungen rechnen?«

»Nein. Keine Benommenheit am nächsten Tag oder so. Das einzige Problem bei Tridocan besteht darin, daß die Wirkung nach der dritten oder vierten Dosis nachläßt.«

Uhura fühlte einen Hauch von Niedergeschlagenheit. »Also kann ich von diesem Präparat höchstens für vier Nächte Hilfe erwarten?«

»Es bietet nur eine vorübergehende Lösung. Hat Dr. McCoy Sie nicht darauf hingewiesen?«

»O doch«, gestand Uhura ein. »Nun, ich schätze, das ist immer noch besser als gar nichts. Danke, Christine.«

Sie kehrte in ihr Quartier zurück, entkleidete sich dort und schlüpfte unter die Decke. Dann schloß sie die Augen und beherzigte Chapels Rat: *Halt*, dachte sie fast verzweifelt.

Halt. Halt.

Captain James T. Kirk zwang sich, stehenzubleiben und nicht mehr nervös umherzuwandern. Die Temperatur auf der Brücke stieg, und durch unnötige Bewegungen wurde die Hitze noch unerträglicher. Dreißig Stunden waren seit seinem Hinweis darauf vergangen, daß die Galaxis in Flammen stand, und nun schien jenes Feuer auch nach der *Enterprise* zu tasten. Die Kühlsysteme des Schiffes konnten mit so hohen Belastungen nicht auf Dauer fertig werden. Immer wieder kam es zu Kurzschlüssen; Scotty meldete sich alle zwei oder drei Minuten und warnte vor einer Katastrophe. Die Brückenoffiziere schwitzten — bis auf den Vulkanier. Kirk glaubte zu spüren, wie seine Stiefelsohlen langsam verschmorten.

»Wie weit ist es noch, Mr. Spock?« fragte er.

»In einigen Sekunden sind wir bis auf Sensorreichweite heran, Captain.«

Kirk schritt zur Kommunikationsstation. »Keine Antwort von Holox?«

»Nein, Sir«, erwiderte Uhura. »Ich habe die Mitteilung auf allen Frequenzen wiederholt, und sie *muß* empfangen worden sein.« Doch die zirgosianische Kolonialwelt schwieg — ein weiteres Rätsel.

»Zweiundzwanzig Minuten bis zur Hitzefront!« rief Chekov.

Zweiundzwanzig Minuten, dachte Kirk und nahm im Kommandosessel Platz. »Mr. Spock?«

»Die Scanner liefern jetzt erste Daten, Captain.« Der Vulkanier sah in den Sichtschlitz. »Die Temperatur ist so hoch, daß sie nicht gemessen werden kann. Gasanalyse: fünfundzwanzig Prozent ionisiertes Helium und fünfundsiebzig Prozent ionisierter Wasserstoff, außerdem einige Spurenelemente.« Spock richtete sich auf. »Faszinierend.« In seiner Stimme ließ sich ein seltsamer Unterton vernehmen.

»Scott hier, Captain!« tönte es aus dem Kom-Lautsprecher. »Die Belastung der Bordsysteme hat das kritische Ausmaß überschritten. Wenn's so weitergeht ...«

Kirk betätigte eine Taste in der Armlehne des Sessels. »Nicht jetzt, Scotty! Was meinen Sie mit ›faszinierend‹, Spock?«

»Das Wasserstoff-Helium-Mengenverhältnis — drei zu eins. Genauso war die Materie in unserem Universum verteilt, als es ein Alter von etwa drei Minuten erreicht hatte. Hundertachtzig Sekunden nach dem sogenannten Big Bang bildeten sich auch die ersten Spurenelemente. Ich finde es bemerkenswert, daß sich dieser Vorgang hier wiederholt.«

Kirk dachte über die Worte des Vulkaniers nach — und begriff plötzlich, was sie bedeuteten. »Steuermann, Umkehrschub! Bringen Sie uns fort von hier, Mr. Sulu — so schnell wie möglich!«

»Umkehrschub, maximaler Warpfaktor«, bestätigte Sulu. Zwar kannte er nicht die Gründe für Kirks Anweisung, aber er reagierte unverzüglich.

»Und der Kurs, Sir?« fragte Chekov verwirrt.

»Weg von dem ... Etwas da draußen!« Kirk deutete zum Wandschirm, der nun leuchtende Gasstreifen in der Ferne zeigte. »Spock, sind die von den Sensoren ermittelten Daten zuverlässig?«

»Ja, Captain. Ich habe sie mehrmals überprüft, und jeder Zweifel ist ausgeschlossen: Wir haben es mit den unmittelbaren Auswirkungen einer Explosion zu tun, die sich mit dem Urknall vergleichen läßt, der unser Universum schuf.«

Das gefiel Kirk ganz und gar nicht. »Wir beobachten die Geburt eines neuen Universums«, sagte er langsam. »Was bedeutet ... Es steht nicht nur die Galaxis in Flammen.«

»Wie bitte?« entfuhr es Uhura. »Ein neues Universum?«

»In *unserem*?« fügte Chekov hinzu. »Aber wir waren zuerst hier!«

Spock wandte den Blick nicht von der wissenschaftlichen Konsole ab, als er entgegnete: »Die Naturgesetze nehmen kaum Rücksicht auf die individuellen Rechte von Personen, die ›zuerst da waren‹, wie Sie sich ausdrücken, Fähnrich. Ich halte es jedoch für unwahrscheinlich, daß der neue Kosmos in unserem eigenen entsteht. Es existieren zahllose Universen, eingebettet in einen Hyperraum, der sich seit unvorstellbar langer Zeit ausdehnt und nicht nur sehr heiß ist, sondern auch unglaublich dicht. Ich möchte es mit einer Analogie veranschaulichen: Wir sind nur eine Blase in einem Meer aus Schaum — einem Meer, das weder Oberfläche noch Grund hat. Und manchmal berühren sich einzelne Blasen.«

Die übrigen Brückenoffiziere schwiegen und starrten auf die Anzeigen ihrer Konsolen, um zu erfahren, ob sie mit dem Leben abschließen mußten. Nichts konnte vor der Hitze schützen, die beim Big Bang eines Universums entstand. Es gab nur dann eine Überlebenschance, wenn es gelang, rechtzeitig auf sichere Distanz zu gehen.

Kirk dachte an Spocks Beispiel. Konnte der Kontakt

zwischen zwei Blasen dazu führen, daß eine platzte? Prallten sie vielleicht voneinander ab? Zwei Universen, die sich berührten ... Bewirkte die Reibung Löcher in ihnen, durch die Energie und Materie von einem Kosmos in den anderen wechselte? *Wenn es schon zur Kollision mit einem fremden Universum kommen mußte ...*, überlegte Jim. *Warum nicht mit einem mehrere Milliarden Jahre alten Weltall? Warum sind in dem anderen Universum erst drei Minuten seit dem Urknall vergangen, dessen Hitze genügt, um bei uns Sonnensysteme, Galaxien und ganze Superhaufen einfach zu verdampfen?*

»Die Temperatur sinkt!« verkündete Chekov in einem triumphierenden Tonfall. »Ein halbes Grad. Ein Grad ...«

Jubel übertönte seine Stimme.

»Mit dem Feiern sollten wir noch etwas warten«, sagte Kirk. »Wir haben nur etwas Zeit gewonnen.« Er stand auf und trat zwischen die Konsolen von Steuermann und Navigator. »Sulu, passen Sie unsere Geschwindigkeit dem Vordringen der Hitzefront an. Chekov, übermitteln Sie Ihrem Kollegen die Temperaturdaten. Achten Sie darauf, daß der Abstand zur heißen Zone groß genug bleibt.«

Sulu nickte. »Verstanden, Sir.«

Es knackte im Interkom-Lautsprecher. »Ah, Captain ...« Chefingenieur Scott seufzte erleichtert. »Ich danke Ihnen.«

Kirk lächelte schief. »Schon gut, Scotty.« Er schritt zur wissenschaftlichen Station, zögerte und wählte vorsichtige Worte für seine Frage. »Spock, wäre es möglich, daß wir es mit einem *un*natürlichen Phänomen zu tun haben? Halten Sie es für denkbar, daß die Hitzefront aufgrund einer bewußten Manipulation entstand?«

Der Vulkanier hob eine Braue. »Ich kenne keine Technologie, die imstande wäre, einen Urknall auszulösen, Captain. Was veranlaßt Sie zu einer derartigen Vermutung?«

Kirk schüttelte den Kopf. »Es ist nur eine Ahnung. Lassen wir den technischen Aspekt einmal beiseite — irgendwo wird dauernd etwas Neues erfunden. Existiert eine solche Möglichkeit zumindest in der *Theorie?*«

Im Lauf der Jahre hatte Spock gelernt, die Ahnungen des Captains zu respektieren — obgleich sie in einem krassen Gegensatz zu den mentalen Disziplinen standen, mit denen der Vulkanier aufgewachsen war. Spekulationen widersprachen nicht nur den Prinzipien seiner Ausbildung, sondern auch Spocks Neigung, immer Logik und Rationalität den Vorrang zu geben.

Andererseits wußte er, daß sich Kirk nicht nur auf seinen ›Instinkt‹ verließ: Der Captain verwendete vielmehr eine Mischung aus Intuition und Logik, die erstaunlich oft zum angestrebten Erfolg führte. Spock nahm diesen Umstand zum Anlaß, nach einer Antwort auf die Frage seines Vorgesetzten zu suchen. »Wenn jedes Universum als Vakuumfluktuation definiert werden kann ... Ja, dann ist es theoretisch möglich, einen Urknall auszulösen. Allerdings benötigt man dazu einen Gravitationsmanipulator, der weitaus leistungsfähiger sein muß als die Antigrav-Generatoren der *Enterprise.*«

»Warum heißt der Ansatzpunkt ausgerechnet Gravitation?«

»Weil sie gewissermaßen das Fundament bildet, Captain — sie bewirkt die Krümmung der Raum-Zeit. Nun, es gibt Momente in der Zeit, die nicht glatt in andere Momente übergehen — und es existieren Punkte im Raum, die nicht mit anderen Punkten verbunden sind. Im Bereich der Nicht-Momente und Nicht-Punkte existiert praktisch keine Raum-Zeit. Doch wenn es gelänge, einen Nicht-Moment-Punkt mit Gravitation einzufangen ...«

»Die Folge wäre ein Big Bang?«

»Ja, Captain. Man muß sich allerdings fragen, wem daran gelegen sein könnte, eine so immense destruktive Kraft freizusetzen.«

»Die Klingonen«, murmelte Sulu.

Kirk überlegte. »Was die Hitzefront betrifft ... Dauert ihre Ausdehnung an, bis unser ganzes Universum *verbrannt* ist?«

»Ich weiß es nicht, Captain. Wir haben keine geeigneten Instrumente, um genaue Vorstellungen von Temperatur und Größe der Gasmasse zu gewinnen. Daher läßt sich nicht feststellen, wann und in welcher Entfernung vom Explosionszentrum eine signifikante Abkühlung erfolgt. Ich möchte jedoch folgendes hinzufügen: Normalerweise müßte sich die Hitze gleichmäßig und konzentrisch ausbreiten — statt dessen wächst ihre Front nur in unsere Richtung.«

»Soll das heißen, wir bekommen nicht die ganze Wucht des Urknalls zu spüren?«

»Das nehme ich an, Captain. Der vollen ›Wucht‹ hätten wir nicht einmal mit höchster Warpbeschleunigung entkommen können — von der *Enterprise* und uns wäre nichts übriggeblieben. Womit ich keineswegs andeuten will, daß nur geringe Gefahr besteht. Nun, vielleicht ist das neue Universum letztendlich kleiner als unseres — in dem Fall bleibt zumindest ein Teil unseres Weltalls von der Vernichtung verschont.«

»Versuchen Sie, optimistisch zu sein, Spock?« fragte Kirk verdrießlich. »Was passiert, wenn der neue Kosmos größer ist?«

»Dann sind wir in erheblichen Schwierigkeiten.«

Der Captain drehte sich abrupt um und wanderte durch den Kontrollraum, doch nach einigen Sekunden verharrte er wieder. »Es begann alles in der Nähe des Beta Castelli-Systems. Vielleicht beabsichtigte jemand, das zirgosianische Volk auszulöschen. Wenn das stimmt, so hat man eine todsichere Methode gewählt: Die Explosion zerstörte nicht nur Zirgos, sondern auch zwei Kolonialwelten.«

Wieder kletterte eine Braue des Ersten Offiziers nach oben. »Auf der Erde gibt es ein Sprichwort, das mir für diesen Kontext angemessen erscheint. Ich glaube, es geht dabei um Kanonen, mit denen man auf Spatzen schießt.«

»Ja, eine ziemlich übertriebene Maßnahme — und selbstmörderisch noch dazu. Aber vielleicht ging etwas schief. Vielleicht war die freigesetzte Energiemenge größer als erwartet. Nun, das alles sind Mutmaßungen, weiter nichts. Wir brauchen Fakten. Eins steht fest: Wenn wirklich jemand plante, alle Zirgosianer umzubringen, so hat er vielleicht ein paar übersehen. Möglicherweise erfahren wir von den zirgosianischen Kolonisten, was in diesem Raumsektor geschehen ist.« Kirk kehrte zum Kommandosessel zurück. »Mr. Chekov! Nehmen Sie Kurs auf Holox. Mr. Spock, wie lange dauert es, bis die Sondierungen der Hitzefront abgeschlossen sind?«

Der Vulkanier sah einmal mehr in den Sichtschlitz des Scanners. »Die Daten wiederholen sich jetzt, Captain. Wir können jederzeit den Warptransfer einleiten.«

Einige Sekunden später meldete Chekov: »Kurs nach Holox programmiert, Sir. Die Entfernung beträgt zwei Komma fünf Parsec.«

»Also los, Mr. Sulu«, sagte Kirk. »Warpfaktor fünf. Lieutenant Uhura, teilen Sie Starfleet Command mit, was wir vorhaben. Erläutern Sie auch die Gründe dafür. Und kopieren Sie Mr. Spocks Daten. Das Hauptquartier soll über das Drei-Minuten-Universum Bescheid wissen — dort muß man einige wichtige Entscheidungen treffen.«

»Ja, Sir«, bestätigte Uhura. »Glauben Sie, man beschließt eine Evakuierung dieses Quadranten?«

»Eine Evakuierung *wohin*, Lieutenant?« erwiderte der Captain.

Niemand wußte eine Antwort auf diese Frage. Die *Enterprise* raste einem kleinen Planeten namens Holox entgegen, und vielleicht warteten dort Hinweise, die Aufschluß gaben und das Rätsel lösten.

KAPITEL 2

Captain James T. Kirk erwachte und stellte fest, daß er auf dem Bauch lag. Seit Jahrzehnten hatte er nicht mehr in dieser Position geschlafen. Wohnte in ihm eine so ausgeprägte Furcht vor dem Unheil, daß sein Unterbewußtsein in die Kindheit floh?

Ein akustisches Signal hatte ihn geweckt. Er stand auf und aktivierte das Interkom. »Hier Kirk.«

»Wir nähern uns dem Planeten und schwenken gleich in die Umlaufbahn, Captain«, meldete Sulu. »Aber jemand ist vor uns eingetroffen. Ein anderes Raumschiff befindet sich im Orbit von Holox, und ich kann es nicht identifizieren.«

»Ist Mr. Spock auf der Brücke?«

»Nein, Sir.«

»Informieren Sie ihn. Ich bin unterwegs.«

Im Turbolift rieb sich Kirk die Augen — er war noch nicht ganz wach. Sulus Stimme drang aus den Kom-Lautsprechern: Der Steuermann bat den Ersten Offizier zur Brücke. *Ein fremdes Schiff, das nicht identifiziert werden kann?* dachte Jim. *Unmöglich.* Er trat aus der Transportkapsel — und von einer Sekunde zur anderen wich die Benommenheit von ihm. Der Wandschirm im Kontrollraum der *Enterprise* zeigte ein Gebilde, das Kirk noch nie zuvor gesehen hatte.

Ein langes, schmales Rechteck schwebte im All, wie ein dünner grauer Riegel. Das Objekt wies weder Schutzschirm-Projektoren noch Warpgondeln auf. Außerdem fehlten ID-Markierungen.

»Vergrößerung«, sagte Kirk. Das Raumschiff schien ihm entgegenzuspringen, und er beobachtete: Waffenkuppeln, Schleusen und andere externe Strukturen, verborgen in schlichten Gehäusen und Verschalungen. Worüber auch immer die Fremden verfügten — ganz offensichtlich wollten sie es einem beiläufigen Beobachter nicht verraten.

Uhura stand neben ihrer Station, starrte auf den Schirm und wirkte wie hypnotisiert. »Was ist das, Captain? Niemand reagiert auf unsere Signale.«

»Keine Ahnung, Lieutenant. Senden Sie auch weiterhin. Mr. Chekov?«

Der junge Navigator ersetzte Spock an der wissenschaftlichen Konsole und blickte in den Sichtschlitz des Scanners. »Masse dreihunderteinundvierzig Komma eins Millionen Kilogramm. Länge ... exakt neunhundert Meter!«

»Neunhundert Meter!« wiederholte Sulu ungläubig. »Wie manövriert man einen solchen Riesen?«

»Dreimal so lang wie die *Enterprise* und doppelt so schwer«, sagte Kirk. »Und allem Anschein nach will man nicht mit uns reden.« Er sah zu Uhura.

»Noch immer keine Antwort.«

Die Tür des Turbolifts glitt mit einem leisen Zischen auseinander, und Spock betrat die Brücke. Seine einzige sichtbare Reaktion auf das Schiff im Projektionsfeld bestand aus einer gewölbten Braue. Wortlos ging er zur wissenschaftlichen Station, und Chekov kehrte zum Navigationspult zurück.

»Was ist mit der internen Struktur, Mr. Spock?« fragte Kirk.

»Keine Sondierung möglich, Captain. Die Innenbereiche des Raumschiffs sind abgeschirmt. Es ist zu groß für einen Schlachtkreuzer, aber ganz offensichtlich mangelt es ihm nicht an offensivem Potential. Ich vermute, die Manövrierfähigkeit unterliegt gewissen Beschränkungen.«

»Allerdings«, pflichtete Sulu dem Vulkanier bei. »Selbst eine Drehung um neunzig Grad muß ewig dauern.«

»Nicht unbedingt ›ewig‹, Mr. Sulu. Aber derartige Manöver erfordern sicher viel Zeit, woraus sich bei Gefechtssituationen erhebliche Probleme ergeben können.«

Kirk schritt zur Kommunikationsstation. »Öffnen Sie einen Kom-Kanal.«

Uhura betätigte mehrere Tasten. »Kom-Kanal geöffnet, Sir.«

»Hier spricht Captain James T. Kirk, Kommandant der USS *Enterprise*. Wir repräsentieren die Föderation der Vereinten Planeten, und unsere Mission ist friedlicher Natur. Bitte identifizieren Sie sich.«

Stille herrschte im Kontrollraum, doch die Offiziere warteten vergeblich auf eine Antwort.

»Sind Sie sicher, daß die Fremden unsere Botschaft empfangen haben, Lieutenant?« fragte Kirk.

»Ja, Sir«, erwiderte Uhura. »Das Signalecho ist klar und deutlich.«

»Versuchen Sie noch einmal, einen Kontakt herzustellen«, sagte Kirk. »Wir ...«

»Captain!« platzte es aus Chekov heraus. »Sehen Sie ...«

Alle Blicke glitten zum Wandschirm. Dem fremden Schiff schienen Arme und Beine zu wachsen — es entfaltete sich. Die eine Hälfte des rückwärtigen Segments schwang nach oben und teilte sich in vier Sektionen, die nicht nur untereinander verbunden waren, sondern auch mit dem Rest des Raumers. Der Vorgang wiederholte sich an anderen Stellen. Innerhalb kurzer Zeit verwandelte sich das lange graue Rechteck in einen komplex gestalteten ovoiden Körper, der sofort beschleunigte und hinter dem gewölbten Horizont des Planeten außer Sicht geriet.

»Nun, das beantwortet alle Fragen nach der Manövrierfähigkeit«, meinte Kirk trocken. »Wo befindet sich das Schiff jetzt, Mr. Spock?«

»Auf der anderen Seite von Holox. Und es paßt seine Umlaufbahn der unsrigen an. Offenbar wollen die Fremden, daß der Planet zwischen uns bleibt.«

»Vielleicht sind sie schüchtern.« Sulu schnitt eine Grimasse.

Spock musterte den Steuermann neugierig. »›Schüchtern‹?« wiederholte der Vulkanier.

Sulu begriff, daß Spock den Humor in seiner Bemerkung überhört hatte. Er bot dem Ersten und wissenschaftlichen Offizier keine Erklärung an, fragte statt dessen:

»Warum die riegelartige Form? Das eiförmige Objekt hat viel mehr Vorteile.«

»Vielleicht spart das Rechteck Energie«, spekulierte Kirk. »Der ovoide Körper könnte zu einer größeren Belastung der energetischen Ressourcen führen als die kompaktere Form. Nun, möglicherweise wissen die Kolonisten von Holox, was es mit den Fremden auf sich hat. Lieutenant ...«

»Die zirgosianischen Siedler antworten nicht, Sir«, entgegnete Uhura. »Ich sende auch weiterhin.«

»Die Sensoren registrieren etwas, Captain«, sagte Spock und blickte auf den Scanner-Monitor. »Eine Quelle intensiver Hitze auf dem Planeten, und zwar in einem bisher noch unbewohnten Gebiet. Vulkanische Aktivität oder andere natürliche Phänomene sind als Erklärung ausgeschlossen.«

»Eine Hitzequelle ohne Ursache?«

»Ohne *bekannte* Ursache, Captain.«

»Mal sehen.« Kirk trat zur wissenschaftlichen Konsole und betrachtete ebenfalls die Anzeigen. »Ein Waldbrand?« vermutete er. »Können so hohe Temperaturen entstehen, wenn Holz brennt?«

»Es handelt sich um eine wüstenartige Region. Dort gibt es praktisch keine brennbaren Substanzen.«

»Woraus folgt: Dann sollte es dort auch keine Hitzequelle geben.«

»In der Tat, Captain. Trotzdem existiert eine.«

»Ich habe genug von Geheimnissen und Rätseln«, brummte Kirk. »Kommen Sie, Mr. Spock. Stellen wir fest, was da unten vor sich geht. Brauchen wir Schutzanzüge?«

»Nein, Sir. Die Atmosphäre von Holox besteht aus einem für uns atembaren Stickstoff-Sauerstoff-Gemisch. Und wir sind dort leichter: Die Gravitation beträgt nur neun Zehntel der Erdnorm.«

»Mr. Sulu, Sie haben das Kommando«, sagte Kirk. »Lieutenant Uhura, verständigen Sie den Transporterraum. Bitten Sie Mr. Scott, sich mit einer Sicherheitsgruppe auf den Transfer vorzubereiten.« Er überlegte kurz. »Mit *zwei* Sicherheitsgruppen.« Er eilte zum Turbolift, und der Erste Offizier folgte ihm.

Auf dem Weg zum G-Deck merkte Spock, daß Kirks Züge immer deutlicheren Ärger offenbarten. Er unternahm keinen Versuch, den Captain von diesen Empfindungen zu befreien — bei Jim kam der Zorn einem Werkzeug gleich, das ihm half, noch tüchtiger als sonst zu sein.

»Mit ziemlicher Sicherheit wissen die Kolonisten auf Holox nicht, was mit ihrem Heimatplaneten geschah«, sagte der Vulkanier. »Die Wahrscheinlichkeit dafür, daß sie mehr Informationen haben als wir, ist sehr gering.«

»Kommen Sie mir nicht mit Wahrscheinlichkeit und dergleichen. Holox stellt unsere einzige Hoffnung dar, etwas herauszufinden. Es sei denn natürlich, Sie haben alternative Vorschläge ...«

»Derzeit leider nicht, Captain. Ich wollte nur darauf hinweisen, daß die Zirgosianer im Beta Castelli-System überrascht worden sind.«

»Ja«, stimmte Kirk dem Vulkanier zu. »Ihre Technik hatte einen recht hohen Entwicklungsstand erreicht, aber mit technischen Dingen kann man sich wohl kaum schützen, wenn ein neues Universum geboren wird.«

Spock schwieg.

Im Transporterraum lagen Phaser und Kommunikatoren bereit. »Ich habe die Koordinaten eines Ortes im Freien gewählt, Captain«, erläuterte Kyle. »Sie materialisieren auf der Hauptstraße der wichtigsten Siedlung. Ist das in Ordnung?« Der Transporterchef wirkte besorgt.

»Ja, Mr. Kyle«, erwiderte Kirk. Und: »Stimmt was nicht?«

»Ich bin sicher, daß die Daten korrekt sind, Captain, aber ich habe keine Bestätigung vom Planeten bekommen.«

»Tja, die Bewohner von Holox scheinen heute nicht sehr gesprächig zu sein.« Kirk drehte sich um, als Scott hereinkam, begleitet von sechs Sicherheitswächtern. »Haben Sie das fremde Schiff gesehen, Scotty?«

»Aye.«

»Was halten Sie davon?«

Scotts Mundwinkel neigten sich nach unten. »Dürfte ein wahrer Energiefresser sein.« Er nahm von Kyle einen Phaser und Kommunikator entgegen.

Kirk wandte sich an Spock und hob eine Braue. »Unser Chefingenieur scheint von dem fremden Schiff nicht sehr beeindruckt zu sein.«

»Oh, ich finde es interessant, zugegeben«, sagte Scott und trat zu den anderen auf die Transferplattform. »Aber bestimmt hat's Probleme. Zum Beispiel ...«

»Später, Scotty. Wenn wir mehr Zeit haben — dann möchte ich Einzelheiten von Ihnen hören.« Kirk nickte dem Transporterchef zu. »Energie, Mr. Kyle.«

Als sie auf Holox rematerialisierten, sahen sie eine Leiche.

Die Sicherheitswächter zogen sofort ihre Waffen und bildeten einen Kreis um die drei Offiziere. Spock kniete neben dem Toten. »Die Leichenstarre hat erst vor kurzer Zeit begonnen«, sagte er. »Dieser Mann ist seit wenigen Stunden tot.«

»Seit wenigen Stunden!« entfuhr es Scott empört. »Man hat ihn *stundenlang* auf der Straße liegenlassen?«

»Wen meinen Sie mit ›man‹, Scotty?« fragte Kirk. »Sehen Sie sich um — bemerken Sie jemanden?«

Sie standen auf einer breiten Straße, und an ihrem Rand wuchsen dekorative Bäume unbekannter Art: Ihre fedrigen, lavendelfarbenen Zweige schwangen dauernd hin und her, obwohl überhaupt kein Wind wehte. Die meisten Gebäude bestanden aus Zyroplex-Fertigteilen; sie ragten hoch auf und schimmerten im hellen Sonnenschein. Etwas weiter entfernt, im Bereich der Nebenstraßen, zeigten sich hier und dort Bauwerke, bei denen die Kolonisten Substanzen verwendet hatten, die ihnen Holox zur Verfügung stellte — dort glänzten blaue, purpurne und grüne Farben. Doch der größte Teil des Baumaterials stammte ganz offensichtlich von Zirgos. Was die zirgosianischen Siedler betraf ... Ihre Präsenz beschränkte sich auf die des Toten.

Kirk streckte die Hand aus. »Hoverwagen. Mindestens ein Dutzend. Mit laufenden Motoren. Und die Gleitflächen der Bürgersteige sind in Bewegung.« Er führte die Landegruppe zum nächsten Gebäude und blickte durchs Fenster: Offenbar handelte es sich um ein Verwaltungszentrum, und es schien leer zu sein. »Hier ist es später Vormittag — eigentlich sollte reger Betrieb herrschen. Wo sind die Leute?«

»Ja, wo?« wiederholte Spock. »Die Gebäude sind unbeschädigt, woraus ich den Schluß ziehe, daß kein Angriff stattgefunden hat. Darüber hinaus kam es hier nicht zu einem Erdbeben oder dergleichen. Captain, vielleicht müssen wir uns unmittelbar nach der Rückkehr zur *Enterprise* einer Dekontaminierungs-Behandlung unterziehen.«

»Vermuten Sie eine Epidemie?«

»Der Tote wies keine sichtbaren Verletzungen auf. Vielleicht hat bei ihm ein wichtiges Organ versagt, aber ich halte es trotzdem für angebracht, die Existenz tödlicher Mikroorganismen in Erwägung zu ziehen.«

Kirk klappte seinen Kommunikator auf. »*Enterprise*, bitte kommen.«

»Hier *Enterprise*«, ertönte die Stimme des Transporterchefs Kyle.

»Beamen Sie Dr. McCoy zu uns«, sagte der Captain. »Und er soll einen Schutzanzug tragen — vielleicht gibt es hier gefährliche Krankheitserreger.«

»Verstanden, Sir.«

Kirk unterbrach die Kom-Verbindung und ordnete eine Suche im Verwaltungszentrum an. »Die Kolonisten können sich nicht einfach in Luft aufgelöst haben. Gruppen aus jeweils zwei Personen. Und ausschwärmen.«

Es dauerte nicht lange, bis sie etwas fanden. »Captain!« rief Scott. »Bitte kommen Sie hierher!«

Der Chefingenieur und ein Sicherheitswächter befanden sich in einem Konferenzzimmer. Seltsame Symbole wanderten über sechs große Bildschirme an den Wänden, wahrscheinlich zirgosianische Zahlen. Drei Gestalten waren an Konsolen zusammengesunken. Eine vierte lag auf dem Tisch und schien noch nach etwas greifen zu wollen; ein fünfter Zirgosianer ruhte auf dem Boden.

Scott hob behutsam den Kopf einer Kolonistin. »Captain, diese Frau lebt noch!« Sie kippte zur Seite, und der Chefingenieur hielt sie gerade noch rechtzeitig fest.

Kirk eilte herbei, tastete nach dem Handgelenk der Zirgosianerin und fühlte einen schwachen Puls. Ihre Lider zuckten, und nach einigen Sekunden öffnete sie die Augen und murmelte etwas, das der Captain nicht verstand. »Keine Sorge«, sagte er. »Hilfe ist schon unterwegs.«

Die Frau richtete den Blick auf ihn und brachte mühsam ein Wort hervor: »Plünderer.«

Es lief Kirk kalt über den Rücken. »Plünderer?«

»Hier«, krächzte die Siedlerin. »Auf Holox.«

Der Captain und Spock wechselten einen raschen Blick. »Plünderer stecken dahinter?« fragte Kirk. »Wo sind sie?«

»Konstruieren ... Gebäude.« Die Frau atmete flach und fügte hinzu: »Aus ... Hitze.«

Ein Gebäude aus Hitze, dachte Jim. »Jetzt wissen wir, was es mit der von Ihnen georteten Wärmequelle auf sich hat, Mr. Spock.« Und zu der Zirgosianerin: »Sprechen Sie nicht mehr. Bleiben Sie ruhig liegen, bis medizinische Hilfe eintrifft.«

Doch die Kolonistin zwang sich, noch ein weiteres Wort zu formulieren. »Schiff.«

»Schiff ... Das Raumschiff im Orbit gehört den Plünderern?«

Die Frau murmelte etwas in ihrer eigenen Sprache, und eine zitternde Hand wanderte an Kirks Uniformpulli empor. »Auf ... halten. Die Plünderer ... aufhalten.« Sie stöhnte und verlor das Bewußtsein.

Scott hielt die Zirgosianerin in den Armen. »Ich bringe sie nach draußen. Inzwischen müßte Dr. McCoy eingetroffen sein.« Er trug die Frau zur Tür.

Berengaria, die Leiterin der Sicherheitsgruppe, sah von der reglosen Gestalt am Boden auf. »Captain, die übrigen vier Kolonisten sind tot. Aber eine Überlebende bedeutet ...«

»Ja, ich weiß«, sagte Kirk. »Vielleicht gibt es noch andere. Sie und Ihre Leute — sehen Sie sich in den übrigen Gebäuden um. Und beeilen Sie sich.«

»Ja, Sir!« Berengaria wandte sich an die Sicherheitswächter. »Hrolfson: Sie, Franklin und Ching nehmen sich das nördliche Ende der Straße vor. Die beiden anderen kommen mit mir.« Sie ging mit langen Schritten los.

Hrolfson — ein blonder Hüne mit hellblauen Augen — zögerte. »Captain, wenn hier eine Epidemie ausgebrochen ist ...«

»Dann haben wir uns vielleicht schon angesteckt«, erwiderte Kirk scharf. »Folgen Sie Ihrem Kollegen!«

»Ja, Sir!« Hrolfson hastete nach draußen.

Als der Captain und sein Erster Offizier allein waren, meinte Spock: »Plünderer, Jim.«

Kirk verzog das Gesicht. Er kannte die Plünderer, obwohl er noch nie einen gesehen hatte — ebensowenig wie sonst jemand an Bord der *Enterprise*. Seit etwa fünfzig Standard-Jahren wußte die Föderation von der Existenz jenes rätselhaften Volkes, und während dieser Zeit hatte es sich nie feindselig verhalten. Die Kontakte mit dem interstellaren Völkerbund beschränkten sich in erster Linie auf den Austausch von Informationen, und die Fremden erwarben sich den Ruf, ehrliche und faire Händler zu sein. Sie waren friedlich und höflich, respektierten immer die Gesetze anderer Welten. Trotzdem fürchtete man auf den Planeten der Föderation kaum mehr als einen Besuch der ›Plünderer‹.

Niemand wußte, wer diesen Namen geprägt hatte, denn von ›Plünderungen‹ war überhaupt nichts bekannt. Vielleicht ging er auf Furcht und Abscheu jenem Volk gegenüber zurück.

»Nach dem, was ich über die Plünderer gehört habe ...«, begann Kirk und schauderte. »Ich kann mir kaum vorstellen, daß sie für den Tod dieser Siedler verantwortlich sind.«

»Warum hat uns die Frau dann vor ihnen gewarnt?«

»Keine Ahnung. Es heißt, daß die Fremden nie Gewalt anwenden.«

»Ja, so *heißt* es«, entgegnete Spock. »Aber wir wissen nur wenig über sie. Der Grund dafür ist mir unbekannt. Vielleicht wollten die sogenannten Plünderer vermeiden, daß wir mehr von ihnen erfahren. Oder vielleicht hat man es bisher versäumt, ihnen die richtigen Fragen zu stellen — weil es niemand erträgt, lange genug in ihrer Nähe zu verweilen.«

Kirk nickte nur.

Die Plünderer zeichneten sich durch ein gräßliches Erscheinungsbild aus, das intensiven Ekel hervorrief. Ein zweites Charakteristikum bestand aus überwältigendem Gestank. Die Angehörigen der meisten Völker reagierten mit ausgeprägter Übelkeit, wenn sie Plünderern begegneten — sie würgten und erbrachen sich. Diese Reaktionen waren physiologischer Natur und konnten nicht kontrolliert werden, doch psychologische Folgen kamen hinzu. Selbst nach fünfzig Jahren vorbildlichen Verhaltens bewirkten die Fremden negative Empfindungen, deren emotionales Spektrum von Unbehagen bis zu Entsetzen reichte.

»Sie haben nie jemandem ein Leid zugefügt«, überlegte Kirk laut. »Ich kenne kein einziges Beispiel für aggressive Plünderer. Und jetzt dies? Es erscheint mir absurd. Wir sollten uns auch den Rest des Gebäudes ansehen, Spock.«

Das Ergebnis der Suche erwies sich als sehr deprimierend — sie fanden einunddreißig weitere Leichen. Ein Mann war bei dem Bemühen gestorben, eine Kom-Konsole zu erreichen. Was auch immer die Ursache sein mochte: Der Tod hatte so rasch zugeschlagen, daß niemand einen Notruf senden konnte. *Jetzt wundert es mich nicht mehr, daß Uhura keine Antwort bekam*, dachte Kirk. »Jemand hat etwas gegen Zirgosianer«, sagte er. »Erst die Heimatwelt, und jetzt Holox.« Selbst Spock wirkte noch ernster als sonst.

Sie verließen das Gebäude, und draußen sahen sie Dr. McCoy. In einen Schutzanzug gekleidet kniete er neben einer Reihe aus acht oder neun Kolonisten, die reglos auf dem Pflaster lagen, unten ihnen auch die Frau, mit der Kirk gesprochen hatte. Der Sicherheitswächter namens Hrolfson ließ gerade den erschlafften Leib eines Mannes zu Boden sinken.

Kirk stellte fest, daß McCoy den Helm abgenommen hatte. Bevor er eine Frage an den Arzt richten konnte, sah Leonard auf und sagte: »Hier brach keine Epidemie aus, Jim. Die Siedler sind vergiftet worden! Jeder einzelne von ihnen.«

»Vergiftet!«

»Die toxische Substanz ist ein gewöhnliches Alkaloid, und das bedeutet: Wir müßten eigentlich in der Lage sein, jene Zirgosianer zu retten, die noch am Leben sind. Ich habe eine volle medizinische Einsatzgruppe mit allen notwendigen Ausrüstungen hierherbeordert.«

»Das genügt nicht, Pille. Spock, übermitteln Sie der *Enterprise* folgende Anweisung: Alle Besatzungsmitglieder, die nicht dringend an Bord gebraucht werden, sollen uns bei der Suche nach Überlebenden helfen.« Kirk ging neben der bewußtlosen Frau in die Hocke, während Spock von seinem Kommunikator Gebrauch machte. »Was ist mit dieser Patientin? Hat sie eine Chance?«

»Ein Grenzfall, Jim. Ich weiß es nicht.«

»Wenn du hier alles unter Kontrolle gebracht hast und zum Schiff zurückkehrst ... Nimm sie mit. Ich möchte später mit ihr reden.«

»Wenn sie nicht ebenfalls stirbt«, gab McCoy zu bedenken.

»Ja.«

Der Captain vernahm das Summen eines Transferfelds, drehte den Kopf und sah helles Schimmern: Das bereits angekündigte und von Christine Chapel geleitete Medo-Team materialisierte. Mehrere Krankenschwestern und Pfleger traten aus den energetischen Schlieren, orientierten sich und eilten sofort zu den Bewußtlosen.

Lieutenant Berengaria näherte sich im Laufschritt, ein Kind in den Armen. »Ich habe eine Schule gefunden, Captain«, schnaufte sie.

Kirk zuckte unwillkürlich zusammen. »Viele Überlebende?«

»Nein. Nur wenige.«

»Kleinere Körpermasse«, erklärte Spock. »Dadurch reduziert sich die Resistenz in bezug auf das Gift.«

»Gift?« fragte Berengaria. »Ist das die Ursache?«

»Ja«, antwortete Kirk grimmig. Er dachte kurz nach. »Wo befindet sich Mr. Scott?«

»Er hilft uns bei der Suche.«

»Holen Sie ihn und die übrigen Mitglieder Ihrer Gruppe hierher. Ich habe eine Aufgabe für Sie. Was die Suche nach Überlebenden angeht ... Bald treffen genug Leute von der *Enterprise* ein.«

Berengaria aktivierte ihren Kommunikator und setzte sich mit den anderen Sicherheitswächtern in Verbindung.

Wenige Minuten später wimmelte es überall von Männern und Frauen in Starfleet-Uniformen. Sie schwärmten aus, durchsuchten alle Gebäude der Siedlung. Scott kehrte zurück, und sein Gesicht zeigte seelischen Schmerz. »Ach, Captain, haben Sie jemals etwas Traurigeres gesehen?« Er wischte sich Schweiß von der Stirn. »Angeblich brauchen Sie mich, Sir. Wofür?«

»Für einen Sondereinsatz. Warten wir, bis das Sicherheitsteam hier ist.«

Kirk ließ seinen Blick über die Zirgosianer schweifen, die das Gift bisher überlebt hatten. Einige von ihnen stöhnten leise, und andere zitterten. Jene Frau, die vor den Plünderern gewarnt hatte, atmete noch immer sehr flach. »Pille?«

»Ich weiß es nicht, Jim. Ich lasse sie so schnell wie möglich an Bord beamen.«

Als alle Sicherheitswächter zugegen waren: »Mr. Scott«, begann Kirk, »Sie haben gehört, daß die Frau dort ein ›Hitzegebäude‹ der Plünderer erwähnte — vermutlich handelt es sich dabei um die von Mr. Spock geortete Wärmequelle. Er hat die entsprechenden Koordinaten. Brechen Sie mit drei Begleitern auf und versuchen Sie, soviel wie möglich herauszufinden.«

Spock griff nach seinem Tricorder und reichte ihn dem Chefingenieur. »Darin sind alle Daten gespeichert. Das Gerät weist Ihnen den Weg.«

»Danke.« Scott nahm den Tricorder entgegen und blickte auf die Anzeigen. »Richtung Südwesten.« Eine kurze Pause. »Und wenn wir das Ziel erreichen, Captain?«

»Stellen Sie keinen Kontakt mit den Plünderern her. Bleiben Sie im Verborgenen. Wir brauchen Informationen über das von ihnen konstruierte Gebilde. Stellen Sie seine Struktur fest und erstatten Sie mir anschließend Bericht. Um es noch einmal zu wiederholen: Vermeiden Sie jeden Kontakt.«

»Worauf Sie sich verlassen können, Sir!« Scott schauderte. »Ich habe von den Burschen gehört — an einem Kontakt mit ihnen liegt mir ganz bestimmt nichts.« Er wandte sich den Sicherheitswächtern zu. »Sie drei kommen mit.« Der Chefingenieur drehte sich um und marschierte zum nächsten Hoverwagen. Hrolfson und zwei seiner Kameraden folgten ihm.

»Und meine Aufgabe?« fragte Spock — er kannte den Captain genau.

»Ermitteln Sie in Hinsicht auf die Massenvergiftung. Ich möchte wissen, wie das Gift so viele Personen umbringen konnte. Auf welche Weise gelangte es in den Körper? Durch Nahrung oder Wasser? Entfaltete es seine tödliche Wirkung vielleicht als Gas? Und der Grund für die hiesige Tragödie — Absicht oder Zufall? Ich erwarte möglichst viele Daten von Ihnen.«

»Was haben Sie vor?«

»Ich befasse mich mit Nachforschungen an Bord der *Enterprise*. Man sollte möglichst viel über den Feind wissen, bevor man gegen ihn antritt, nicht wahr? Nun, ich habe vor, mich über jene seltsamen Wesen zu informieren, die wir ›Plünderer‹ nennen.«

Captain Kirk saß allein im Konferenzzimmer und schnitt eine Grimasse, als er das Abbild eines Plünderers auf dem Bildschirm betrachtete.

Von einer Sekunde zur anderen schien er nicht nur seine Ausbildung zu vergessen, sondern auch die tief in ihm verwurzelte Toleranz. Die Begegnung mit fremden Geschöpfen bildete einen integralen Bestandteil seines Lebens als Erwachsener; wenn er gezwungen gewesen wäre, darauf zu verzichten, hätte er einen wichtigen Teil seines Selbst verloren. Der Kontakt mit neuen Spezies ermöglichte faszinierende Erfahrungen, brachte aber auch Gefahren mit sich. Gelegentlich weckte die Konfrontation mit schockierender Andersartigkeit Abscheu in ihm, doch bisher war es ihm immer gelungen, solche Gefühle zu unterdrücken, sich nicht von ihnen beeinflussen zu lassen. Auch aus diesem Grund genoß er den Ruf, ein ausgezeichneter Captain zu sein.

Aber *dieses* Volk... Schon eine zweidimensionale Darstellung genügte, um Übelkeit in ihm zu stimulieren. Wieviel schlimmer mußte es sein, solche Wesen in natura zu sehen? Man konnte sie nur bedingt als humanoid bezeichnen: Eine halb durchsichtige Membran umgab den Körper, formte eine Art Amnion oder Sack — daher der inoffizielle Name ›Beutler‹. Der Sack verfügte nicht über eine glatte Oberfläche, und in diesem Zusammenhang bot die Datei auch einige Kommentare menschlicher Beobachter an: ›Plünderer scheinen dauernd zu schmelzen.‹ Oder: ›Ihre Körper befinden sich in einem Zustand selbstregenerierender Fäulnis.‹ *Selbstregenerierende Fäulnis*, wiederholte Kirk in Gedanken. Natürlich ein Widerspruch. Aber damit wurde ein guter Eindruck vom Erscheinungsbild der Plünderer vermittelt.

Das Amnion beziehungsweise der Sack war heiß, nach menschlichen Maßstäben sogar glühend heiß. Selbst kurze Berührungen genügten, um bei Terranern Verbrennungen zweiten Grades zu hinterlassen — vielleicht erklärte das, warum nie ein Mensch einem Plünderer die Hand geschüttelt hatte. Der Computer fügte diesen Ausführungen folgenden Hinweis hinzu: In Plündererfingern verkohlte gewöhnliches Papier nach wenigen Sekunden.

Der Körperbeutel enthielt farbige Flüssigkeit, deren Zweck Mutmaßungen überlassen blieb — vielleicht ein Schmiermittel; vielleicht eine Nährlösung. Die Farben unterschieden sich von Individuum zu Individuum, aber auch bei einzelnen Exemplaren dieser Spezies gab es differierende Tönungen. Beim Plünderer auf dem Bildschirm des Konferenzzimmers war die Flüssigkeit überwiegend gelb, und außerdem beobachtete Kirk Streifen aus einem besonders schauderhaften Grün.

Es mangelte nicht an Spekulationen über die Körperstruktur der Beutler, und sie alle basierten auf Beobachtungen aus sicherer Entfernung. Niemand kannte Einzelheiten der entsprechenden Physiologie. Kein Arzt hatte jemals einen Plünderer behandelt. Die beste Möglichkeit, mehr über sie zu erfahren, bestand vermutlich in einer Autopsie, aber auch in dieser Hinsicht gab es ein Problem: Bisher hatte noch nie jemand einen toten Beutler gefunden.

Wenn man genauer hinsah — und dazu zwang sich der Captain nun —, konnte man einige innere Organe und sogar ihre Funktion erkennen. Kirk bemerkte auch zahlreiche kleine, weiße und wurmartige Gebilde, die mobil zu sein schienen. Eins löste sich von einem größeren Organ, kroch einige Zentimeter weit und verband sich mit einem anderen Körperteil. Biochemische Kuriere? Sie wirkten wie blinde Würmer, die sich durch einen Leichnam fraßen.

Kirk schmeckte Galle. *Faszinierend*, wie Mr. Spock sagen würde. Der bittere Geschmack stellte eine weitere typische Reaktion dar: auf den Gestank der Beutler. Direkte Kommunikation zwischen Plünderern und Menschen war nur möglich, wenn letztere eine Atemmaske trugen. Jim wußte nicht, was es mit dem Geruch auf sich hatte, aber der Anblick eines solchen Wesens führte bei ihm zur gleichen Wirkung wie der olfaktorische Stimulus. Er wandte sich vom Schirm ab und wartete, bis der gallenartige Geschmack nachließ.

Nach einer Weile wandte er sich erneut dem Projektionsfeld zu und sagte leise: »Du bist zweifellos das abscheulichste Geschöpf, das ich jemals gesehen habe.«

Die Sprache der Plünderer war unbekannt, unter anderem auch deswegen, weil es nur wenige Völker ertragen konnten, sie zu hören — höchstens ein oder zwei Minuten lang. Die schrillen Beutler-Stimmen verursachten Schmerz und konnten das Trommelfell im menschlichen Ohr zerreißen. Diese spezielle Kommunikationsbarriere hatten die Fremden selbst überwunden, indem sie Übersetzungsgeräte benutzten, die ihre Stimmen dämpften. Sie akzeptierten die Gattungsbezeichnung ›Beutler‹ und ›Plünderer‹ ebenso bereitwillig wie individuelle Namen.

Interessant, überlegte Kirk. *Vielleicht haben sie ein kollektives Bewußtsein — in dem Fall wäre das Konzept individueller Identität völlig bedeutungslos für sie.* Doch wenn die Beutler Individuen waren: Hatten sie sowenig Selbstachtung, daß sie glaubten, keinen persönlichen Namen zu verdienen? *Nein*, widersprach sich der Captain. *Ich übertrage meine eigenen negativen Reaktionen auf sie. So etwas nennt man Anthropomorphismus, nicht wahr, Jim?* Der Computer schlug eine einfachere Erklärung vor: Wahrscheinlich konnten Plünderer-Namen nicht in andere Sprachen übersetzt werden.

Kirk schaltete den Bildschirm aus und faßte alles zusammen. Erscheinungsbild und Geruch von Beutlern waren für menschliche Augen und Nasen unerträglich. Die Reaktion darauf bestand aus gallenartigem Geschmack im Mund und intensiver Übelkeit. Wenn man einen Plünderer berührte, so lief man Gefahr, sich zu verbrennen. Wenn man einem zuhörte, so riskierte man ein zerrissenes Trommelfell. Sehvermögen, Gehör, Geruch, Geschmack und Tastgefühl — den Beutlern gelang es, *alle fünf menschlichen Sinne* zu neutralisieren. Ohne derartige Wahrnehmungen waren Menschen völlig hilflos. Direkte Kontakte zwischen jenen rätselhaften Wesen und Terranern schienen ausgeschlossen zu sein.

Kirk lehnte sich im Sessel zurück und runzelte die Stirn.

Durch die Informationen des Computers entstanden weitere Fragen ohne Antworten. Warum verwendete ein bisher friedliches Volk plötzlich das Mittel der Gewalt? Irrte sich die Zirgosianerin? Hatten die Plünderer vielleicht gar nichts mit dem Tod auf Holox zu tun? *Haben die Beutler das Drei-Minuten-Universum in unser eigenes gebracht?* Wie paßte diese Frage zu den anderen?

»McCoy an Captain Kirk«, tönte es aus dem Kom-Lautsprecher.

Jim betätigte eine Taste. »Hier Kirk.«

»Ich wollte dir nur sagen, daß ich zurück bin. Und die Frau, mit der du gesprochen hast, befindet sich ebenfalls an Bord.«

»Ich bin gleich bei dir«, erwiderte Kirk und unterbrach die Verbindung, um Leonard keine Gelegenheit zu geben, Einwände zu erheben.

Lieutenant Uhura wollte McCoys Büros verlassen. »Meine Probleme sind banal, wenn man sie mit dem vergleicht, was die Kolonisten von Holox hinter sich haben«, sagte sie. »Ich warte, bis Sie Zeit für mich erübrigen können.«

»Sie sind hierhergekommen, weil ich Sie darum bat, nicht wahr?« entgegnete Leonard müde. »Die Situation auf Holox ist unter Kontrolle, und alles deutet darauf hin, daß für die überlebenden Siedler keine Gefahr mehr besteht. Erzählen Sie mir jetzt von Ihren Träumen, Uhura. Schlafen Sie besser? Sie sind nicht mehr so blaß.«

»Ja, ich finde jetzt wieder Ruhe. Zwar träume ich noch immer von Feuer, ab und zu, aber die betreffenden Visionen sind jetzt ... anders.«

»Anders?«

»Nun, ich träume nicht mehr von dem Feuer, das ich als zehnjähriges Mädchen erlebte, sondern von anderen brennenden Orten. Erinnern Sie sich an den Palast auf dem Planeten Platonius?«

»Sehr gut sogar.«

»In meinem Traum ging er in Flammen auf. In Wirklichkeit ist das nie geschehen, soweit ich weiß. Die Spielearena auf Triskelion — sie brannte. Und die Raumstation, wo ich den ersten kleinen Tribble bekam? Glut verschlang sie. Ist mein Unterbewußtsein vielleicht davon überzeugt, daß Feuer nicht beherrscht werden kann? Verbrennt es deshalb alle Orte, die ich jemals besucht habe?«

»Nein, ich glaube nicht, Uhura.« McCoy lächelte. »Sie entpersönlichen das damalige Feuer, ersetzen Umgebung und Details durch andere Dinge, die Ihnen weniger Schmerz bereiten. Auf diese Weise kontrollieren Sie die Erinnerungen — ein großer Schritt nach vorn. Bestimmt wiederholen sich die Träume bald nicht mehr so oft.«

»Meinen Sie?«

»Ja. Und Sie brauchen keine Medikamente mehr, um zu schlafen.«

Uhura seufzte erleichtert. »Das sind für mich die besten Neuigkeiten seit langer Zeit.« Sie stand auf. »Vielen Danke, Doktor.«

»Bin immer gern zu Diensten.«

Uhura begleitete den Bordarzt ins Untersuchungszimmer und sah sich dort um. »Wo ist Christine?«

»Auf dem Planeten. Unsere zirgosianischen Patienten brauchen jetzt keine intensive Behandlung mehr, nur noch Pflege.«

Hinter ihnen glitt das Schott mit einem leisen Zischen

beiseite, und Kirk eilte herein. »Wo ist sie? Oh, hallo, Uhura. Wo ist sie, Pille?«

»In der Intensivstation. Sie schläft, Jim.«

»Kann ich mit ihr reden?«

»Noch nicht. Natürlicher Schlaf — eins der besten Heilmittel überhaupt. Derzeit beschränken wir uns darauf, sie am Leben zu erhalten — während das Gegenmittel den Rest der toxischen Substanzen in ihrem Stoffwechselsystem eliminiert. Wir dürfen nichts überstürzen, Jim. Ich gebe dir Bescheid, wenn die Frau erwacht.«

Uhura musterte die beiden Männer neugierig. »Von wem sprechen Sie?«

»Von einer Zirgosianerin, deren Namen ich nicht kenne«, antwortete Kirk. »Sie hat uns auf die Plünderer hingewiesen.«

»Ich verstehe. Und sonst hat niemand etwas gesagt?«

»Nein — weil niemand dazu imstande war. Das gilt zumindest für jene Kolonisten, die ich gesehen habe. Pille, die Hitzefront dehnt sich auch weiterhin aus, und wenn die Beutler etwas damit zu tun haben, so muß ich Bescheid wissen!«

»Wenn wir die Frau jetzt wecken, beeinträchtigen wir vielleicht die Rekonvaleszenz. Nur noch ein paar Stunden, Jim.«

Kirk zuckte mit den Schultern. »Na schön.«

»Das fremde Raumschiff ignoriert noch immer unsere Versuche, einen Kontakt herzustellen, Sir«, wandte sich Uhura an den Captain. »Wenn uns doch nur die Sprache der Plünderer bekannt wäre!«

»Spielt keine Rolle — sie kennen unsere. Zumindest verfügen sie über Translatoren, die unsere Mitteilungen übersetzen können. Sie antworten nicht, weil sie keine Antwort geben wollen. Und sie wollen keine Antwort geben, weil sie etwas planen. Etwas Unheilvolles — da bin ich ziemlich sicher.«

Uhura und McCoy wechselten einen betroffenen

Blick, schwiegen jedoch. Kirk war beunruhigt, und das genügte ihnen, um ebenfalls besorgt zu sein. Immerhin neigte der Captain nicht dazu, dort Probleme zu sehen, wo gar keine existierten.

Schwierigkeiten bahnten sich an.

KAPITEL 3

Na schön«, brummte Scott. »Ich möchte Sie nicht dauernd ›ihr drei‹ nennen — wie heißen Sie?«

»Hrolfson.«

»Franklin.«

»Ching«, stellte sich die junge Frau vor.

Sie saßen in einem Hoverwagen und waren nach Südwesten unterwegs. Der Sicherheitswächter namens Franklin bediente die Kontrollen, und das Fahrzeug neigte sich immer wieder nach rechts oder links, aber Scott verzichtete auf kritische Bemerkungen. Er behielt die Anzeigen des Tricorders im Auge, den er von Spock erhalten hatte. »Ein bißchen nach Backbord.«

Franklin steuerte den Wagen nach links. »Wonach suchen wir, Mr. Scott?«

»Nach einer Wärmequelle mitten im Nichts. Der Captain glaubt, dabei könnte es sich um eine von den Plünderern errichtete Anlage handeln.«

Der Hoverwagen erbebte kurz. »Plünderer?« Franklin schluckte. »Auf Holox?«

»Darüber sollen wir Aufschluß gewinnen.«

»Meine Schwester hat einmal einen Beutler gesehen«, ließ sich Ching vernehmen. Sie saß direkt hinter Scott. »Anschließend war sie eine Woche lang krank und mußte sich immer wieder übergeben.«

Der Chefingenieur drehte sich halb um. »Ach? Und wo fand die Begegnung statt?«

»Auf Elas. Die Elasianer verboten es den Beutlern, ihre Städte zu besuchen.«

Scott nickte. »Klug von ihnen. Nun, seien Sie unbesorgt: Wir werden keinen Kontakt herstellen. Der Captain hat uns nur beauftragt, nach dem Rechten zu sehen.«

Eine Zeitlang setzten sie die Fahrt schweigend fort. Schließlich fragte Hrolfson: »Bin ich nervös, oder wird es tatsächlich wärmer?«

»Die Temperatur ist gestiegen.« Franklin zupfte am Kragen der Uniform.

Scott blickte aufs Display des Tricorders. »Wir sind fast da.«

»Könnte es ein militärischer Stützpunkt der Beutler sein?« erkundigte sich Ching.

»Möglicherweise eine Nachschubbasis«, sagte Franklin. »Vielleicht brauchen sie einen Ort, um Dinge zu verstauen.«

»Oder sie wollen sich hier niederlassen«, warf Hrolfson ein. »Holox ist weitgehend unbewohnt.«

Scott schwieg auch weiterhin.

»Warten Sie hier, Mr. Spock«, wies Lieutenant Berengaria den Vulkanier an.

Spock verharrte. In keinem der bisher untersuchten zirgosianischen Gebäude auf Holox waren sie irgendwelchen Gefahren begegnet, aber die Sicherheitswächterin hielt es trotzdem für besser, jedes Risiko zu meiden. Spock wußte ihre Gründlichkeit zu schätzen.

Berengaria wurde kaum den Starfleet-Anforderungen in Hinsicht auf die Minimalgröße für Sicherheitsoffiziere gerecht, aber irgendwie gelang es ihr, groß genug zu wirken. Zum einen Teil lag es an den langen, muskulösen Armen, zum anderen am dichten Haar, das borstenartig nach oben reichte und ihr einige zusätzliche Zentimeter Größe verlieh. Doch es gab noch einen wichtigeren Grund, der Beobachter veranlaßte, ihre kleine Statur einfach zu übersehen: Kompetenz und Tüchtigkeit. Berengaria schien immer genau zu wissen, worauf es ankam. Deshalb wartete Spock gern, während sie das Gebäude zusammen mit zwei anderen Sicherheitswächtern überprüfte.

Eine Zeitlang betrachtete der Vulkanier die Fassade, die keinen Hinweis auf den Zweck des Bauwerks bot. Bisher war die Suche ohne konkretes Ergebnis geblieben. Zunächst hatte Spock bei den geborgenen Überlebenden nach Personen Ausschau gehalten, die seine Fragen beantworten konnten. Er fand zwei zirgosianische Kolonisten, die bei Bewußtsein waren, doch als er mit ihnen sprechen wollte, traf Schwester Chapel ein und schickte ihn fort.

Auf welche Weise sind diese Siedler vergiftet worden? überlegte er und dachte dabei an die immer noch stattfindenden Analysen. Inzwischen stand nur eins fest: Die Luft schied als Übertragungsmedium aus.

Spock trat einige Schritte zurück, um den Blickwinkel zu erweitern. Die Architektur der Zirgosianer gefiel ihm im großen und ganzen: Sie vereinte das Funktionelle mit dem Ästhetischen, und zwar auf eine Weise, die insbesondere Vulkaniern zusagte. Ein sehr zivilisiertes Volk, die Zirgosianer: Seit sie Raumfahrt betrieben, hatten sie sich anderen Welten gegenüber nie aggressiv verhalten. Sie schienen überhaupt keine Feinde zu haben. Jim Kirks Vermutung, es ginge jemandem darum, diese intelligente Spezies auszurotten, stieß bei Spock zunächst auf Skepsis, aber angesichts der Massenvergiftung auf Holox mußte er dieser Annahme eine gewisse Wahrscheinlichkeit zubilligen.

Spock setzte sich in Bewegung, trat an die eine Ecke des Gebäudes heran und blickte an der Flanke entlang. Dieses Bauwerk unterschied sich von den anderen. Die meisten Häuser waren so beschaffen, daß sie fragil, erhaben und makellos wirkten. Muster aus Hellblau und Weiß betonten die klaren Linien der zirgosianischen Baukunst.

Doch ein derartiges Gebäude hätte auch auf Argelius

II stehen können. Dunkel und asymmetrisch ragte es in die Höhe, und seine äußere Gestaltung wies auf eine recht komplexe Innenstruktur hin. Was die Farben betraf ... Spock blickte durch einige Fenster und sah dunkle, kastanienbraune und grüne Töne, hier und dort auch goldene Zierleisten. Er bemerkte einen elaborierten Wandteppich, doch die Entfernung war zu groß, um Einzelheiten zu erkennen.

Sein Kommunikator piepte.

»Hier Spock.«

»Wir sind mit der Analyse fertig«, berichtete Christine Chapel. »Das Wasser, Mr. Spock! Mit den Nahrungsmitteln ist alles in bester Ordnung, doch das Wasser enthält eine hohe Konzentration des toxischen Alkaloids, an ein Verzögerungsagens gebunden.«

»An ein Verzögerungsagens? Dann dürfte für die Vergiftung wohl kaum ein Zufall in Frage kommen.«

»Nein, Sir. Wer auch immer die Verantwortung trägt: Er wollte nicht, daß der Tod einiger Zirgosianer die anderen warnte und daran hinderte, ebenfalls das Wasser zu trinken.«

»Eine logische Schlußfolgerung. Vielen Dank für die Mitteilung, Schwester Chapel.«

Jetzt haben wir einen Beweis für Mutwilligkeit. Spock war nicht überrascht — nur selten geschah etwas, das ihn wirklich überraschte. Aber Besorgnis regte sich in ihm. Unter normalen Umständen würde die *Enterprise* im Orbit von Holox bleiben, bis die Siedler allein zurechtkamen. Kirk hätte den Zirgosianern sicher geholfen, die Schuldigen zu finden. Doch es gab ein noch viel ernsteres Problem: die sich nach wie vor ausdehnende Hitzefront. Wenn das Drei-Minuten-Universum auch weiterhin wuchs, existierte Holox bald gar nicht mehr. Trotzdem ... Bestimmt entschied Jim, in der Umlaufbahn zu bleiben, bis sich genügend Zirgosianer erholt hatten, um die grundlegenden Funktionen der Kolonie zu gewährleisten.

Berengaria kam aus dem Gebäude. »Es handelt sich um eine Art Herberge, Mr. Spock. Für Besucher von Außenwelt. Vermutlich brachte man hier Gäste unter, die sich in den anderen, antiseptischen Gebäuden nicht wohl gefühlt hätten.«

»›Antiseptisch‹, Lieutenant? Meinen Sie damit medizinische oder ästhetische Aspekte?«

»Ästhetische.« Die Sicherheitswächterin lächelte. »Auch ich würde lieber hier wohnen. Eine derartige Architektur gefällt nicht jedem.« Sie deutete zum nächsten zirgosianischen Gebäude. »Nun, wir haben nur einige Zimmer untersucht, aber ich bin dennoch ziemlich sicher, daß sich in diesem Haus keine Fallen verbergen.«

»Sind Sie jemandem begegnet?«

»Nein, Sir.«

Spock folgte der Frau ins Gebäude. Balken reichten an der niedrigen Decke entlang, und die Zimmer waren voller bunter, üppig gepolsterter Möbel. Tapisserien und Bilder hingen an den Wänden; kleine Skulpturen standen in Nischen. Spock empfand Einrichtung und Dekoration als viel zu verspielt. »Wo haben Sie nachgesehen?«

»Nur hier unten im Erdgeschoß.«

Spock stieg eine Wendeltreppe hoch — eine normale Treppe hätte vollkommen ausgereicht, denn es gab nur zwei Etagen in diesem Haus. Der letzten Stufe folgte ein Flur mit so niedriger Decke, daß sogar Lieutenant Berengaria ein wenig gebeugt gehen mußte. Der Vulkanier behielt recht in Hinsicht auf die komplexe Innenstruktur: Der Korridor knickte dreimal nach rechts und links ab und endete an einer weiteren Treppe, an die sich eine breitere Passage mit mehreren Türen anschloß. Spock streckte die Hand nach dem ersten Knauf aus.

»Das sollten Sie mir überlassen.« Berengaria schob den Ersten Offizier behutsam zur Seite und öffnete die Tür. Dahinter erstreckte sich ein leeres Schlafzimmer.

Die drei nächsten Räume waren ebenso beschaffen,

doch im fünften erwartete sie ein Anblick, mit dem sie gewiß nicht gerechnet hatten. Ein Mann stand dort auf einer Holztruhe, mit einer Schlinge um den Hals; das Seil führte über einen Deckenbalken hinweg zum Bett. Als der Unbekannte Spock und Berengaria sah, keuchte er laut und sprang von der Truhe herunter.

Die Sicherheitswächterin rannte auf ihn zu. Der am Strick hängende Mann trat nach ihr, aber es gelang ihr trotzdem, ihn zu packen und sein Gewicht zu tragen, bis Spock zur Stelle war. Der Namenlose setzte sich auch weiterhin zur Wehr — bis Spock die Hand hob und ihn mit dem vulkanischen Nervengriff ins Reich der Träume schickte. Von einer Sekunde zur anderen erschlaffte der Mann, sank zu Boden und blieb reglos liegen.

»Meine Güte!« schnaufte Berengaria. »Das war knapp. Er scheint eine ganze Tonne zu wiegen.«

»Versuchen wir, es ihm etwas bequemer zu machen.« Spock bückte sich und griff nach den Armen des Bewußtlosen. Vulkanier waren sehr kräftig, aber der Erste Offizier mußte sich anstrengen, um den Fremden hochzuheben. Mit Berengarias Hilfe brachte er den verhinderten Selbstmörder zum Bett.

»Er ist recht klein — und trotzdem enorm schwer.« Berengaria schnappte nach Luft. »Wie erklären Sie sich das, Mr. Spock? Er sieht aber nicht wie ein Zirgosianer aus.«

»Ich glaube, wir haben es mit einem Bürger des Planeten Gelchen zu tun, Lieutenant«, erwiderte Spock. »Auf jener Welt herrscht eine ziemlich hohe Schwerkraft: eins Komma acht fünf G. Alle Gelcheniten sind klein und gedrungen — und aufgrund einer dichten Körpermasse sehr schwer.«

»Was hat ihn nach Holox geführt? He, ich glaube, er kommt wieder zu sich.«

Der Mann öffnete die Augen, blickte einige Sekunden lang benommen zu Spock und Berengaria auf. Dann erinnerte er sich, drehte den Kopf zur Seite und schluchzte. Er bebte am ganzen Leib, und Tränen rollten ihm über die Wangen.

Die Sicherheitswächterin war verblüfft, und instinktiv streckte sie eine tröstende Hand aus. »Beruhigen Sie sich. Bestimmt gibt es eine bessere Lösung als Selbstmord.« Sie sah Spock an. »Sie beherrschen nicht zufällig die Sprache der Gelcheniten, oder?«

»Nein, ich bedauere.«

Aber es spielte keine Rolle — der Mann verstand Föderations-Standard. »Warum haben Sie mich nicht sterben lassen?« klagte er und schlug beide Hände vors Gesicht.

Spock und Berengaria warteten. Schließlich verklang das Schluchzen des Gelcheniten, und er setzte sich auf, schien erst jetzt die Uniformen zu bemerken. »Sie kommen von einem Starfleet-Schiff?«

»Ja, von der *Enterprise*«, bestätigte der Vulkanier. »Ich bin der Erste Offizier Spock, und das ist Lieutenant Berengaria. Sie sind ...?«

»Mein Name lautet Borkel Mershaya ev Symwid, und ich gehöre zur Transgalaktischen Handelskommission von Gelchen.« Er holte tief Luft. »Sie sollten mich sofort verhaften. Ich bin für die Vergiftung des Wassers verantwortlich. *Ich* habe all die Zirgosianer umgebracht.« Sein Kopf sank nach vorn, bis das Kinn an die Brust stieß.

»Was?« brachte Berengaria hervor. Sie trat näher ans Bett heran.

Spocks linke Braue kletterte nach oben. »Mr. ev Symwid, ist Ihnen die Bedeutung Ihrer Worte klar? Haben Sie die zirgosianischen Kolonisten ganz bewußt vergiftet?«

»Ja«, antwortete der Gelchenit leise. »Mit einer solchen Schuld kann ich nicht leben. Oh, Sie hätten mich sterben lassen sollen.«

Spock wandte sich an Berengaria. »Rufen Sie Ihre

Leute.« Er holte seinen Kommunikator hervor. »*Enterprise*, bitte kommen.«

»Hier *Enterprise*.«

»Fünf Personen für den Transfer. Warten Sie auf mein Signal.«

Der Gelchenit namens Borkel Mershaya ev Symwid saß im Konferenzzimmer der *Enterprise*, ließ Kopf und Schultern hängen. Dr. McCoy hatte ihm ein Stimulans verabreicht, um Depressionen vorzubeugen, aber der Mann blieb passiv und niedergeschlagen. Lieutenant Berengaria stand mit verschränkten Armen hinter ihm. Spock war damit beschäftigt, einen neuen Tricorder zu justieren, den er sich aus dem Magazin besorgt hatte — um jenes Gerät zu ersetzen, das Scott den Weg zur sonderbaren Wärmequelle auf Holox wies.

Die Tür öffnete sich, und Captain Kirk kam herein. In seinem Gesicht zeigte sich eine Mischung aus Abscheu und Neugier, als er vor dem kummervollen Gelcheniten stehenblieb und ihn musterte. »Borkel Mershaya ev Symwid«, sagte er. »So heißen Sie, nicht wahr? Sind Sie stolz auf diesen Namen?«

Der Mann hob den Kopf. »Früher war ich es«, erwiderte er. »Aber jetzt bin ich es nicht mehr.«

Kirk starrte einige Sekunden lang auf ihn hinab, bevor er am Tisch Platz nahm. »Ich bin Captain Kirk. Bei allem, was Ihnen heilig ist — warum haben Sie die Kolonisten vergiftet? Ich will die ganze Wahrheit von Ihnen hören, klar? Ihr Motiv. Was veranlaßte Sie zu einem so schrecklichen Verbrechen?«

Der Gelchenit seufzte. »Die Plünderer. Sie zwangen uns. Sie ...«

»Einen Augenblick«, sagte Kirk scharf. »Soll das heißen, die Plünderer wollten den Tod der Siedler? Warum?«

»Die Zirgosianer verweigerten den Beutlern die Erlaubnis, ihr ... Ding in der Wüste zu bauen. Deshalb verlangten die Plünderer von uns ...«

»*Uns?* Erzählen Sie mir die ganze Geschichte, ev Symwid, und zwar von Anfang an. Was führte Sie überhaupt nach Holox?«

Der Gelchenit befeuchtete sich die trockenen Lippen. »Ich gehörte zur Transgalaktischen Handelskommission von Gelchen. Holox und unsere Heimatwelt trafen vor kurzer Zeit ein Handelsabkommen, und unsere Aufgabe bestand darin, Büros für ein entsprechendes Verwaltungszentrum auszuwählen. Doch plötzlich kamen die Plünderer und begannen einfach damit, in der Wüste zu bauen — ohne um Erlaubnis zu fragen. Die Behörden von Holox schickten eine Gruppe, um die Beutler aufzufordern, den Planeten zu verlassen. Nicht einer der Gesandten kehrte zurück.«

»Sie wurden getötet?« vergewisserte sich Kirk. Als ev Symwid nickte, fügte er hinzu: »Und was unternahmen die Zirgosianer daraufhin?«

»Die Kolonisten sind keine Krieger, Captain. Sie versuchten zunächst, sich mit dem Heimatplaneten in Verbindung zu setzen. Als sie keine Antwort bekamen, begannen sie, sich zu bewaffnen. Niemand von ihnen wußte, ob sie angreifen oder sich verteidigen sollten. Einige Siedler schlugen vor, auch weiterhin zu versuchen, einen Kontakt mit Zirgos herzustellen oder die Föderation um Hilfe zu bitten.«

Kirk wußte natürlich, warum eine Antwort von Zirgos ausgeblieben war, aber er hielt sich nicht mit einer Erklärung auf. »Und dann?«

»Ich wollte mit zwei anderen Mitgliedern der Handelskommission zu unserem Schiff zurückkehren. Offen gestanden: Holox erschien uns nicht mehr sicher genug. Unsere Kollegen befanden sich bereits an Bord. Als wir den Transfer einleiteten ... Die Plünderer entführten uns. Wir hatten überhaupt keine Chance.«

Berengaria schnaufte.

»Haben Sie etwas gesagt, Lieutenant?« fragte Kirk.

»Nein, Sir.«

Spock ergriff zum erstenmal das Wort. »Auf welche Weise erfolgte die Entführung, Mr. ev Symwid?«

»Ich weiß es nicht. Ich erinnere mich nur noch daran, daß ich plötzlich einen gräßlichen Gestank wahrnahm. Ich übergab mich, ebenso wie meine beiden Begleiter. Wenige Sekunden später verlor ich das Bewußtsein. Als ich wieder zu mir kam, trug ich einen Helm, der vor dem schauderhaften Geruch schützte. Wir waren an Bord des Plünderer-Schiffes, und dort erfuhren wir, daß wir die Trinkwasserreserven der Zirgosianer vergiften sollten. Die toxischen Substanzen bekamen wir von den Beutlern.«

»Und es ging den Fremden nur um diese eine Siedlung?« fragte Spock. »Es gibt mindestens ein Dutzend weitere auf Holox.«

»Von anderen Siedlungen war nie die Rede, nur von diesem einen Ort. Weil er nicht weit von dem Gebiet entfernt ist, wo die Bauarbeiten der Plünderer stattfinden. Dabei wollten sie nicht gestört werden, und deshalb beschlossen sie, einfach alle Zirgosianer umzubringen. Nun, wir weigerten uns natürlich, den Beutlern zu helfen — was sie zum Anlaß nahmen, mit einem Angriff auf unsere Heimatwelt zu drohen. Und um zu beweisen, daß sie es ernst meinten ... Sie zerstörten unser Schiff.«

Kirk preßte kurz die Lippen zusammen. »Überlebende?«

»Nein.« Der Gelchenit hob eine Hand vor die Augen. »Die Plünderer *verspotteten* uns, Captain. Erst feuerten sie über unser Raumschiff hinweg, dann rechts und links daran vorbei. Einige Minuten lang verhöhnten sie uns auf diese Weise, bis sie schließlich den Spaß daran verloren und den Transporter vernichteten.«

Berengaria riß entsetzt die Augen auf. »Haben sich Ihre Artgenossen verteidigt?«

»Ja, natürlich. Aber das energetische Potential unserer Waffen genügte nicht, um etwas gegen die Schilde der Beutler auszurichten — ihr Schiff ist ungeheuer stark abgeschirmt. Nun, alle anderen Gelcheniten waren tot, bis auf uns drei an Bord des Plünderer-Kreuzers. Man drohte damit, Gelchen zu verheeren, wenn wir es auch weiterhin ablehnten, die Zirgosianer zu vergiften.« Der Mann schluckte. »Uns blieb keine Wahl.«

Stille folgte. Nach einer Weile fragte Spock: »Mr. ev Symwid, warum haben die Beutler nicht ihre überlegenen Waffen eingesetzt, um die Kolonisten zu töten?«

»Keine Ahnung, Mr. Spock. Sie ließen sich nicht dazu herab, uns ihre Gründe zu erläutern.«

»Wo sind die beiden anderen Gelcheniten?« erkundigte sich Kirk.

Borkel Mershaya ev Symwid hob kurz die Schultern. »Verschwunden. Vielleicht gelang ihnen die Flucht zu einer anderen Siedlung.«

Die Sicherheitswächterin bebte vor Zorn. »Und Sie haben sich einfach gefügt? Sie nahmen das Gift von den Plünderern und brachten damit die Zirgosianer um?«

Der Gelchenit drehte den Kopf, als er die Wut in Berengarias Stimme hörte. Er stand auf und trat der uniformierten Frau entgegen. »Ja, ihr Tod ist meine Schuld, und ich bin bereit, dafür mit dem Leben zu sühnen. Aber ich möchte noch einmal betonen, daß mir keine Wahl blieb. Hätte ich mein eigenes Volk opfern sollen, um die Zirgosianer zu retten? Es ist leicht, ein Urteil zu fällen. Wie hätten Sie sich verhalten?«

Berengaria blieb so dicht vor ev Symwid stehen, daß sich fast ihre Nasen berührten. »Ich hätte nach einer Möglichkeit gesucht, Gelchen vor einem bevorstehenden Angriff der Plünderer zu warnen. Ich wäre bestimmt nicht bereit gewesen, mich von den Fremden in ein willfähriges Werkzeug verwandeln zu lassen und die Kolonisten zu vergiften. Selbst wenn wir annehmen, daß Sie sich nicht mit Ihrer Heimat in Verbindung setzen konnten ... Gelchen ist wohl kaum völlig wehrlos, oder? Und Ihr Volk ist nicht dumm. Die Gelcheniten wissen, wann sie angegriffen werden, und bestimmt setzen sie sich dann zur Wehr. Verdammt, sie hätten wenigstens eine Chance bekommen — ganz im Gegensatz zu den zirgosianischen Kolonisten! Warum haben Sie nicht das Gift genommen, um es anschließend gegen die Beutler zu verwenden? Oder um *damit* Selbstmord zu begehen? Statt dessen sind Sie zu einem Massenmörder geworden!«

»Das reicht jetzt, Lieutenant«, murmelte Kirk. Seine Miene verriet ein gewisses Verständnis für Berengarias heftige emotionale Reaktion.

Die Sicherheitswächterin kehrte ev Symwid abrupt den Rücken zu und schwieg. Der Gelchenit richtete einen flehentlichen Blick auf den Kommandanten der *Enterprise*. »Glauben Sie etwa, ich wollte mich rechtfertigen? Ich schwöre Ihnen, daß ich die Wahrheit gesagt habe, Captain! Und ich erkläre hiermit meine Bereitschaft, mich elektrischen oder chemischen Verifikationstests zu unterziehen.«

»Oh, uns steht eine wesentlich bessere Methode zur Verfügung. Mr. Spock?«

Der Vulkanier legte den Tricorder beiseite, erhob sich und schritt zu dem Gelchenitan. »Ich muß Sie berühren, doch seien Sie unbesorgt: Der Vorgang ist völlig schmerzlos.« Er spreizte die Finger der rechten Hand und tastete damit nach den Nervenpunkten im Gesicht des anderen Mannes. Borkel Mershaya ev Symwid wußte offenbar, was es mit der vulkanischen Mentalverschmelzung auf sich hatte, denn er verharrte in völliger Reglosigkeit und achtete darauf, Spocks Konzentration nicht zu beeinträchtigen. Eine Minute verstrich, dann eine zweite. Schließlich ließ der Erste Offizier die Hand sinken. »Er hat tatsächlich die Wahrheit gesagt, Captain.«

Es knackte im Lautsprecher des Tisch-Interkoms. »Captain Kirk, bitte melden Sie sich.«

»Hier Kirk. Was ist los, Uhura?«

»Das Raumschiff der Plünderer empfängt Signale,

Sir«, meldete Uhura. »Und sie stammen von der *Enterprise*.«

»Können Sie den Ausgangspunkt feststellen?«

»Deck G. Eine genauere Lokalisierung ist leider nicht möglich.«

»Wir sind auf Deck G«, murmelte Kirk erstaunt.

Spock konsultierte seinen Tricorder. »Captain, die Signale haben ihren Ursprung ... in diesem Zimmer.« Er drehte das Ortungsgerät hin und her, bis die Sensoröffnung zum Gelcheniten deutete. »Der Sender scheint sich in seinem Arm zu befinden.«

Der kleine Mann starrte verdutzt an sich herab. »In *meinem* Arm?«

»Ein Implantat!« entfuhr es Kirk. »Womit hat man Sie ausgestattet, ev Symwid? Mit einem Peiler? Mit einem elektronischen Spion?«

»Ich ... ich weiß es nicht. Ich bin ebenso überrascht wie Sie, Captain. Die Operation muß während meiner Bewußtlosigkeit stattgefunden haben.«

Jim beugte sich zum Interkom vor. »In Ordnung, Uhura. Wir haben den Sender gefunden. Kirk Ende.« Er räusperte sich. »Lieutenant Berengaria, eskortieren Sie Mr. ev Symwid zur Krankenstation. Bitten Sie Dr. McCoy, das Implantat so schnell wie möglich aus dem Arm zu entfernen.«

»Ja, Sir«, bestätigte die Sicherheitswächterin. »Kommen Sie.« Berengaria klopfte dem Gelcheniten auf die Schulter und führte ihn durch die Tür.

Kirk und Spock wechselten einen nachdenklichen Blick. »Ein ganzes Volk verändert sich nicht einfach über Nacht, Jim«, sagte der Vulkanier.

Kirk nickte. »Mir gingen gerade ähnliche Gedanken durch den Kopf. Was auch immer die Plünderer in kaltblütige Mörder verwandelte — es muß im Lauf der Zeit in ihnen gewachsen sein. Oder Sie haben diese Sache schon seit Jahren geplant.«

»Aber wenn es einen Plan gibt ... Was streben die

Fremden an? Welches Ziel wollen sie erreichen? Wir haben keine Beweise dafür, daß die Beutler hinter dem Strukturriß stecken, durch den die Energie eines anderen Universums in unseren Kosmos fließt. Vielleicht existiert überhaupt kein Zusammenhang zwischen dem Drei-Minuten-Universum und den hiesigen Ereignissen.«

»Vielleicht nicht«, räumte Kirk ein. »Trotzdem würde ich nicht zögern, meine ganze Pension bei einer entsprechenden Wette zu riskieren.«

In Spocks Mundwinkeln zuckte es kurz. »Ihre ganze Pension, Jim? Im Ernst?«

»Nun, die *Hälfte* davon. Besser gesagt: ein Viertel.«

»Seien Sie froh, daß ich nie wette. Außerdem besteht eine gewisse Wahrscheinlichkeit dafür, daß niemand von uns Gelegenheit bekäme, das Geld in Empfang zu nehmen.«

»Ich habe versucht, nicht daran zu denken. Die Hitzefront ist noch immer in Bewegung ... Können wir sie irgendwie aufhalten, Spock?«

»Ich bezweifle es. Andererseits: Wenn Sie recht haben und die energetische Brücke zwischen den beiden Universen tatsächlich künstlichen Ursprungs ist ... Nun, dann sind die Verantwortlichen vielleicht imstande, den Strukturriß wieder zu schließen. Aber ich sehe mich außerstande, Ihnen eine Antwort auf die Frage zu geben, wie so etwas bewerkstelligt werden kann. Mir sind nicht einmal diesbezügliche Theorien bekannt. Wie dem auch sei: Wenn die Beutler über eine Möglichkeit verfügen, unseren Kosmos zu retten, so müssen sie früher oder später Gebrauch davon machen — um selbst zu überleben.«

»Ja, das stimmt, Spock. Was beabsichtigen sie? Was streben sie an? Vielleicht kann uns die Zirgosianerin aus dem Verwaltungszentrum von Holox Auskunft geben, wenn sie erwacht. Da fällt mir ein: Wird's nicht langsam Zeit, daß Scotty Bericht erstattet?«

»In der Tat. Es erstaunt mich, daß sich Mr. Scott noch nicht gemeldet hat.«

Die Stimme des Bordarztes drang aus dem Interkom. »McCoy an Captain Kirk.«

»Was hast du auf dem Herzen, Pille?«

»Ich habe gerade das Dingsbums aus dem Arm des Gelcheniten geholt. Was soll ich damit anstellen?«

»Bring es zur Brücke — wir treffen uns dort.« Kirk unterbrach die Verbindung und stand auf. »Gehen wir, Spock. Gleich bekommen Sie Gelegenheit, sich einen ersten Eindruck von der Beutler-Technik zu verschaffen.«

»Was ist denn das, Jim?« fragte McCoy. »Eine Art Sender?«

»Danach sieht's aus«, erwiderte Kirk. »Mr. Spock, können Sie diesen Apparat irgendwie mit dem Bordcomputer verbinden?«

»Ich versuche es, Captain.« Spock nahm das aus dem Arm des Gelcheniten stammende Implantat entgegen und betrachtete es. »Miniaturisierte Schaltkreise. Lieutenant Uhura, ich benötige Ihre Hilfe.«

»Ja, Sir. Ich nehme an, wir brauchen Mikrowerkzeuge, nicht wahr?«

Sie begannen mit der Arbeit, und McCoy schaute ihnen dabei über die Schultern. Kirk saß im Kommandosessel. »Statusbericht, Mr. Sulu.«

»Das Schiff der Plünderer befindet sich nach wie vor auf der anderen Seite des Planeten. Und sie ignorieren unsere Versuche, einen Kontakt mit ihnen herzustellen.«

Kirk nickte. Er hatte nichts anderes erwartet.

Chekov wandte sich halb um. »Sind die Beutler für den Tod der Kolonisten auf Holox verantwortlich, Captain?«

»Ja. Sie entführten drei Gelcheniten und zwangen sie, das Trinkwasser der Siedler zu vergiften.«

Der junge Navigator runzelte verwirrt die Stirn. »Aber warum? Was versprechen sie sich davon?«

Kirk seufzte. »Eine Antwort auf diese Frage steht noch aus, Mr. Chekov. Warum sind die Plünderer überhaupt hier?«

»Ist ihre Heimatwelt sehr weit entfernt, Captain?« erkundigte sich Sulu.

»Niemand kennt sie.«

»Vielleicht kam es dort zu einem Unglück, zu einer Naturkatastrophe oder so«, meinte der Steuermann. »Vielleicht suchen sie nach einem Planeten, auf dem sie sich niederlassen können.«

»In *meiner* Heimat gibt es eine Region, in der sie willkommen wären«, sagte Chekov. »Sie heißt Sibirien.«

»Fertig, Captain«, verkündete Spock.

»Also schön, was haben wir hier?« Kirk sah auf den Bildschirm, der die Signale des Senders in Form von Symbolen zeigte. »Sieht nach wirren Kratzern aus. Das dort empfängt man an Bord des Plünderer-Schiffes?«

»Ja, Sir«, antwortete Uhura. »So erreichen die Signale den Empfänger. Vermutlich werden sie von einem Kommunikationssatelliten im Orbit von Holox weitergeleitet.«

»Seltsam«, murmelte Kirk. »Die Zeichen verändern sich dauernd. Spock?«

»Unser Computer kann den Code nicht entschlüsseln, Captain. Ich versuche es mit einer kryptographischen Analyse.«

Uhura kniff die Augen zusammen. »Das Muster an dieser Stelle ... Warten Sie, ich trenne es vom Rest.« Sie wählte zehn Zeilen aus und kopierte sie auf einen kleineren Monitor, während der größere Schirm auch weiterhin ›Kratzer‹ zeigte, die immer neue Formen annahmen. »Sehen Sie dieses Symbol hier?« fragte Uhura. »Es steht immer allein und ist nie Teil einer Gruppe. Hier ... hier ... und hier ... Vielleicht ein Bindewort. Oder das Beutler-Äquivalent eines Satzzeichens.«

»Immerhin ein Anfang«, kommentierte Kirk. »Kryptoanalyse?«

»Bisher ohne Ergebnis, Captain.« Jim glaubte fast, so etwas wie Enttäuschung in der Stimme des Vulkaniers zu hören. »Der Computer ist nicht imstande, den Code zu dechiffrieren, weil es keinen Ansatzpunkt gibt. Ich kann nur versuchen, die Symbole neu anzuordnen und mit englischen Wortgruppen zu assoziieren.« Spock betätigte mehrere Tasten, und Buchstabenkolonnen wanderten über den Bildschirm.

»Ruhe!« rief Uhura plötzlich. »Captain? Bitte ... Alle sollen schweigen.«

Die Brückenoffiziere starrten sie überrascht an, doch auf ein Zeichen von Kirk hin herrschte jähe Stille im Kontrollraum. Und die Symbole verschwanden aus dem Projektionsfeld.

»Na bitte!« entfuhr es Uhura triumphierend. Sofort erschienen neue ›Kratzer‹ auf dem Bildschirm.

»Das sind von *uns* gesprochene Worte?« fragte Kirk.

»Ja, Sir! Jenes winzige Gerät, das wir mit dem Computer verbunden haben ... Es ist nicht nur ein Sender, sondern auch ein Translator. Der Schirm zeigt uns die Schriftsprache der Beutler!«

»Ausgezeichnet«, freute sich Kirk. »Jetzt haben wir eine Arbeitsgrundlage!«

»Gute Arbeit, Lieutenant«, lobte Spock ruhig.

»Kein Wunder, daß der Computer nichts mit dem ›Code‹ anfangen konnte«, fuhr Kirk fort. »Die Speicherbänke enthalten keine Informationen über das Vokabular der Plünderer. Und noch etwas ... Jetzt wissen wir genau, daß die Fremden unsere Mitteilungen empfangen und auch verstehen.« Er hob die Stimme. »An das Schiff der Beutler: Hier spricht Captain James T. Kirk von der USS *Enterprise*. Ich fordere Sie hiermit auf, einen Kom-Kanal zu öffnen und uns Ihre Beteiligung an den jüngsten Ereignissen auf Holox zu erläutern. Antworten Sie unverzüglich.«

Kirk wartete, doch nur leises Rauschen drang aus den Lautsprechern der externen Kommunikation.

»Wiederholen Sie die Botschaft, Lieutenant Uhura«, sagte Kirk. »Mr. Spock — können Sie die Translator-Komponente vom Sender trennen, ohne daß sie beschädigt wird?«

»Vielleicht, Captain. Wenn Sie bitte etwas zurücktreten würden, Doktor...«

McCoy wich beiseite. Niemand gab einen Ton von sich — inzwischen wußten die Brückenoffiziere, daß jedes gesprochene Wort in die Plünderer-Sprache übersetzt und zum Schiff der Fremden auf der anderen Seite des Planeten gesendet wurde.

Nach einer Weile sah Spock auf. »Mehrere Schaltkreise werden sowohl vom Translator als auch vom Sender verwendet, Captain. Um eine Separierung herbeizuführen, muß eine Funktion geopfert werden. Ich nehme an, Ihnen geht es in erster Linie um das Übersetzungsmodul, nicht wahr?«

»Ja.« Kirk nickte. »Also los.«

Nach einigen Minuten waren die beiden Bestandteile des winzigen Geräts voneinander getrennt. Die Offiziere auf der Brücke seufzten erleichtert, bis auf Spock, dessen Aufmerksamkeit einzig und allein dem winzigen demontierten Sender galt. »Eine bemerkenswert hochentwickelte Mikrotechnik«, sagte der Erste Offizier.

»Warum haben die Plünderer das Ding im Arm des Gelcheniten untergebracht?« fragte McCoy. »Weil sie mit seiner Verhaftung rechneten? *Wollten* sie vielleicht, daß wir ihn schnappen?«

»Wahrscheinlich hatten alle drei Gelcheniten derartige Implantate«, erwiderte Kirk. »Falls sie zu fliehen versuchten — dann wäre es den Beutlern nicht schwergefallen, ihren Aufenthaltsort festzustellen.«

»Die Möglichkeit, uns zu belauschen, ist also nur eine Art zusätzlicher Bonus?«

»Ja.« Kirk rief sich ins Gedächtnis zurück, worüber sie

vor der Entdeckung des winzigen Geräts im Konferenzzimmer gesprochen hatten. *Wahrscheinlich wußten die Fremden ohnehin Bescheid*, dachte er. *Ich bezweifle, ob sie durch uns noch mehr in Erfahrung bringen konnten.* »Lieutenant Uhura, Sie haben das Geheimnis des Translators entdeckt. Ich schlage vor...«

Sie war bereits bei der Arbeit. »Raumschiff«, sagte sie in ein Mikrofon, das allein diesem Zweck diente. Ein Wort erschien auf dem Bildschirm, und der Computer speicherte es.

»Ja, genau darum wollte ich Sie bitten.« Kirk lächelte. »Nun, Doktor, glaubst du, deine Patientin hatte genug ›natürlichen Schlaf‹, den du für so wichtig hältst?«

McCoy grinste. »Gehen wir.«

Uhura sah über die Schulter. »Ich könnte Hilfe gebrauchen, Sir.«

»Ich helfe ihr, Captain«, bot sich Chekov an. Er langweilte sich: Für ihn gab es nichts zu tun, solange die *Enterprise* im Standardorbit blieb.

»Sie haben gerade einen Assistenten bekommen, Lieutenant«, sagte Kirk. »Verständigen Sie mich, wenn Sie glauben, das Vokabular sei groß genug. Mr. Spock, ich bin in der Krankenstation, falls Sie...«

Eine Stimme aus dem Interkom unterbrach ihn. »Dr. McCoy zum Transporterraum! Dr. McCoy zum Transporterraum! Notfall!« Kyle klang sehr besorgt.

Leonard betätigte eine Taste in der Armlehne des Kommandosessels. »Um was für eine Art von Notfall handelt es sich?«

»Jemand hat Verbrennungen erlitten — und ich habe nie zuvor schlimmere gesehen!« antwortete der Transporterchef fast schrill. »Franklin, einer unserer Sicherheitswächter. Ich... Meine Güte, er stirbt, wenn Sie ihm nicht schnell helfen! Beeilen Sie sich, Doktor!«

Im Untersuchungszimmer der Krankenstation roch es nach verkohltem Fleisch. Captain Kirk stand hilflos in einer Ecke des Raums, während McCoy versuchte, den jungen Mann zu retten. Er sprühte Kühlschaum auf den entsetzlich verbrannten Körper, um Franklins Schmerzen zu lindern, und anschließend behandelte er den Schock. Nach anfänglichen Schwierigkeiten — Leonard konnte nicht sofort eine unbeschädigte Ader finden — wurden Blut und andere Flüssigkeiten in den entstellten Leib gepumpt. Der Sicherheitswächter atmete flach und unregelmäßig unter einer Sauerstoffmaske.

»Der Kühlschaum enthält auch ein antiseptisches Mittel, das Infektionen vorbeugt«, murmelte McCoy. »Aber bekommt das Körpergewebe genug Blut? Verdammt! Alle Krankenschwestern sind auf dem Planeten.« Er hastete zum Interkom. »Brücke.«

»Hier Brücke«, erklang die Stimme des Ersten Offiziers.

»Ich brauche Schwester Chapel, Spock. Sofort.«

»Ich rufe sie von Holox zurück, Doktor.«

Franklin stöhnte leise. McCoy eilte wieder zu seinem Patienten und trug noch mehr Kühlschaum auf. »Dieses Zeug verschafft nur vorübergehend Linderung«, knurrte er. »Wir müssen den Mann in ein Brandbad legen, in eine Proqualin-Lösung. Aber ich wage es nicht, ihn lange genug allein zu lassen, um das Bad vorzubereiten.«

»Kann ich irgendwie helfen?« fragte Kirk. »Sag mir nur, worauf es ankommt.«

»Behalt die Anzeigen im Auge. Und gib mir Bescheid, wenn der Atmungsindikator sinkt.« McCoy lief in Richtung Intensivstation.

Kirk blickte zum Display. Der Indikator zitterte einige Sekunden lang und verharrte dann wieder. Als Jim auf den Schwerverletzten hinabsah, stellte er sich das glatte, fröhliche Gesicht eines jungen Mannes vor. Jähe Wut vibrierte in ihm, und aus einem Reflex heraus ballte er die Fäuste. Dann schüttelte er den Kopf und richtete seine Aufmerksamkeit wieder auf den Indikator.

»Keh'n.«

Captain. Kirks Blick glitt erneut zu dem Sicherheitswächter. Der Mann versuchte zu sprechen — aber seine Lippen waren verbrannt. »Franklin?«

»P-plünderer... Sie... sind dafür verantwortlich.« Er keuchte. »Ching... ist tot. Nur... Asche blieb von ihr übrig.«

Asche. Kirk biß die Zähne zusammen. »Was ist mit Mr. Scott und dem anderen Mann aus der Sicherheitsabteilung?«

»Keine... Ahnung. Sie...« Franklin schnaufte und konzentrierte sich darauf, wieder gleichmäßiger zu atmen.

»Reden Sie jetzt nicht mehr«, sagte Kirk. »Und liegen Sie so still wie möglich.«

Die Tür öffnete sich, und Chapel kam herein. Sie schnappte nach Luft, als sie Franklin sah. »Brandbad«, sagte die Schwester.

»Dr. McCoy bereitet eins vor«, entgegnete Kirk. Daraufhin wirbelte Chapel um die eigene Achse und eilte ebenfalls zur Intensivstation.

Kurze Zeit später kehrte Leonard mit einer Antigravbahre zurück. »Bitte hilf mir dabei, den Patienten zu bewegen, Jim. Aber streif dir vorher sterile Handschuhe über. Sie liegen auf dem Tisch hinter dir.«

Sie legten Franklin auf die Bahre. Schwester Chapel meldete, das Brandbad sei fertig; sie trug die Transfusions-Apparaturen, während Kirk und McCoy die Antigravbahre zur Intensivstation steuerten. Dort ließen sie den Verletzten ins Bad hinab und warteten.

Nach einigen Minuten öffnete Franklin die Augen. »Die Schmerzen... lassen nach«, hauchte er. Über ihm schwebten drei lächelnde Gesichter.

»Jetzt geht es Ihnen viel besser, nicht wahr?« meinte McCoy. »Ach, die Unverwüstlichkeit der Jugend! Nun, sicher haben Sie das Bad schon bald satt.« Chapel nahm einen besonders weichen Schwamm, tauchte ihn in die Lösung und betupfte dann Gesicht und Kopf des Patienten. »Lassen Sie sich einfach nur treiben. Und versuchen Sie, alle Muskeln zu entspannen.«

»Kann ich ihm einige Fragen stellen, Pille?« erkundigte sich Kirk.

»Ich gebe dir eine Minute. Mehr nicht.«

»Was ist auf dem Planeten geschehen, Franklin? Was haben Sie entdeckt?«

»Plünderer ... bauten eine ... Hitze'uppel.«

»Hitzekuppel?«

»Die Außenwände ... völlig glatt.« Der Verletzte zögerte kurz und fügte mühsam hinzu: »Keine einzige Fuge darin.«

»Glatt und fugenlos. Ich verstehe.«

»Wir ... suchten nach einem Eingang. Und dabei ... überraschten uns die Beutler.«

»Eine Hitzekuppel mit völlig glatten Außenwänden. Die Fremden überraschten Sie, als Sie nach einem Eingang suchten. Und dann?«

»Geruch ... ein schrecklicher Geruch.« Allein die Erinnerung genügte, um Franklin würgen zu lassen. Schließlich beruhigte er sich wieder und fuhr fort: »Sie verwendeten ... Waffen. Brachten Ching um. Dachten wahrscheinlich, auch mich erwischt zu haben.«

»Und Mr. Scott?«

»Ich ... weiß es nicht. Verlor ... das Bewußtsein.«

»Die Minute ist um«, sagte McCoy.

Kirk wandte sich widerstrebend vom Brandbad ab. Leonard gab der Schwester noch einige Anweisungen, bevor er mit dem Captain zum Untersuchungszimmer schritt. »Es ist mir ein Rätsel, wie er es fertigbrachte, den Kommunikator zu benutzen und Kyle zu benachrichtigen, Jim. Mit seinen Händen konnte er kaum etwas anfangen.«

»Überlebt er?«

»Das läßt sich jetzt noch nicht sagen. Nun, Franklin ist jung und kräftig — ich schätze, er hat eine gute Chance.«

Kirk nickte erleichtert, doch eine Sekunde später verfinsterte sich seine Miene. »Das werden die Plünderer noch bitter bereuen.«

»Was hast du vor?«

»Pille ... Ein Mitglied meiner Crew ist tot, und ein anderes hat schwere Verbrennungen erlitten. Zwei weitere werden vermißt. Was erwartest du unter solchen Umständen von mir?«

McCoy riß die Augen auf. »Du willst doch nicht etwa das Riesenschiff da draußen angreifen, oder?«

Kirk schüttelte den Kopf. »Nein, natürlich nicht. Vermutlich könnten die Beutler uns ebenso mühelos vernichten wie das Schiff der Gelcheniten. Ich muß mir etwas anderes einfallen lassen. Aber eins steht fest: Die verdammten Mistkerle kommen nicht ungeschoren davon, verlaß dich drauf.«

McCoy musterte den Captain. »Du machst dir Sorgen um Scotty, nicht wahr?«

»Natürlich mache ich mir Sorgen um Scotty! Ich weiß nicht, ob er tot ist oder noch lebt! Vielleicht liegt er irgendwo auf dem Planeten, so schwer verletzt, daß er seinen Kommunikator nicht benutzen kann. Vielleicht hat man ihn gefangengenommen — falls die Beutler nicht auch unseren Chefingenieur umgebracht haben. Himmel, Scotty hätte jede Möglichkeit genutzt, sich mit uns in Verbindung zu setzen. Aber bisher haben wir nichts von ihm gehört.«

»Ja, ich weiß«, brummte McCoy. »Und ich bin ebenfalls besorgt.«

Kirk ballte die Fäuste, zum zweiten Mal innerhalb kurzer Zeit. »Ich weiß noch nicht, auf welche Weise ich die Plünderer zur Rechenschaft ziehe, aber sie werden büßen — das schwöre ich.« Die Züge des Captains verhärteten sich. »Glaub mir, Pille. Sie werden dafür büßen.«

KAPITEL 4

Uhura schlug verärgert auf die Konsole. »*Mister* Chekov! Die Sprache der Plünderer enthält bestimmt kein Wort für *Borschtsch!*«

»Ach?« erwiderte der junge Navigator unschuldig. »Warum denn nicht?«

»Den Grund kennen Sie genau. Außerdem hat eine Diskussion darüber überhaupt keinen Sinn — sehen Sie auf den Schirm.«

Das Projektionsfeld zeigte nur Gräue.

Chekov schürzte die Lippen und erweckte den Anschein, konzentriert nachzudenken. »Vielleicht kennen wir jetzt das Problem der Beutler — schlechte Ernährung.«

Uhura rollte mit den Augen. »Ich schlage vor, wir setzen die Arbeit fort. Und bitte verzichten Sie darauf, die Namen weiterer russischer Nationalgerichte zu nennen.«

»*Sie* meinten, wir sollten es mal mit Nahrung versuchen.«

»Ja. Mit *Beutler*-Speisen.«

»Woher soll ich wissen, was auf ihrem Speisezettel steht?«

»Entschuldigen Sie bitte, Mr. Chekov, aber eigentlich habe ich mir *Hilfe* von Ihnen erhofft.«

»Ich bin sehr bemüht, Ihnen zu helfen. Ich habe nur keine Ahnung, woraus das heutige Abendessen der Plünderer besteht.«

Uhura seufzte. »Vielleicht sollten wir es mit anderen Ausdrücken für ›Feuer‹ versuchen. Als ich dieses Wort nannte, zeigte mir der Schirm sechsundachtzig Symbole. Stellen Sie sich das vor: Die Fremden haben sechsundachtzig verschiedene Bezeichnungen für ›Feuer‹.«

»Na schön.« Chekov bewies seinen Kooperationswillen mit einem Lächeln und aktivierte das Mikrofon. »Brand.«

Sechzehn ›Kratzer‹ erschienen im Projektionsfeld.

»Nun, dadurch wird die Auswahl etwas kleiner«, murmelte Uhura. Ihre Finger huschten über die Tasten des Computers. »Leider können wir noch nicht zwischen Substantiven und Verben unterscheiden. Fahren Sie fort, Mr. Chekov.«

»Feuersbrunst.«

Drei Wörter.

»Interessant«, sagte Uhura. »Jetzt kommen wir allmählich weiter. Vielleicht sollten wir ... Einen Augenblick. Ich empfange gerade eine Nachricht.« Sie lauschte und zeichnete die Mitteilung gleichzeitig auf. »Hier *Enterprise*. Bestätigung.« Uhura öffnete einen internen Kom-Kanal. »Brücke an Captain.«

»Hier Kirk«, erklang die Antwort.

»Eine Botschaft von Starfleet Command, Sir. Schlechte Neuigkeiten. Die sich ausdehnende Hitzefront hat zwei weitere Sonnen verschlungen ...«

»Sind auch Planeten betroffen?«

»Zwei. Aber glücklicherweise gab es dort kein Leben. Nun, einige Außenstationen melden einen plötzlichen Temperaturanstieg.« Uhura zögerte kurz. »Und noch etwas, Captain: Starfleet meldet, daß auf vielen Welten Beutler zu ihren Schiffen zurückkehren und mit unbekanntem Ziel verschwinden.«

»Verdammt, das gefällt mir nicht«, brummte Kirk. »Habe ich neue Befehle bekommen?«

»Ja, Sir. Die für Sie bestimmten Anweisungen von Starfleet Command lauten: *Beeilen Sie sich.*« Uhura schwieg einige Sekunden lang. »Sir?«

»Ich habe alles verstanden. Kirk Ende.«

Uhura unterbrach die Verbindung, drehte den Kopf und wechselte einen ernsten Blick mit Chekov.

Der junge Navigator lächelte nicht mehr, als er nach dem Mikrofon griff. »Verbrennung.« Uhura hatte das Wort gerade erst eingegeben, als er fortfuhr: »Flamme. Glut. Hitze ...«

Sie durften keine Zeit mehr mit Scherzen vergeuden.

Kirk wandte sich vom Interkom in McCoys Büro ab und sah den Arzt in der Tür. »Hast du das gehört, Pille?«

Leonard nickte. »Die Hitzefront kommt näher, und unsere stinkenden ›Freunde‹ verstecken sich irgendwo. Welches Problem willst du zuerst lösen?«

»Vielleicht sind es zwei Aspekte des gleichen Problems — wenn die Plünderer für das Drei-Minuten-Universum verantwortlich sind.«

»Inzwischen ist es etwas älter als nur drei Minuten«, meinte McCoy. »Aber es hat noch immer einige Milliarden Jahre vor sich.«

»Erinnere mich nicht daran.«

»Du siehst ziemlich erschöpft aus, Jim. Wann hast du zum letztenmal geschlafen?«

»Oh, ich weiß nicht. Ist schon eine Weile her.«

»Dann solltest du dir Zeit genug für ein Nickerchen nehmen. Es nützt niemandem, wenn du vor Müdigkeit einfach umkippst.«

»Ja, du hast recht.«

»Ich habe über die Sache nachgedacht«, sagte McCoy. »Offenbar bekommen wir nicht die volle energetische Wucht des neuen Universums zu spüren. Wenn es in alle Richtungen wächst ...«

»Dann wirkt sich nur ein Teil der Explosion bei uns aus. Spock vermutet das ebenfalls. Obgleich es eigentlich gar keine Rolle spielt: Die Hitze genügt trotzdem, um uns alle zu braten. Starfleet Command hat mir neue Anweisungen übermittelt — ich soll mich *beeilen*.« Kirk schnaufte. »Pille, ich muß mit der Zirgosianerin reden.«

McCoy schmunzelte. »Deshalb bin ich gekommen. Sie ist wach. Und es geht ihr gut. Es besteht keine Gefahr mehr für sie.« Dem Arzt schien etwas einzufallen. »Übrigens: Falls du zu ihr möchtest ...«

Kirk warf Leonard einen finsteren Blick zu und stürmte an ihm vorbei zur Liege der Patientin. Sie saß aufrecht im Bett, und als der Captain sie sah, zögerte er plötzlich. *Lieber Himmel, ich muß ihr mitteilen, daß ihre Heimatwelt nicht mehr existiert.* Er beschloß, ein wenig Zeit zu gewinnen. »Wie fühlen Sie sich?«

Die Frau rang sich ein Lächeln ab. »Viel besser. Und das habe ich Dr. McCoy zu verdanken. Er meinte, in ein oder zwei Tagen bin ich wieder ›auf den Beinen‹.« Sie musterte den Besucher. »Ich erinnere mich an Sie. Gehörten Sie zu den Leuten, die mich fanden?«

»Ich bin Jim Kirk, der Captain dieses Raumschiffs. Sie haben mich auf die Plünderer hingewiesen. Entsinnen Sie sich daran?«

Das Lächeln der Zirgosianerin verflüchtigte sich. »Plünderer.«

»Jene Fremden stecken hinter der Tragödie auf Holox.« Kirk zog sich einen Stuhl heran und nahm neben dem Bett Platz. »Sie zwangen drei Männer, das Trinkwasser der Siedlung zu vergiften. Einen von ihnen haben wir verhaftet. Er heißt Borkel Mershaya ev Symwid.«

»Das ist kein zirgosianischer Name.«

»Er stammt von Gelchen und kam als Mitglied einer Handelskommission.« Der Captain erklärte, auf welche Weise die Beutler ev Symwid und die anderen beiden Gelcheniten gezwungen hatten, Hunderte von Kolonisten umzubringen.

»Sind die Plünderer noch immer auf Holox?«

»Leider ja.«

Das Gesicht der Frau zeigte Schmerz und Zorn. »Sie müssen sie daran hindern!« entfuhr es ihr. »Es darf auf keinen Fall geschehen!«

»Woran soll ich die Beutler hindern?« fragte Kirk. »Und was darf auf keinen Fall geschehen?«

Es dauerte eine Weile, aber schließlich erfuhr Jim die ganze Geschichte. Die Frau hieß Dorelian, und sie kam nicht etwa von Holox, sondern von Zirgos. Sie hatte den Kolonialplaneten besucht, um dort die Installation neuer Bergbau-Maschinen zu leiten und den Siedlern zu zeigen, wie man sie verwendete. Als sie Zirgos verließ, hielten sich dort Beutler auf: Zwischen ihnen und den Zirgosianern kam es zu einer Kontroverse in Hinsicht auf etwas, das im Auftrag der Plünderer gebaut werden sollte.

»Ihr Raumschiff«, sagte Kirk.

Dorelian sah ihn überrascht an. »Woher wissen Sie das?«

»Jemand mußte es für die Beutler bauen. Niemand weiß, wo sich ihre Heimatwelt befindet. Wahrscheinlich ist sie so weit entfernt, daß es für die hiesigen Plünderer keinen Sinn hat, ihre Schiffe in den dortigen Werften konstruieren zu lassen.«

Die Zirgosianerin nickte. »Nun, das Raumschiff war noch nicht getestet worden und sollte erst später übergeben werden. Doch die Beutler wollten nicht länger warten und nahmen es sich einfach. Man baute es im Orbit, und deshalb brauchten sich die Fremden nur von ihrem alten Schiff aus an Bord zu beamen. Es handelt sich um eine spezielle Konstruktion, Captain. Zum Beispiel sind verschiedene Strukturen möglich.«

»Wir haben eine solche Metamorphose beobachtet.«

»Dann wissen Sie Bescheid. Durch die kompakte Form wird Energie fürs Lebenserhaltungssystem gespart — das Ambiente der Beutler erfordert recht hohe Temperaturen. Aus diesem Grund bleiben sie kaum über Nacht, wenn sie auf einem Planeten weilen. Sie wären großen physischen Belastungen ausgesetzt.«

»Das wußte ich nicht«, murmelte Kirk.

»Die erweiterten Formen des Schiffes entsprechen

den Gefechts- und Manöver-Modi. Dazu ist ein hohes energetisches Potential notwendig — Energie, die normalerweise von den Lebenserhaltungssystemen beansprucht wird.«

»Das Schiff kann also nicht lange im Gefechtsmodus bleiben?« fragte Kirk. »Schon nach kurzer Zeit muß es zur kompakten Form zurückkehren, damit die Temperatur an Bord nicht unter eine kritische Schwelle sinkt?«

»Ja«, bestätigte Dorelian. »Soweit ich weiß, hielten unsere Ingenieure und Techniker in dieser Hinsicht Verbesserungen für möglich. Aber die Beutler hatten es eilig. Den Grund dafür erfuhren wir unmittelbar vor meiner Reise nach Holox.«

Die Zirgosianerin legte eine kurze Pause ein und ordnete ihre Gedanken. »Auf Zirgos werden nicht nur Raumschiffe gebaut, Captain. Nun, ich will nicht zu viele Worte verlieren: Unseren Forschern gelang ein enorm wichtiger wissenschaftlicher Durchbruch. Sie fanden heraus, wie man die Energie von anderen Universen anzapft.«

Kirk hielt unwillkürlich den Atem an. »Fahren Sie fort«, sagte er nach einigen Sekunden.

»Wissen Sie, was das bedeutet? Es wäre eine unerschöpfliche Quelle kostenloser Energie, nicht nur für Zirgos, sondern auch für alle anderen Föderationswelten — unter der Voraussetzung, *daß man sie kontrollieren kann*. Zu diesem Zweck entwickelten die Wissenschaftler einen sogenannten Baryonenumkehrer: Damit läßt sich der Strukturriß zwischen zwei Universen schließen beziehungsweise verkleinern. Vielleicht ist sowohl das eine als auch das andere möglich — ich weiß es nicht genau. Bisher ist keins der beiden Geräte erprobt worden. Was mich kaum überrascht: Wie soll man so etwas testen? Die Plünderer...« Dorelian schluckte mehrmals.

»Sie stahlen die Apparate«, vermutete Kirk.

Ein Schatten fiel auf die Züge der Zirgosianerin. »Ja, Captain. Und ich fürchte, sie werden Gebrauch davon machen. Vielleicht haben die Plünderer von Anfang an versucht, das Funktionsprinzip der Geräte herauszufinden.« Dorelian seufzte niedergeschlagen. »Möglicherweise wollen sie die unbegrenzte und weitgehend kostenlose Energie allein für sich selbst. Aber in den falschen Händen könnten jene Apparate zu einem entsetzlichen Vernichtungsinstrument werden. Hinzu kommt: Feuer ist die natürliche Waffe der Beutler. Captain ... Wir müssen sie aufhalten, bevor sie Gelegenheit haben, die gestohlene Technologie zu testen.«

Ab und zu geschah es, daß Captain James T. Kirk seine Pflichten alles andere als gern wahrnahm. Dies war ein solcher Augenblick — er wünschte sich plötzlich weit fort, an irgendeinen anderen Ort in der Galaxis. Aber jemand mußte dieser Frau die Wahrheit sagen ... Jim holte tief Luft und stellte sich dem Unvermeidlichen. »Ich habe eine sehr schlechte Nachricht für Sie«, begann er sanft und behutsam. »Die erbeuteten Geräte sind bereits eingesetzt worden.«

Grauen zeichnete sich in den Zügen der Zirgosianerin ab. Mehrmals öffnete und schloß sie den Mund, und dann erklang ein lautes: »*Nein!* Sind Sie ganz sicher?«

McCoy eilte ins Zimmer. »Was ist los?«

Kirk achtete nicht auf ihn. »Ja«, beantwortete er Dorelians Frage.

»Haben die Plünderer auch den Baryonenumkehrer aktiviert? Ist der Strukturriß geschlossen?«

Kirk schüttelte langsam den Kopf.

McCoy beobachtete die Patientin aufmerksam und hielt nach Anzeichen für einen Schock Ausschau.

»Wo?« flüsterte die Frau. »Wo entstand die energetische Brücke?«

Die nächsten Worte fielen Kirk besonders schwer. »Im Beta Castelli-System«, sagte er und haßte sich selbst. »Es tut mir leid ... Zirgos existiert nicht mehr.«

Eine Zeitlang starrte ihn Dorelian stumm an — und dann begann sie zu schreien. Lautlos. Immer wieder stieß sie völlig lautlose Schreie aus. Kirk griff nach ihrer Hand, um sie zu trösten, und McCoy tastete nach der anderen. Die Zirgosianerin zitterte wie Espenlaub.

»Vielleicht solltest du ihr ein Sedativ verabreichen«, flüsterte Kirk.

Der Arzt schüttelte den Kopf. »Nein. Ihr Metabolismus ist noch immer vom Toxin geschwächt. Außerdem kann es sicher nicht schaden, wenn sie sich auf diese Weise vom Kummer befreit.«

Kirk stellte sich vor, daß ihm jemand mitteilte, man hätte die Erde vernichtet, alle ihre Bewohner getötet. *Wie würde ich darauf reagieren?* dachte er, ohne diese Frage beantworten zu können. *Vielleicht verlöre ich schlicht und einfach den Verstand.* Schließlich schloß sich Dorelians Mund, und sie schluchzte leise.

Kirk beugte sich über ihr Bett. »Bitte hören Sie mir gut zu. Ich verspreche Ihnen hiermit, daß ich eine Möglichkeit finden werde, die Plünderer aufzuhalten. Ich gebe Ihnen mein Ehrenwort. Verstehen Sie?«

Die Zirgosianerin sah mit einem undeutbaren Gesichtsausdruck zu ihm auf, und dann nickte sie langsam.

»Ich bleibe bei ihr, bis sie einschläft«, sagte McCoy. »Was dich betrifft...« *Verschwinde von hier*, forderte der Blick des Arztes den Captain auf.

Kirk verließ den Raum, schritt durch den Korridor und trat ans nächste Interkom heran. »Spock — wo sind Sie?«

»In meinem Quartier, Captain.«

Deck E. Der Turbolift trug Kirk zwei Etagen nach oben, und dort wandte sich Jim der Kabine des Vulkaniers zu.

Spock saß vor dem Terminal des Bibliothekscomputers und informierte sich über die Beutler. Der Monitor zeigte jene Daten und Bilder, die Kirk bereits kannte. »Was ist passiert, Jim?« fragte der Erste Offizier. »Sie wirken bestürzt.«

»Ich habe der Zirgosianerin gerade erklärt, daß sie nie wieder zu ihrer Heimatwelt zurückkehren kann.« Kirk setzte sich in einen Sessel.

Spock runzelte die Stirn. »Meinen Sie die Holox-Kolonistin, die wir im Verwaltungszentrum fanden?«

»Sie ist keine Kolonistin, sondern stammt von Zirgos.« Kirk wiederholte Dorelians Bericht, erzählte von Plünderern, die vorzeitig Anspruch auf ihr neues Schiff erhoben und Geräte stahlen, mit denen man energetische Portale zwischen verschiedenen Universen öffnen und wieder schließen konnte. »Ich habe der Frau nicht gesagt, daß der von den Beutlern angezapfte Kosmos völlig neu ist — sie war auch so schon erschüttert genug. Nun, wir wissen jetzt, *wie* es geschah. Es bleibt die Frage nach dem Warum.«

»Folgendes halte ich für noch wichtiger, Jim: Es gibt eine Möglichkeit, die vorrückende Hitzefront gewissermaßen zu desaktivieren. Mit dem Baryonenumkehrer. Eine faszinierende Methode — wenn der Name einen Hinweis auf die Funktionsweise liefert. Hat Ihnen die Frau Einzelheiten genannt?«

»Nein. Vermutlich sind ihr keine Details bekannt — sie ist Bergbau-Technikerin oder so. Wie dem auch sei: Auf das Vergnügen, die Funktionsweise des Baryonenumkehrers zu enträtseln, müssen wir derzeit verzichten. Mich plagt eine ganze andere Sorge: Funktioniert das Ding überhaupt? Es ist nie getestet worden.«

Spock wölbte eine Braue. »Da wir gerade bei besorgniserregenden Situationsaspekten sind: Es gibt nur einen Baryonenumkehrer, und er befindet sich an Bord eines Beutler-Kriegsschiffes. Wir können nicht angreifen, da wir auf keinen Fall riskieren dürfen, das Gerät zu beschädigen.«

»Ja, ein Angriff ist ausgeschlossen.« Kirk wies nicht darauf hin, daß er sich schon vorher gegen offensive Maßnahmen dieser Art entschieden hatte. »Die Fremden reden nicht mit uns und ignorieren unsere Mitteilungen. Wenn wir versuchen, eine Einsatzgruppe an Bord ihres Schiffes zu beamen — sie würden die Eindringlinge einfach verbrennen. Dorelian meinte, Feuer sei ihre natürliche Waffe, und offenbar zögern die Plünderer nicht, sie gegen uns zu benutzen.« Bei diesen Worten fiel dem Captain etwas ein. »Haben Sie Franklin gesehen?«

»Ich bin kurz bei ihm gewesen. Schwester Chapel meinte, er hätte gute Überlebenschancen.«

Kirk nickte. »Was Franklin zugestoßen ist ... Eine solche Begrüßung müssen wir von den Beutlern erwarten — sie dürfte ziemlich heiß werden. Trotzdem: Wir haben keine Wahl, Spock. Irgendwie muß es uns gelingen, einen Kontakt mit ihnen herzustellen.«

»Ein sehr schwieriges Unterfangen — immerhin deutet ihr bisheriges Verhalten darauf hin, daß sie einen solchen Kontakt ablehnen.«

»Nun, nicht alle Plünderer sind an Bord des Schiffes. Einige von ihnen befinden sich auf Holox.«

»Die Wärmequelle in der wüstenartigen Region?«

»Ja. Ich meine die von Scottys Gruppe entdeckte Hitzekuppel.« Als Kirk den Namen des Chefingenieurs erwähnte, ließ er unwillkürlich die Schultern hängen. Er hatte die Sorge um Scott lange verdrängt, und nun quoll sie plötzlich in ihm empor. Die beiden Männer kannten sich seit vielen Jahren. Kirk versuchte, sich die *Enterprise* ohne seinen alten Freund vorzustellen, der wie ein strenger und gleichzeitig gutmütiger schottischer Gutsherr im Maschinenraum regierte — nein, unmöglich.

Spock stand auf, trat an den Captain heran und berührte ihn sanft an der Schulter. »Wir sollten auf alles gefaßt sein, Jim. Es besteht eine nicht geringe Wahrscheinlichkeit dafür, daß Mr. Scott tot ist.«

Kirk hob den Kopf. »Was wir bisher von den Plünderern wissen ...«, sagte er langsam. »Vielleicht käme der Tod einer Erlösung für ihn gleich.«

Chefingenieur Montgomery Scott fühlte etwas Hartes, Flaches und Kühles an der rechten Wange. Er nahm seine ganze Kraft zusammen, und daraufhin schaffte er es, ein Auge zu öffnen. *Ich liege auf dem Boden,* stellte er verblüfft fest. Und: *Warum habe ich auf dem Boden geschlafen?* Nach einigen Sekunden öffnete er auch das andere Auge und hielt vergeblich nach dem vertrauten Teppich Ausschau, der in seinem Quartier lag. *Hat ihn jemand gestohlen?* Nein, das erschien absurd. Scott zog die Möglichkeit in Erwägung, daß er auf dem Boden einer ihm unbekannten Kabine lag. *Die Party muß verdammt gut gewesen sein,* fuhr es ihm durch den Sinn.

Als er sich hochstemmte, kehrten die Erinnerungen schlagartig zurück. Die Plünderer. Holox. Ching und Franklin. Scott stand zu plötzlich auf: Schmerz schnitt ihm wie ein Messer durch den Kopf, und ein plötzlicher Schwindelanfall raubte ihm fast das Gleichgewicht. Schließlich verzog sich der dichte Nebel vor seinen Augen, und er sah jemanden. Er wankte einige Schritte, kniete sich neben den reglosen blonden Sicherheitswächter namens Hrolfson und rüttelte ihn an der Schulter. »He, Junge! Aufgewacht! Ist alles in Ordnung mit Ihnen?«

Hrolfson hob die Lider und blinzelte verwirrt. Auch er brauchte eine Weile, um sich zu erinnern. Schließlich setzte er sich auf, stöhnte und massierte sich vorsichtig die Schläfen. »Wo sind wir, Mr. Scott?«

Der Chefingenieur sah sich um. »In der Hitzekuppel. Und allem Anschein nach hat man extra eine Zelle für uns gebaut.«

Der Raum war würfelförmig, und die Wände bestanden aus transparentem Kunststoff. Auf der einen Seite zeichneten sich die Fugen einer Tür ab, und auf der anderen bemerkte Scott ein eher primitiv anmutendes Kühlgerät, das seine Betriebsenergie von einem Generator bezog. Andere Einrichtungsgegenstände fehlten.

»Was ist mit Ching und Franklin?« fragte Hrolfson.

»Wahrscheinlich sind sie tot«, erwiderte Scotty ernst. »Allein der Himmel mag wissen, warum wir noch leben.«

Er atmete mehrmals tief durch und zwang sich, nach ›draußen‹ zu sehen. Die graubraune Tönung der transparenten Wände verzerrte Konturen und verschleierte die meisten Einzelheiten — wofür Scott sehr dankbar war. Andernfalls hätte er den Anblick des Plünderers nicht einmal eine Sekunde lang ertragen. Trotzdem spürte er, wie sich ihm der Magen umdrehte, als er das Wesen beobachtete.

Er sah eine halbdurchsichtige Membran, die einen Beutel bildete und zäher als Leder wirkte — Scotty dachte in diesem Zusammenhang an Maulwurfsratten, eine der abscheulichsten Lebensformen auf der Erde. Das Amnion war faltig und zerfurcht, schien viel zu groß zu sein. Alle Plünderer erweckten den Eindruck, langsam zu schmelzen und ihre abgestorbene Haut mit sich herumzutragen. Mehrere von ihnen wanderten an der Zelle vorbei, aber hinter ihnen hielt Scott vergeblich nach Hautfladen auf dem Boden Ausschau. *Also ist das ihr normales Erscheinungsbild*, dachte er. Hrolfson würgte mehrmals, und der Chefingenieur hoffte, daß sein Begleiter der Übelkeit widerstand — das Zimmer enthielt keine sanitären Anlagen. »Sie müssen sich doch nicht übergeben, Junge, oder?« fragte er.

»Es ist ... alles in Ordnung mit mir, Sir«, behauptete der Sicherheitswächter trotz der grünlichen Blässe in seinem Gesicht.

Scotts Blick kehrte zu den Plünderern zurück. Bei jedem Individuum wies die Flüssigkeit im Körperbeutel verschiedene Farben auf. Eine Tönung schien dabei zu dominieren, und deshalb war es nicht weiter schwer, zwischen den Geschöpfen zu unterscheiden. *Bunte Ungeheuer*, dachte der Chefingenieur. Er konnte sich die Beutler kaum als Männer und Frauen vorstellen. Ihre Ähnlichkeit mit Menschen beschränkte sich auf eine mehr oder wenige humanoide Gestalt, aber abgesehen davon waren sie durch und durch fremdartig. *Und häßlich*, fügte Scott in Gedanken hinzu.

»Warum hat man uns hier untergebracht?« fragte Hrolfson. »Und wozu dienen jene Bottiche?«

Außerhalb der gekühlten Zelle flirrte Hitze. Was auch immer die Beutler dort anstellten — offenbar waren enorm hohe Temperaturen notwendig. Die beiden Männer von der *Enterprise* sahen sechs große Behälter, in denen eine dampfende Flüssigkeit blubberte. Immer wieder näherten sich Plünderer, um auf die Anzeigen von Meßinstrumenten zu blicken. Sie bewegten sich langsam, aber keineswegs unbeholfen. Ab und zu fügte einer von ihnen der kochenden Brühe etwas hinzu — *vielleicht Nährstoffe?* überlegte Scott. Er reckte den Hals und versuchte festzustellen, was es mit den kleinen Objekten in der brodelnden Flüssigkeit auf sich hatte. Sie sahen aus wie — Föten?

»Ich glaube, dort wachsen junge Beutler heran«, sagte der Chefingenieur langsam.

Hrolfson schnappte nach Luft. »Plündererbabys? Ihre Fortpflanzung findet auf *diese* Weise statt?«

Scott zuckte mit den Schultern. »Warum nicht? Sperma von den Männern, Eizellen von den Frauen, Befruchtung in solchen Behältern ... Moment mal. Warum ist dafür eine planetare Basis notwendig? Warum wachsen die jungen Beutler nicht an Bord des Schiffes heran?«

»Die Bottiche sind ziemlich groß.«

»Aber nicht *zu* groß. Das neunhundert Meter lange Raumschiff bietet sicher genug Platz. Auch die Temperatur sollte eigentlich kein Problem darstellen. Warum brauchen die Plünderer Holox?«

Einige Minuten verstrichen, und dann sagte Hrolfson: »Oh, oh. Wir bekommen Besuch.«

Ein grüner und mehr als zwei Meter großer Beutler näherte sich der Zelle, gefolgt von einem grauen und einem braunen, der eine mit Geräten beladene Antigravplatte schob. Der grüne Plünderer öffnete die Tür, und den beiden Menschen schlug eine solche Hitze entgegen, daß sie zur rückwärtigen Wand des Zimmers taumelten. Das monströse Wesen nahm einige Gegenstände von der Platte, warf sie in den Raum und schloß die Tür wieder.

Auf dem Boden lagen zwei mit Sauerstoffkapseln verbundene Atemmasken sowie zwei Brillen. »Ich schätze, das sollen wir aufsetzen«, murmelte Hrolfson.

Scott seufzte. »Mut, Junge. Ich fürchte, uns steht nun eine unheimliche Begegnung der schlimmsten Art bevor.« Sie rüsteten sich mit Maske und Brille aus; anschließend konnten sie nur noch warten.

Jenseits der transparenten Wand kleidete sich der grüne Beutler in einen langen Mantel und zog die Kapuze des Umhangs so weit über den Kopf, daß der größte Teil des Gesichts darunter verborgen war. »Offenbar möchte er verhindern, mit unserem Mageninhalt Bekanntschaft zu schließen«, kommentierte Hrolfson trokken. Der Fremde befestigte einen Translator an der Taille und schob sich eine Art Kopfhörer unter die Kapuze. Die beiden anderen Plünderer nahmen ein weiteres Gerät von der Antigravplatte. Grün empfing es, griff nach einem Plastikwürfel und betrat die Zelle.

Trotz der Atemmaske nahm Scott den Geruch des Beutlers wahr. Er versuchte, die Übelkeit hinter eine innere Barriere zu verbannen.

Der Plünderer musterte die beiden Menschen und deutete auf Hrolfson. »Sie«, erklang die sanfte Stimme eines Mannes aus dem Translator an der Hüfte. »Nehmen Sie dort Platz.« Das Wesen deutete zum Plastikwürfel.

Der Sicherheitswächter zögerte. »Was meinen Sie, Mr. Scott?« fragte er durch die Atemmaske.

Der Chefingenieur trat einen Schritt vor. »Was haben Sie mit ihm vor?« wandte er sich an den Beutler.

»Memorialanalyse. Damit sind weder Schmerzen noch Gefahren verbunden.«

Eine Sondierung der Erinnerungen — um Informationen zu gewinnen. *Wenn die Stinker nichts Schlimmeres planen, können wir uns eine gehörige Portion Zuversicht erlauben.* »In Ordnung, Junge. Aber lassen Sie sich nicht von ihm berühren.«

Hrolfson setzte sich unsicher auf den Würfel. Grün benutzte Zangen, um ein mit vielen Elektroden ausgestattetes Metallband um den Kopf des Terraners zu schließen. Dann trat der Plünderer beiseite, nahm das andere Gerät und blickte auf die Anzeigen. Er starrte auch dann noch aufs Display, als die Sondierung längst beendet war. Hrolfson nahm das Metallband ab.

Ganz plötzlich drehte sich der Beutler um und packte den Sicherheitswächter am Arm. Hrolfson schrie, als heißer Schmerz in ihm entflammte. Grün öffnete die Tür und stieß den Menschen nach draußen. Scott zischte zornig und wollte ihm folgen, aber der Plünderer schloß die Tür wieder und blieb davor stehen. »Aus dem Weg!« knurrte der Chefingenieur, doch das Geschöpf rührte sich nicht von der Stelle.

Außerhalb der gekühlten Zelle warteten noch immer die beiden anderen Wesen, und eins von ihnen — der graue Beutler — hob eine Waffe. Wortlos richtete es sie auf Hrolfson, und einen Sekundenbruchteil später stand der Mann im Zentrum lodernder Glut.

Scotty schrie und wollte sich an Grün vorbeischieben, doch die Gestalt vor der Tür wickelte einen Teil des Umhangs um die rechte Hand und stieß ihn fort. Eine Flammenzunge leckte nach einem anderen Beutler, der daraufhin zurückwich und einige Worte an den Artgenossen mit der Waffe richtete. Was den Arm eines Menschen verkohlt hätte, ließ einen Plünderer nur kurz zusammenzucken.

Ein Kokon aus Feuer umgab den Sicherheitswächter. Hrolfson zuckte immer wieder, als die Glut über seine

Nervenbahnen tastete. Schließlich brach er zusammen, bewegte sich nicht mehr und zerfiel allmählich zu Asche. Scotty sank auf die Knie, hämmerte mit den Fäusten an die transparente Wand und stöhnte, als er den Tod des jüngeren Mannes beobachtete.

»Sie sind verwandt?« Die Pseudostimme des Beutlers klang verwirrt.

»Ihr Mörder!« stieß Scotty hervor. »Warum habt ihr ihn umgebracht? Das war überhaupt nicht nötig.«

»Ich verstehe Ihren Kummer nicht. Verband Sie Verwandtschaft mit dem Toten? Seine individuellen Charakteristiken unterschieden sich von Ihren.«

»Nein, er war kein Verwandter, sondern ein Schiffskamerad! Aber das bedeutet euch sicher nichts, oder?«

»Wenn keine Verwandtschaft existierte, sollte sein Tod nicht die geringste Belastung für Sie darstellen.«

»Ach, *so* seht ihr die Sache, wie? Er ist kein Verwandter — also darf man ihn ruhig töten?« Scott wischte sich Tränen des Zorns aus den Augen. »Nun, von mir aus könnt ihr solchen Prinzipien folgen und euch gegenseitig umbringen — je schneller, desto besser. Aber ihr habt kein Recht, Menschen das Leben zu nehmen. Dazu habt ihr kein Recht, verdammt!«

»Wenn ich ihn freigelassen hätte, wäre Ihr Schiff von ihm verständigt worden. Wir sind hier nicht ausreichend geschützt.«

Scott stand auf. »Wir sind nicht alle so blutrünstig wie ihr, du große, grüne und dreimal verfluchte Pustel! Jener Mann hätte euch wohl kaum in Gefahr gebracht.«

Der Beutler schwieg einige Sekunden lang. »Was bedeutet ›dreimal verfluchte Pustel‹?« fragte er dann.

»Sieh mal in den Spiegel«, knurrte Scott.

Das Wesen überlegte, gab jedoch keine Antwort und deutete auf den Würfel.

Scotty setzte sich und griff nach dem Metallband mit den Elektroden. »Ich setze das Ding selbst auf.«

Nach der Sondierung nahm er es wieder ab und erhob sich.

»Sie sind der Chefingenieur des Raumschiffs *Enterprise?*« fragte Grün.

»Ja, der bin ich. Und?«

»Wissen Sie sehr viel über die Triebwerke der *Enterprise?*«

»Viel? Ich weiß *alles* über sie.«

»Zwischen unseren Triebwerken und Ihren existieren bemerkenswerte Ähnlichkeiten. Ihre Informationen sind nützlich für uns.«

»Oh, ich helfe Ihnen gern«, erwiderte Scott sarkastisch.

»Ich nehme Ihre Kooperationsbereitschaft zur Kenntnis.«

Der Chefingenieur gestikulierte. »Kooperationsbereitschaft! Du läßt mir keine Wahl, oder? Immerhin hast du meinen Gedächtnisinhalt sondiert.«

»Sind Sie fähig, Triebwerkskomponenten bestimmten Funktionen anzupassen, sie zu warten und gegebenenfalls zu reparieren?«

»Aye.«

»Ei? Ai?«

»*Ja*«, zischte Scott. »Ja, dazu bin ich imstande.«

»Reichen Ihre Kenntnisse aus, um ...«

»Meine Kenntnisse genügen, um das Warptriebwerk der *Enterprise* auseinanderzunehmen und anschließend so zusammenzusetzen daß es noch besser funktioniert als vorher! Habe ich mich klar genug ausgedrückt?«

Der Beutler überlegte erneut. »Aye«, sagte er.

Scott glaubte sich verspottet und bedachte das Wesen mit einem durchdringenden Blick. Der Plünderer ignorierte ihn und schob die Sondierungsapparatur zur Tür.

»He, was hast du vor?«

»Die niedrige Temperatur in diesem Raum behagt mir nicht. Ich muß vorübergehend in mein Ambiente zurückkehren.«

»Vorübergehend. Ich darf also mit einem weiteren Besuch rechnen?«

»Aye.«

Der Beutler ging nach draußen und nahm den Sondierungsmechanismus mit. Als sich die Tür hinter ihm schloß, nahm Scott sofort Brille und Atemmaske ab. Erneut setzte er sich auf den Plastikwürfel und dachte konzentriert nach.

Ganz offensichtlich hatte er nur aufgrund seines technischen Fachwissens überlebt. Wenn er das grüne Monstrum davon überzeugte, daß Montgomery Scott auch weiterhin von großem Nutzen sein konnte... Dann blieb er vielleicht lange genug am Leben, um Captain Kirk Gelegenheit zu geben, ihn zu retten. Selbst wenn es ihm gelang, aus der kühlen Zelle zu entkommen... Jenseits der transparenten Wände herrschten viel zu hohe Temperaturen. *Mal sehen...*, dachte er, stand auf und trat neugierig zur Tür. Verschlossen. Der einzige andere Weg nach draußen führte durch den Luftschacht überm Kühlgerät. Doch selbst wenn es ihm gelang, das Gitter zu lösen — die Öffnung bot seinen breiten Schultern nicht genug Platz.

Armer Hrolfson. Was für ein schrecklicher Tod — ein solches Schicksal hatte er nicht verdient. Das galt auch für Ching und Franklin. Wenigstens waren die beiden Sicherheitswächter nicht kampflos gestorben. Ching hatte sogar noch mit dem Phaser geschossen, als Flammen ihren Leib verbrannten. Tapfere Leute; es erfüllte Scott mit Stolz, sie gekannt zu haben. Jetzt war er der einzige Überlebende jener Gruppe, und seine Zukunft erschien ihm alles andere als rosig. Er hockte hier im Backofen der Beutler, die nicht zögerten, andere intelligente Wesen umzubringen. Was konnte ein einzelner Mensch unternehmen?

»Eine ganze Menge«, sagte Scott laut und von sich selbst erstaunt. Er begriff plötzlich, daß er eine einzigartige Chance hatte! Wenn er mit Grün sprach... Vielleicht brachte er dabei Dinge in Erfahrung, die sich später als sehr wichtig erwiesen. *Und es* wird *ein Später geben*, versicherte sich der Chefingenieur. Er begann damit, seine Strategie zu planen.

Als der Beutler nach zehn Minuten zurückkehrte, saß Scott auf dem Würfel, trug wieder Brille und Maske. »Oh, kommen Sie herein, Grün«, sagte er freundlich. »Wird Zeit, daß wir ein wenig miteinander plaudern.«

KAPITEL 5

Die Kabinentür öffnete sich, und der im Korridor stehende McCoy sah einen James Kirk mit verschwollenen Augen.

»Lieber Himmel«, seufzte er. »Erst fordere ich dich auf, an der Matratze zu horchen — und dann wecke ich dich.«

»Ich bin wach gewesen. Komm herein, Pille.«

»*Hast* du geschlafen?« fragte Leonard, nachdem er das Quartier des Captains betreten hatte.

»Ja, einige Stunden. Was ist los?«

»Ich wollte dir mitteilen, daß sich die meisten Holox-Patienten inzwischen erholt haben. Wir beamen sie jetzt wieder auf den Planeten.«

»Gut. Wie geht's Dorelian?«

»Den Umständen entsprechend. Sie sollte wenigstens bis morgen in der Krankenstation bleiben. Es fällt ihr noch immer schwer, sich damit abzufinden, daß Zirgos nicht mehr existiert. Aber ich bin sicher, daß sie den Schock schließlich überwindet.«

Kirk massierte sich den Nacken. »Ich habe es sehr bedauert, ihr eine solche Nachricht überbringen zu müssen. Und ich hätte ihr gern geholfen.«

»Die Zeit heilt alle Wunden, Jim. Und das wird auch bei Dorelian der Fall sein.«

Kirk nickte und aktivierte das Interkom. »Captain an Brücke.«

»Hier Spock«, meldete sich der Erste Offizier.

»Dr. McCoy wies mich gerade darauf hin, daß sich die

Holox-Patienten gut erholt haben und auf den Planeten zurückkehren.«

»Das freut mich sehr, Captain.«

»Stellen Sie einen Kontakt mit der Siedlung her und finden Sie heraus, wer dort die Verwaltungsaufgaben wahrnimmt. Informieren Sie die entsprechenden Personen über Borkel Mershaya ev Symwid. Anschließend soll sich Lieutenant Berengaria mit dem Gelcheniten hinunterbeamen und ihn den zuständigen Stellen überlassen.«

»Verstanden, Captain.«

»Kirk Ende.«

»Du willst es den Zirgosianern ermöglichen, ev Symwid vor Gericht zu stellen?« fragte McCoy.

»Das erscheint mir angemessen — immerhin hat er Zirgosianer vergiftet. Man könnte auch den Standpunkt vertreten, daß es sich um eine Angelegenheit der Föderation handelt: Der Gelchenit fungierte als Werkzeug der Beutler. Aber Starfleet Command übergibt solche Fälle den lokalen Behörden, wenn es möglich ist.«

McCoy lächelte. »Außerdem willst du den Burschen loswerden.«

Kirk lachte kurz. »Ja, das stimmt. Die Zirgosianer legen großen Wert auf Gerechtigkeit. Ich bin sicher, daß den Gelcheniten auf Holox ein faires Verfahren erwartet.«

McCoy schwieg eine Zeitlang, bevor er jene Frage stellte, die ihn zum Captain geführt hatte. »Was hast du in Hinsicht auf Scotty vor?«

Kirk holte zischend Luft. »Ich versuche noch einmal, mich mit den Plünderern in Verbindung zu setzen. Zunächst wollte ich Uhura noch etwas Zeit lassen, damit sie ein genügend großes Vokabular zusammenstellen kann, aber ich habe das Gefühl, daß wir nicht länger warten dürfen. Kommst du mit?«

»Und ob«, erwiderte McCoy. Im Turbolift fragte er: »Und wenn die Fremden auch diesmal keine Antwort geben?«

»Dann bleibt mir nichts anderes übrig, als ein wenig Druck auszuüben.«

Auf der Brücke waren Uhura und Chekov noch immer damit beschäftigt, den Beutler-Wortschatz zu erweitern. Spock prüfte die Ergebnisse ihrer Bemühungen — Sulu hielt sich derzeit nicht im Kontrollraum auf. Kirk hörte etwa eine Minute lang zu, bis er verstand, worum es ging. »Lieutenant ...«, sagte er dann. »Wenn die Plünderer in ihrer Sprache antworten — ist in dem Fall eine Übersetzung möglich?«

»Es wäre alles andere als einfach, Captain«, entgegnete Uhura. »Die einzelnen Wörter bereiten uns kaum mehr Probleme, ganz im Gegensatz zu Syntax und Grammatik.«

»Versuchen wir's mal. Halten Sie sich die Ohren zu.« Uhura kam der Aufforderung nach, und Kirk griff nach dem isolierten Mikrofon. »Ich bin zornig.«

Beutler-Worte erschienen auf dem Bildschirm. Uhura betrachtete sie verwirrt und bemühte sich, ihre Bedeutung zu enträtseln. »›Ich fühle mich voller Feuer‹?«

Der Captain lächelte schief. »Das kommt der Sache recht nahe. Nun, überraschen wir die Fremden damit, ihnen eine Botschaft in ihrer eigenen Sprache zu schikken.«

»Wir müssen uns dabei auf eine visuelle Übertragung beschränken, Sir«, meinte Uhura. »Ich habe keine Ahnung, wie diese Worte ausgesprochen werden.«

»Eine visuelle Übermittlung genügt völlig. Bitte löschen Sie die gegenwärtige Bildschirmdarstellung.« Uhura betätigte eine Taste, und die ›Kratzer‹ verschwanden aus dem Projektionsfeld. Kirk nahm erneut das Mikrofon. »Hier ist die *Enterprise*. Wir rufen das Beutler-Schiff. Sie haben zwei unserer Besatzungsmitglieder getötet und ein weiteres schwer verletzt. Zwei Angehörige der Crew werden vermißt. Darüber hinaus sind Sie für die Massenvergiftung der zirgosianischen Kolonisten auf Holox verantwortlich. Wir fordern Sie auf, Ihr Verhalten zu erklären. Darüber hinaus verlangen wir eine direkte Begegnung, um mit Verhandlungen zu beginnen. Wenn Sie ablehnen, nehmen wir die Anlage unter Beschuß, die Sie auf Holox errichtet haben. Wir erwarten eine sofortige Antwort von Ihnen.« Kirk schaltete das Mikrofon aus. »Senden Sie das, Lieutenant.«

»Wollen Sie die Beutler nicht darauf hinweisen, daß wir vom Baryonenumkehrer wissen, Captain?« fragte Spock.

»Man zeigt nicht gleich das ganze Blatt«, erwiderte Jim.

Der Vulkanier überlegte kurz. »Oh. Eine Metapher, die sich vermutlich auf Poker bezieht.«

»Willst du wirklich auf die Hitzekuppel schießen?« erkundigte sich McCoy. »Vielleicht hält man Scotty darin gefangen!«

»Zuerst feuern wir mit den Phaserkanonen in die Nähe der Plünderer-Basis — um zu zeigen, daß wir es ernst meinen.«

»Ich empfange eine Lichtimpuls-Mitteilung!« stieß Uhura aufgeregt hervor.

Von einem Augenblick zum anderen wurde es still auf der Brücke, und alle sahen zum Wandschirm. Uhuras Kenntnisse bezüglich der Plünderer-Sprache wurden gar nicht benötigt: Englische Worte erschienen im Projektionsfeld.

WIR SIND BEREIT, UNS MIT CAPTAIN, NAVIGATOR UND KOMMUNIKATIONSOFFIZIER DER *ENTERPRISE* ZU TREFFEN. ORT: EINEN KILOMETER ÖSTLICH DER KUPPEL. ZEIT: IN EINER HOLOXSTUNDE. KOMMEN SIE OHNE WAFFEN UND OHNE ANDERE BESATZUNGSMITGLIEDER.

»Ohne andere Besatzungsmitglieder!« ereiferte sich McCoy. »Die Fremden scheinen uns für Narren zu halten.«

»Mr. Spock ...« Kirk drehte sich zu dem Vulkanier um. »Wie lang ist eine Holox-Stunde?«

»Etwa fünfundvierzig Standard-Minuten, Captain.«

»Und keine Waffen!« fuhr der Bordarzt fort. »Solche Bedingungen sind unannehmbar, Jim!«

»Es liegt mir fern, sie zu akzeptieren, Pille. Lieutenant Uhura, die Sicherheitsabteilung soll so bald wie möglich zwanzig Männer zum Transporterraum schicken. Geben Sie Mr. Kyle die Zielkoordinaten des Transfers und lassen Sie sich dann auf der Brücke vertreten. Mr. Chekov, die Plünderer wünschen auch Ihre Präsenz.«

»*Halt!*« donnerte McCoy. Kirk musterte ihn erstaunt. »Halt ... *Sir.* Du willst dich doch nicht auf den Planeten beamen, oder? Himmel, die Fremden werden dich bei lebendigem Leib rösten! Hast du vergessen, was mit Franklin geschehen ist? Bleib hier, Jim. Bleib an Bord der *Enterprise.*«

»Ich habe keine Wahl. Andererseits: Niemand zwingt mich, fünfundvierzig Minuten bis zum Transfer zu warten.« Kirk wies Chekov an, den Transporterraum aufzusuchen. »Hör zu, Pille ... Wir warten nicht, sondern beamen uns jetzt sofort zur Hitzekuppel. Dadurch haben wir Zeit genug, dort unten in Stellung zu gehen. Zwanzig versteckte Bewaffnete geben uns sicher einen Vorteil.«

»Es sei denn, es liegen bereits *dreißig* bewaffnete Plünderer auf der Lauer«, brummte McCoy. »Und das ist noch nicht alles. Komm zum Turbolift.«

Auch der Erste Offizier trat in die Transportkapsel. »Captain, bitte um Erlaubnis ...«

»Abgelehnt, Spock. Sie bleiben hier. Wir dürfen auf keinen Fall riskieren, daß die Plünderer uns beide erwischen.«

»Dann gestatten Sie mir, Ihren Platz einzunehmen. Bleiben *Sie* auf der *Enterprise.* Ich präsentiere mich den Fremden als Kommandant dieses Schiffes.«

»Das klappt nicht. Bei den ersten Kontaktversuchen

haben wir nicht nur akustische Signale gesendet, sondern auch visuelle. Die Beutler wissen also, wie ich aussehe.«

Spock hatte gehofft, daß sich der Captain nicht mehr daran erinnerte. »Jim, bitte lassen Sie äußerste Vorsicht walten.«

»Darauf können Sie sich verlassen«, erwiderte Kirk ernst.

»Du solltest auch noch etwas anderes berücksichtigen, Jim«, sagte McCoy. »Uhura. In ihrer Kindheit hat sie ein Trauma erlitten, bei dem es um Feuer ging. Und wenn Feuer die natürliche Waffe der Plünderer ist, so steht ihr ein neuerlicher Schock bevor, der fatale Konsequenzen nach sich ziehen könnte. Laß sie hier, Jim.«

Spock kam dem Captain zuvor. »Unglücklicherweise verfügt nur Uhura über wenigstens rudimentäre Kenntnisse in Hinblick auf die Sprache der Beutler, Doktor. Aus diesem Grund brauchen wir ihre Hilfe.«

Der Turbolift hielt auf dem Deck G an. »Und Chekov?« fragte Kirk, als die drei Männer durch den Korridor schritten.

»Er kennt viele Wörter«, räumte Spock ein. »Aber Lieutenant Uhura hat sich mit der Syntax beschäftigt. Wenn Sie in eine Situation geraten, die linguistisches Wissen erfordert, so können Sie sich entsprechende Informationen nur von Uhura erhoffen.«

McCoy schüttelte den Kopf. »Du setzt sie enormen Belastungen aus, Jim. Uhura hat solche Angst vor dem Feuer, daß sie dadurch Gefahr läuft, den Verstand zu verlieren. Seit zwanzig Jahren wird sie irgendwie damit fertig. Aber wenn euch die Plünderer mit Flammen bedrohen ... Ich weiß nicht, wie sie auf so etwas reagieren würde.«

»Letztendlich läuft alles darauf hinaus, wie sehr Sie ihr vertrauen«, meinte Spock. »Ob Sie Lieutenant Uhura mitnehmen oder nicht.«

Der Captain befand sich keineswegs zum erstenmal

in einer solchen Lage. Oft hatten sie in einem Korridor der *Enterprise* gestanden: Kirk, der eine Entscheidung treffen mußte; McCoy und Spock, die ihm widersprüchliche Ratschläge gaben. *Letztendlich läuft alles darauf hinaus, wie sehr Sie ihr vertrauen.*

»Uhura kommt mit«, verkündete Kirk.

Sie gingen weiter und erreichten kurz darauf den Transporterraum. Lieutenant Berengaria stand dort vor der Tür. »Sir ...«, begrüßte sie den Captain.

»Haben Sie auf Holox jemanden gefunden, der bereit ist, sich um ev Symwid zu kümmern?« fragte Kirk.

»Ja, Sir. Die überlebenden Zirgosianer haben ein provisorisches Regierungskomitee gebildet und *freuten* sich über die Auslieferung des Gelchenitens.«

»Kann ich mir gut vorstellen«, murmelte McCoy.

»Wissen Sie, was uns auf Holox erwartet, Sir?«

»Zornige Plünderer. Bitte erklären Sie ihr alles, Spock.« Kirk eilte in den Transporterraum, gefolgt von McCoy. Chekov stand bereits auf der Transferplattform, und zwanzig Sicherheitswächter leisteten ihm Gesellschaft — in dem Zimmer schien es kaum mehr Platz zu geben. Kyle holte Phaser aus den Waffenschränken.

»Chekov!« rief Kirk. »Runter von der Plattform. Zuerst beamt sich die Sicherheitsgruppe auf den Planeten.« Er nahm Strahler und Kommunikator vom Transporterchef entgegen.

Der Navigator verließ die Transferplattform, als Spock und Berengaria hereinkamen. Die Frau schritt zu Kirk. »Bitte geben Sie mir Ihren Kommunikator, Sir.« Der Captain reichte ihr das Gerät. »Ich aktiviere das Notsignal im lautlosen Modus. Dadurch kann Mr. Kyle eine Lokalisierung vornehmen, falls Sie in Gefahr geraten.«

»Glauben Sie, wir sollten noch mehr Leute mitnehmen?«

»Um diese Frage zu beantworten, muß ich mir zuerst den Ort des Retransfers ansehen. Wie dem auch sei, Sir: Geben Sie gut auf den Kommunikator acht — verlieren

Sie ihn nicht.« Berengaria betonte die letzten Worte. »Führen Sie ihn die ganze Zeit über bei sich. Verstehen Sie?«

»Ich glaube schon.« Kirk lächelte. »Beeilen Sie sich, Lieutenant. Die Zeit drängt.«

»Ja.« Die Sicherheitswächterin hastete zur Plattform und gab ihren Leuten Anweisungen. Kyle beamte sie nach Holox — jeweils sechs Personen auf einmal.

Kirk spürte eine Hand am Arm, und als er den Kopf drehte, sah er in das besorgte Gesicht des vulkanischen Ersten Offiziers. »Ein Vorschlag, Jim. Halten Sie den Daumen auf der Taste für das Notsignal. Ich bleibe hier bei Mr. Kyle, falls die Umstände Sie zu einer raschen Rückkehr zwingen. Wenn Sie mißtrauisch werden ... Warten Sie nicht, bis sich Ihr Argwohn bestätigt. Lösen Sie sofort das Signal aus.«

Kirk schenkte seinem alten Freund ein beruhigendes Lächeln. »Ich beabsichtige nicht, irgendwelche Risiken einzugehen, Spock — keine Sorge. Ich werde vielmehr der Inbegriff von Vorsicht und Zurückhaltung sein.«

»*Das* möchte ich erleben«, sagte McCoy trocken.

»Im Ernst, Pille. Beim Kontakt mit den Beutlern müssen wir eine gewisse Distanz wahren — wegen des Geruchs. Wenn sie uns zu nahe kommen ... Ich schätze, dann haben wir es ziemlich eilig, uns wieder an Bord zu beamen.«

»Du machst einen Fehler, Jim«, beharrte McCoy. »Du solltest die *Enterprise* nicht verlassen.«

»Es ist sehr wichtig, eine Verständigung mit den Beutlern herbeizuführen, Doktor«, warf Spock ein. »Sie verfügen über den Baryonenumkehrer, mit dem der Strukturriß zwischen unserem Kosmos und dem Drei-Minuten-Universum geschlossen werden kann. Aus diesem Grund müssen wir uns wohl oder übel damit abfinden, daß die Begegnung unter den von ihnen genannten Bedingungen stattfindet. Mit einer kleinen Modifikation unsererseits.«

McCoy beruhigte sich nicht. Rote Flecken des Ärgers entstanden auf seinen Wangen. »Ich bin trotzdem der Ansicht, daß es ein Fehler ist«, schnaufte er. »Irgend etwas wird schiefgehen, wartet's nur ab. Ich fühle es in den Knochen!«

Spock wölbte eine Braue. In Leonards Augen blitzte es, und sein Blick forderte ihn zu einem Kommentar heraus — der Arzt schien bereit zu sein, es falls nötig mit der ganzen *Enterprise*-Crew aufzunehmen.

Doch Spock schwieg.

Ebenso James T. Kirk.

Das Schott des Transporterraums glitt beiseite, und Lieutenant Uhura trat herein. Sie öffnete den Mund — und klappte ihn wieder zu, als sie die Stimmung spürte. Wortlos nahm sie Phaser und Kommunikator entgegen und wartete dann neben Chekov — er begrüßte sie, indem er den Zeigefinger an die Lippen hob. Ein recht nervöser Transporterchef Kyle lenkte sich ab, indem er den Inhalt der Ausrüstungsschränke mehrmals überprüfte und sortierte.

Fast zehn Minuten verstrichen, bevor sich Lieutenant Berengaria meldete. Kirk schritt zur Konsole. »Wie sieht's dort unten aus?«

»Keine Beutler in Sicht, Sir. Wir sehen die Hitzekuppel von hier aus und spüren ihre hohe Temperatur trotz der großen Entfernung. Das Gelände ist offen und bietet nur einige Felsen und Büsche als Deckung.«

»Halten Sie eine zweite Sicherheitsgruppe für erforderlich?«

»Nein, Sir. Sie könnte sich nirgends verstecken. Wir müssen so zurechtkommen.«

»Wundervoll!« preßte McCoy zwischen zusammengebissenen Zähnen hervor.

»Wir sind jetzt in Position gegangen, Captain«, fuhr Berengaria fort. »Sie können den Transfer einleiten.«

Kirk winkte Uhura und Chekov zu. »Sie haben es gehört. Los geht's.«

Sie traten auf die Plattform. Im letzten Augenblick erinnerte sich Jim an Berengarias Warnung und schob den Kommunikator unter seinen Uniformpulli. »Energie, Mr. Kyle«, sagte er dann.

Berengaria hatte einen Späher ausgeschickt, und der Mann war auf halbem Wege zur Hitzekuppel in Stellung gegangen, am Hang eines kleinen Hügels — die einzige Anhöhe weit und breit. Bisher hatte kein Beutler die Basis verlassen. *Was jedoch nichts bedeuten muß*, überlegte die Sicherheitswächterin. *Vielleicht steht uns eine Begegnung mit den Plünderern aus dem Raumschiff bevor. Nun, mir sollte in jedem Fall genug Zeit bleiben, um dem Captain zu zeigen, wo sich meine Leute verbergen.*

Die fast blattlosen Büsche nützten kaum etwas: Einige entwurzelte und zusammengeschobene Sträucher boten vier Bewaffneten gerade genug Deckung. Die übrigen kauerten hinter zu kleinen Felsen oder lagen lang ausgestreckt hinter winzigen Dünen. Nirgends wuchsen Bäume — diese Region von Holox kam tatsächlich einer Wüste gleich. Inzwischen war die von den Fremden festgesetzte Frist fast abgelaufen; andernfalls hätte sich die Sicherheitsgruppe von der *Enterprise* eingraben können.

Berengaria fühlte sowohl Nervosität als auch Neugier. Sie hatte viele Geschichten über die Plünderer gehört, und die meisten davon hielt sie für übertrieben. Andererseits: Zumindest ein *gewisses* Ausmaß an Unruhe war verständlich, wenn man zum erstenmal Geschöpfen begegnete, die von allen anderen Völkern in der Galaxis gemieden wurden. Die Beutler mochten gräßlich und furchterregend sein, aber bestimmt wiesen sie keine natürliche Immunität Phasern gegenüber auf. Und falls Phaser nicht genügten ... Berengaria hatte auch zwei kleine Katapulte für Photonengranaten mitgebracht.

Nur sie zeigte sich ganz offen — und versuchte ruhig

zu wirken, da sie mehr als ein Dutzend Blicke auf sich ruhen spürte. Nach einer Weile bemerkte sie energetisches Flimmern: sicheres Zeichen für einen beginnenden Retransfer. Die Gestalten von Captain Kirk, Uhura und Chekov zeichneten sich in dem Gleißen ab. Berengaria trat vor, um sie zu begrüßen — doch die drei Offiziere verschwanden, bevor sie ganz materialisiert waren.

Die Sicherheitswächterin klappte ihren Kommunikator auf. »*Enterprise*, bitte kommen.«

»Hier *Enterprise*.«

»Was ist passiert? Der Captain und seine beiden Begleiter trafen hier ein und verschwanden sofort wieder. Eine Fehlfunktion des Transporters?«

»Das bezweifle ich, Lieutenant«, erwiderte Kyle. »Bitte warten Sie.«

Berengaria wartete.

»Lieutenant!« flüsterte jemand.

»In Stellung bleiben!« lautete die scharfe Antwort.

Kurz darauf klang Spocks Stimme aus dem kleinen Lautsprecher des Kommunikators. »Kehren Sie sofort mit Ihrer Gruppe zurück, Lieutenant.«

»Und der Captain? Wenn sein Retransfer woanders erfolgte, so müssen wir nach ihm suchen.«

»Captain Kirk ist nicht auf Holox, Lieutenant«, entgegnete Spock ruhig. »Er befindet sich an Bord des Beutler-Schiffes, ebenso die beiden anderen Offiziere. Beamen Sie sich unverzüglich zur *Enterprise*.«

Chekov taumelte umher und erbrach sich. Uhura würgte, sank auf Hände und Knie. Kirk rollte sich zusammen und versuchte vergeblich, dem schrecklichen *Gestank* zu entkommen. Jeder Atemzug drehte ihm nicht nur den Magen um, sondern schien die Eingeweide zu zerreißen und ihm Nadeln ins Herz zu bohren.

Jim hatte den Geschmack von Galle in Mund, Nase und Stirnhöhle. Krämpfe schüttelten ihn, und hohe Wogen aus Übelkeit gischteten heran, zerrten an seinem Bewußtsein. Der Captain wußte sich von Plünderern umgeben, aber er wagte es nicht, den Blick auf sie zu richten — wenn er sie angesehen hätte, wäre es ihm ebenso ergangen wie Chekov. Er wollte feststellen, wie es Uhura ging, doch ein plötzlicher Schwindelanfall verzerrte die Konturen der Umgebung und zwang ihn auf die Knie.

Unmittelbar darauf explodierte Schmerz in seinen Ohren, eine schier unerträgliche, endlose Pein. Uhura und Chekov schrien, aber Kirk hörte sie gar nicht. Eine Stimme drang aus dem Apparat, den ein Plünderer an der Hüfte trug: »Der Translator...« Es klang fast wie ein Tadel. Auch davon hörte Kirk nichts — er war taub.

Aus den Augenwinkeln bemerkte er zwei Gestalten, die sich ihm mit Zangen näherten. Jim trachtete danach, vor ihnen zurückzuweichen, doch die Beine verweigerten ihm den Gehorsam. Einer der beiden Beutler hielt ihn mit den Zangen fest, und der andere füllte ihm den Mund mit trüber Flüssigkeit — vielleicht ein Analgetikum? Kirk schluckte aus einem Reflex heraus und spürte, wie die Schmerzen fast sofort nachließen. Man stülpte ihm einen Helm über den Kopf, und er atmete herrlich frische Luft. In den Ohren rauschte und knisterte es noch immer, aber nach den überstandenen Qualen kam dieses Empfinden einer Erleichterung gleich.

Chekov hockte neben der Transporterplattform auf dem Boden, der Oberkörper so weit nach vorn geneigt, daß der Kopf auf den Knien ruhte. Er trug ebenfalls einen Helm, wie auch Uhura, die auf der Kante des Transferpodiums saß. Die Visiere waren getönt, aber Kirk bezweifelte, ob die Plünderer dadurch einen angenehmeren Anblick boten. Er brachte es noch immer nicht fertig, sie direkt anzusehen. Vorsichtig setzte er einen Fuß vor den anderen, wankte zu Uhura und legte ihr die Hand auf die Schulter. »Ist alles in Ordnung mit Ihnen?« fragte er.

Die dunkelhäutige Frau hob den Kopf, und ihre Lippen bewegten sich lautlos.

»Ich höre Sie nicht«, sagte der Captain. »Vielleicht liegt's an den Helmen.« Dann begriff er plötzlich, daß er nicht einmal seine eigene Stimme vernahm. Ruckartig drehte er sich um und richtete seine Aufmerksamkeit zum erstenmal auf die Beutler.

Ihre Kleidung bestand aus weiten Umhängen mit Kapuzen, und nur wie halb verwest wirkende Hände verrieten die Identität der Gestalten. »Was haben Sie mit uns angestellt?« rief Kirk, ohne sich zu hören.

Graublaue Finger — die Haut schien in Fetzen an den Knochen zu hängen — streckten ihm einen elektronischen Notizblock entgegen. Das Display zeigte drei Worte: *Taubheit nur vorübergehend.*

Jim nahm den Block, zeigte ihn erst Uhura und dann auch Chekov. Die Lippen des jungen Navigators formten zwei Silben — »Taubheit?« Offenbar hatte er bisher überhaupt nichts davon bemerkt.

Die Beutler bewegten sich langsam. Zwei von ihnen winkten träge mit ihren Waffen, deuteten zu einem Turbolift. *Ein Lift im Transporterraum*, dachte Kirk und begann damit, sich die interne Struktur des Schiffes einzuprägen.

Zusammen mit Uhura und Chekov betrat er die Transferkapsel, und hinter ihnen glitt das Schott zu. Die drei Starfleet-Offiziere waren allein — und sehr dankbar dafür. Hilflos sahen sie sich an, ohne eine Möglichkeit der Kommunikation, ohne zu wissen, was sie erwartete.

Als sich die Tür des Lifts wieder öffnete, fiel Kirks Blick auf vier bewaffnete Plünderer. Einer von ihnen vollführte eine gebieterische Geste, präsentierte dabei einen schwarzen Arm, in dem hier und dort grüne Streifen glänzten. Jim und seine beiden Gefährten verließen die Transportkapsel und folgten dem schwarzen Beutler durch einen Korridor, der wesentlich höher und breiter war als die Gänge an Bord der *Enterprise*.

Schließlich blieben sie wieder allein, diesmal in einer Kabine.

In dem Raum herrschte eine ziemlich hohe Temperatur. Ein sargförmiger Bottich stand in der einen Ecke, und abgesehen davon erweckte das Zimmer den Eindruck eines ganz gewöhnlichen Quartiers: etwas zu große Tische und Stühle, eine Konsole, die Wände mit Objekten geschmückt, bei denen es sich um Kunstgegenstände handeln mochte. Die nahe Hygienezelle enthielt auch eine Ultraschalldusche. Auf dem Boden lagen drei Luftmatratzen mit zusammengefalteten Decken. Kirk schritt an ihnen vorbei und trat an den Behälter heran, der eine hellgrüne, zähflüssige Masse enthielt. *Das Bett eines Beutlers?* überlegte Jim.

Uhura nahm an der Konsole Platz, betätigte mehrere Tasten und schüttelte den Kopf: Das Pult war nicht angeschlossen.

Chekov öffnete die Tür der Kabine — und sah sich einem bewaffneten Plünderer gegenüber. Er lächelte schief und wich zurück, woraufhin der Beutler hinter dem zugleitenden Schott verschwand.

Kirk hob behutsam den Helm — und setzte ihn sofort wieder auf. Zwar waren sie allein, aber der gräßliche Gestank erfüllte noch immer die Luft. *Wahrscheinlich ist das hier die Unterkunft eines Offiziers,* vermutete der Captain. Matratzen und Decken deuteten darauf hin, daß ihnen ein längerer Aufenthalt bevorstand. *Die Beutler wollen uns also nicht sofort umbringen. Was haben sie vor?* Kirk spürte, wie ihm Schweiß über den Nacken rann.

Chekov zog einen Stuhl heran, und als er sich setzte, stieß die Rückenlehne ans Schott. Jim vernahm ein dumpfes Pochen. »Haben Sie das gehört?« erkundigte er sich. Der Navigator gab keine Antwort, doch ein dumpfes Brummen veranlaßte Kirk, sich zu Uhura umzudrehen. *Ich habe es gehört,* formten ihre Lippen. *Also ist unsere Taubheit* tatsächlich *nur vorübergehender Natur,* dachte der Captain.

Er nahm auf einer der Luftmatratzen Platz und lehnte sich an die Wand — der Helm hinderte ihn leider daran, eine bequeme Haltung zu finden. *Jetzt sind wir also den Beutlern begegnet.* Sie sahen noch abscheulicher aus, als er aufgrund der Informationsdatei angenommen hatte — kein Wunder, daß alle Föderationswelten ihre Besuche fürchteten. Jetzt wußte Kirk auch, warum seit fünfzig Jahren bei den Beziehungen zwischen Menschen und Plünderern keine Fortschritte erzielt wurden. Wie verhandelte man mit Angehörigen eines Volkes, deren Präsenz überwältigenden Ekel verursachte?

Es dauerte fast eine Stunde, bis die drei Starfleet-Offiziere miteinander sprechen konnten. An ihren Uniformen hatten sich große Schweißflecken gebildet, doch die Suche nach einem Temperaturregler blieb erfolglos. »Die Fremden wollen etwas von uns«, sagte Kirk. »Aber was? Warum haben sie uns entführt?«

»Um ein Lösegeld zu erpressen?« Chekovs Gesicht brachte deutlichen Zweifel zum Ausdruck. »Obwohl sie in der Lage sind, das ganze Universum zu verbrennen? Nein, wohl kaum.«

»Es geht ihnen um etwas anderes.«

»Vielleicht sollen wir als Emissäre eingesetzt werden«, meinte Uhura. »Nun, wir wissen aus eigener Erfahrung, welche Reaktionen sie hervorrufen. Vielleicht möchten sie mit Hilfe von Gesandten verhandeln, deren Anblick nicht dazu führt, daß sich andere Leute übergeben müssen.«

»Verhandlungen mit wem?« fragte Chekov. »Und zu welchem Zweck.«

»Wahrscheinlich mit Starfleet Command«, erwiderte Kirk. »Vielleicht haben Sie recht, Uhura. Niemand weiß, was die Beutler wollen. Aber eins steht fest: Sie bekommen *alles,* wenn sie einen zweiten Kosmos, der sich innerhalb unseres Universums ausdehnt, als Waffe einsetzen.«

»Man hat uns die Phaser und Kommunikatoren abgenommen«, stellte Chekov fest. »Wir können uns weder zur Wehr setzen noch um Hilfe rufen.«

Kirk tastete unter seinen Uniformpulli — das versteckte Kom-Gerät befand sich nach wie vor an seinem Platz. Er wollte Uhura und Chekov darauf hinweisen, überlegte es sich jedoch anders und schwieg — vielleicht hörten die Plünderer zu und beobachteten ihre Gefangenen.

»Halten Sie nach Mikrofonen Ausschau«, sagte er. »Auch nach Kameras und dergleichen.«

Sie sahen sich in dem Raum um, ohne irgend etwas zu finden. Die Suche war noch immer im Gang, als das Schott beiseite glitt und ein ziemlich großer Beutler hereinkam, gehüllt in einen langen, scharlachroten Mantel. Zwei weitere folgten ihm — sie trugen schwarze Umhänge und waren bewaffnet. Im einen Fall offenbarten die Hände gelbe Flüssigkeit unter der Haut des Körpersacks, im anderen graue. Kirk und seine Gefährten wichen sofort zurück.

»Können Sie wieder hören?« fragte das Geschöpf mit dem roten Mantel. Die Stimme klang weiblich.

»Ja«, antwortete Jim. »Was wollen Sie von uns?«

»Ihre Taubheit war ein bedauerlicher Fehler. Einer von uns hat den Translator nicht richtig justiert. Jene Stimme war es, die Ihnen vorübergehend das Hörvermögen nahm.«

»Sie benutzen einen Translator? Wir vernehmen eine künstlich modulierte Stimme?«

»Die Antwort auf beide Fragen lautet: ja. Wenn wir mit Menschen sprechen, benutzen wir Stimmen, die von einem Computer simuliert werden.«

»In Ihrem Fall klingt sie weiblich. Sind Sie eine Frau?«

»Ja, das bin ich.«

»Ich möchte den Translator sehen«, sagte Kirk. Hinter ihm schnappte Uhura nach Luft.

Der rote Beutler zögerte. »Um Ihnen die Vorrichtung

zu zeigen, muß ich die Kapuze abnehmen. Wir tragen diese Kleidung, da wir wissen, daß unser Erscheinungsbild für Sie unerträglich ist.«

»Nie zuvor habe ich so rücksichtsvolle Entführer kennengelernt«, kommentierte Kirk. »Herzlichen Dank. Und nun ... Zeigen Sie mir den Translator.«

Einige Sekunden verstrichen. Dann hob der Beutler den Kopf und schob langsam die Kapuze zurück.

Chekov und Uhura wandten sich sofort ab, doch Kirk zwang sich, das Wesen auch weiterhin anzusehen. Nach einer Weile gaben auch die beiden anderen Offiziere der Neugier nach.

Sie betrachteten den Kopf eines mehr als zwei Meter großen Geschöpfs, dessen wie geschmolzen wirkender Körpersack rote Flüssigkeit mit einigen grauen Streifen enthielt. Auch das Gehirn schien rot zu sein — vielleicht deshalb, weil man es durch die Flüssigkeit und einen halb transparenten Schädel sah. Kirk fühlte sich von neuerlicher Übelkeit erfaßt, als er die weißen, wurmartigen *Dinge* bemerkte, die im Plünderer-Hirn und auch im Gesicht umherkrochen. Uhura und Chekov schnappten unwillkürlich nach Luft. *Wahrscheinlich handelt es sich bei den ... Würmern wirklich um chemische Kuriere*, dachte Jim. Der bittere Geschmack von Galle klebte ihm am Gaumen, aber er versuchte, sich nichts anmerken zu lassen.

Die untere Gesichtshälfte des Beutlers verbarg sich hinter einer Apparatur, von der zwei dünne Kabel ausgingen und zu einem zweiten Gerät an der Hüfte führten. Das Wesen deutete auf das kastenförmige Gebilde. »Die Stimme hat hier ihren Ursprung.« Rot drückte eine Taste, und daraufhin drangen unverständliche Geräusche aus dem Kasten. Erneut klickte ein Schalter. »Eben habe ich das Übersetzungsmodul desaktiviert. Sicher wird es manchmal erforderlich, daß ich mich mit meinen Artgenossen beraten muß, während Sie zugegen sind. Deshalb sind unsere Translatoren mit einer Komponente ausgestattet, die unsere Stimmen dämpft — um Ihnen Schmerzen zu ersparen.«

Rot zögerte, und einige Sekunden lang herrschte Stille. Dann sagte Chekov förmlich: »Dafür sind wir dankbar.«

Darauf hatte der Beutler — beziehungsweise die Beutlerin — gewartet. »Nichts zu danken. Wir benutzen die Translatoren Ihretwillen. Und das gilt auch für die Mäntel. Wir tragen sie so lange, wie es erforderlich ist.«

»Und *wie* lange wird es erforderlich sein?« fragte Kirk. »Warum haben Sie uns hierhergebracht?«

»Sie sind der Captain des Raumschiffs *Enterprise*?«

»Ja.«

Die Beutlerin deutete auf Chekov. »Und Sie?«

»Navigator.«

»Und Sie?«

»Kommunikationsoffizier.«

Rot wackelte mit dem Kopf — das Äquivalent eines Nickens, wie sich später herausstellen sollte. »Sie heißen James T. Kirk. Stimmt das?«

»Ja. Wer sind Sie?«

»Und die Namen Ihrer Begleiter?«

»Lieutenant Uhura und Fähnrich Chekov.« Kirk unterstrich seine Worte mit entsprechenden Gesten.

Rot näherte sich Uhura, die zwar ein wenig zitterte, jedoch nicht zurückwich. Eine Zeitlang sah das große Wesen stumm auf die Terranerin hinab. »Sie sind eine Frau?«

»Und ob, Baby«, erwiderte Uhura fest.

Die Beutlerin zuckte zusammen und trat noch einen Schritt vor. »Baby! Sie bezeichnen mich als kleines Kind?«

»Äh, nein«, entgegnete Uhura unsicher. »Das käme mir nie in den Sinn. ›Baby‹ ist eine Art Kosename.«

»Name? Haben Sie ›Name‹ gesagt?«

»Ja«, bestätigte Uhura voller Unbehagen.

»Baby.« Der Plünderer-Kopf wackelte einmal mehr. »Ich bin die Kommandantin dieses Schiffes.«

»Und wie heißen Sie?« erkundigte sich Chekov.

»Sie kennen meinen Namen. Er lautet Baby.«

Mit einem raschen Wink forderte Kirk die beiden anderen Offiziere auf, still zu sein. »Kommandantin Baby...«, begann er, und es fiel ihm schwer, dabei ernst zu bleiben, »warum sind wir hier?«

»Wir brauchen Ihre Hilfe«, antwortete die rote Beutlerin. »Vor kurzer Zeit kam es an Bord unseres Schiffes zu einem tragischen Unglück, das alle Personen auf der Brücke tötete — kein einziger Offizier hat überlebt. Ich muß erst noch lernen, die Aufgaben der Kommandantin wahrzunehmen. James T. Kirk, wir haben Sie an Bord gebracht, damit Sie der Captain dieses Schiffes sind.«

Kirks Kinnlade klappte nach unten. Er sah Chekov und Uhura an, deren Mienen die gleiche Verblüffung zeigten.

»Ich kenne mich doch gar nicht mit diesem Schiff aus!« stieß Jim schließlich hervor.

»Sie sind der Captain eines Raumschiffs, nicht wahr?«

»Ja, das bin ich. Aber dieser Kreuzer...«

»Er weist große Ähnlichkeiten mit Föderationsschiffen auf. Die Unterschiede betreffen Größe und einige besondere Funktionen, aber das Konstruktionsmuster ist mit dem eines Starfleet-Schiffes der Constitution-Klasse vergleichbar.«

»Und die *Enterprise* gehört zur Constitution-Klasse«, murmelte Kirk. »Ich verstehe. Was geschieht, wenn ich ablehne?«

»Sie werden *nicht* ablehnen. Wissen Sie, daß sich ein anderes Universum in unserem ausdehnt?«

»Ja. Mir ist auch klar, daß Sie dafür verantwortlich sind. Mehr noch: Sie haben jenes Volk ausgelöscht, das eine Möglichkeit fand, energetische Verbindungen zwischen verschiedenen Universen zu schaffen, das dieses

Schiff für Sie baute und den Baryonenumkehrer entwickelte.«

Als die beiden anderen Beutler das Wort *Baryonenumkehrer* vernahmen, hoben sie ihre Waffen und näherten sich Kirk. »Woher wissen Sie davon?« fragte Baby.

Jim schwieg — obwohl er mit einer Antwort kein wichtiges Geheimnis verraten hätte.

»Ich könnte eine Gedächtnissondierung anordnen.«

Kirk zuckte mit den Schultern. »Jemand hat mir von dem Gerät erzählt. Eine Zirgosianerin, die auf Holox weilte, als Sie die Kolonisten vergifteten. Warum wollten Sie die Siedler umbringen?«

Rot ignorierte die Frage. »Wenn Sie vom Baryonenumkehrer gehört haben ... Vielleicht wissen Sie auch, daß er die einzige Möglichkeit bietet, den anderen Kosmos von unserem Universum zu trennen. Allerdings hat er nur eine beschränkte Reichweite, was bedeutet: Wir müssen dorthin zurückkehren, wo früher das Beta Castelli-System existierte. *Deshalb* benötigen wir Sie als Captain unseres Schiffes. Nur mit Ihrer Hilfe können wir das andere Universum daran hindern, auch weiterhin zu expandieren.«

Die drei Offiziere von der *Enterprise* wechselten besorgte Blicke — mit einer solchen Situation hatte niemand von ihnen gerechnet. *Baby hat mich festgenagelt*, dachte Kirk. *Unter solchen Umständen kann ich mich unmöglich weigern, ihr zu helfen.* »Warum haben Sie überhaupt eine Verbindung zu dem anderen Kosmos geschaffen?«

»Der Grund dafür wird Ihnen zu gegebener Zeit genannt.«

»Wer fungiert als mein Erster Offizier?«

»Ich«, erwiderte die Beutlerin. »Ich habe gelernt, wie man in eine Umlaufbahn schwenkt und andockt, aber durch das Unglück im Kontrollraum bekam ich keine Gelegenheit, Erfahrungen mit Gefechtsmanövern zu sammeln. Darüber hinaus sind wir kaum mit den Waffensystemen an Bord vertraut. Unterweisen Sie mich, Captain. Unterweisen Sie uns alle. Wir haben Steuermann, Mediziner, Techniker und Soldaten, aber niemand von uns verfügt über genug Kenntnisse, um die Pflichten des Navigators und Kommunikationsoffiziers zu erfüllen. Der Chekov und die Uhura werden entsprechende Personen ausbilden.«

»Offenbar wollen Sie nichts dem Zufall überlassen, wie?« warf Kirk ein.

»Ihre Präsenz an Bord dieses Schiffes geht auf sorgfältige Planung zurück. Ich bin ziemlich sicher, dabei alles berücksichtigt zu haben. Sie drei genügen. Lehnen Sie noch immer ab, Captain?«

Jim verabscheute es, auf diese Weise unter Druck gesetzt zu werden. Ihm blieb überhaupt keine Wahl. »Nein, ich bin damit einverstanden, als Captain Ihres Schiffes tätig zu werden. Wann beginnen wir?«

»Es dauert noch etwas — zunächst müssen wir einige Vorbereitungen treffen. Man wird Ihnen Nahrung bringen. Dies ist von jetzt an Ihr Quartier, und Sie brauchen es mit niemandem zu teilen. Vor kurzer Zeit ist ein separates Luftversorgungssystem aktiviert worden — bald können Sie hier ohne die Helme atmen.«

»Dem Himmel sei Dank«, hauchte Uhura.

Die rote Hand der Beutlerin deutete zu einigen Schubladen in der Wand. »Dort drin finden Sie Kleidung, die wir auf verschiedenen Welten erworben haben. Sie sollten eigentlich imstande sein, etwas Passendes zu finden. Soweit wir wissen, legen Menschen sehr großen Wert auf sogenannte Privatsphäre. Nun, man wird Sie nicht beobachten, solange Sie sich in dieser Kabine aufhalten. Andere Bereiche des Schiffes dürfen Sie nur in Begleitung eines Wächters besuchen. Die ganze Zeit über steht jemand von uns vor der Tür. Wenn Sie schließlich die Brücke aufsuchen, eskortiert man Sie zum Turbolift. Haben Sie verstanden?«

Kirk nickte.

»Wenn wir hier drin bleiben müssen...«, sagte Chekov. »Könnten Sie die Temperatur senken?«

Die Stimme aus dem Translator an Babys Hüfte klang überrascht. »Ist es Ihnen zu warm?«

»Ja!« bestätigten die drei Offiziere wie aus einem Mund.

»Seltsam... Ich finde es viel zu kalt. Wie dem auch sei: Wenn Sie ein kühleres Ambiente wünschen — die Temperatur läßt sich mit Hilfe der Konsole dort drüben regeln. Ich sorge für eine Wiederherstellung ihres Funktionspotentials.« Die Beutlerin zögerte. »Da fällt mir ein... Als wir Sie an Bord beamten, fanden wir drei Phaser, aber nur zwei Kommunikatoren. Wer von Ihnen hat das fehlende Kom-Instrument?«

Kirk versuchte gar nicht erst, die Existenz eines dritten Kommunikators zu leugnen. Er holte das kleine Gerät unter dem Uniformpulli hervor und warf es der Kommandantin zu. »Da haben Sie's, Baby.«

»Danke, Captain Kirk. Ist es nötig, Sie immer mit beiden Namen anzusprechen?«

»Nein«, erwiderte Jim. »Aber für Sie bin ich der *Captain*.«

»Na schön. Sie haben das Kommando. Gestatten Sie mir noch einen Hinweis: Wenn Sie versuchen, uns zu hintergehen, so wird einer Ihrer Gefährten verbrannt, vielleicht sogar beide.«

»Ich verstehe.« Kirk schluckte.

»Das freut mich. Ich bin nicht bereit, Widerstand irgendeiner Art zu tolerieren, Captain. Außerdem: Die Zeit ist knapp. Ich erwarte von Ihnen, daß Sie so mit diesem Raumschiff umgehen, als sei es die *Enterprise*.«

Im Anschluß an diese Worte drehte sich die rote Beutlerin um und verließ das Quartier zusammen mit den beiden Wächtern. Zurück blieben drei ebenso erstaunte wie besorgte Menschen.

KAPITEL 6

Die Zirgosianerin taumelte nicht mehr, und in ihren Augen glänzte Vitalität — Dorelian war bereit, sich wieder auf den Planeten Holox zu beamen, dort ein neues Leben zu beginnen.

»Achten Sie während der ersten Wochen darauf, nur einfache Nahrung zu sich zu nehmen«, sagte McCoy, als sie durch den Korridor in Richtung Transporterraum schritten. »Ihr Stoffwechselsystem hat eine Menge hinter sich; ersparen Sie ihm zunächst weitere Belastungen.«

»Ich denke daran«, versprach Dorelian. »Doktor, Sie haben mich vor dem Tode bewahrt, und ich weiß gar nicht, wie ich Ihnen dafür danken soll. Worte reichen kaum aus. Trotzdem möchte ich Ihnen folgendes sagen: Für den Rest meines Lebens stehe ich in Ihrer Schuld.«

»Ich habe nur meine Pflicht als Arzt erfüllt, Dorelian. Und ich bedaure, daß wir Holox nicht früher erreicht haben, um den Kolonisten zu helfen.«

Sie betraten den Transporterraum, und dort wartete Spock, um die Zirgosianerin zu verabschieden. »Es freut mich, daß Sie sich erholt haben«, wandte sich der Vulkanier an Dorelian. »Die ganze Besatzung der *Enterprise* nahm an Ihrem Schicksal Anteil.«

»Danke, Mr. Spock«, erwiderte die Frau. »Danke für alles. Insbesondere dafür, daß Sie dem zirgosianischen Volk das Überleben ermöglichten.«

»Unglücklicherweise beschränkt sich das Überleben auf eine vergleichsweise geringe Anzahl von Personen.«

»Ja, ich weiß, was Sie meinen. Es ist ein enormer Verlust, und sicher dauert es lange, bis wir darüber hinwegkommen.« Dorelian hob den Kopf und lächelte. »Aber früher oder später *kommen* wir darüber hinweg, und das haben wir der *Enterprise* zu verdanken.« Sie vollführte eine vage Geste. »Ich hatte gehofft, noch einmal Captain Kirk zu begegnen.«

»Derzeit ist der Captain... nicht an Bord«, sagte Spock.

»Schade.« Die Zirgosianerin wandte sich an McCoy. »Ich hoffe, wir sehen uns wieder — unter angenehmeren Umständen.«

Leonard schmunzelte. »Das hoffe ich auch. Sehr sogar.«

Dorelian trat auf die Transferplattform, und der Techniker am Pult betätigte mehrere Tasten. »Bitte richten Sie Captain Kirk folgendes aus«, sagte die Frau, als bereits entmaterialisierende Energie schimmerte. »Ich erwarte von ihm, daß er sein Versprechen einlöst.« Dann verschwand die Frau.

»Hoffentlich bekomme ich Gelegenheit, ihm das auszurichten«, murmelte Spock nachdenklich. »Obgleich ich nicht weiß, um was für ein Versprechen es geht.«

»Jim hat geschworen, die Beutler aufzuhalten«, entgegnete McCoy.

»Interessant. Ein außergewöhnlicher Eid, gelinde gesagt.«

»Allerdings.«

Es knackte im Interkom-Lautsprecher. »Brücke an Mr. Spock! Brücke an Mr. Spock!«

»Hier Spock.«

»Wir empfangen nicht mehr das Notsignal des Captains«, meldete eine aufgeregt klingende Stimme.

»Ich bin gleich bei Ihnen. Spock Ende.«

»Jim und seine Begleiter sind tot!« entfuhr es McCoy entsetzt.

»Nicht unbedingt, Doktor«, sagte Spock ruhig, als sie zum Turbolift eilten. »Eine höhere Wahrscheinlichkeit spricht dafür, daß die Beutler den Kommunikator desaktiviert haben. *Brücke.*« Die Transportkapsel setzte sich in Bewegung. »Wenn die Fremden den Captain töten wollten — warum haben sie ihn dann zuerst an Bord ihres Schiffes gebeamt?«

»Woher soll ich das wissen? Nicht einmal Sie können Sinn oder meinetwegen auch Logik im Verhalten der Plünderer erkennen. Meine Güte, ich *wußte*, daß so etwas passieren würde! Ich habe Jim aufgefordert, an Bord zu bleiben, stimmt's?«

Spock seufzte leise. »Sie fordern ihn *immer* auf, an Bord zu bleiben, Doktor.« Der Turbolift hielt an. »Captain Kirk mußte versuchen, einen Kontakt mit den Beutlern herzustellen — das wissen Sie ebensogut wie ich.« Im Kontrollraum ging Spock sofort zu dem jungen Mann am Kommunikationspult. »Eine Subraum-Nachricht, Mr. Wittering. Informieren Sie Starfleet Command, daß Beutler Captain Kirk, Lieutenant Uhura und Fähnrich Chekov entführt haben. Fügen Sie hinzu, daß wir derzeit versuchen, ihre Freilassung zu erwirken. Verwenden Sie Kommunikationskanal A.«

Wittering hob überrascht den Kopf. »Die Plünderer können Sendungen auf dem Kanal A mithören.«

»Genau, Mr. Wittering. Ich möchte die Beutler an folgendes erinnern: Wenn sie einen Starfleet-Captain gefangennehmen, so bekommen sie es mit der ganzen Flotte zu tun.«

»Ja, Sir. Kanal A.«

»Und wie wollen Sie ›die Freilassung erwirken‹, Mr. Spock?« brummte McCoy. »Solange Jim, Uhura und Chekov an Bord des fremden Schiffes sind, dürfen wir nicht das Feuer eröffnen.«

»Zuerst versuchen wir es mit den üblichen Methoden«, erwiderte Spock. »Wenn sie nicht zum gewünschten Resultat führen, müssen wir andere Maßnahmen in

Erwägung ziehen.« Er griff nach dem Mikrofon, das Uhura mit dem Translator der Plünderer verbunden hatte. »An das Schiff der Beutler«, sagte der Vulkanier und beobachtete, wie schnörkelartige Schriftzeichen auf dem Bildschirm erschienen. »Sie haben Captain Kirk und zwei andere Offiziere entführt, womit sich insgesamt fünf Besatzungsmitglieder der *Enterprise* in Ihrer Gewalt befinden. Wenn Sie Ihre Gefangenen nicht innerhalb der nächsten Holox-Stunde freilassen, zerstören wir die von Ihnen errichtete Anlage auf dem Planeten. Ich wiederhole: Sie haben eine Holox-Stunde Zeit, um den fünf Gefangenen die Rückkehr zur *Enterprise* zu ermöglichen.« Spock desaktivierte das Mikrofon. »Senden Sie diese Botschaft, Mr. Wittering.«

McCoy war mehr als nur besorgt — Furcht regte sich in ihm. Jim Kirk hat schon oft haarsträubende Situationen überstanden, aber diesmal handelte es sich um eine Konfrontation besonderer Art. Wie verhandelte man mit Wesen, die aus keinem ersichtlichen Grund ganze Sonnensysteme zerstörten und Hunderte von Kolonisten vergifteten, nur um zu verhindern, daß sie zu einem ›Störfaktor‹ wurden? Hinzu kam: Die Plünderer schienen kaum einen Gedanken an die eigene Sicherheit zu verschwenden. Und Spock stellte nun die Vernichtung der Basis auf Holox in Aussicht ...

»Auch Jim hat damit gedroht«, sagte Leonard leise. »Ohne Erfolg.«

Der Vulkanier preßte kurz die Lippen zusammen. »Ich weiß, Doktor. Für einen besseren Vorschlag wäre ich Ihnen sehr dankbar.«

McCoy konnte Spock keinen Rat anbieten und schwieg. Aus dem Prickeln der Furcht in ihm wurde das erste Zittern von Panik. Spock, immer zuverlässig und nie um eine Antwort verlegen; Spock, dem immer etwas einfiel ... Dieser Spock wußte keine Lösung für das aktuelle Problem.

»Ich habe gegessen, bevor ich die *Enterprise* verließ«, sagte Chekov.

»Dann essen Sie noch einmal«, wies ihn Kirk an. »Wir haben keine Ahnung, wann uns die Beutler noch einmal etwas bringen. Vielleicht halten sie tagelange Pausen zwischen den einzelnen Mahlzeiten für völlig normal.«

Ihnen war gerade genug Zeit geblieben, um die verschwitzten Uniformen auszuziehen, zu duschen und frische Kleidung überzustreifen. Nur wenige Sekunden später kam ein kleinerer Beutler herein — er/sie trug ebenfalls einen Mantel —, brachte Nahrung und setzte den Menschen eine Frist von zwanzig Minuten, um die Teller zu leeren. Als Kirk nach dem Grund für die Eile fragte, erhielt er folgende Auskunft: Die Plünderer hatten ihre Pläne geändert und damit begonnen, die auf Holox errichtete Anlage zu evakuieren. Jim vermutete eine Aktion Spocks.

Das Essen stellte sich als Eintopf beziehungsweise zähflüssige Suppe heraus, und es schmeckte nicht schlecht.

Als sie die Helme abnahmen, rochen sie noch immer einen Rest des penetranten Gestanks, aber wenigstens war die Luft jetzt atembar. Inzwischen funktionierte die Konsole in der Ecke des Zimmers wieder, und eine ihrer Funktionskomponenten sorgte — wie von Kommandantin Baby angekündigt — für die ersehnte Reduzierung der Temperatur. Das Ergebnis: Zumindest das physische Wohlergehen der drei Starfleet-Offizier war gewährleistet.

»Zuerst einmal müssen wir herausfinden, was die Beutler vor uns verbergen«, meinte Kirk und hob erneut den Löffel zum Mund.

Uhura sah von ihrem Teller auf. »Glauben Sie der Kommandantin nicht?«

Jim schüttelte den Kopf. »An ihrer Geschichte ist was faul. Angeblich sind alle Offiziere einem Unglück auf der Brücke zum Opfer gefallen. Das bedeutet: Alle mit Kommandostatus ausgestatteten Besatzungsmitglieder dieses Schiffes hielten sich zur gleichen Zeit im Kontrollraum auf. Halten Sie das für möglich?«

»Es ist extrem unwahrscheinlich«, sagte Uhura. »Sie haben recht, Captain: An der Geschichte ist tatsächlich etwas faul.«

»Entweder war das ›Unglück‹ nicht nur auf die Brücke beschränkt, oder es steckt noch mehr dahinter. Vielleicht eine Meuterei? Wir müssen jede Chance nutzen, um mit den Beutlern zu reden und Informationen zu sammeln.«

Chekov schob seinen leeren Teller beiseite. »Jetzt wissen wir wenigstens, warum die Plünderer nicht einfach das Feuer auf den Ort eröffneten, sondern drei Gelcheniten zwangen, die Kolonisten zu vergiften.«

Kirk musterte den jungen Navigator erstaunt. »Ein solcher Hinweis muß meiner Aufmerksamkeit entgangen sein.«

»Die Kommandantin meinte, sie seien kaum mit den Waffensystemen vertraut. Die Beutler wußten nicht, ob sie das Ziel überhaupt treffen konnten — *deshalb* verzichteten sie darauf, das Feuer zu eröffnen.«

»Chekov, Sie sind ein Genie!« rief Kirk. »Natürlich! Die Crew dieses Schiffes hat keine Ahnung, wie man mit den Bordkanonen umgeht!«

»Ich bin ein Genie«, wandte sich Chekov bescheiden an Uhura.

»Jener Gelchenit, den auf Holox ein Prozeß erwartet — ev Symwid ...«, fuhr Kirk fort. »Er meinte, die Beutler hätten ihn und die beiden anderen Gelcheniten verspottet, indem sie mehrmals an ihrem Raumschiff vorbeifeuerten, bevor sie es vernichteten. Aber er irrte sich: Es handelte sich um *nicht* beabsichtigte Fehlschüsse. Den Plünderern gelang keine bessere Zielanpeilung. Nun, das gibt uns einen Anhaltspunkt. Vielleicht gelingt es mir irgendwie, von Baby in Erfahrung zu bringen, wie gut — oder schlecht — die Beutler ihr eigenes Schiff kennen.«

»Warum mußten Sie der Kommandantin ausgerechnet einen derartigen Kosenamen geben?« fragte Chekov und sah Uhura an. »Ich habe nichts gegen ›Baby‹ an sich, aber darunter stelle ich mir eigentlich etwas Niedliches vor, kein rotes Ungeheuer.«

»Tut mir leid. Ich wußte nicht, daß sie sich mit diesem Wort identifizieren würde.«

»Was mag sie dazu veranlaßt haben?« murmelte Chekov. »Ich finde es sehr seltsam.«

»An Bord der *Enterprise* habe ich mich mit Hilfe des Bibliothekscomputers über die Beutler informiert«, sagte Kirk. »In der Informationsdatei wurde auf eine entsprechende Verhaltensweise hingewiesen. Die Fremden nehmen jeden Namen an, den man ihnen gibt — das gilt selbst für allgemeine Bezeichnungen wie ›Plünderer‹. Sie nennen nie ihren wahren Namen. Falls sie überhaupt einen haben.«

»Sie akzeptieren *jeden* Namen, ganz gleich, wie er lautet?« fragte Chekov verwirrt. »Ich kann es kaum glauben.«

»Vergewissern Sie sich selbst«, erwiderte Kirk, als sich die Tür öffnete. »Probieren Sie's aus.«

Ein Beutler kam herein, um den Antigravtisch und das Geschirr zu holen, und die drei Starfleet-Offiziere setzten hastig ihre Helme auf. Das Wesen streckte die Hand nach dem Tisch aus, und dadurch rutschte der Ärmel des Umhangs ein wenig zurück, offenbarte ein Arm-Amnion mit rotweißer Flüssigkeit.

Chekov stand auf und verbeugte sich höflich. »Es hat uns gut geschmeckt, Pinky. Vielen Dank.«

Der Beutler hielt inne und drehte sich langsam zu dem jungen Navigator um. »Pinky? Ist das ein Name?«

»Ja.«

Der Kopf des Plünderers wackelte einige Sekunden lang. »Pinky.«

»Wenn er Ihnen nicht gefällt ... Nennen Sie uns Ihren wirklichen Namen.«

»O nein, er gefällt mir. Pinky. So heiße ich.«

Chekov schüttelte verblüfft den Kopf und nahm wieder Platz.

»Sind Sie ein männlicher Pinky oder eine weibliche Pinky?« fragte Uhura. »Ihrer Computerstimme ist das Geschlecht nicht zu entnehmen.«

»Ich bin ganz und gar eine weibliche Pinky.«

Chekov erhob sich wieder. »Wie werden Sie von Ihrer *Mutter* genannt?«

Die Beutlerin zögerte und wirkte unsicher. »Von jetzt an bin ich für alle Pinky.«

Uhura schmunzelte. »Geben Sie auf, Chekov.«

»Wir haben die Farbe Ihrer ... Körperflüssigkeit bemerkt, Pinky«, sagte Kirk. »Sind Sie vielleicht die Tochter der Kommandantin?«

Die Beutlerin erzitterte plötzlich am ganzen Leib. Jim und seine beiden Begleiter wußten nicht, was sie davon halten sollten — erlitt das Geschöpf vor ihnen eine Art Anfall?

»Habe ich Sie beleidigt?« fragte der Captain beunruhigt. »Wenn das der Fall sein sollte, so entschuldige ich mich in aller Form. Ist es verboten, sich nach Verwandtschaftsbeziehungen zu erkundigen?«

Pinky zitterte noch heftiger und schien sich kaum mehr auf den Beinen halten zu können.

»Captain ...«, sagte Chekov. »Ich glaube, sie lacht.«

Schließlich beruhigte sich die Beutlerin ein wenig. »Ihre Tochter! Es dauert noch Jahre, bis man Baby gestattet, Leben zu spenden. Sie ist meine Orthokusine.«

Pinkys Körper vibrierte noch immer, als sie den Antigravtisch nach draußen schob. Hinter ihr schloß sich die Tür.

»Orthokusine?« wiederholte Chekov.

»Und sie nennt die Kommandantin Baby«, stellte Uhura fest.

Kirk seufzte. »Ich schätze, hier gibt es noch viele Rätsel zu lösen.«

»Nach wie vor keine Antwort?« fragte McCoy den Kommunikationsoffizier.

»Nein, Sir. Die Fremden schweigen.«

»Ich bin sicher, daß uns Mr. Wittering sofort Bescheid gibt, wenn er etwas empfängt, Doktor. Es ist nicht notwendig, alle dreißig Sekunden eine betreffende Frage an ihn zu richten.«

»Verdammt, Spock, wir müssen etwas unternehmen!«

»Ich habe den Beutlern eine Holox-Stunde Zeit gegeben — das entspricht etwa fünfundvierzig Standard-Minuten. Ihnen bleiben noch fünfundzwanzig Minuten und siebenunddreißig Sekunden, um auf das Ultimatum zu reagieren.«

»Sie werden es einfach ignorieren, und das wissen Sie genau!«

»Auch ich rechne nicht damit, daß man auf unsere Forderungen eingeht«, meinte Spock. »Trotzdem: Ich möchte den Beutlern Gelegenheit geben, weitere Feindseligkeiten zu vermeiden. Ihnen dürfte folgendes klar sein, Doktor: Wenn es zu einem Gefecht kommt, geraten wir in eine sehr schwierige Situation. Die *Enterprise* ist dem anderen Schiff an Feuerkraft und Deflektorpotential unterlegen. Wir müssen es mit allen Alternativen versuchen, bevor wir uns auf ein geradezu selbstmörderisches Unterfangen einlassen.«

McCoy wußte natürlich, daß Spock recht hatte — er wollte es nur nicht zugeben. Der Vulkanier verstand die Nervosität des Bordarztes und teilte sie sogar in einem gewissen Ausmaß, obwohl er darauf achtete, auch weiterhin ruhig und gelassen zu wirken. Viel zu deutlich spürte er die Unruhe auf der Brücke. Die Offiziere brauchten das Beispiel eines Kommandanten, der alles unter Kontrolle hatte — oder zumindest einen solchen Eindruck erweckte.

Spock überlegte, ob er die Hitzekuppel auf Holox unter Beschuß nehmen sollte oder nicht. Dabei handelte es sich um die logische Konsequenz der Drohung, doch wenn sich Montgomery Scott in der Plünderer-Basis befand — eine von der *Enterprise* abgefeuerte Phasersalve mochte seinen Tod bedeuten.

Nein. Scott durfte keinen Gefahren ausgesetzt werden, solange es noch andere Möglichkeiten gab. Ein von der Oberfläche des Planeten aus geführter Angriff war vielleicht ebenso wirkungsvoll wie der Einsatz von orbitalen Phaserkanonen; außerdem stellte er für Scott und die beiden mit ihm gefangenen Sicherheitswächter ein weitaus geringeres Risiko dar. *Wenn Ching und Hrolfson noch leben,* dachte der Erste Offizier. Franklins Zustand deutete darauf hin, daß in dieser Hinsicht zumindest Zweifel angebracht war. Andererseits: Spock mußte davon ausgehen, daß sowohl der Chefingenieur als auch die beiden Angehörigen der Sicherheitsabteilung bisher überlebt hatten.

Einige weitere Minuten verstrichen. *Doktor McCoy hat recht. Die Beutler antworten bestimmt nicht.*

Spock betätigte eine Taste in der Armlehne des Kommandosessels. »Sicherheitssektion: Schicken Sie eine Einsatzgruppe zum Transporterraum. Bewaffnung: Katapulte und Photonengranaten. Wir versuchen, in die Hitzekuppel auf Holox einzudringen.«

McCoys Miene erhellte sich. »Das ist die richtige Entscheidung, Spock!«

»Es freut mich, daß Sie dieser Ansicht sind, denn Sie werden mich begleiten. Holen Sie Ihre Medo-Ausrüstung und melden Sie sich im Transporterraum.«

»Bin schon unterwegs.«

»Mr. Sulu, Sie haben das Kommando. Überwachen Sie auch weiterhin das Beutler-Schiff und verständigen Sie mich sofort, falls es zu einer Statusveränderung kommt.«

»Ja, Sir.«

Spock trat zu McCoy in den Turbolift und fragte sich dabei, ob er nicht schon zu lange gewartet hatte.

Kirk, Uhura und Chekov saßen vor der Konsole in ihrer Kabine an Bord des Plünderer-Schiffes. Der Bildschirm zeigte ihnen grafische Darstellungen von ausgewählten Abteilungen des Schiffes und erlaubte es dem Captain, einen Eindruck von der allgemeinen Struktur des Raumers zu gewinnen, bevor er das Kommando übernahm. Die eingeblendeten Hinweise waren zweisprachig: Englische Worte standen neben Symbolfolgen, die sich von den ›Kratzern‹ der Beutler unterschieden — vermutlich zirgosianische Schriftzeichen.

Eine Zeitlang lasen sie schweigend, und schließlich sagte Chekov respektvoll: »Ein ziemlich *großes* Schiff!«

»Es ist größer als die *Enterprise*, was jedoch nicht bedeutet, daß es auch besser sein muß«, erwiderte Kirk. »Denken Sie daran: Die Zirgosianer waren mit dem Bau noch nicht ganz fertig, als sich die Plünderer an Bord beamten. Zweifellos sind den Werfttechnikern Fehler unterlaufen, die erst noch ausgemerzt werden müssen. Für uns kommt es jetzt darauf an, sie rechtzeitig zu finden.«

»Und dann, Captain?« fragte Uhura. »Korrigieren wir sie? Oder nutzen wir sie zu einem Vorteil?«

»Wir nutzen sie aus. Unser wichtigstes Ziel besteht darin, den Baryonenumkehrer zur *Enterprise* zu bringen. Wenn alles so abläuft, wie es sich Rot — ich meine Baby — wünscht, haben wir nicht die geringste Kontrolle, sobald von der Hitzefront keine Gefahr mehr ausgeht. Vorausgesetzt natürlich, der Umkehrer funktioniert überhaupt. Solange die Beutler darüber verfügen, sind sie eine Gefahr für die ganze Galaxis. Aber wenn wir das Ding hinüberbeamen, damit Spock es untersuchen kann ... Ich frage mich, wie groß es ist.«

»Enthalten die Dateien Informationen darüber?« wandte sich Chekov an Uhura.

»Mal sehen.« Ihre Finger huschten über Tasten. »Zugriff verweigert. Darüber sollen wir also nichts erfahren.«

»Nehmen wir uns noch einmal das Triebwerk vor.« Kirk betrachtete eine Zeitlang die Schemata auf dem Schirm. »Sieht alles sehr beeindruckend aus, aber leider bin ich kein Fachmann. Welches Potential haben diese Aggregate? Wie funktioniert die Strahlungsabschirmung? Was hat es mit der Apparatur dort auf sich? Verdammt, ich könnte tausend Fragen stellen, doch wer soll sie beantworten? Wie läßt sich von hier aus ein Kontakt mit Baby herstellen, Uhura?«

»Drücken Sie diese Taste und sprechen Sie in das Mikrofon dort.«

Jim drückte die Taste und beugte sich vor. »Kirk an Brücke.« Sofort wechselte die Bildschirmdarstellung. Das Projektionsfeld zeigte ein Abbild der roten Beutlerin — ohne Mantel und Translatormaske. Kirk zuckte zusammen, widerstand jedoch der Versuchung, den Blick abzuwenden.

Die Kommandantin hob das Übersetzungsmodul vor die untere Gesichtshälfte. »Hier Baby«, sagte sie. »Haben Sie ein Problem, Captain?«

»Ich muß unbedingt mit einem Techniker reden. Einige Teile des Triebwerks erklären sich nicht von selbst. Bitte schicken Sie uns jemanden, der in der Lage ist, meine Fragen zu beantworten.«

»In Ordnung, Captain. Bald trifft ein Techniker bei Ihnen ein.« Die Beutlerin verschwand vom Schirm.

Uhura schnaufte leise. »Ich schätze, es könnte schlimmer sein — wenn man nicht nur ihren Anblick ertragen muß, sondern auch den Geruch.«

»Mir reicht's auch so«, murmelte ein sehr blasser Chekov.

»Womit wird hier die Deflektorscheibe ersetzt?« erkundigte sich Kirk. Wieder klickten Tasten unter Uhuras Fingern. »Hm. Ein geschlossenes Gehäuse. Und sehr kompakt. Eine auch für die *Enterprise* interessante Innovation.«

Doch der *Enterprise*-Navigator schnaubte abfällig. »Mit *so* einem Ding soll eine sichere Navigation möglich sein?« zischte er skeptisch. »Auf welche Weise werden die Kursdaten übermittelt?«

Uhura gab die Frage ein — und plötzlich blinkte ein unbekanntes Symbol auf dem Schirm. »Anscheinend gelten auch diese Informationen als geheim.«

»Versuchen Sie's mit den Waffensystemen«, sagte Kirk.

Einmal mehr bekamen sie keine vollständige Auskunft, aber der Captain konnte dennoch feststellen, daß sich an Bord des Beutler-Schiffes keine neue Superwaffe verbarg. Das war auch gar nicht nötig, solange die Plünderer mit der auf Zirgos erbeuteten interkosmischen Technik Tore zu anderen Universen öffnen konnten. Wie dem auch sei: Selbst das konventionelle Waffenpotential ging weit über die offensive Kapazität der *Enterprise* hinaus — ein Gefecht zwischen den beiden Schiffen mußte um jeden Preis vermieden werden.

Kirk drehte den Kopf, als sich die Tür öffnete und eine ebenso empörte wie vertraute Stimme erklang. »Schon gut, schon gut, ich gehe ja! Ihr braucht nicht dauernd mit den Dingern zu stoßen!« Montgomery Scott — er trug einen Helm — stolperte herein.

»Scotty!« platzte es aus Jim heraus. Er freute sich sehr darüber, seinen alten Freund lebend wiederzusehen.

»Captain! Uhura! Chekov!« Eine überschwengliche Begrüßung fand statt. Die Männer klopften sich gegenseitig auf die Schultern, und dann wandte sich Scott Uhura zu, umarmte sie so fest, daß ihr der Atem wegblieb. »Ach, ich bin ja so froh, Sie hier anzutreffen!« Dann wich die Freude in seinen Zügen tiefem Kummer. »Nein, ich bin *nicht* froh! Was machen Sie hier? Warum haben Sie die *Enterprise* verlassen, Captain?«

»Wir hatten ein Treffen mit den Beutlern vereinbart,

aber sie planten von Anfang an unsere Entführung. Wie lange sind Sie an Bord dieses Schiffes, Scotty?«

»Erst seit gestern. Zunächst hielt man mich in dem Treibhaus auf Holox fest.« Der Chefingenieur nahm den Helm ab. »Captain, erinnern Sie sich an Hrolfson, den Sicherheitswächter, der mich begleitete? Die Plünderer haben ihn umgebracht, weil er nicht über die technischen Einzelheiten der Triebwerke Bescheid wußte! Das genügte ihnen als Grund.«

Kirk schnitt eine Grimasse. »Damit wächst die Anzahl der Opfer auf zwei. Auch Ching ist tot. Franklin hat die schweren Verbrennungen überlebt.«

»Franklin lebt? Oh, dem Himmel sei Dank dafür!«

»Scotty...«, begann Uhura. »Auf welche Weise starb Hrolfson?«

»Die Beutler verwandelten ihn in eine lebende Fackel. Ich mußte hilflos beobachten, wie er starb.«

Uhura hob eine Hand vor die Augen, drehte sich um, schritt durchs Zimmer und nahm am Tisch Platz.

Scott sah den Captain an. »Es tut mir leid, Sir, aber die Plünderer wissen jetzt alles über die *Enterprise*. Sie haben bei Hrolfson und mir eine Sondierung des Gedächtnisinhalts vorgenommen.«

»Es läßt sich nicht ändern«, erwiderte Kirk und zuckte mit den Achseln. »Womit sind Sie beschäftigt gewesen, seit Sie sich an Bord dieses Schiffes befinden?«

»Ich überprüfe die Triebwerke. Der Chefingenieur kam bei irgendeinem Unglück ums Leben.«

Kirk und Chekov wechselten einen raschen Blick. »Der Chefingenieur ebenfalls?« entfuhr es dem jungen Russen überrascht. »Das gilt auch für den Navigator und Kommunikationsoffizier — und für den Captain.«

Das verschlug Scotty die Sprache.

»Was geht hier vor?« fragte Chekov die Wände des Zimmers.

»Faszinierend, wie Spock sagen würde«, murmelte Kirk. »Ich bitte die Kommandantin darum, mir jemanden zu schicken, der sich mit den Triebwerken auskennt. Und wen läßt sie zu uns bringen? Jemanden, der erst seit einem Tag an Bord ist. Sind *Sie* der Experte für den Antrieb des Beutler-Schiffes?«

»Sieht ganz danach aus, Captain. Mr. Green muß noch eine Menge lernen ...«

»Wer?«

»Ein Plünderer, der mir fast nie von der Seite weicht. Ich nenne ihn Mr. Green. Nun, er ist in der Ausbildung, kennt die Triebwerke jedoch besser als alle anderen. Es befindet sich überhaupt kein richtiger Ingenieur an Bord — abgesehen von mir. Wie dem auch sei, Captain: Ich habe eine Menge zu erzählen.«

»Setzen wir uns.«

Sie leisteten Uhura am Tisch Gesellschaft. »Mr. Green dürfte recht jung sein«, sagte Scott. »Obwohl er aussieht, als sei er seit mindestens hundert Jahren tot. Ist ein richtiges Plappermaul. Wissen Sie, warum die Plünderer eine Basis auf Holox errichteten? In der Hitzekuppel wuchsen Baby-Beutler heran!«

Das waren interessante Neuigkeiten. »Cloning?« fragte Kirk. »In vitro?«

»Ja. Dazu dienten die Bottiche mit einer speziellen, auf enorm hohe Temperaturen erhitzten Flüssigkeit. Mr. Green verriet mir, daß die Plünderer in einzelnen Clans leben, denen jeweils tausend Individuen angehören. Leider konnte ich nicht herausfinden, wie viele Clans es in der Galaxis gibt. Nun, die Wesen sind Nomaden. Vor langer Zeit geschah etwas mit ihrem Heimatsystem, und seit damals fliegen sie von Stern zu Stern. Für die jungen Beutler existiert nur ein Zuhause: das Raumschiff.«

»Schließlich kam es zu ersten Kontakten mit Föderationswelten«, überlegte Kirk laut. »Vielleicht suchten die Beutler nach einer neuen Heimat. Aber ganz gleich, welchem Volk sie begegneten: Ihr Erscheinungsbild bewirkte Übelkeit und Ekel. Fahren Sie fort, Scotty.«

»Sie achten sehr darauf, daß die Anzahl der Clanmitglieder konstant bleibt. Wenn jemand stirbt, wird der nächste Planet angesteuert, um einen neuen wachsen zu lassen. Doch die Hitzekuppel auf Holox enthielt ein halbes Dutzend Bottiche, Captain! Und die Behälter waren ziemlich groß: Zahlreiche Baby-Plünderer schwammen darin.«

»Sie ersetzen das gesamte Kommando-Personal des Schiffes«, vermutete Uhura. »Das angebliche ›Unglück auf der Brücke‹ brachte alle Beutler um, die über das Schiff und seine Installationen Bescheid wußten.«

»Oh, ich verstehe«, entgegnete der Chefingenieur.

»Aber warum brauchen sie einen Planeten fürs Cloning?« fragte Kirk. »Warum kann es nicht an Bord des Raumschiffs stattfinden?«

»Nun, Mr. Green meinte, kleine Beutler können nicht im All überleben«, antwortete Scott. »In den Körpern dieser Wesen gibt es weiße, wurmartige Gebilde ...«

»Wir haben sie gesehen«, sagte der Captain knapp.

»Sie gehören zum Nervensystem, und während der ersten beiden Lebenswochen bewegen sie sich nicht. Sobald sie umherkriechen, beamt man die kleinen Plünderer an Bord, und dann setzt der Clan die Reise fort.«

Kirk nickte nachdenklich. »Ist Ihnen klar, was das bedeutet? Das sogenannte ›Unglück‹, dem alle Offiziere zum Opfer fielen, muß *nach* der Zerstörung des zirgosianischen Sonnensystems passiert sein. Baby kann dafür unmöglich die Verantwortung tragen — sie hat deutlich genug darauf hingewiesen, daß sie unsere Hilfe braucht, um das Schiff voll einsatzfähig zu machen.«

Scott musterte den Captain neugierig. »Wen meinen Sie mit Baby?«

»Die Kommandantin dieses Raumers.« Chekov grinste. »Uhura hat ihr den Namen gegeben.«

»Unabsichtlich«, betonte Uhura.

»Sie haben eine andere Frau ›Baby‹ genannt?« brachte der Chefingenieur ungläubig hervor.

»Von einer anderen ›Frau‹ in dem Sinne kann wohl kaum die Rede sein, Scotty«, verteidigte sich Uhura und schmunzelte andeutungsweise. »Außerdem war der Name sarkastisch gemeint.«

»Ich nehme an, an Bord wimmelt es von Leuten, die außerhalb ihrer eigenen Fachgebiete tätig sind«, sagte Kirk. »Geologen versuchen, in die Rollen von Navigatoren zu schlüpfen — und so weiter. Daraus ergibt sich ein Vorteil für uns: Solche Beutler können nicht feststellen, wann wir sie belügen.«

Genau in diesem Augenblick öffnete sich die Tür, und Pinky kam mit einer weiteren Luftmatratze samt Decke herein. »Der Scott wird hierbleiben«, sagte sie und ging wieder, bevor die Menschen ihre Helme aufsetzen konnten.

Kirk und seine Begleiter würgten eine Zeitlang.

»Wer oder was war das?« ächzte Scott nach einer Weile.

»Pinky«, erwiderte Chekov. »Sie ist *unsere* Beutlerin.«

Kirk holte tief Luft. »Hören Sie gut zu. Wir gehen folgendermaßen vor... Scotty, halten Sie nach Möglichkeiten Ausschau, die Triebwerke *ein wenig* zu sabotieren. Verwandeln Sie den Antrieb nicht gleich in einen Schrotthaufen. Es genügt mir, wenn er langsamer reagiert und starke Vibrationen entwickelt — lassen Sie sich etwas einfallen. Wir müssen irgendwie Zeit gewinnen, ohne gleich das ganze Schiff lahmzulegen.«

»Aye, Captain. Ich manipuliere die Auslaßventile. Dann bockt dieser Kreuzer wie ein widerspenstiges Pferd, wenn der Warptransfer eingeleitet wird.«

»Gut! Genau darauf kommt es mir an. Uhura, sammeln Sie Informationen über den Zwischenfall an Bord, der so viele Beutler umbrachte. Bringen Sie möglichst viele Einzelheiten in Erfahrung — Baby und die anderen verbergen etwas vor uns. Sprechen Sie mit den Plünderern; horchen Sie sie aus.«

»Ja, Sir. Bekomme auch ich ... Lehrlinge?«

»Darauf deuten Babys Ausführungen hin. Chekov, Sie haben die schwierigste Aufgabe von uns allen: Stellen Sie fest, wo sich der Baryonenumkehrer befindet. Sie sind Navigator, und daher kann es Ihnen niemand verwehren, sich das hiesige Äquivalent der Deflektorscheibe anzusehen. Nutzen Sie die Gelegenheit, sich umzusehen. Ich weiß natürlich, daß Sie sich nicht frei im Schiff bewegen können, aber vielleicht fällt Ihnen hier oder dort etwas auf.«

»Ja, Sir. Wenn wir einen Ort entdecken, den niemand von uns betreten darf — dann wissen wir wahrscheinlich, wo man den Umkehrer aufbewahrt.«

»Guter Hinweis. Alles klar? Noch Fragen?«

»Eine«, sagte Uhura. »Womit vertreiben Sie sich die Zeit, während wir auf diese Weise beschäftigt sind?«

»Oh, meinen Sie mich?« Kirk lächelte. »Nun, *ich* nehme mir Baby vor.«

Spock blickte auf die Anzeigen des Tricorders. Kein Zweifel: Die von der Hitzekuppel emittierte infrarote Strahlung ließ nach. »Sie haben recht, Doktor. Die Anlage kühlt ab.«

»Dachte ich mir schon«, brummte McCoy. »Als wir hier eintrafen, brach mir der Schweiß aus. Jetzt schwitze ich nur noch ein bißchen.«

Sie hockten hinter einigen Sandsteinbrocken in der Wüste. Die vom Vulkanier in den Einsatz geschickte Sicherheitsgruppe hatte sich der Kuppel bis auf hundert Meter genähert, ohne daß irgendeine Reaktion erfolgte. Nichts regte sich mehr im Bereich der Basis; alles blieb still.

»Haben die Plünderer keine Wachen aufgestellt?« fragte McCoy voller Unbehagen.

»Vermutlich verlassen sie sich auf ihre Sensoren«, erwiderte Spock. »Möglicherweise wissen sie längst von unserer Präsenz.«

»Und warum unternehmen sie nichts?«

»Ich sehe mich außerstande, diese Frage zu beantworten, Doktor.«

Der Kommunikator des Ersten Offiziers piepte leise. »Hier Berengaria. Wir haben die Kuppel umstellt, Mr. Spock. Von einem Eingang ist weit und breit nichts zu sehen.«

»Dann schaffen wir uns einen Zugang, Lieutenant. Bleiben Sie an Ort und Stelle. Und halten Sie den Kom-Kanal offen. Ich bin gleich bei Ihnen.« Der Vulkanier sah den Arzt an. »Warten Sie hier, Doktor. Nähern Sie sich der Kuppel erst, wenn ich Sie darum bitte.«

»Worauf Sie sich verlassen können.« McCoy schauderte.

Spock eilte fort und benutzte Berengarias Kommunikatorsignal als Richtungshinweis, als er an der Anlage vorbeischlich. Es dauerte nicht lange, bis er einigen Sicherheitswächtern begegnete, die in einer kleinen Senke kauerten. Berengaria hatte hier ein Katapult für Photonengranaten in Stellung gebracht, und ein Mann richtete den Mörser auf die Kuppel.

»Wir sind soweit«, sagte Berengaria.

»Nach Ihrem Ermessen, Lieutenant.«

»Feuer.«

Es waren mehrere Schüsse notwendig, doch schließlich entstand ein großes Loch in der Kuppelwand — Glut fraß sich über die Ränder, wölbte sie nach innen. Spock justierte seinen Phaser auf Betäubung und verließ die Senke, verharrte jedoch, als er Berengarias Stimme hörte: Die Sicherheitswächterin forderte ihn auf, den Abschluß ihrer Gruppe zu bilden. Innerhalb weniger Sekunden erreichten sie die Basis der Beutler, kletterten durchs qualmende Loch, duckten sich dahinter und warteten darauf, daß sich ihre Augen ans Halbdunkel gewöhnten. Ein sehr unangenehmer Geruch wehte Spock entgegen und weckte einen Hauch Übelkeit in ihm; selbst er empfand die Fäulnis als ekelhaft.

»Hier stinkt's«, stellte Berengaria fest.

Glücklicherweise strömte frische Luft durch die Öffnung, und dadurch wurde der Gestank einigermaßen erträglich. Die Sicherheitswächter schwärmten aus und suchten vorsichtig nach den Bewohnern der Kuppel. Spock trat langsam an der Wand entlang und hielt aufmerksam Ausschau, aber die einzigen Bewegungen stammten von seinen menschlichen Begleitern.

»Hier hält sich niemand auf, Mr. Spock«, meldete Berengaria.

Zwar waren keine Beutler zugegen, aber im Innern der Kuppel herrschte noch immer eine recht hohe Temperatur. *Für Menschen ist es hier nach wie vor zu warm*, dachte der Vulkanier. An einigen Stellen fand die Einsatzgruppe von der *Enterprise* Anzeichen für demontierte Installationen, wahrscheinlich Generatoren und ähnliche Aggregate. Ein transparenter, zellenartiger Würfel stand an der Rückwand — niemand wußte, welchem Zweck er gedient hatte. Spocks Aufmerksamkeit galt in erster Linie sechs großen Bottichen aus einem speziellen Kunststoff; ihre Rohrleitungen, Schläuche und Kabel waren nun nicht mehr mit Maschinen oder Kontrollvorrichtungen verbunden. Die Behälter enthielten — nichts.

»Was mag es damit auf sich haben?« fragte Berengaria und klopfte an die Seite eines Bottichs. »Sind es vielleicht Container?«

Spock blickte auf ein nicht demontiertes Schaltpult hinab und trachtete danach, den Sinn der Anzeigen zu erkennen, ohne die Kennzeichnungen und Markierungen zu verstehen. »Das bezweifle ich«, antwortete er schließlich. »Es scheint sich vielmehr um Druckkessel zu handeln.«

»Druckkessel?«

Der Vulkanier klappte seinen Kommunikator auf. »Spock an McCoy.«

»Hier McCoy. Was gibt's?«

»Die Beutler haben ihre Basis verlassen, Doktor. Bitte

kommen Sie hierher. Sie brauchen nur dem Qualm zu folgen, um den Eingang zu finden.«

Spock glaubte zu wissen, welchen Zweck die Bottiche erfüllt hatten. Jim Kirk nannte so etwas eine *Ahnung*. Der Vulkanier vertraute der Intuition des Captains, doch seiner eigenen stand er mit ausgeprägter Skepsis gegenüber. Er zog es vor, sich auf Logik und Rationalität zu verlassen.

Langsam schritt er um den großen Behälter und betrachtete die verschiedenen Displays. Anschließend ging er zum zweiten, der sich nicht vom ersten unterschied. Spock setzte auch weiterhin einen Fuß vor den anderen und näherte sich dem seltsamen Zellenwürfel, der keine Verbindungen mit anderen Sektionen der Kuppel zu unterhalten schien. Die Temperatur darin war geringer als im Rest der Basis, woraus sich der Schluß ziehen ließ: Sie mußte noch erheblich niedriger gewesen sein, bevor die Beutler ihre Aggregate fortbrachten und ein Ausgleich zwischen den beiden verschiedenen Temperaturen begann. Der Erste Offizier berührte eine Wand des Würfels — ja, kühl.

In der Zelle mußte irgend etwas untergebracht gewesen sein, das keine Hitze vertrug. Vielleicht ein Mensch? Spocks Puls beschleunigte sich etwas, als er an die Möglichkeit dachte, daß Montgomery Scott doch noch lebte.

»Lieber Himmel, was für ein Gestank!« Leonard McCoy traf ein.

Spock trat aus dem Würfel. »Doktor, bitte sehen Sie sich ...«

»Was ist mit Scotty?« unterbrach Leonard den Vulkanier.

»Ich nehme an, er lebt und befindet sich an Bord des Beutler-Schiffes.« Spock erklärte dem Arzt seine Überlegungen in Hinsicht auf den transparenten Würfel.

»Er lebt!« McCoy war sofort überzeugt, doch wenige Sekunden später verfinsterte sich sein Gesicht. »Verdammt, Spock, wenn Sie sich etwas eher zum Angriff entschlossen hätten ...«

»Dann wären wir vielleicht alle gestorben, auch Mr. Scott«, sagte der Erste Offizier. »Bitte inspizieren Sie nun die Bottiche, Doktor. Wozu könnten sie Ihrer Meinung nach gedient haben?«

McCoy schritt zum nächsten Behälter und sah daran empor. »Ist doch ganz klar«, meinte er. »Das sind Inkubatoren.«

Er ging um den Bottich herum, warf einen Blick aufs Schaltpult und starrte zu den verschiedenen Anzeigen in der gewölbten Wand des Behälters. »Ja, Inkubatoren — kein Zweifel. Woraus folgt: Bei Beutler-Frauen gibt es keine Schwangerschaft; die Fortpflanzung erfolgt extern. Die Bottiche enthielten eine Nährsubstanz, in der Föten heranwuchsen.«

Spock nickte. *Diesmal hat sich meine Ahnung bestätigt*, dachte er. »Vielleicht unterliegt der Vermehrungszyklus der Beutler bestimmten zeitlichen Konditionen, die sie zwingen, ihre Reisen zu unterbrechen und sich um die Neugeborenen zu kümmern. Allerdings erscheint es mir seltsam, daß sie unmittelbar vor der Inkubation besondere Aggressivität entfalteten — ich erinnere in diesem Zusammenhang an die Zerstörung des Beta Castelli-Systems und die Vergiftung der Siedler auf Holox. Nein, ich bin ziemlich sicher, daß es eine andere Erklärung für den Bau der hiesigen Hitzekuppel gibt. Die Frage lautet: Warum hielten es die Fremden für dringend notwendig, weitere Beutler heranwachsen zu lassen?«

»Um eine große Streitmacht zusammenzustellen?« spekulierte McCoy.

Der Kommunikator des Vulkaniers piepte. Er klappte ihn auf. »Hier Spock.«

»Mr. Spock ...«, erklang Sulus Stimme. »Das Schiff der Plünderer verläßt die Umlaufbahn!«

»Geben Sie Anweisung, uns sofort an Bord zu beamen, Mr. Sulu.« Der Erste Offizier öffnete einen anderen Kom-Kanal, um Berengaria und den übrigen Sicherheitswächtern Bescheid zu geben.

Kurze Zeit später rematerialisierten sie im Transporterraum der *Enterprise* und eilten auf ihre Posten. Eine Mischung aus Aufregung und Unbehagen hinderte sie daran, miteinander zu sprechen. Der gefürchtete Augenblick war gekommen: Die Plünderer wurden aktiv.

KAPITEL 7

Captain James T. Kirk hatte befohlen, das Schiff aus dem Orbit zu steuern ...

Als sich die Doppeltür des Turbolifts vor den Starfleet-Offizieren öffnete, bot sich ihnen ein beunruhigender, ehrfurchtgebietender Anblick. Die Brücke des Beutler-Schiffes war etwa doppelt so groß wie die der *Enterprise*. Sie enthielt mehr Konsolen, und gleich vier Turbolifte verbanden sie mit anderen Abteilungen. Seit sich Kirk, Uhura und Chekov an Bord befanden, hatten sie nie so viele Plünderer an einem Ort gesehen. Die Konfrontation mit ihnen genügte, um selbst den widerstandsfähigsten Magen in erhebliche Schwierigkeiten zu bringen. Die Wesen trugen Umhänge und Translatormasken, aber eine grüne Stirn hier und eine wie verwest wirkende Hand dort erinnerten daran, was sich unter den Mänteln verbarg. Alle Beutler drehten sich um und starrten zu den drei mit Helmen ausgestatteten Menschen, die unsicher in der Liftkabine standen.

»Also los«, murmelte Kirk. »Gehen wir.«

Er trat mit so forschen Schritten auf die Brücke, als sei sie sein persönliches Eigentum. Uhura und Chekov folgten ihm mit weitaus weniger Enthusiasmus. »Kommandantin Baby!« sagte Jim gebieterisch. »Ich bin bereit, das Kommando zu übernehmen.«

»Sie haben es hiermit, Captain«, erwiderte die rote Beutlerin und deutete zu ihrem braunen Begleiter. »Das ist mein Stellvertreter — er wird mit mir lernen.« Langsam ging sie übers obere Deck, auf dem sechs Plünderer warteten. »Diese drei sollen erfahren, wie man das

Kommunikationssystem bedient. Und die anderen drei sind Navigationsschüler.«

Kirk nickte den betreffenden Gestalten zu und erteilte seinen ersten Befehl. »Zu Ihren Posten.« Er wartete, während Menschen und Beutler zu verschiedenen Pulten eilten, begann dann mit einer Wanderung durch den Kontrollraum. Baby und ihr brauner Stellvertreter folgten ihm. Es war ziemlich warm, doch die Temperatur erreichte kein unerträgliches Ausmaß.

Chekov vermied es, die drei Auszubildenden anzusehen, als er im Sessel des Navigators Platz nahm. Seine Konsole befand sich in unmittelbarer Nähe des Pults, an dem der Steuermann saß — ein ziemlich großer blauer Beutler, der den Terraner neugierig anstarrte.

»Hallo«, sagte der junge Russe zaghaft.

»Ich grüße Sie«, tönte es aus dem Translator des Plünderers. »Sind Sie der Chekov?«

»Ja, der bin ich«, brachte Chekov hervor. Fast hätte er den blauen Beutler nach seinem Namen gefragt. Statt dessen meinte er. »Gutes Schiff.«

»Uns gefällt es.«

Die drei Navigationslehrlinge standen hinter dem Sessel, zwei von ihnen schwarz und einer orangefarben — genau die richtige Halloween-Mischung. Chekov wandte sich der Konsole zu, betätigte Tasten und rief erste Daten auf den Schirm. Schließlich deutete er auf eine grafische Darstellung und fragte das orangefarbene Wesen: »Wissen Sie, was das ist?«

»Nein. Bitte erklären Sie es uns.« Und so begann die Lektion.

Captain Kirk verharrte an der wissenschaftlichen Station. Ein fast schneeweißer Beutler erhob sich und nahm Haltung an. »Statusbericht«, sagte Jim.

»Wir sind noch immer im Orbit von Holox, Sir.«

»Das soll ein Statusbericht sein?« fragte Kirk scharf. »Ich möchte genaue Angaben — und zwar schnell, Mister!«

»Mister?«

Kirk hob die Brauen. »Ma'am?«

»Misterma'am?«

»Was auch immer.«

Der Plünderer wackelte mit dem Kopf. »Danke, Captain!« Er oder sie drehte sich zu den Instrumenten um und nannte die angezeigten Werte, bis Kirk abwinkte. »Ausgezeichnet. Weiter so.«

Jim setzte die Wanderung fort, und als er sich außer Hörweite glaubte, fragte er die Kommandantin: »Warum hat sich der wissenschaftliche Offizier gerade bei mir bedankt?«

»Weil Sie ihn mit einem Namen geehrt haben.«

»Wie bitte?«

»›Misterma'am‹ ist doch ein Name, oder?«

»Nun, ich glaube, er ist jetzt zu einem geworden«, murmelte Kirk. »Na schön, ich habe ihm einen Namen gegeben. Diese Sache ist mir ein Rätsel, Baby. Bitte erklären Sie mir die Hintergründe. Warum nehmen Sie jeden Namen an, ganz gleich wie er ... klingt?«

Die Kommandantin zögerte, beriet sich kurz mit ihrem braunen ›Schatten‹ und antwortete schließlich: »Es ist Ihnen gestattet, von dieser Tradition Kenntnis zu erhalten. Wer jemand anders einen Namen gibt, bringt damit Respekt und manchmal auch Zuneigung zum Ausdruck. Wenn der Name von dem Angehörigen eines anderen Volkes stammt, so ist die Ehre doppelt so groß. Auf diese Weise werden Treuepflichten und Loyalität zementiert.«

»Ich verstehe. Offenbar habe ich gerade einen Freund fürs Leben gewonnen, oder?«

»Misterma'am wird Sie so lange achten und respektieren, wie Sie bei uns sind.«

Diese Antwort hörte sich verdächtig doppeldeutig an, doch Kirk beschloß, nicht darauf einzugehen. »Da wir gerade bei Namen sind ... Wie heißt denn dieses Schiff?«

Erneut zögerte die Kommandantin. »Bisher hat es noch keinen Namen bekommen.«

»Ach? Halten Sie es nicht für an der Zeit, einen passenden zu wählen?«

»Das steht uns nicht zu.«

»Es steht Ihnen nicht zu? Wem dann?« Kirk schnappte nach Luft. »Etwa *mir*?«

»Das halte ich für angemessen, Captain.« Sowohl die Kommandantin als auch Braun beobachteten Kirk erwartungsvoll.

Die Beutler möchten also, daß ich ihr Schiff taufe, wie? Jim begann damit, sich geeignete Namen einfallen zu lassen — zum Beispiel *Schlachthof der Plünderer* oder *Wahnsinn von Zirgos* —, doch dann überlegte er es sich anders. Wenn die Verleihung eines Namens Respekt zeigte — kam es dann Respektlosigkeit gleich, einen Namen zu *verweigern?* Ließ sich so etwas als Waffe benutzen?

»Ich denke darüber nach«, sagte Kirk und ging weiter.

Unterdessen versuchte Uhura, sich an ihre Lehrlinge zu gewöhnen — drei Plünderer, die sie um fast einen halben Meter überragten. Sie stöhnte innerlich, als sie das Kom-Pult sah: Sensorkontrollen. Uhura haßte Sensorkontrollen. Sie zog Tasten vor, deren Klicken darauf hinwies, daß die gewünschten Schaltverbindungen hergestellt wurden. Bei berührungsempfindlichen Komponenten wußte sie nie genau, ob sie genug Druck ausübte, und deshalb riskierte sie manchmal, *zu* stark zuzudrücken. Einmal waren alle Konsolen im Kontrollraum der *Enterprise* mit Sensorkontrollen ausgestattet worden, aber die vielen Proteste der Brückenoffiziere brachten normale Tasten und Schalter zurück.

Die Kommunikationsschüler waren gelb, lavendelfarben und rosarot. *Wie Blumen im Garten*, dachte Uhura ironisch. Sie traten näher und blickten ihr über die Schultern, als sie sich mit dem Pult vertraut machte.

»Die externen Kom-Kanäle sind blockiert«, stellte Uhura überrascht fest.

Die drei Beutler wechselten stumme Blicke, und nach einigen Sekunden erwiderte Gelb: »Wir hoffen, die Uhura nimmt keinen Anstoß daran. Alle externen Kom-Kanäle unterliegen der Kontrolle des wissenschaftlichen Offiziers.«

»Oh, ich verstehe. Gibt es sonst noch etwas, das man mir nicht anvertraut?« Uhura ließ sich ihre Verärgerung ganz deutlich anmerken.

»Kommandantin Baby gab eine entsprechende Anweisung«, erklärte Gelb kummervoll. »Alle anderen Funktionen stehen Ihnen zur Verfügung.«

Uhura fluchte lautlos. *Unser ›Baby‹ scheint recht argwöhnisch zu sein*, dachte sie. »Nun gut. Stellen wir jetzt Ihr Wissen über das hiesige Kom-System auf die Probe. Wie zeichnet man eine Schiff-zu-Schiff-Nachricht auf?«

Die Antwort bestand aus unverständlichem Kauderwelsch, das Uhura verwirrte — bis sie begriff, daß die drei Plünderer ihre Translatoren abgeschaltet hatten und sich berieten. Sie hörte mit unauffälliger Aufmerksamkeit zu und glaubte, einige Geräusche zu vernehmen, die sich mit ihr bekannten Worten aus der Schriftsprache in Verbindung bringen ließen. Uhura identifizierte die Ausdrücke für *Kanal, Aufzeichnung* und *Display*. Daraufhin wurde ihr klar: *Die Kom-Lehrlinge versuchen, eine Antwort auf meine Frage zu finden.*

Sie drehte den Kopf, um ihre Begeisterung zu verbergen. *Ich bin imstande, die Sprache der Beutler zu lernen!* Sie brauchte nur zu schweigen und zuzuhören. Uhura setzte eine strenge Miene auf und wandte sich wieder den Auszubildenden zu.

Schließlich aktivierten sie ihre Translatoren, und das lavendelfarbene Wesen meinte: »Man berührt diese Sensorfläche.«

»Ja. Und dann?«

Stille.

»*Und dann?*« wiederholte Uhura scharf.

Der Lavendelfarbene knurrte und zischte — vielleicht

räusperten sich Beutler auf diese Weise. »Dann bittet man um Hilfe.«

Uhura starrte die drei Schüler ernst an. »Ich glaube, ihr benötigt *jede Menge* Hilfe.« Sie erinnerte sich an Captain Kirks Hinweis darauf, daß viele Plünderer an Bord außerhalb ihrer Fachgebiete tätig sein mußten. Aber sie hatte erwartet, daß diese Leute wenigstens mit einfachen Dingen fertig werden konnten — die Aufzeichnung einer Kom-Nachricht gehörte wohl kaum zu den schwierigsten Pflichten des Kommunikationsoffiziers. *Wie soll ich ihnen beibringen, das Pult auseinanderzunehmen und später wieder zusammenzusetzen?*

Eins nach dem anderen. »Passen Sie gut auf. Ich zeige Ihnen jetzt, worauf es dabei ankommt.«

Sie begannen mit der Arbeit.

Captain Kirk beendete die Inspektion der Brücke. »Mal sehen, wozu das Schiff fähig ist«, sagte er zu Baby und nahm im Kommandosessel Platz, der viel größer war als sein Pendant auf der *Enterprise*-Brücke und aus dem gleichen Material bestand wie die Einrichtung des Quartiers, das Jim mit den anderen Gefangenen teilte. *Wahrscheinlich ist es feuerfest*, dachte er. »Sie dort, Blau! Steuermann!«

Der große blaue Beutler neben Chekov drehte sich um. »Sie nennen mich Blau?«

Verdammt! fuhr es Kirk durch den Sinn. *Ich muß vorsichtiger sein, was Namen betrifft.* »Ja, ich nenne Sie Blau. Wer als Steuermann eines Raumschiffs tätig ist, sollte einen Namen bekommen, denn er nimmt sehr wichtige Aufgaben wahr. Bei einem Gefecht entscheiden die Fähigkeiten des Steuermanns über Sieg oder Niederlage. Sind Sie einer solchen Ehre würdig, Blau? Haben Sie einen Namen verdient?«

»Ich hoffe es, Sir.«

»Es wird sich bald herausstellen. Bringen Sie das Schiff aus dem Orbit, Steuermann.«

Der große Raumer verließ die Umlaufbahn — zwar

langsam, aber ohne Zwischenfall. Blau war ganz offensichtlich kein blutiger Anfänger, aber Kirk stöhnte trotzdem und schlug die Hände vors Gesicht.

»Stimmt was nicht, Captain?« erkundigte sich Baby.

Jim ignorierte ihre Frage, stand auf und trat mit schweren Schritten zum Steuermann. »Blau ...«, sagte er langsam und bedeutungsvoll. »Das war *jämmerlich.*«

»Sir?«

»Nie zuvor habe ich ein langsameres, umständlicheres und unbeholfeneres Orbitalmanöver erlebt!« Kirk stützte die Hände aufs Pult und beugte sich vor, bis ihn kaum mehr ein Meter vom Gesicht des Beutlers trennte. »Sie möchten der Steuermann dieses Schiffes sein? Sie möchten es durch Schlachten und Ionenstürme fliegen? Sie möchten Traktorstrahlen und den Sonden des Feindes ausweichen? *Sie?* Ich weiß nicht, Blau. Ich weiß es einfach nicht. Sie müssen sich viel, *viel* mehr Mühe geben.«

»Es ... tut mir leid, Sir.«

»Viel mehr Mühe«, wiederholte Kirk, und in seinen Augen blitzte es.

Fähnrich Chekov lag ausgestreckt auf einer Luftmatratze des Quartiers, schlief tief und fest. Kirk saß an der Konsole, betrachtete wieder grafische Darstellungen und Schemata. Er glaubte, inzwischen einen recht guten Eindruck von der allgemeinen Struktur des Schiffes gewonnen zu haben, aber ›recht gut‹ genügte nicht — für Zweifel durfte kein Platz mehr sein.

Die Tür öffnete sich, und Scott kam herein. »Wo ist Uhura?« fragte er und nahm den Helm ab.

»Auf der Brücke«, antwortete Kirk. »Sie wollte noch die Lektion zu Ende bringen. Zuerst wußte ich nicht, ob es richtig ist, sie mit all den Beutlern allein zu lassen, aber ...« Der Captain lachte. »Offenbar gefällt es ihr, die Rolle der Lehrerin zu spielen — ihre drei Schüler haben es gewiß nicht leicht. Nun, Scotty, was liegt an?«

»Ich kann nicht lange bleiben, Sir — Mr. Green wartet im Korridor auf mich. Ich habe ihm gesagt, daß ich eine Pause benötige, und vielleicht glaubt er, das sei eine Art Medizin.« Der Chefingenieur zog sich einen Stuhl heran und nahm Platz. »Nun, Sir, ich habe ein bißchen an den Auslaßventilen und Feldwandlern herumgespielt. Die Triebwerke reagieren auch weiterhin — aber so langsam, daß Sie eine Runde Golf spielen können, bevor sich das gewünschte Resultat einstellt. Und wenn Sie den Befehl erteilen, mit dem Warptransfer zu beginnen ... Dann sollten Sie sich sicherheitshalber irgendwo festhalten, Sir. Ich rechne nicht mit sehr schlimmen Vibrationen, doch wir sollten trotzdem vorbereitet sein.«

»Perfekt, Scotty.« Kirk lächelte. »Es ist mir gelungen, im Steuermann Zweifel an seinem Geschick zu wecken. Baby macht sich deshalb Sorgen. Und alles, was der Kommandantin Sorge bereitet, kann uns nützlich sein. Ich habe die Brücke mit der Anweisung verlassen, einfache Manöver zu üben — ausweichen nach Backbord und Steuerbord, Umkehrschub und so weiter.«

»Kein Problem für die Triebwerke. Allerdings lassen sich damit jetzt keine Geschwindigkeitsrekorde mehr erzielen.«

»Wie sieht's mit komplizierteren Dingen aus, zum Beispiel mit Gefechtsmanövern?«

»Dabei wird das Schiff noch langsamer sein.«

»Gut! So heißt der nächste Abschnitt des Lehrplans: Gefechtsmanöver.« Kirk deutete mit dem Daumen zu Chekov. »Bevor sich Dornröschen zur Ruhe legte, hat es die Plünderer mit der Lösung einiger schwieriger Navigationsprobleme beauftragt. Wenn sie damit fertig sind, kann's losgehen.« Der Captain überlegte kurz. »Ihr Mr. Green, Scotty ... Wie behandelt er Sie? Ist er freundlich?«

»Meine Güte, er könnte kaum freundlicher sein, Sir! Meine Leute an Bord der *Enterprise* haben bestimmt keine schlechten Manieren, aber in bezug auf Respekt stellt

Mr. Green sie weit in den Schatten. Und das gilt auch für die anderen Beutler im hiesigen Maschinenraum: Alle sind *so* zuvorkommend.«

»Die Plünderer, mit denen Sie zusammenarbeiten, bilden keine Ausnahme, Scotty. Alle Besatzungsmitglieder dieses Schiffes sind höflich und behandeln uns nicht wie Gefangene, sondern wie Ehrengäste. Ist Ihnen aufgefallen, daß wir im Turbolift immer allein unterwegs sind? Oh, man bringt uns hin und holt uns ab, aber in den Transportkapseln leisten uns die Beutler nie Gesellschaft — weil sie wissen, daß uns ihre unmittelbare Präsenz sehr unangenehm ist.«

»Aye, das stimmt. Wir sind tatsächlich allein, wenn wir von einem Deck zum anderen wechseln. Ein gräßlich aussehender purpurner Plünderer — er arbeitet beim Materie-Antimaterie-Reaktor — behauptete, es sei eine Ehre für ihn, vom Chefingenieur der USS *Enterprise* unterwiesen zu werden. Bisher hielt ich das für Humbug, aber vielleicht hat er's tatsächlich ernst gemeint.«

»Da bin ich ziemlich sicher.« Kirk dachte nach. »Außerdem scheinen die Beutler kaum etwas über Menschen zu wissen. Was ich für ausgesprochen seltsam halte. Die Plünderer haben zahlreiche Föderationswelten besucht, wobei es zu häufigen Kontakten mit Terranern kam, doch Baby und ihre Crew kennen sich nicht einmal mit den einfachsten Dingen aus. Man denke nur an die richtige Form der Anrede. Um ein anderes Beispiel zu nennen: Als wir der Kommandantin zum erstenmal begegneten, fragte sie Uhura, ob sie weiblichen Geschlechts sei. Scotty, die hiesigen Beutler verhalten sich so, als hätten sie es noch nie mit Menschen zu tun gehabt!«

»Allerdings wissen sie, welche Nahrung wir benötigen«, wandte Scott ein.

»Derartige Informationen könnten aus Computern stammen. Was wiederum bedeutet: Irgendwann in der

Vergangenheit hat *jemand* genug über Menschen gewußt, um entsprechende Daten zu speichern.«

Der Chefingenieur runzelte die Stirn. »Meinen Sie jene Beutler, die beim ›Unglück‹ ums Leben kamen?«

»Ja. Nun, ich frage mich: Wieso weiß die Kommandantin dieses Schiffes denn so wenig von uns, daß sie Frauen nicht ohne weiteres von Männern unterscheiden kann?«

Scott zuckte mit den Schultern. »Vielleicht unterliegt der Kontakt mit Menschen Beschränkungen. Vielleicht haben nur wenige Plünderer ein solches Privileg — falls es sich um ein Privileg handelt.«

»Aber warum?«

»Keine Ahnung. Captain, sind Sie imstande gewesen, Baby sofort als weiblichen Beutler zu erkennen?«

Kirk hob überrascht die Brauen. »Die Translator-Stimme bot einen deutlichen Hinweis. Aber ich verstehe, was Sie meinen. Nein, ich kann nicht ohne weiteres feststellen, ob bestimmte Plünderer männlichen oder weiblichen Geschlechts sind.«

»Na bitte.«

Das Schott glitt beiseite, und Uhura kam herein — rückwärts. »Scotty, hier draußen steht ein großes grünes Etwas, und es möchte, daß Sie die Kabine verlassen.«

»Aye, diesen Wunsch sollte ich ihm besser erfüllen. Weitere Anweisungen, Captain?«

»Achten Sie darauf, daß Ihre Sabotage unbemerkt bleibt«, riet Kirk dem Chefingenieur.

»Dafür habe ich bereits gesorgt, Sir.« Scott öffnete die Tür mit einem Tastendruck. »Also schön, Mr. Green — wird Zeit, daß wir uns wieder an die Arbeit machen.« Er trat in den Korridor.

Uhura legte den Helm ab und nahm dort Platz, wo eben noch Scotty gesessen hatte. »Puh! Wenn's nach mir ginge ... Ich würde für den Rest meines Lebens auf weitere Begegnungen mit den Beutlern verzichten.«

»Wie ist es gelaufen?« fragte Kirk. »Haben Ihre Lehrlinge Talent gezeigt?«

Uhura lächelte schelmisch. »Sie taugen nichts.«

»Wundervoll! Drücken Sie sich bei Ihren Erklärungen möglichst kompliziert aus.«

»Selbstverständlich, Captain.« Die dunkelhäutige Frau schmunzelte. »Nur Rose ist entschlossen, etwas zu lernen. Die beiden anderen sind einfach nur *da*.«

»Rose? Sie haben den Plünderern Namen gegeben?«

»Mir blieb gar keine Wahl — sie wußten nie, wen ich mit ›He, Sie da!‹ meinte. Und da es so zarte, hübsche Geschöpfe sind, nannte ich sie Rose, Jonquille und Lilie.«

Kirk grinste. »Entzückend.«

»Kurze Zeit später fand ich heraus, daß zwei von ihnen Männer sind. Nun, ›Jonquille‹ ließ sich leicht auf ›Jon‹ verkürzen, aber als ich Lilie mitteilte, der Name ›Irving‹ sei besser für ihn geeignet ... Er wollte nichts davon wissen. ›Lilie‹ gefällt ihm!«

Kirk erinnerte sich an das Gespräch mit Scotty. »Wie gelang es Ihnen, zwei Ihrer drei Schüler als Männer zu identifizieren?«

»Ich habe sie belauscht, Captain. Oft unterhalten sie sich in ihrer Sprache, und manchmal schnappe ich das eine oder andere Wort auf — genug, um den Sinn zu verstehen. Wenn ich mehr Zeit hätte, um ihnen zuzuhören ...«

»Unglücklicherweise ist die Zeit knapp.« Kirk rieb sich die Augen. »Während der Inspektion des Kontrollraums habe ich einen Notausgang gefunden. Die Transferröhre befindet sich direkt unter den Monitoren der Schadenskontrolle — vielleicht brauchen wir sie.«

Uhura nickte. »Weiß Chekov davon?«

»Ich habe ihn darauf hingewiesen, bevor ihm die Augen zufielen«, erwiderte Kirk. »Übrigens: Ich glaube, wir sollten ebenfalls schlafen. Möglicherweise bekommen wir später keine Gelegenheit dazu.«

»Das klingt kaum ermutigend.«

»Ja, ich weiß. Es dauert bestimmt nicht mehr lange, bis es brenzlig wird. Und dann müssen wir bereit sein.«

Spock überprüfte die von Lieutenant Uhura gesammelten Daten und gelangte zu dem Schluß, daß sie ein genügend großes Vokabular der Beutler-Sprache angelegt hatte. Er hoffte, daß ihr dieses Wissen nun zum Vorteil gereichte.

»Mr. Spock«, begann McCoy freundlich und sanft, »ich möchte nicht aufdringlich sein, und es liegt mir fern, irgendeine Art von Kritik an Ihnen zu üben, aber glauben Sie nicht, daß angesichts der besonderen Umstände ENDLICH ETWAS UNTERNOMMEN WERDEN SOLLTE?« Alle Brückenoffiziere drehten sich um.

»Wir sind keineswegs untätig, Doktor«, entgegnete Spock mit unerschütterlicher Gelassenheit. »Wir folgen dem Schiff der Beutler. Damit müssen wir uns begnügen, solange die Deflektoren aktiviert bleiben. Aber selbst wenn der Raumer die Schilde senkt — wir können nicht das Feuer eröffnen, ohne Captain Kirk und seine Begleiter in Gefahr zu bringen. Aus dem gleichen Grund ist es ausgeschlossen, eine bewaffnete Einsatzgruppe an Bord zu beamen.«

»Wenn wir einige Sicherheitswächter in den fremden Raumer transferieren...«, brummte McCoy. »Das Überraschungsmoment wäre auf ihrer Seite. Und was die Schilde betrifft: Bestimmt gibt es irgendwo einen schwachen Punkt.«

Spock spürte, daß die übrigen Anwesenden auf eine Antwort warteten. »Eine Einsatzgruppe könnte das ›Überraschungsmoment‹ tatsächlich nutzen — wenn uns der genaue Aufenthaltsort des Captains bekannt wäre. Aber wenn wir die Sicherheitswächter in den Kontrollraum des Schiffes beamen, ohne daß sie dort die Entführten antreffen... Dann bestünde die nicht unerhebliche Gefahr, daß man Captain Kirk und seine

Mitgefangenen umbringt, bevor wir sie lokalisieren. Sind Sie wirklich bereit, ein so großes Risiko einzugehen, Doktor?«

»Himmel, nein«, hauchte McCoy entsetzt. »Tut mir leid, Spock. Daran habe ich gar nicht gedacht. Aber die Vorstellung, daß Jim von solchen Wesen umgeben ist ...«

»Ich verstehe«, sagte der Vulkanier. »Die Sache sähe natürlich anders aus, wenn wir die Möglichkeit einer visuellen Sondierung hätten, doch spezielle Schirmfelder blockieren unsere Erfassungssignale. Leider haben die Zirgosianer bei der Konstruktion jenes Schiffes ausgezeichnete Arbeit geleistet.«

McCoy schüttelte den Kopf. »Arme Leute. Nun, wenigstens ahnten sie nichts vom letztendlichen Verwendungszweck des Superschiffes.«

Eine Zeitlang herrschte Stille auf der Brücke. Alle beobachteten den Plünderer-Raumer auf dem Wandschirm und fragten sich, was an Bord geschah. »Die Beutler haben mit Umkehrschub begonnen, Mr. Spock«, meldete der Navigator nach einer Weile.

»Folgen Sie ihrem Beispiel, Mr. Sulu.«

McCoy trat etwas näher. »Hat ein solches Manöver nicht schon einmal stattgefunden, Sulu?«

»Es wiederholt sich jetzt zum fünften Mal. Viermal dreht das Schiff ab, und dann ändert es den Kurs um hundertachtzig Grad.«

»Warum? Was hat das zu bedeuten?«

»Keine Ahnung. Vielleicht können sich die Plünderer nicht entscheiden, wohin die Reise gehen soll.«

»*Haben* sie ein Ziel?« fragte McCoy. »Spock?«

»Bisher gibt es keine Anzeichen dafür, Doktor. Abgesehen von der elementaren Natur der bisher beobachteten Manöver könnte man glauben, daß es sich um einen Probeflug handelt. Denken Sie daran: Das Schiff ist neu, und Fehlfunktionen an Bord lassen sich vermutlich nicht ganz ausschließen.«

»Es gelang den Plünderern, von Zirgos nach Holox zu fliegen.«

»Ja«, bestätigte der Erste Offizier. »Und vielleicht kam es unterwegs zu Problemen. Nun, angesichts der einfachen Manöver nehme ich an, daß es nicht um die Feststellung geht, ob alle Bordsysteme richtig funktionieren. Wir folgen den Beutlern, bis wir Klarheit gewinnen.«

»Das Schiff dreht nach Steuerbord ab«, berichtete der Navigator.

»Passen Sie unseren Kurs entsprechend an, Mr. Sulu.«

»Wir verstehen nicht, warum eine weitere Inspektion der Navigationseinheit erforderlich ist«, sagte einer der Beutler.

»Ein guter Navigator muß seine Werkzeuge kennen«, erwiderte Chekov geduldig. »Und dazu gehören *alle* mit dem Navigationssystem verbundenen Bordinstallationen. Sie wollen zu Navigatoren ausgebildet werden — und kennen nicht einmal die Funktion der Anlage, die Ihnen alle benötigten Daten übermittelt! Eine Schande!«

Der Beutler schwieg betroffen. Sie befanden sich in einem Korridor des Schiffes, und die beiden schwarzen Lehrlinge gingen rechts und links neben Chekov. Der orangefarbene und nun sehr kummervolle Auszubildende blieb ein wenig zurück. Die Wesen bewegten sich nicht sehr schnell, und diesen Umstand nutzte der junge Russe aus, um durch offene Türen zu blicken, an denen sie vorbeikamen. Angeblich bestand die Notwendigkeit, daß er einen besseren Eindruck von der Schiffsstruktur gewann, und die drei Beutler fanden sich mit dieser Behauptung ab: Wenn sie zur Navigationseinheit aufbrachen, nahmen sie jedesmal einen anderen Weg.

Sie näherten sich nun einer großen Doppeltür, die nicht nur verschlossen war, sondern auch bewacht. Zwei große Plünderer hoben ihre Waffen, als sie Chekov sahen. »Was ist das für ein Ort?« fragte er.

»Die Wartungssektion«, antwortete ein Beutler.

»Und warum wird sie bewacht?«

Die beiden schwarzen Geschöpfe schwiegen, doch das orangefarbene gab bereitwillig Auskunft. »Dort wird der Baryonenumkehrer aufbewahrt!«

»Sei still!« befahl einer der schwarzen Plünderer, und der orangefarbene wich einige Schritte zurück.

»Was für ein Umkehrer?« erkundigte sich Chekov unschuldig.

»Er hat nichts mit der Navigation zu tun.«

Der Fähnrich stellte auch weiterhin Fragen, und manchmal hörte er sogar den Antworten zu. Seine eigentliche Aufgabe hatte er erfüllt: Er wußte nun, wo sich der Baryonenumkehrer befand — in der Wartungssektion. Kurz darauf erreichten sie die Navigationseinheit, und dort sah Chekov jenes Gerät, das die traditionelle Deflektorscheibe ersetzte. Es faszinierte ihn so sehr, daß er brennende Universen und dergleichen vergaß. Eine Stunde später war er bereit, zur Brücke zurückzukehren.

Doch der orangefarbene Beutler verharrte vor der Tür. »Bitte um Erlaubnis, allein mit dem Chekov sprechen zu dürfen.«

»Erlaubnis erteilt.« Er winkte die beiden schwarzen Wesen fort und folgte dem anderen Plünderer in den Korridor. Das orangefarbene Wesen war die einzige ›Frau‹ unter Chekovs Lehrlingen, und sie versuchte nun, genug Mut zu sammeln, um ihm etwas zu sagen.

»Heraus damit«, drängte der Starfleet-Offizier.

Die Beutlerin zuckte mehrmals und begann: »Seit acht Tagen unterweist uns der Chekov in der Kunst des Navigierens. Ich möchte ihn fragen, ob er mit meiner Arbeit zufrieden ist oder nicht.«

Chekov wählte seine Worte mit großer Sorgfalt. »Ich glaube, Sie geben sich große Mühe.«

»Achte ich nicht auf alle Ihre Hinweise?«

»Sie sind immer sehr aufmerksam, ja.«

»Befolge ich nicht sofort Ihre Anweisungen?«

»Ja.«

»Bewältige ich nicht alle Navigationsaufgaben, mit denen Sie unser Wissen prüfen?«

»Ja, in der Tat.«

»Warum haben Sie dann den beiden anderen Auszubildenden Namen gegeben — und mir nicht?« klagte Orangefarben.

»Oh, nun, so etwas sollte man nicht überstürzen«, erwiderte Chekov glatt. »Es besteht kein Anlaß, gleich zu verzweifeln. Vielleicht bekommen Sie noch einen Namen. Es ist ein Ziel, auf das Sie hinarbeiten können.« Er drehte sich um, schritt durch den Korridor und grinste dabei von einem Ohr zum anderen.

Teile und herrsche.

Chefingenieur Montgomery Scott erwachte aus tiefem Schlaf, und der Grund dafür war ein Geruch, der selbst den schönsten Traum ruiniert hätte. Er öffnete ein Auge und sah ein grünes Monstrum in der Tür des Zimmers, das den vier *Enterprise*-Offizieren als Quartier diente.

Hastig griff Scotty nach seinem Helm und setzte ihn auf. »Was ist los, Mr. Green?«

»Es tut mir leid, die Ruheperiode des Scott zu stören«, sagte der Beutler fast demütig, »aber die Energiezufuhr für den zentralen Feldwandler ist sehr gering und erreicht die kritische Schwelle.«

Von einer Sekunde zur anderen war Scotty hellwach — er hatte so etwas erwartet. »Sehen wir uns die Sache an.«

Sie eilten zum Maschinenraum, und unterwegs erklärte Mr. Green, daß er Ventile und Verkabelung kontrolliert hatte, ohne einen Defekt zu finden. *Zum Glück*, dachte der Chefingenieur.

Das Kontrollpult der Feldwandler gehörte zu den Anlagen auf dem oberen Niveau des Maschinenraums, und von dort aus konnte man einen Blick in den Materie-Antimaterie-Reaktor werfen. Der Beutler deutete auf ein Display: Der Zeiger zitterte dicht vor dem roten Bereich.

»Wirklich erstaunlich, daß dir dies aufgefallen ist!« *Du lernst zu schnell, Freundchen.* »Aber sei unbesorgt, Mr. Green. Ich selbst habe die Energiezufuhr verringert. Dadurch wird die Materie-Antimaterie-Mischung, äh, reiner.«

»Aber ... aber wenn die Triebwerke plötzlich mehr Energie brauchen?«

»Dann wird der plasmikophische Ferangulator aktiv. Keine Sorge.«

»Der plasmi ...?«

»Plasmikophischer Ferangulator. Als ich an Bord kam, war das Ding nicht einmal angeschlossen, aber jetzt funktioniert's bestens. Komm, ich zeig's dir.« Der Chefingenieur führte den Beutler zu einer Rube Goldberg-Vorrichtung, die er vor einigen Tagen zusammengebastelt hatte, und als er dort eine Taste betätigte ... Der Apparat summte und klickte; Leuchtdioden blinkten. Scotty holte tief Luft und begann mit einer phantasievollen Erklärung: »Es ist ganz einfach, Mr. Green. Das Frammistan leitet die Betagams durch ein eisenfreies und hyperexternes Modifikationsgitter, wo sie vom Glockenspiel in zetaminorische Demi-Prostulanzen verwandelt werden. Wenn das geschieht, wird der nächste Energieschub im Reaktor durchs fallopianische Rohr zum Loch-Lomond-Antimastikator geleitet — und du weißt doch, was das bedeutet, nicht wahr?«

Mr. Green starrte ihn groß an. »Was?«

Scott breitete die Arme aus und strahlte. »Unverzügliche Energie! In jeder gewünschten Menge. Und *schnell*. Oh, der Ferangulator ist ein tolles Instrument, jawohl! Sorgt für ein hohes Maß an energetischer Effizienz — könnte man sich mehr wünschen?« Er ließ die Arme wieder sinken und verzog das Gesicht. »Er hat nur einen Nachteil.«

»Welchen?«

»Man kann das Ding nicht warten, während es in Betrieb ist. Wenn man eine Verkleidungsplatte abnimmt, um an die Innereien heranzukommen — zack!«

»Zack?«

Scott senkte die Stimme. »Dann wird man von den scheußlichen Dublonen getroffen. Sind Nebenprodukte des Partikelzerfalls. Und wirken fast immer tödlich. Tja, an deiner Stelle würde ich darauf verzichten, den anderen etwas zu sagen — um sie nicht zu beunruhigen. Außerdem: Solange die Verkleidungsplatten ordentlich festgeschraubt sind, droht uns überhaupt keine Gefahr.« Zufrieden nahm er das ernste Nicken des Beutlers zur Kenntnis. »Nun, wenn du keine weiteren Fragen mehr hast ... Ich möchte das unterbrochene Nickerchen fortsetzen.«

Mr. Green forderte einen anderen Beutler auf, den Scott zum Quartier zu eskortieren, und anschließend betrachtete er den plasmikophischen Ferangulator.

»Zu langsam, Blau«, sagte Captain Kirk müde. »Viel zu langsam.«

»Als Sie den Befehl gaben, habe ich das Manöver sofort eingeleitet!« protestierte der Steuermann.

»Sie müssen lernen, mit entsprechenden Anweisungen zu rechnen, Blau. Sie brauchen ein *Gefühl* dafür. Als Sie mit dem Manöver begannen ... In der gleichen Zeit hätte Mr. Sulu die *Enterprise* fast bis zum nächsten Sonnensystem gebracht.«

Blau zuckte zusammen. Schon seit Tagen nannte der Captain immer wieder den Namen Sulu — offenbar war der Sulu eine Art Magier, der mit dem Raumschiff *Enterprise* praktisch *alles* bewerkstelligen konnte. Derartige Zauberei stand dem Beutler leider nicht zur Verfügung.

Kirk winkte die rote Kommandantin zu sich. »Baby«, sagte er gerade laut genug, damit Blau ihn hören konnte, »Sie sollten etwas in Hinsicht auf den Steuermann unternehmen. Allem Anschein nach ist er überfordert.«

»Ich bin sicher, daß er sich alle Mühe gibt, Captain.« Die aus dem Translator tönende Stimme klang besorgt.

»Vielleicht reagiert er auf Ihre Befehle besser als auf meine. Hier, versuchen Sie's.« Jim stand auf und blieb neben dem Kommandosessel stehen.

Baby nahm langsam Platz, und der braune Beutler trat näher. »Bereiten Sie sich darauf vor, nach Backbord abzudrehen«, sagte sie. »Kurs null Komma zwei.«

»Abdrehen nach Backbord«, erwiderte Blau. »Auf Ihr Signal hin.«

Kirk beobachtete Baby, und als sie die Anweisung geben wollte, rief er: »*Jetzt!*« Beide Plünderer zuckten zusammen, ebenso die drei Lehrlinge neben und hinter Chekov. »Zu spät!« Kirk ächzte laut und gestikulierte verärgert. »Lieber Himmel, Baby, Sie sind ebenso langsam wie Blau. Ein schönes Paar bilden Sie!«

»Ich wollte gerade ...«

»›Gerade‹ ist nicht schnell genug. Das habe ich schon mehrmals betont. Sie müssen mindestens fünf Minuten vorausdenken, und das ist Ihnen bisher noch nicht gelungen, oder?«

»Ich versuche es ...«

»Sie *versuchen* es! Ein *Versuch* reicht nicht aus!« Kirk sah zur Kommunikationsstation und bemerkte ein subtiles Zeichen Uhuras. *Sie hat Informationen für mich!* dachte er und deutete ein Nicken an.

Uhura stand auf. »Bitte um Erlaubnis, die Brücke verlassen zu dürfen, Captain.«

»Erlaubnis erteilt.«

»Einen Augenblick«, warf Baby ein. »Warum wollen Sie die Brücke verlassen?«

»Ich habe leichte Kopfschmerzen und möchte unser Quartier aufsuchen, um dort ein wenig auszuruhen.«

»Brauchen Sie medizinische Hilfe?«

»Nein, so ernst ist es nicht. Es genügt, wenn ich zehn

oder fünfzehn Minuten lang die Füße hochlegen kann. Anschließend geht es mir bestimmt besser.«

Baby beriet sich mit dem braunen Beutler. »Erlaubnis erteilt.«

Uhura ging. Einer ihrer Lehrlinge öffnete einen internen Kom-Kanal und sorgte dafür, daß man die Frau am Turbolift abholte. Kirk vertrieb sich die Zeit damit, Baby zu kritisieren. Eigentlich lernte die Kommandantin recht schnell, und sie brachte alle notwendigen Voraussetzungen mit, um ein guter Captain zu werden — wenn man ihr eine Chance gab. Und das lag Kirk fern.

Als etwa zehn Minuten verstrichen waren, bat er ebenfalls um Erlaubnis, die Brücke verlassen zu dürfen.

»Aus welchem Grund?« fragte Baby.

»Um mich im Quartier persönlichen Angelegenheiten zu widmen.« Dieser Hinweis hatte schon mehrmals ausgereicht.

Baby flüsterte mit dem braunen Beutler, und die Beratung dauerte länger als sonst.

Schließlich wurde Kirk ungeduldig. »Nun? Was meint Brownie?«

»Brownie?«

Der braune Plünderer sprach ihn zum erstenmal an. *Ich habe ihm einen Namen gegeben, und jetzt gibt es kein Zurück mehr.* »Ich nenne Sie Brownie«, verkündete Kirk feierlich.

Das Wesen wackelte mit dem Kopf, und inzwischen kannte Kirk die Bedeutung dieser Geste: Sie brachte Zustimmung und/oder Freude zum Ausdruck. »Danke, Captain.«

»Keine Ursache«, erwiderte er trocken.

Baby und Brownie setzten ihre leise Unterhaltung fort.

Nach einer Weile wandte sich die Kommandantin an Kirk. »Möchten Sie der Uhura Gesellschaft leisten, um sich mit ihr zu paaren?«

Kirk hatte den einen oder anderen Einwand erwartet,

aber auf diese Frage war er nicht vorbereitet. »Nun, äh ...« Welche Antwort gab ihm die Möglichkeit, den Kontrollraum zu verlassen? Chekov erlitt einen Hustenanfall.

Baby musterte den Captain. »Soweit wir wissen, ist der menschliche Fortpflanzungstrieb weder zyklisch noch im Rahmen einer Geburtenkontrolle reglementiert. Kann sich das Paarungsbedürfnis tatsächlich ganz plötzlich bemerkbar machen, zu jedem beliebigen Zeitpunkt?«

»Äh, ja, das stimmt«, bestätigte Kirk verlegen.

»Und Sie verspüren nun ein solches Begehren?« fragte Baby.

Verdammt! »Ja«, sagte Jim laut.

»Na schön. Ich erlaube Ihnen hiermit, die Brücke zu verlassen.«

Kirk trat in den Turbolift und spürte dabei die Blicke aller Beutler auf sich ruhen. Noch nie zuvor in seinem Leben hatte er sich so sehr wie ein Narr gefühlt.

KAPITEL 8

Uhura wartete in der Kabine. »Um was geht's?« fragte Kirk, als sich die Tür hinter ihm schloß. Er setzte den Helm ab und nahm auf der anderen Seite des Tisches Platz.

»Captain, Sie wissen ja, daß meine Lehrlinge ungeniert miteinander sprechen«, sagte Uhura. »Weil sie keine Ahnung haben, daß ich ihre Sprache verstehe.«

»Sie haben etwas gehört.«

»Ja. Heute sprachen sie über das Unglück, dem das gesamte Kommando-Personal des Schiffes zum Opfer fiel. Nun, die Ursache war schlicht und einfach ein Temperatursturz. In der Ambientenkontrolle kam es zu irgendeiner Fehlfunktion. Als die Temperatur unter den Gefrierpunkt sank, fror die Flüssigkeit im Körpersack.«

»Mein Gott!« hauchte Kirk entsetzt. »Muß ein schrecklicher Tod sein. He, Moment mal ... Warum brachten sich die Offiziere nicht in Sicherheit, indem sie die Brücke verließen?«

»Überall an Bord wurde es kalt, Captain. In diesem Punkt hatten Sie recht: Es hielten sich nicht alle Offiziere gleichzeitig im Kontrollraum auf.«

»Aber ganz offensichtlich haben einige Beutler die niedrigen Temperaturen überlebt.«

Uhura nickte. »Wenn ich alles richtig verstanden habe ... Je älter die Plünderer werden, desto mehr Wärme brauchen sie. Nur die jüngeren Beutler konnten der Kälte lange genug widerstehen, um den Schaden zu reparieren.«

»Mit anderen Worten: Alle Alten starben?«

»Alle Erwachsenen. Was die Überlebenden betrifft, die das Schiff nun durchs All steuern ... Die meisten von ihnen müssen erst noch die Pubertät erreichen. Es sind *Kinder,* Captain. Wir haben es mit *Kindern* zu tun.«

Kirk starrte Uhura mit offenem Mund an. »Kinder!«

»Ja. Es kam zu dem Temperatursturz, nachdem die Erwachsenen Zirgos und das ganze Beta Castelli-System zerstört hatten. Die Überlebenden begannen sofort damit, die erlittenen Verluste auszugleichen: Sie errichteten eine Hitzekuppel auf Holox, um dort Beutler zu clonen.«

Kirk stand auf und wanderte ziellos durchs Zimmer. »Kinder!« entfuhr es ihm erneut, und er ruderte mit den Armen. »Das erklärt eine ganze Menge. Die Besatzung dieses Schiffes besteht aus höflichen und neugierigen Kindern, die noch keine komplette Ausbildung hinter sich haben. Kein Wunder, daß sie in Hinsicht auf Menschen so naiv sind! Vermutlich blieben Kontakte mit anderen Völkern allein den Erwachsenen vorbehalten. *Diese* Beutler können nicht auf eigene Erfahrungen zurückgreifen und sind auf Computer-Informationen angewiesen.« Jim setzte die unruhige Wanderung fort. »Sie kennen sich nicht mit den Waffensystemen aus und sind zu jung, um die Bedeutung von Diplomatie zu erkennen. Deshalb haben sie die Gelcheniten gezwungen, jene zirgosianischen Kolonisten zu vergiften, in denen sie eine Gefahr für die Inkubationsbottiche sahen. Kinder, ja. Aber ziemlich unberechenbare.«

»Sie hatten gerade beobachtet, wie die Erwachsenen ein ganzes Sonnensystem auslöschten«, meinte Uhura.

»Ja, genau — und offenbar glaubten sie, sich daran ein Beispiel nehmen zu müssen.« Kirk zögerte kurz. »Und Baby? Ist sie ebenfalls ein Kind?«

»Das älteste von allen — ich schätze, sie hat die Bezeichnung ›Jugendliche‹ verdient. Deshalb bekleidet sie den Rang der Kommandantin. Weil niemand älter ist als sie. Einer der Kom-Lehrlinge — Lilie — hält nichts davon und möchte selbst Kommandant werden. Baby und der braune Beutler haben die Inkubationsbottiche eine knappe halbe Stunde vor ihm verlassen — nur einige wenige Minuten, die ihnen Privilegien sichern.«

Diese Mitteilung erstaunte Kirk. »Auf diese Weise legen Plünderer den Kommandostatus fest? Das älteste Individuum wird automatisch zum Kommandanten, ganz gleich, ob es fähig ist, eine solche Verantwortung wahrzunehmen?«

Uhura seufzte. »Zumindest die *Kinder* legen solche Maßstäbe an. Ich weiß nicht, ob es sich dabei um eine allgemeine Beutler-Tradition handelt. Wahrscheinlich nicht — sonst wäre Lilie wohl kaum so verbittert. Er ist der einzige meiner drei Lehrlinge, der nicht einmal versucht, die Kommunikationstechnik zu erlernen. Rose hat eine natürliche Begabung, und Jon ... Nun, zu Anfang fiel es ihm schwer, bestimmte Dinge zu verstehen, aber inzwischen macht er gute Fortschritte. Aber Lilie ... Ich glaube, er wartet nur darauf, daß Baby und Brownie versagen.«

»Gut. Fördern Sie diese Haltung. Sagen Sie ihm, er sei zum Kommandanten geschaffen — etwas in der Art. Ehrgeizige Leute, die sich ins Abseits gedrängt fühlen, sind für Schmeicheleien empfänglich. Wenn wir es schaffen, die von den Kindern geschaffene Hierarchie zu erschüttern ... Daraus läßt sich bestimmt der eine oder andere Vorteil ziehen.«

»Ja. Die Beutler wirken sehr selbstbewußt, aber vermutlich verbirgt sich Unsicherheit tief in ihrem Innern.«

Kirk überlegte. »Eigentlich haben diese Kinder Erstaunliches geleistet, Uhura. Sie traten in die Fußstapfen der Erwachsenen, ohne darauf vorbereitet zu sein. Und sie werden tatsächlich mit ihren Pflichten fertig, irgendwie. Es gelang ihnen sogar, uns zu entführen. Dahinter steckt Intelligenz: Sie wußten, daß sie Hilfe brauchten, und deshalb schnappten sie sich: einen Captain, einen Kommunikationsoffizier und einen Navigator. Die jungen Beutler haben Mumm, und was die Vernichtung des Beta Castelli-Systems betrifft ... Dafür sind die Erwachsenen verantwortlich. Man könnte sie fast bewundern — wenn sie darauf verzichtet hätten, die Siedler auf Holox umzubringen.«

»Und uns gefangenzunehmen«, fügte Uhura hinzu. »Die Entführung ist schon schlimm genug, aber ich fürchte, es bleibt nicht dabei. Wenn die Kinder gelernt haben, allein mit diesem Schiff zurechtzukommen ... Wahrscheinlich schicken sie uns nicht mit einem Dankeschön zur *Enterprise* zurück.«

»Ich weiß«, sagte Kirk. »Erinnern Sie sich an Scottys Bericht? Der Sicherheitswächter verfügte über keine nützlichen Informationen — und daraufhin wurde er einfach verbrannt. Eins steht fest: Die jungen Beutler haben praktisch keinen Respekt vor menschlichem Leben. Nun, früher oder später muß ich ein Wörtchen mit der hiesigen Scarlett O'Hara reden. Sie haben mir einen Ansatzpunkt gegeben, Uhura. Wir wissen jetzt, daß wir es mit Kindern zu tun haben — und wir sollten in der Lage sein, sie unseren Wünschen gemäß zu manipulieren.«

»Das ist noch nicht alles, Captain. *Vielleicht* habe ich herausgefunden, wie man die internen visuellen Schilde senkt. Möglicherweise können wir der *Enterprise* zeigen, was hier an Bord geschieht.«

»Großartig! Wäre dann auch eine akustische Sondierung möglich?«

»Ja. Aber es gibt einen Haken: Um die Abschirmung zu desaktivieren, sind vier verschiedene Schaltungen nötig. Eine kann ich sicher vornehmen, ohne daß meine Auszubildenden etwas merken, doch die anderen ...«

»Verstehe. Ich sorge für ein Ablenkungsmanöver. Wir sollten jetzt besser zurückkehren. Übrigens: Falls jemand Fragen stellt — wir beide haben uns hierher zurückgezogen, weil sich in uns der Fortpflanzungstrieb regte.«

»*Was?*«

Kirk zuckte hilflos mit den Schultern. »Nur mit diesem Vorwand konnte ich die Brücke verlassen.« Er setzte den Helm auf und öffnete die Tür. Draußen warteten zwei Beutler: ihre Eskorte zum Turbolift. »Kommen Sie, Uhura. Und bitte: *Lachen* Sie nicht.«

Sie versuchte vergeblich, ernst zu sein. In ihren Mundwinkeln zuckte es, und ab und zu kicherte sie leise. Die Heiterkeit erwies sich als ansteckend. Kirks Schmunzeln wurde zu einem Grinsen und das Grinsen zu einem Prusten.

Sie lachten noch immer, als sie den Turbolift verließen und die Brücke betraten.

»Offenbar hat die Paarung Sie mit Frohsinn erfüllt«, sagte Baby.

Chekov fiel aus seinem Sessel.

Kirk marschierte durch den Kontrollraum. »*Statusbericht!*« verlangte er von den Beutlern, die unvorsichtigerweise den Blick auf ihn richteten. Als er die wissenschaftliche Station erreichte, war Misterma'am bereit.

»Sir, die *Enterprise* verfolgt uns nach wie vor. Aber nach meinen Berechnungen befindet sie sich nun in Reichweite unserer Waffen!« Der Beutler richtete einen erwartungsvollen Blick auf Kirk und erhoffte sich ein Lob. *Das Verhalten eines Kinds,* dachte Jim.

»*Unserer* Waffen, Misterma'am?« wiederholte Kirk gefährlich sanft. »Und was ist mit denen der *Enterprise?*«

»Nun...« Der Beutler zögerte hilflos.

»Glauben Sie nicht, daß Sie sich auch Gedanken darüber machen sollten, wie groß die Reichweite gegnerischer Waffensysteme ist? Verstehen Sie wenigstens ansatzweise, daß dieser Faktor erheblichen Einfluß auf unsere Sicherheit hat? Ein feindlicher Kreuzer, der uns verfolgt — und Sie haben keine Ahnung, ob wir in Reichweite seiner Waffen sind? *Haben Sie hier die ganze Zeit über mit Puppen gespielt oder was?*«

Misterma'am wand sich hin und her. »Ich beginne sofort mit entsprechenden Berechnungen, Captain.«

»Eine *ausgezeichnete* Idee.«

Baby überließ Kirk den Kommandosessel. »Captain, Sie haben Ihr eigenes Schiff gerade als ›feindlichen Kreuzer‹ bezeichnet.«

Und es fiel mir nicht leicht. »Auf dieser Brücke gilt die *Enterprise* als Gegner.«

»Wollen Sie etwa behaupten, daß Sie auf unsere Seite gewechselt sind?«

»Nein, natürlich nicht. Mir geht es in erster Linie darum, den Baryonenumkehrer dorthin zurückzubringen, wo sich einst das Beta Castelli-System befand. Um dieses Ziel zu erreichen, bin ich bereit, Ihnen den Umgang mit den Bordsystemen Ihres Schiffes zu erklären. Es bedeutet jedoch nicht, daß ich auf Ihrer Seite stehe, Baby. Ich halte Sie noch immer für Mörder.«

Abrupte Stille folgte dem letzten Wort, und alle Beutler starrten Kirk an. Schließlich verkündete Baby in einer Art Singsang: »Manchmal ist das Töten notwendig. Es muß rasch erfolgen, und dabei dürfen wir nicht vergessen: Wir beseitigen nur Hindernisse auf unserem Weg.«

Kirk drehte den Kopf und sah die Kommandantin an. »Das klingt auswendig gelernt.«

»Es ist Teil des Plans.«

»Was für einen Plan meinen Sie?«

Baby schwieg. Kirk zögerte zunächst und entschied dann, dieses Thema fallenzulassen. Er hielt es für besser, einen geeigneteren Zeitpunkt abzuwarten.

»Captain?«

»Ja, Chekov?«

»Bitte um Erlaubnis, die Toilette aufsuchen zu dürfen.«

»Erlaubnis erteilt.« Kirk beobachtete, wie der junge Russe aufstand und übers Oberdeck schritt. Als er an der Konsole für die Schadenskontrolle vorbeikam, hielt

Chekov nach der Transferröhre darunter Ausschau — es handelte sich um eine runde Öffnung mit einem Haltegriff am oberen Rand. *Zu auffällig*, dachte Kirk und nahm sich vor, dem Navigator mehr Vorsicht nahezulegen.

Ein schwarzer Beutler saß nun an Chekovs Pult. »Sie da!« rief Kirk. »An der Navigationskonsole.«

Der schwarze Plünderer drehte sich um. »Sir?«

»Haben Sie einen Namen bekommen?«

»Ja, Sir!« lautete die stolze Antwort. »Ich heiße Iwan.«

Wie Iwan der Schreckliche? dachte Kirk. »Ein auf der Erde recht beliebter Name«, sagte er, hüstelte und sah zu dem zweiten schwarzen Plünderer. »Und Sie?«

»Der Chekov gab mir den Namen Rasputin, Sir.«

Ich hab's geahnt, fuhr es Jim durch den Sinn. Der dritte, orangefarbene Navigationslehrling stand ein wenig abseits der beiden anderen. »Was ist mit Ihnen?« fragte der Captain.

Das Wesen senkte den Kopf und schwieg.

»Der Chekov hielt es noch nicht für angemessen, jenem Individuum einen Namen zu verleihen«, erklärte Iwan.

Kirk bemerkte, daß sich die übrigen Beutler wie verlegen abwandten. Er gab keinen Kommentar ab und sah wieder zum sitzenden Plünderer. »Nun, Iwan, Sie vertreten jetzt den Navigator. Womit wurden Sie beauftragt?«

»Der Chekov wies mich an, ihm den Platz warmzuhalten, bis er zurückkehrt, Sir.«

»Ich verstehe. Weitermachen.« *Bestimmt erscheint es logisch, auch die anderen Auszubildenden zu befragen*, überlegte Kirk. »Sie drei an der Kommunikationsstation. Bericht.«

»Sir...«, begann eins der Wesen, vermutlich Rose. »Wir lernen gerade...«

»Erstatten Sie *hier* Bericht.« Kirk deutete neben den

Kommandosessel. »Jetzt bietet sich Ihnen die Chance, eine Vorstellung von den Fortschritten Ihrer Crew zu gewinnen, Baby. Stellen Sie fest, wieviel Wissen sich die Schüler angeeignet haben.«

Die drei Plünderer näherten sich dem Befehlsstand, und Uhura blieb allein an der Kommunikationsstation zurück. Baby stand auf der einen Seite des Kommandosessels und stellte Fragen, offenbarte dabei erstaunlich gute Kenntnisse in bezug auf die Kommunikationstechnik — Kirk warnte sich davor, sie zu unterschätzen. Es dauerte nicht lange, bis die rote Kommandantin feststellte, daß Lilie weniger wußte als seine beiden Kollegen, und daraufhin hielt sie ihm eine Standpauke, die sogar Jim beeindruckte. *Sie klingt fast wie ich,* dachte er verblüfft.

Nach einer Weile sah er an Jon und Rose vorbei zu Uhura — sie nickte. Die internen visuellen Schilde waren gesenkt! Kirk wartete, bis Baby Lilie durch die verbale Mangel gedreht hatte, und dann befahl er den drei Auszubildenden, zur ihrer Station zurückzukehren.

Spock sah und hörte zu.

Einige Sekunden lang blieb der Captain ruhig sitzen und sammelte seine Gedanken.

Alle Brückenoffiziere der *Enterprise* — nur Spock bildete eine Ausnahme — verzogen das Gesicht. Hier und dort erklang leises ›Bäh!‹.

Einige besonders empfindliche Gemüter wandten sich ab — selbst der Anblick von Beutlern in einem Projektionsfeld war nicht leicht zu ertragen.

Der Wandschirm zeigte Captain James T. Kirk im Kommandosessel des Plünderer-Schiffes. Links von ihm stand ein roter Beutler, rechts ein brauner. Kirk trug einen Helm mit getöntem Visier sowie recht seltsam wirkende Kleidung, während seine beiden Begleiter in lange Umhänge gehüllt waren, die jedoch nicht den ganzen Körper verbargen. Die haarlosen, gräßlichen

Schädel weckten Übelkeit; eine seltsame Apparatur bedeckte die untere Gesichtshälfte.

»Erfassungswinkel vergrößern, Mr. Wittering«, sagte Spock.

Die drei Gestalten schrumpften, als weitere Bereiche des Kontrollraums sichtbar wurden. »Da ist Uhura!« rief jemand. Spock beobachtete, wie der schwarze Beutler am Navigationspult aufstand und seinen Platz Chekov überließ.

»Das sind drei von ihnen«, meinte McCoy.

Der Kirk auf dem Bildschirm erhob sich.

»Nahaufnahme«, ordnete Spock an.

Jims Kopf und Schultern füllten das Projektionsfeld. »Kommandantin Baby ... Ich schätze, wir sollten auch Chefingenieur Scott auf die Brücke holen.«

»Und damit sind's vier!« freute sich McCoy.

Kurzer Jubel ertönte. »Wie hat der Captain die Kommandantin genannt?« fragte Sulu verwirrt. »Es hörte sich wie ›Baby‹ an.«

»Baby, Süße, Schätzchen — was spielt's für eine Rolle?« Leonard lachte. »Sie leben!«

»Der Captain hat tatsächlich ›Baby‹ gesagt«, konstatierte Spock. »Ein weiblicher Kosename, soweit ich weiß.«

»Ist das zu fassen?« entfuhr es McCoy. »Jim sitzt im Kommandosessel. Im Kommandosessel des *Plünderer*-Schiffes!«

»Bitte seien Sie still, Doktor«, sagte Spock ruhig.

Wieder erklang Captain Kirks Stimme. »Baby, *später* müssen wir es mit komplizierteren Manövern versuchen. Sie sind fast dafür bereit, aber *noch nicht* ganz. Wir dürfen *nichts überstürzen*. Wenn wir zu hastig vorgehen, stehen Sie wie *Kinder* da. Sie *lernen* ziemlich schnell, aber Sie sollten trotzdem *auf mein Signal warten* — um zu vermeiden, zuviel von sich zu verlangen. Alles zu seiner Zeit. Die schwierigen Dinge nehmen wir uns *später* vor.«

Er holte tief Luft und hob den Helm lange genug, um sich mit Zeige- und Mittelfinger über die Wange zu streichen — die anderen beiden Finger blieben dabei gestreckt und durch eine Lücke von den ersten getrennt. Zum erstenmal in der galaktischen Geschichte wurde das vulkanische Friedenszeichen von jemandem benutzt, um sich zu kratzen.

»Negativer Zoom, Mr. Wittering«, sagte Spock.

Kirk rückte den Helm zurecht. »Aus diesem Grund verschieben wir Gefechtsmanöver, bis die Crew gelernt hat, sich auf einen Kampf vorzubereiten. Kommandantin Baby, ich habe gesehen, wie dieses Schiff vom normalen in den Gefechtsmodus wechselte — als Sie den Planeten Holox zwischen sich und die *Enterprise* brachten. Es war ein eindrucksvoller Vorgang, aber er schien ewig zu dauern. Es sollte eigentlich möglich sein, ihn zu beschleunigen.«

»Ein großer Teil des Moduswechsels ist automatisiert, Captain«, erwiderte die rote Beutlerin.

»Verstehe. Nehmen wir uns die manuellen Phasen vor. Sie haben das Kommando, Baby. Blau — passen Sie gut auf!«

Die Brückenoffiziere der *Enterprise* beobachteten, wie die Beutlerin im Kommandosessel Platz nahm und Anweisungen erteilte. Kirk stand neben dem Befehlsstand und bot gelegentlich seinen Rat an.

»Wie erträgt er es, dem Wesen so nahe zu sein?« Sulu schauderte. »Die rote Gestalt — das ist ›Baby‹?«

»So scheint es«, erwiderte Spock. »Die Beutler identifizieren sich mit jedem beliebigen Namen, den man ihnen gibt.«

»Soll ich Lieutenant Berengaria verständigen, Mr. Spock?« fragte der Kommunikationsoffizier.

»Wir benötigen keine Sicherheitswächter, Mr. Wittering.«

Der junge Mann runzelte verwirrt die Stirn. »Aber ... Wir wissen jetzt, wo sich der Captain befindet. Wenn wir auch noch eine schwache Stelle in der Abschirmung entdecken ...«

»Entspannen Sie sich, Lieutenant.« McCoy lächelte. »Selbst *ich* habe die Botschaft verstanden. Der Captain möchte, daß wir warten.«

»Tatsächlich?«

»Hören wir uns die Aufzeichnung an«, sagte Spock. Sie vernahmen noch einmal Kirks Worte, und auch Wittering bemerkte die besondere Betonung bei *später* und *noch nicht*. »Captain Kirk weist uns auch auf etwas anderes hin«, fuhr der Vulkanier fort. »An Bord des fremden Schiffes halten sich nur junge Individuen auf, die erst noch lernen müssen, mit den Bordsystemen umzugehen. Vermutlich ist den älteren Beutlern etwas zugestoßen.«

»Gut«, murmelte Sulu.

»Das bedeutet: Captain Kirk hat nur vorübergehend das Kommando — bis ›Baby‹ genug Wissen erworben hat, um seinen Platz einzunehmen. Wir müssen zur Intervention bereit sein, sobald der Captain das in Aussicht gestellte Signal gibt.«

»Wie wär's, wenn wir den Plünderern eine Mitteilung schicken?« schlug McCoy vor. »Eine Nachricht, der Jim entnehmen kann, daß wir ihn verstanden haben. Zum Beispiel ... Wenn Sie die Kommandantin mit ›Baby‹ ansprechen — dann weiß er, daß wir visuell-akustische Sondierungen vornehmen.«

»Unglücklicherweise würde es die Beutler darauf hinweisen, daß ihre internen Schilde gesenkt sind«, entgegnete der Vulkanier. »Ich schätze, der Captain — beziehungsweise Lieutenant Uhura — hat die betreffenden Deflektoren ausgeschaltet, ohne daß die Crew etwas davon ahnt. Wenn die Wesen davon erfahren, verlieren wir den entsprechenden Kontakt.«

»Hm, ja, das stimmt«, räumte Leonard ein. »Verdammt! Es muß doch *irgendeine* Möglichkeit geben, Jim zu informieren.«

»Es muß eine Möglichkeit geben«, wiederholte Spock nachdenklich. »Zu Beginn der Luftfahrt existierte ein Manöver, das man ›Immelmann-Überschlag‹ nannte. Wenn ich mich recht entsinne, handelte es sich dabei um eine hochgezogene Kehrtkurve. Nun, bei Raumschiffen hat so etwas natürlich keinen Sinn, aber ...«

»Aber wenn die *Enterprise* ein solches Manöver durchführt, weiß Jim, daß wir seine Botschaft empfangen haben!« begeisterte sich McCoy. »Eine großartige Idee, Spock!« Dann zeigte sich Zweifel in seinen Zügen. »Hoffentlich erwarten wir nicht zuviel von unserem Captain ...«

»Ich bin sicher, daß er sofort begreift, welche Bedeutung der für die *Enterprise* völlig nutzlose Immelmann-Überschlag hat. Haben Sie zugehört, Mr. Sulu?«

»Mit beiden Ohren, Mr. Spock.« Der Steuermann lächelte. »Ich wollte schon immer mal einen Immelmann ausprobieren.«

»Dazu bekommen Sie jetzt Gelegenheit. Wie Captain Kirk sagen würde: Legen Sie los.«

Sulu legte los.

Es waren die Triebwerke eines feindlichen Raumschiffs, aber das spielte für Scott kaum eine Rolle: Er begegnete guter Technik immer mit großem Respekt. Außerdem stammte sie gar nicht von den Beutlern. Zirgosianische Genies hatten diese Anlagen entwickelt und gebaut; Scotty verbeugte sich schweigend vor ihnen, als er die letzten Vorbereitungen dafür traf, den Maschinenraum zu verlassen.

Am vergangenen Tag hatte Kirk den Chefingenieur darum gebeten, neue Schaltverbindungen zu schaffen, damit Scotty das energetische Potential der Manövrierdüsen auch von der Brücke aus kontrollieren konnte. Der Sinn einer solchen Maßnahme: Die Navigationssysteme des Schiffes sollten entweder sehr schnell oder schneckenhaft langsam reagieren, ganz nach dem Willen des Captains. Der Vorteil war Scott natürlich sofort klar. Sie spielten Katz und Maus mit den Beutlern, und die Reaktionszeit des Antriebs gehörte zu Kirks wichtigsten Waffen. Der Chefingenieur verbrachte elf Stunden damit, seine eigene Sabotage zu sabotieren, indem er die Kontrolle der Energiezufuhr zu einer Reservekonsole auf der Brücke verlegte.

Scotty wanderte jetzt noch einmal durch den Maschinenraum, um sich zu vergewissern, daß alles in Ordnung war. Er zweifelte nicht daran, daß Mr. Green allein mit den täglichen Routinearbeiten fertig werden konnte, aber die Sache sah ganz anders aus, wenn es zu einem echten Notfall kam. *Er verdient seinen Namen, ist noch immer grün hinter den Ohren.* Der Hinweis des Captains, daß die Beutler an Bord praktisch Kinder waren, hatte Scott geradezu schockiert. Er erinnerte sich an seine fassungslose Antwort: »Kinder können kein Raumschiff fliegen!«

Doch *diese* Kinder kamen mit ihrem Schiff eigentlich ganz gut zurecht. Scotts Achtung vor Mr. Green wuchs. *Er ist ein Junge*, dachte er immer wieder. *Nur ein Junge.* Ein Knabe, der die Arbeit eines Mannes erledigte und sich vom Chefingenieur der USS *Enterprise* Hilfe bei seinen Rites de passage erhoffte. Scotty blieb stehen und blickte auf den ›plasmikophischen Ferangulator‹ hinab, der noch immer summte und klickte. Vage Schuldgefühle regten sich in ihm.

Er schüttelte unwillig den Kopf und ging die Treppe zum unteren Deck des Maschinenraums hinunter. Dort wartete Mr. Green auf ihn. »Ah, Junge, jetzt gehört hier alles dir. Heute geht deine Ausbildung zu Ende, und von nun an lastet große Verantwortung auf deinen Schultern.«

»Ich weiß, Sir. Meine größte Sorge besteht darin, Sie zu enttäuschen.«

Scott zögerte einige Sekunden lang, bevor er erwiderte: »Nein, du wirst mich ebensowenig enttäuschen wie dich selbst. Du bist ein guter Schüler gewesen, Mr. Green. Gescheit und voller Lerneifer. Ich bin ganz sicher, daß du deinen Aufgaben gerecht wirst.«

Der Beutler erbebte einige Male und senkte dabei den Kopf. »Oh, danke, Sir! Vielen Dank! Ich hatte solche Angst, daß Sie nicht mit mir zufrieden sind! Ihr Lob bedeutet mir mehr als alles andere.«

»Nun übertreib's nicht, Junge«, brummte Scotty gerührt. »Jetzt bist du hier der Boß. Zeig ein wenig Stolz.«

Mr. Green zitterte nicht mehr und hob den Kopf — er wirkte tatsächlich stolz, fand der Chefingenieur. »Bevor der Scott geht, möchte ich, daß er sich etwas anhört.«

»Was denn?«

Der Beutler desaktivierte das Übersetzungsmodul der Translatormaske und ließ nur den akustischen Dämpfer eingeschaltet. Dann formulierte er einige Worte.

Scotty zuckte mit den Schultern. »Ich verstehe dich nicht.«

»Verstehen Sie mich jetzt?«

Scott riß die Augen auf. »He, ist das *deine* Stimme? Und nicht die des Translators?«

»Aye! Ich lerne, indem ich Ihnen zuhöre. Einen anderen Lehrer hatte ich nicht.«

»Ach, Mr. Green!« Scott hob die Arme über den Kopf und lachte laut. »Das ist wundervoll! Englisch! Du sprichst Englisch!«

»Freut Sie das?«

»Ich freue mich nicht nur, Junge! Ich bin entzückt! Du hättest mir kein schöneres Abschiedsgeschenk machen können. Herzlichen Dank.«

»Nein, Sir, ich muß mich bedanken. Ich werde Sie nie vergessen.«

Seit fünfzig Jahren kannten sich Menschen und Beutler, doch nun geschah es zum erstenmal, daß zwei Repräsentanten dieser Völker als Freunde auseinandergingen.

Captain Kirk brauchte Scotty auf der Brücke, um das energetische Potential der Navigationssysteme und des Antriebs zu manipulieren, aber er hatte ihn auch noch aus einem anderen Grund gebeten, in den Kontrollraum zu kommen. Die Vorstellung, daß der Chefingenieur die ganze Zeit über mit Beutlern allein war, bereitete Jim Unbehagen. In der Gesellschaft von Mr. Green schien sich Scott recht wohl zu fühlen, aber Kirk zog es trotzdem vor, seine Leute an einem Ort zu versammeln — auf diese Weise fiel es ihm leichter, die allgemeine Situation einzuschätzen. Scott saß nun an der Reservekonsole auf der einen Seite des Befehlsstands, Uhura auf der anderen am Kommunikationspult und Chekov weiter vor an den Navigationskontrollen. Kirk seufzte innerlich. *Wenn mein Plan funktioniert...*, dachte er. *Im Maschinenraum wäre Scotty in Gefahr geraten.*

»Noch einmal«, sagte er laut.

Schon seit zwei Tagen zwang er die Brückencrew, sich immer wieder eine Aufzeichnung des von der *Enterprise* durchgeführten Immelmann-Überschlags anzusehen. Kirk hätte fast schallend gelacht, als er das Raumschiff bei einem Manöver beobachtete, das für die ersten Eindecker vorgesehen gewesen war. Natürlich verstand er den Hinweis. *Danke, Mr. Spock*, dachte er.

»Der sogenannte ›Immelmann-Überschlag‹...«, begann ein Beutler namens Schätzchen. »Benutzt man dieses Manöver häufig?«

»Ja«, log Kirk. »Der Zweck besteht darin, gegnerischem Feuer auszuweichen und möglichst rasch zur Ausgangsposition zurückzukehren. Allerdings ist es recht schwierig. Sehen Sie nur, mit welcher Eleganz die *Enterprise* jene Kehrtkurve vollzieht. Die Voraussetzung dafür heißt: große Erfahrung. In ganz Starfleet kenne ich keinen anderen Steuermann, der das Immelmann-Manöver ebenso gut beherrscht wie Mr. Sulu.«

Blau zuckte zusammen.

»Aber... niemand hat auf das Schiff gefeuert«,

wandte Baby verwirrt ein. »Welchen Sinn hat der Überschlag unter den gegenwärtigen Umständen?«

»Wahrscheinlich diente er zur Übung«, erläuterte Kirk knapp. »Wir sollten uns ein Beispiel daran nehmen. Gefechtsmodus.« Er hob den Zeigefinger der linken Hand — das Signal für Scott, den Navigationssystemen volle Energie zur Verfügung zu stellen.

Der Übergang von der rechteckigen, kompakten Form zur weitaus komplexeren ovoiden Struktur begann nun, und er nahm bemerkenswert wenig Zeit in Anspruch. Während der ›Metamorphose‹ bestand die Aufgabe des Steuermanns hauptsächlich darin, das Schiff stabil zu halten — Blau ging so geschickt zu Werke, daß selbst geringfügige Vibrationen ausblieben.

»Ausgezeichnet, Blau!« lobte Kirk mit gespielter Begeisterung. »Vielleicht wird doch noch ein guter Steuermann aus Ihnen.«

Der Beutler zitterte vor Freude. »Danke, Sir!«

»Kommen Sie hierher, Baby. Und Sie ebenfalls, Brownie.« Als die beiden Plünderer vor dem Kommandosessel standen, fuhr Kirk fort: »Es gibt nicht nur zwei Modi für dieses Schiff. Abgesehen von der rechteckigen und ovoiden Form ist auch noch eine dritte möglich — das weiß ich aufgrund der Schemata. Der beste Gefechtsmodus wäre demnach die Stern-Form, bei der die einzelnen Bereiche des Schiffes sternförmig um einen zentralen Mittelpunkt angeordnet werden — dadurch fiele es dem Gegner sehr schwer, eine zuverlässige Zielanpeilung vorzunehmen. Genausogut könnte man versuchen, einen bestimmten Kaktusdorn zu treffen. Haben Sie jene Form schon einmal ausprobiert?«

»Nein, Captain«, antwortete Baby. »Der Stern-Modus verbraucht besonders viel Energie, und deshalb beschlossen wir, ihn nur dann einzusetzen, wenn uns nichts anderes übrigbleibt.«

»Der frühere Kommandant hat also nie entsprechende Testmanöver angeordnet?«

»Nein, Sir. Auch vor dem Unglück, dem unsere Offiziere zum Opfer fielen, bestand keine Notwendigkeit dazu.«

»Misterma'am!« rief Kirk.

Der wissenschaftliche Offizier wandte sich halb um. »Sir?«

»Status der *Enterprise*.«

»Sie verfolgt uns noch immer und befindet sich innerhalb der Reichweite unserer Waffen.«

Kirk sah die Kommandantin an. »Bleibt uns jetzt etwas anderes übrig?«

»Ich verstehe, was Sie meinen, Captain. Sie möchten den Stern-Modus testen?«

»Mit Ihrer Erlaubnis.«

»Erteilt.«

Kirk rief eine grafische Darstellung der Schiffsstruktur auf den Wandschirm und spürte das Prickeln von Aufregung in der Magengrube. Ein solches Manöver begann nun zum erstenmal ... »Elektromagnetische Schilde senken«, sagte er und gab Scotty das Zeichen für volle Energie.

Schritt für Schritt führte er die Beutler durch den komplizierten Wechsel zur Stern-Form. Er bedauerte dabei, nicht im Kontrollraum der *Enterprise* zu sein — bestimmt bot das Plünderer-Schiff einen sehr beeindruckenden Anblick. Nun, er konnte sich später die Aufzeichnung ansehen. Falls es ein Später gab.

Er beantwortete alle Fragen der Kommandantin, und selbst Brownie erkundigte sich ab und zu nach Einzelheiten. Im Anschluß an die erfolgreich beendete Prozedur gratulierte Kirk allen Teilnehmern — bis auf Blau. Er kritisierte den Steuermann nicht etwa, sondern ignorierte ihn einfach. Der Beutler rutschte unruhig hin und her.

»Eine Mitteilung für uns, Captain«, meldete Uhura. »Visuelles Signal.«

»Auf den Schirm.«

Im Projektionsfeld erschienen Dutzende von ›Kratzern‹: zu einzelnen Gruppen angeordnete Schriftzeichen der Plünderer. Baby las die Nachricht; Unruhe erfaßte sie, breitete sich innerhalb weniger Sekunden auf der ganzen Brücke aus. Einige Beutler erbebten voller Freude.

»Was ist los?« fragte Kirk. »Was bedeuten die Worte?«

Niemand antwortete ihm. Die Kommandantin und Brownie berieten sich, wackelten dabei mit den Köpfen. Mehrere Wesen hüpften umher, unter ihnen auch Iwan und Rasputin. Einer der beiden Beutler gestikulierte achtlos — und berührte Chekov an der Schulter.

Der junge Russe stieß einen gellenden Schrei aus und stürzte mit qualmender Wunde zu Boden. Kirk, Uhura und Scotty eilten zu ihm. Als sie Chekov erreichten, hatte er aufgrund der intensiven Schmerzen bereits das Bewußtsein verloren.

»Medo-Gruppe zur Brücke«, sagte Rose an der Kommunikationsstation. »Brandverletzung eines Menschen. Notfall.«

»Können wir ihm nicht sofort helfen?« drängte Scott. »Gibt es hier im Kontrollraum eine Erste-Hilfe-Ausrüstung?«

»Ja, aber sie enthält keine für Terraner geeigneten Arzneien«, erwiderte Baby. »Die Medo-Gruppe wird gleich hier sein.«

Sie traf tatsächlich wenige Sekunden später ein und bestand aus zwei Beutlern, die dicke Handschuhe trugen und mit einer Antigravbahre aus dem Turbolift eilten. Einer von ihnen sprühte etwas auf Chekovs Schulter.

»Was ist das?« fragte Kirk.

Ein schmerzstillendes Mittel, lautete die Auskunft. Die beiden Plünderer legten den Verletzten vorsichtig auf die Bahre und brachten ihn zum nächsten Turbolift. Sie selbst benutzten eine andere Transportkapsel, obgleich Chekov bewußtlos war und ihre Präsenz daher überhaupt nicht spürte.

Kirk starrte die beiden schwarzen Beutler an. »Na schön«, zischte er. »Wer von Ihnen ist dafür verantwortlich?«

Rasputin senkte den Kopf. »Ich bedauere sehr, dem Chekov eine Wunde zugefügt zu haben. Das lag keineswegs in meiner Absicht.«

»Etwas Dümmeres hätten Sie überhaupt nicht anstellen können!« eiferte sich Kirk. »Sie wissen doch, was geschieht, wenn Sie einen Menschen berühren! Sie müssen *die ganze Zeit über* aufpassen!«

»Es war ein Unfall«, erwiderte Rasputin in einem flehentlichen Tonfall.

»Solche Unfälle können wir uns nicht leisten!« hielt ihm Kirk scharf entgegen. »Wer berechnet nun den Kurs zum Beta Castelli-System? Sie?«

Völlige Stille herrschte auf der Brücke. Nach einigen Sekunden drehte sich Kirk zu Baby um. »Was hat es mit der Kom-Nachricht auf sich?«

»Sie fällt nicht in Ihren Zuständigkeitsbereich, Captain.«

»Verdammt, wie kann ich...«

»Ich betone es noch einmal. Die Mitteilung geht Sie nichts an.«

Kirk sah zur Kommunikationsstation. »Erklären Sie's mir, Uhura.«

Sie zuckte nicht einmal mit der Wimper. »Ein Plünderer-Schiff mit Triebwerksproblemen wird im Raumdock von Starbase Vier repariert«, antwortete Uhura ruhig. »Alle anderen Kreuzer der Beutler sind in Position und bereit, mit dem dritten Abschnitt des Plans zu beginnen.«

Rose schnaufte verblüfft. »Seit wann verstehen Sie unsere Sprache?«

Uhura schwieg.

»Was für ein Plan?« Kirk wandte sich an die rote Kommandantin. »Was haben Sie vor?«

»Der Plan wird bekanntgegeben, wenn die Zeit dafür

gekommen ist, Captain«, sagte Baby. »Vorher muß eine andere Sache erledigt werden.«

»Welche?«

»Auch das erfahren Sie später.«

Kirk begriff, daß er nicht mit irgendwelchen Informationen rechnen durfte. Was auch immer diese Wesen beabsichtigten: Sie würden es ihm erst mitteilen, wenn sie sich ihrem Ziel nahe glaubten. In dieser Hinsicht hatte es überhaupt keinen Zweck, Druck auszuüben.

Jim traf eine Entscheidung, durchquerte den Kontrollraum mit langen Schritten und ging zum Turbolift.

»Wohin wollen Sie?« rief Baby ihm nach. »Ich habe Ihnen nicht erlaubt, die Brücke zu verlassen.«

»Ich werde Chekov besuchen. Zwar habe ich keine Ahnung, auf welchem Deck sich die Krankenstation befindet ...«

»Deck zehn«, warf Brownie hilfreich ein.

»... aber Sie sollten Ihren bewaffneten Gorillas Bescheid geben, Baby, denn ich bin fest entschlossen, die medizinische Sektion aufzusuchen.«

»Wir sind noch immer im Stern-Modus«, klagte die Kommandantin. »Er verbraucht eine Menge Energie.«

»Und wenn schon«, sagte Kirk kühl, als sich die Tür des Turbolifts schloß.

KAPITEL 9

Chekov lag auf einer Luftmatratze in der Krankenstation, zwischen zwei Behältern, die eine gallertartige Substanz enthielten und den Beutlern als Betten dienten. Der Navigator trug jetzt keinen Helm mehr und war bei Bewußtsein.

Kirk nahm seinen eigenen Helm ab, atmete vorsichtig und nahm nur vagen Plünderer-Gestank wahr. »Chekov? Wie fühlen Sie sich?«

»Eigentlich ganz gut, Captain. Ein bißchen schwach, aber ... ich habe keine Schmerzen. Bitte um Erlaubnis, Rasputin erschießen zu dürfen.«

»Erteilt.« Kirk schmunzelte. »Wie behandelt man Sie?«

»Nun, die Ärztin möchte sicher sein, daß die Wunde nicht infiziert ist, bevor sie Synthohaut aufträgt. Angeblich dauert es nicht mehr lange, bis sie Bescheid weiß.«

»Ein Kind, das Doktor spielt«, murmelte Jim.

»Ich glaube, sie hat was auf dem Kasten. Wie ich von ihr hörte, nahm sie unser Eintreffen an Bord zum Anlaß, sich über Brandverletzungen bei Menschen zu informieren — weil sie einen solchen Zwischenfall befürchtete.«

»Dem Himmel sei Dank dafür. Ich wette, Sie haben ihr einen Namen gegeben.«

Chekov lächelte unschuldig. »Ja. Sie heißt jetzt Pillowna.«

»Lassen Sie mich raten ... ›Tochter von Pille‹?«

»*Da*. Glauben Sie, Dr. McCoy freut sich darüber?«

»Nun ... Ich möchte nicht zugegen sein, wenn Sie

ihm davon erzählen. Da wir gerade bei Namen sind: Warum haben Sie die beiden schwarzen Beutler getauft, aber nicht den orangefarbenen?«

»Um Zwist zu schaffen, Captain. Iwan und Rasputin blicken auf ihre orangefarbene Kollegin hinab und halten sich für wichtiger, was ihr immer mehr gegen den Strich geht.« Chekov seufzte. »Aber es ist nicht fair. Die Orangefarbene gibt sich viel mehr Mühe als die beiden anderen Schüler — wenn ich einen Navigator wählen müßte, würde ich mich für sie entscheiden. Ich habe beschlossen, ihr einen Namen zu geben, wenn ich zur Brücke zurückkehre.«

»Bringen Sie ihr Mitleid entgegen? Solche Empfindungen können wir uns nicht leisten, Chekov. Mitgefühl ergäbe überhaupt keinen Sinn!« Kirk kaute auf der Unterlippe. »Trotzdem komme ich mir schäbig vor, wenn ich Baby oder Blau zur Schnecke mache.«

»Ach, es ist nicht leicht.« Chekov seufzte.

Nachdem sich Kirk vergewissert hatte, daß dem jungen Russen eine rasche Rekonvaleszenz bevorstand, verließ er die Krankenstation und trat in den Korridor. Dort bat er seine Eskorte darum, ihn zum Baryonenumkehrer zu führen, doch der Beutler lehnte ab. Jim hatte schon mehrmals versucht, einen Blick auf das zirgosianische Aggregat zu werfen — immer mit dem gleichen Ergebnis. Er fürchtete, daß der Umkehrer vielleicht zu groß war, um zur *Enterprise* gebeamt zu werden.

Im Kontrollraum fiel ihm auf, daß der gelbe Plünderer — Jon? — an der Kommunikationsstation saß. Dann bemerkte er noch etwas anderes: Baby, Brownie, Rose, Lilie und Misterma'am bildeten einen Halbkreis vor dem Zugang zur Toilette. »Was ist hier los?« rief er.

Die Beutler wichen ein wenig beiseite, und Kirk sah Scott, der vor dem Schott stand, die Arme wie abwehrend ausgestreckt. »Ah, Captain!« entfuhr es dem Chefingenieur erleichtert. »Fordern Sie diese ... Personen auf, ein wenig mehr Abstand zu wahren.«

»Baby, Ihre Leute sollen zurückweichen, bitte«, sagte Kirk. »Oder möchten Sie noch jemanden von uns zur Krankenstation schicken?«

Die rote Kommandantin gab entsprechende Anweisungen, und daraufhin wichen die Beutler zurück. »Es geht um die Uhura, Captain«, stieß Baby verärgert hervor. »Wie Misterma'am feststellte, hat sie die internen visuellen Schilde gesenkt!«

»Natürlich hat sie das«, erwiderte Kirk mit erzwungener Gelassenheit. »Unsere Freunde sind bestimmt sehr besorgt gewesen. Es gab keine andere Möglichkeit, um ihnen mitzuteilen, daß wir noch leben.«

»Die *Enterprise* hat uns beobachtet! Ihre Crew weiß jetzt, daß wir keine erfahrenen Offiziere sind.«

»Das hätte sie ohnehin herausgefunden, Baby. Die Manöver boten einen deutlichen Hinweis. Deshalb brauchen Sie nicht gleich aus dem Häuschen zu geraten.«

»Ich verlange, daß die Uhura unter Arrest gestellt wird! Befehlen Sie ihr, auf die Brücke zu kommen.«

»He, immer mit der Ruhe. Lieutenant Uhura hat sich nur an meine Anweisungen gehalten. Wenn Sie jemand unter Arrest stellen wollen, so sollten Sie sich mit mir begnügen.«

»Ich wußte ebenfalls davon«, brummte Scott. »Lassen Sie auch mich verhaften.«

»Nun?« fragte Kirk. »Was jetzt? Wollen Sie uns *alle* einsperren? Die Entscheidung liegt bei Ihnen, Baby. Sie sind die Kommandantin dieses Schiffes.«

Baby dachte darüber nach, ohne sich mit Brownie zu beraten. »Nein, Sie bleiben hier«, sagte sie schließlich. »Sie werden noch gebraucht. Aber ich erwarte absoluten Gehorsam von Ihnen. Andernfalls ...«

»Landen wir in der Arrestzelle. Verstanden.«

»Sie werden uns jetzt zeigen, wie man mit den Waffensystemen umgeht.«

»Aber es gibt noch einige andere Dinge, die ...«

»Jetzt *sofort*, Captain.«

Kirk hörte den Zorn in Babys Stimme und hielt es für besser, ihr nicht zu widersprechen.

Scott öffnete das Schott zum Hygienebereich. »Alles in Ordnung. Sie können jetzt herauskommen.«

Eine besorgte Uhura trat durch die Tür, näherte sich Kirk und fragte nach Chekov. Jim teilte ihr und Scotty mit, daß sich der junge Navigator rasch erholte.

Der Captain ging zum Befehlsstand, und dort wartete die orangefarbene Beutlerin auf ihn. »Haben Sie Ihre Gefährten gerade darauf hingewiesen, daß sich der Chekov erholt?« fragte sie.

»Ja. Seine Rekonvaleszenz wird nur kurze Zeit in Anspruch nehmen.«

Die Beutlerin gab ein seltsames Geräusch von sich. *Vielleicht ein Seufzen*, dachte Jim. »Ich bin sehr erleichtert.«

Kirk musterte das Wesen aufmerksam — es wirkte kummervoll. »Äh... Warum besuchen Sie Chekov nicht? Ich glaube, er möchte Ihnen etwas sagen.«

Die Beutlerin murmelte überrascht und eilte fort, als Baby ihr die Erlaubnis gab, den Kontrollraum zu verlassen. Iwan saß im Sessel des Navigators, doch von Rasputin war weit und breit nichts zu sehen. Als sich Kirk nach ihm erkundigte, erfuhr er, daß man ihn wegen Chekovs Verletzung vorübergehend von der Brücke verbannt hatte. Jim nickte — eine angemessene Strafe. Er nahm Platz und verkündete: »Wir beginnen jetzt mit Schießübungen.«

Abgesehen von Phaserkanonen und Photonentorpedos war das noch immer namenlose Schiff der Beutler auch mit Nahbereichs-Lasern ausgestattet. Kirk beschloß, ihnen zunächst keine Beachtung zu schenken — er hielt die übrigen Waffen für weitaus wichtiger. Auf seine Anweisung hin wurden Übungsziele ausgeschleust, und es folgten neuerliche Manöver.

Diesmal verzichtete Kirk darauf, den Zeigefinger der

linken Hand zu heben. Scott verstand die stumme Botschaft und sorgte dafür, daß die Navigationskontrollen mit quälender Langsamkeit reagierten. Die beiden jungen Beutler am Feuerleitstand bewiesen ein gutes Zeitgefühl.

Es gelang ihnen, die beweglichen Ziele von stationären Positionen aus zu treffen, aber wenn das Schiff den Kurs änderte, schossen sie immer weit daneben. Die Erklärung lautete: Der Raumer befand sich nie genau dort, wo er eigentlich sein sollte — Waffenkontrollen und Navigation waren nicht miteinander synchronisiert.

Alle Anwesenden starrten zum Steuermann.

»Ich weiß einfach nicht mehr, was ich dazu sagen soll, Blau«, brachte Kirk mit geheuchelter Niedergeschlagenheit hervor. »Ich habe immer wieder betont, daß Sie *vorausdenken* und ein *Gefühl* für die Manöver entwickeln müssen. Mr. Sulu wäre imstande, das Schiff zehnmal so schnell zu drehen wie Sie.«

Blau kochte. »Die Kontrollen reagieren zu träge! Der Captain käme damit nicht besser zurecht als ich!«

Oh, eine Herausforderung. »Nun, ich bin nicht Mr. Sulu«, sagte Kirk langsam und stand auf. »Aber es sollte mir eigentlich gelingen, ein einfaches Wendemanöver innerhalb kürzerer Zeit durchzuführen.«

Blau erhob sich ebenfalls und deutete auf den Sessel. »Bitte.«

Jim nahm vor dem Pult Platz. »Geben Sie den Befehl, Baby.«

Die Kommandantin wartete einige Sekunden lang. »Hart nach Steuerbord.«

Das Schiff drehte sofort ab. »Sehen Sie?« fragte Kirk unschuldig. »Mit den Navigationskontrollen ist alles in bester Ordnung.«

»Aber ... Sie bedienen sie genauso wie ich!« protestierte der Steuermann.

»Ich habe *vorausgedacht* — im Gegensatz zu Ihnen.«

Kirk kehrte zum Befehlsstand zurück. »Versuchen wir's noch einmal.«

Sie versuchten es noch einmal. Und noch einmal. Und noch einmal. Kirk brauchte Blau nicht mehr anzuschreien — Baby erledigte das für ihn. Brownies Stimme gesellte sich ihrer Kritik hinzu, dann auch Misterma'ams. Es dauerte nicht lange, bis alle Beutler auf der Brücke über Blau schimpften. Kirk ließ mehrere Minuten verstreichen, bevor er aufstand und die Arme hob.

»Blau ...«, begann er. »Wenn Mr. Sulu Kommandant dieses Schiffes wäre und sähe, was Sie als Steuermann leisten — er würde *Sie* als Übungsziel einsetzen. Ich habe festzustellen versucht, wo das Problem liegt. Vermutlich konzentrieren Sie sich nicht.«

»*Ich konzentriere mich!*« kreischte Blau.

»Wir hätten auch den Sulu entführen sollen«, wandte sich Brownie an Baby.

»Aber Sie konzentrieren sich nicht *genug*«, fuhr Kirk fort. »Sie lassen sich ablenken. Sie müssen lernen, alles andere zu ignorieren und nur die Navigationskontrollen ins Zentrum Ihrer Aufmerksamkeit zu rücken. Wenn Sulu im Dienst ist ...«

»Sulu, Sulu!« heulte Blau. »Ich kann diesen Namen nicht mehr hören!« Er sprang auf und wirbelte zu Kirk herum.

»Sie haben Ihren Posten verlassen, Mister!« sagte der Captain scharf.

»Sir?« fragte Misterma'am.

»Nicht Sie. *Er.* Setzen Sie sich, und zwar sofort! Sie können es nie mit Sulu aufnehmen, wenn Sie sich so verhalten.«

»Schon wieder der Name!« schrillte Blau. »Ich habe es satt, von Ihrem wundervollen Sulu zu hören! Ich habe es satt, diese lächerliche Kleidung zu tragen, um Rücksicht auf Sie zu nehmen!« Er legte Umhang und Translatormaske ab, sah Kirk trotzig an.

Jim spürte jähe Übelkeit, als er die weißen, wurmartigen *Dinge* im Leib des Beutlers sah, doch er zwang sich dazu, den Blick nicht von ihm abzuwenden. »Und ich habe es satt, wegen Ihrer Präsenz einen Helm tragen zu müssen.«

»Er kann Sie nicht verstehen, Captain.« Baby desaktivierte das Übersetzungsmodul ihrer Maske und richtete einige Worte an den aufsässigen Steuermann. Er antwortete, ohne daß seine Stimme gedämpft wurde. Die drei Menschen auf der Brücke versuchten instinktiv, sich die Ohren zuzuhalten, doch die Helme hinderten sie daran. Baby brachte Blau mit einem scharfen Zischen zum Schweigen — er eilte zum Turbolift und verließ den Kontrollraum.

Nervöses Schweigen folgte, und dann sagte Baby zu Rose: »Sehen Sie im Dienstplan nach und beordern Sie den nächsten Navigationsschüler hierher.«

Kirk seufzte. »Dadurch verlieren wir viel Zeit.«

»Ich weiß«, erwiderte die rote Beutlerin. »Aber inzwischen dürfte uns allen klargeworden sein, daß sich Blau nicht zum Steuermann eignet.«

»Sie ist unterwegs«, meldete Rose.

»Ich glaube, Sie sollten Blau zurückholen«, riet Jim der Kommandantin. Es überraschte ihn, daß Blau so schnell die Nerven verloren hatte. Kirk fluchte lautlos. *Ich habe ganz vergessen, daß er noch ein Kind ist — trotz seiner Größe von mehr als zwei Metern.* Durch den neuen Steuermann ergaben sich einige Probleme. Wenn er ebenso schlechte Arbeit leistete wie Blau ... Dann argwöhnte Baby vielleicht, daß es tatsächlich an den Navigationskontrollen lag und nicht etwa an mangelnder Kompetenz.

Sie warteten, bis sich die Tür des Turbolifts öffnete und eine recht kleine Beutlerin aus der Transportkapsel trat. »Da bin ich!« rief sie.

Kirk, Uhura und Scott rissen die Augen auf. »*Pinky?*«

»Ich dachte, [*unübersetzbar*] sei als nächster dran«, sagte Baby zu Rose.

»Das stimmt auch«, lautete die Antwort. »Aber sie befindet sich seit zwei Tagen in der Krankenstation. Damit bleibt nur Pinky.«

Die rosarote Beutlerin nahm im Sessel des Steuermanns Platz. »Welche Sensorkontrollen muß ich betätigen?«

Kirk sah Baby an und wölbte eine Braue.

»Damit habe ich nicht gerechnet«, sagte die Kommandantin beunruhigt. »Blaus Stellvertreter weiß zumindest, wie man die Kontrollen bedient. Pinky hat überhaupt keine Ahnung.«

»Woraus sich ein Problem für Sie ergibt, Baby«, sagte Kirk ernst. »Tja, mit so etwas muß ein Captain dann und wann fertig werden.«

Genau in diesem Augenblick schoben sich die beiden Schotthälften eines anderen Turbolifts auseinander, und Chekovs orangefarbene Beutlerin betrat die Brücke. Sie war so aufgeregt, daß sie die niedergedrückte Stimmung überhaupt nicht bemerkte. »Ich habe einen Namen bekommen!« verkündete sie glücklich. »Hört ihr? Ich bin nicht mehr namenlos! Von jetzt an werden mich alle mit ›Orangensaftundwodka‹ ansprechen!«

Kirk stöhnte leise und rollte mit den Augen. »Ich könnte einen gebrauchen«, murmelte er.

Dr. Leonard McCoy saß bedrückt am Schreibtisch seines Büros und starrte auf den Monitor, der das gleiche Bild zeigte wie der Wandschirm im Kontrollraum der *Enterprise*. Das Schiff der Plünderer veränderte seine Form, schleuste kleine Objekte aus, feuerte und verfehlte die meisten Übungsziele. Auf diese Weise waren bereits mehrere Stunden verstrichen. Was plante Jim? Versuchte er, die Beutler zu zermürben?

Ein Schatten fiel auf den Schreibtisch, und McCoy sah auf. »Ah, Mr. Spock«, sagte er müde. »Setzen Sie sich und verraten Sie mir, was als nächstes geschehen wird.«

»Ich bin durchaus bereit, Platz zu nehmen«, erwiderte der Vulkanier und ließ sich in einen Sessel sinken. »Aber leider ist mir die Zukunft ebenso unbekannt wie Ihnen. Die interne visuelle Abschirmung des Kreuzers funktioniert nun wieder, und daher wissen wir nicht, was auf der Brücke des Beutler-Schiffes passiert.«

»Vermutlich hat sich die dortige Lage nicht verändert. Jim setzt die psychologische Kriegführung fort.«

»Genau darüber möchte ich mit Ihnen sprechen, Doktor. Der Bibliothekscomputer enthält keine Informationen über junge Beutler. Daher wissen wir nicht, ob sie ebenso reagieren wie Menschen, wenn man Druck auf sie ausübt.«

»Selbst bei menschlichen Kindern und Jugendlichen kommt es zu unterschiedlichen Reaktionen«, sagte McCoy.

»In der Tat. Junge Menschen beziehungsweise Vulkanier würden dem Druck entweder standhalten oder unter ihm zerbrechen. Es besteht noch eine dritte Möglichkeit: Sie könnten aufbegehren und rebellieren. Allerdings handelt es sich dabei um eine Reaktion, die bei den meisten Vulkaniern ausgeschlossen ist. Nun, wir haben keine Ahnung, zu welchen Verhaltensmustern junge Beutler neigen. Vielleicht wenden Sie sich gegen Jim. Vielleicht führt seine Taktik dazu, daß er und die anderen in Gefahr geraten.«

»Daran habe ich ebenfalls gedacht. Andererseits: Wer weiß, wie die Situation dort drüben beschaffen sein mag? Niemand kann sie besser beurteilen als Jim.« McCoy zögerte kurz. »Ich hoffe, diesmal unterläuft ihm kein Fehler.«

Spock schüttelte skeptisch den Kopf. »Drei Männer und eine Frau gegen tausend Beutler? Die Wahrscheinlichkeit dafür, daß sie einen Erfolg erzielen, erscheint mir sehr gering.«

Leonard musterte den Ersten Offizier. »Weshalb sind Sie gekommen? Um mich zu entmutigen?«

»Nein, ich wünsche eine Erklärung von Ihnen. Wie funktioniert jenes Gerät, das Hypnose bewirkt?«

McCoy lächelte schief. »Wollen Sie die Plünderer hypnotisieren? Ich wünsche Ihnen viel Erfolg.«

»Doktor, solange die Deflektoren des Beutler-Schiffes undurchdringlich bleiben, bietet uns nur das Kommunikationssystem die Chance, irgendeine Art von Einfluß auszuüben. Anders ausgedrückt: Die einzige Waffe, die uns derzeit zur Verfügung steht, ist akustischer Natur. Wenn es uns gelänge, die Beutler in Trance zu versetzen...«

»Das ist doch verrückt, Spock! Die entsprechenden Geräte sind so beschaffen, daß sie auf das *menschliche* Gehör und Hirn einwirken. Und selbst ein *flüchtiger* Blick genügt, um festzustellen, daß den Beutlern eine andere Anatomie zu eigen ist!«

»Dessen bin ich mir bewußt, Doktor. Allerdings nehme ich an, daß die derzeitige technische Konfiguration verändert werden kann.«

»Ja, aber auf welche Weise? Uns fehlen konkrete Anhaltspunkte!«

Spock preßte kurz die Lippen zusammen. »Vielleicht nicht ganz. Wir wissen, daß sich die Beutler mit schrillen Lauten verständigen — das deutet auf eine höhere Wahrnehmungsfrequenz hin.«

In McCoys Gesicht zeigte sich zum erstenmal Interesse. »Nun, es ist gewiß nicht schwer, die Frequenz der akustischen Hypnosesignale zu erhöhen. Ich kann das Gerät sogar auf Ultraschall justieren, wenn es erforderlich sein sollte. Doch vielleicht dauert es eine Weile: Bei Menschen ist der Ultraschall ohne therapeutischen Wert, und deshalb haben ihn die Konstrukteure außer acht gelassen.«

»Wir könnten eine etwas höhere Frequenz als jene benutzen, die bei Jim und den anderen einen tranceartigen Zustand hervorrufen würde«, sagte Spock. »Der Captain und seine Gefährten müssen bei Bewußtsein bleiben, um die Schilde zu senken. Andernfalls hätte die Hypnose der Beutler überhaupt keinen Sinn.«

McCoy schnitt eine Grimasse. »Das dürfte eigentlich kein Problem sein. Immerhin tragen Jim und seine Begleiter Helme.«

»Die aber ganz offensichtlich keine akustische Barriere bilden. Wir haben gehört und beobachtet, wie sie miteinander sprachen.«

»Hm, ja, das stimmt.« McCoy dachte eine Zeitlang darüber nach, und schließlich nickte er langsam. Vielleicht klappte es tatsächlich. »Möglicherweise werden die Gefangenen schläfrig, doch mit einer ausreichend hohen Frequenz sollte es uns eigentlich gelingen, der Trance vorzubeugen.«

Sie schwiegen beide und beobachteten das Beutler-Schiff auf dem Bildschirm — inzwischen hatte es wieder die rechteckige Form angenommen. An der ›unteren‹ Seite entfaltete sich ein Segment, bis es einen Winkel von neunzig Grad zum Rest des Raumers bildete, und anschließend knickte die untere Hälfte dieses Teils — daraufhin schien das Schiff zu knien.

McCoy seufzte leise. »Denken Sie daran ... Ich habe nicht die geringste Ahnung, wie man Plünderer hypnotisiert.«

Spock nickte. »Ich schlage verschiedene und immer höhere Frequenzen vor, wobei die gesendeten Signale jeweils von gleicher Dauer sind.«

»Meine Güte, wir brauchen eine Menge Glück, um die Stinker zu hypnotisieren.«

»Falls sie überhaupt hypnotisiert werden können«, meinte Spock und fügte diesen Worten ein Geräusch hinzu, das fast wie ein Seufzen klang. »Falls Sie meine Hilfe benötigen ... Ich bin bereit, bei der Justierung des Geräts als Ihr Assistent zu fungieren.«

»Oh, ich kann Hilfe gebrauchen.« McCoy stand auf und ging in Richtung Laboratorium. »Kommen Sie. Ich schlage vor, wir beginnen sofort mit der Arbeit.«

Blau befand sich wieder auf der Brücke.

Kirk hatte keine Anweisungen gehört, und niemand bot ihm eine Erklärung an, aber ganz offensichtlich war es Baby irgendwie gelungen, den Steuermann zurückzuholen.

Er saß nun stumm am Pult und verzichtete demonstrativ darauf, einen Mantel zu tragen. Der bockige Lilie folgte seinem Beispiel — vermutlich fand er nur deshalb den dazu notwendigen Mut, weil Uhura im Quartier schlief. Als die beiden Beutler am Feuerleitstand sahen, wie Lilie den Umhang abstreifte, entkleideten sie sich ebenfalls — was Scotty, der nur einige Meter entfernt saß, in erhebliche Schwierigkeiten brachte.

Baby begegnete Scott mit immer mehr Mißtrauen. Kirk hatte behauptet, daß er den Chefingenieur im Kontrollraum brauchte, um die Navigationssysteme mit mehr Energie zu beschicken, wenn sie angeblich zu träge reagierten. Aber da Blaus Leistungen praktisch immer sehr zu wünschen übrigließen, wuchs Babys Argwohn: Immer häufiger schritt sie zu Scott und blickte ihm über die Schulter. Kirk hielt den Zeitpunkt für gekommen, Blau einige Erfolge zu gönnen.

Er gab Scotty das Zeichen. »Umkehrschub.«

Das Schiff raste so plötzlich zurück, als sei es von einer Kanone abgefeuert worden. Blau war noch überraschter als die anderen Beutler.

»Gut«, sagte Kirk ruhig. »Und jetzt: Relativgeschwindigkeit null.«

Der Raumer hielt ohne die geringste Vibration an.

»Ich glaube, Sie bekommen allmählich den Dreh raus, Blau. Hart nach Backbord.«

Das Schiff sauste nach links, und einige Plünderer erbebten vor Freude. Kirk überließ den Kommandosessel Baby, und Blau stellte auch weiterhin bemerkenswertes Geschick unter Beweis. Scott verringerte die Energiezufuhr mehrmals, damit es nicht zu einfach aussah, doch als die Kommandantin das Ende der Manöver anordnete, gratulierten die Beutler dem Steuermann.

Baby gab Anweisung, sechs Übungsziele auszuschleusen und darauf zu schießen, während das Schiff den Kurs wechselte. Fünfmal wurde ein Treffer erzielt.

Blau wackelte glücklich mit dem Kopf.

»Gute Arbeit, Blau«, sagte Kirk. »Und das gilt auch für Sie, Chefingenieur.« Er lächelte.

»Danke, Sir.« Scott erwiderte das Lächeln.

Die Plünderer freuten sich und waren nicht so wachsam wie sonst. Kirk entschied, die Chance zu nutzen, um ...

Er bekam keine Gelegenheit, seinen Plan in die Tat umzusetzen. »Ich glaube, wir sind soweit«, sagte Baby plötzlich. »Rose, senden Sie die Mitteilung.«

Von einer Sekunde zur anderen herrschte Stille auf der Brücke, und Kirk spürte, wie sich ihm die Nackenhaare aufrichteten — er ahnte Unheil. »Was für eine Nachricht?« fragte er. »Was haben Sie vor, Baby?«

Die Kommandantin winkte Rose zu. »Hören wir es uns an.«

Die Botschaft verwendete englische Worte:

ACHTUNG, AN STARFLEET COMMAND. JENES VOLK, DESSEN ANGEHÖRIGE SIE ALS ›PLÜNDERER‹ BEZIEHUNGSWEISE ›BEUTLER‹ BEZEICHNEN, IST IN DER LAGE, DAS NEUE UNIVERSUM IN DIESEM KOSMOS AN EINER WEITEREN AUSDEHNUNG ZU HINDERN. INNERHALB VON ZWANZIG STANDARD-STUNDEN WERDEN SIE UNS ALLE IHRE RAUMBASEN ÜBERGEBEN — ANDERNFALLS UNTERNEHMEN WIR NICHTS GEGEN DIE VORRÜCKENDE HITZEFRONT. ES FINDEN KEINE VERHANDLUNGEN STATT. SIE HABEN NUR DIESE EINE WAHL: ENTWEDER KAPITULIEREN SIE, ODER WIR ALLE STERBEN.

»Das ist doch Wahnsinn!« entfuhr es Kirk. »Respektieren Sie Ihr eigenes Leben nicht mehr als das anderer intelligenter Wesen? Wie können Sie allen Völkern dieser Galaxis — sogar des ganzen Universums! — mit dem Tod drohen?«

»Sie machen einen großen Fehler«, wandte sich Scott an Baby. »Warum stellen Sie ein derartiges Ultimatum?«

»Der Plan verlangt es«, erklärte die Kommandantin schlicht.

»Plan!« wiederholte Kirk. »Dauernd wird irgendein *Plan* erwähnt! Was für einen Plan meinen Sie?«

»*Unseren*«, antwortete Baby. »Und auch Sie spielen nun eine Rolle dabei. Captain Kirk, ich erteile Ihnen hiermit einen Befehl: Vernichten Sie die *Enterprise* — jetzt sofort.«

Kirk starrte die rote Beutlerin mit offenem Mund an.

»Ach, Mädel ...«, stöhnte Scott.

Jim erholte sich von dem Schock. »Sind Sie übergeschnappt? Ich soll mein eigenes Schiff vernichten? Ausgeschlossen!«

»Wenn Sie sich weigern, gebe ich die notwendigen Anweisungen, Captain. Unsere Erfolgsaussichten sind besser, wenn Sie das Kommando führen, aber ...«

»*Erfolgs*aussichten? Wenn Sie sich auf einen Kampf einlassen, steht Ihre Niederlage bereits fest. Hören Sie, Baby, wir müssen miteinander reden. Ich schlage ein Gespräch unter vier Augen vor — im Bereitschaftsraum.«

»Ein Gespräch ist nicht notwendig. Sind Sie bereit, das Feuer auf die *Enterprise* zu eröffnen?«

»Nein, natürlich nicht. Und Sie werden ebenfalls auf offensive Maßnahmen gegen mein Schiff verzichten. Es gibt einige Dinge, von denen Sie nichts wissen. Zehn Minuten, Baby. Soviel Zeit können Sie bestimmt für mich erübrigen.«

Als Baby zögerte, sagte Rose: »Kom-Nachricht von der *Enterprise*. Nur akustische Signale.«

»Lautsprecher ein«, erwiderte die Kommandantin.

Ein sanftes Summen ertönte und oszillierte zwischen Dur und Moll des Grundtons. Nach einer Weile wechselte das Geräusch zu einer höheren Frequenz.

»Musik!« platzte es aus Brownie heraus. »Warum sendet die *Enterprise* Musik?«

Nach mehreren Sekunden erfolgte ein neuerlicher Frequenzwechsel. »Mir gefällt's«, kommentierte Orangensaftundwodka.

Der gelbe Beutler Jon neigte sich von einer Seite zur anderen, ohne die Füße zu bewegen. Kurz darauf folgte Rose seinem Beispiel, und die beiden Gestalten schwankten synchron, während die ›Musik‹ auf der Tonleiter nach oben kletterte.

»Das ergibt doch keinen Sinn«, sagte Baby verwirrt. »Es sei denn, wir haben es mit einem speziellen Code zu tun, den nur Menschen verstehen. Ist das der Fall, Captain Kirk? Captain?« Als die Kommandantin keine Antwort bekam, drehte sie sich erstaunlich schnell um. »Captain!«

Kirk war im großen Kommandosessel zusammengesunken, und sein Kopf ruhte auf der einen Armlehne. Er schlief friedlich, und ein Lächeln umspielte seine Lippen.

»Er *schläft?*« fragte Brownie fassungslos.

»Die Musik!« Misterma'am verstand plötzlich. »Es liegt an der Musik — in der *Enterprise* hofft man, daß auch *wir* einschlafen. Abschalten! Sofort abschalten!«

Rose unterbrach die Kom-Verbindung mit dem Starfleet-Schiff.

Unbehagen erfaßte die jungen Beutler, und sie wechselten besorgte Blicke. »Das war knapp«, murmelte einer von ihnen.

»Die Menschen stecken voller Tricks«, sagte Baby. »Wir müssen ständig auf der Hut sein.« Sie beugte sich über den Terraner. »Captain Kirk! Wachen Sie auf! *Captain Kirk!*«

»Vielleicht sollten wir ihn wach*rütteln*«, brummte Blau, der eine Chance zur Rache witterte.

Kirk hob die Lider. Der Anblick eines roten, nur fünfzehn Zentimeter entfernten Beutler-Gesichts vertrieb die Müdigkeit schlagartig aus ihm. »Was ist geschehen?«

»Ihre Freunde an Bord der *Enterprise* wollten dafür sorgen, daß wir einschlafen.« Baby richtete sich auf. »Aber wie Sie sehen, reagieren wir auf verführerische Musik nicht so empfindlich wie Menschen.«

Verführerische Musik? Es fiel Kirk schwer, einen klaren Gedanken zu fassen. Vielleicht hatte Spock irgend etwas mit dem Dingsbums in der Krankenstation angestellt, mit jenem Gerät, das Pille benutzte, um Trauma-Patienten zu hypnotisieren. Eine gute Idee — mit schlechtem Resultat. Kirk seufzte tief. Und runzelte verwundert die Stirn, als er etwas Seltsames hörte ... Es hörte sich an wie ein uraltes Getriebe, in dem sich rostige Zahnräder drehten.

Das ›Getriebe‹ hieß Scott. Der Chefingenieur lag weit zurückgelehnt im Sessel, den Kopf nach hinten geneigt — er schnarchte hingebungsvoll. Kirk wankte näher und schüttelte ihn an der Schulter. »Aufwachen, Scotty. Wachen Sie auf.« Vier oder fünf Mal klopfte er dem Schlafenden leicht auf die Wange. »Mr. Scott — *aufwachen!*«

Der Schotte öffnete die Augen und blinzelte mehrmals. Seine Züge offenbarten Entsetzen, als er begriff, eingeschlafen zu sein. »Oh, Sir, es tut mir leid! Ich ...«

»Schon gut, Scotty. Es ist nicht Ihre Schuld. Mr. Spock hat uns mit einem Schlaflied überrascht — ich bin ebenfalls eingenickt.«

»Captain Kirk!« rief Baby ungeduldig. »Vor Ihrem Nickerchen habe ich Sie aufgefordert, die *Enterprise* anzugreifen. Nehmen Sie wieder im Kommandosessel Platz!«

Jim kämpfte gegen die Enttäuschung an, als er durch

den Kontrollraum zur großen roten Beutlerin schritt. »Vor meinem Nickerchen habe ich Sie um ein Gespräch gebeten. Läßt Ihnen die Ausführung des Großen Plans nicht einmal zehn Minuten Zeit, Baby? Ihre Mission hängt ganz davon ab, welche Entscheidungen Sie treffen. Und um wichtige Entscheidungen zu treffen, müssen Sie die Situation genau kennen.«

Brownie wartete dicht hinter der Kommandantin, dazu bereit, ihr seinen Rat anzubieten. Baby ignorierte ihn. »Na schön, Captain. Zehn Minuten. Brownie, Sie haben das Kommando.«

Kirk überlegte erst jetzt, warum sich die Wesen siezten — immerhin waren es Kinder. Nun, vielleicht lag es am Translator. Vielleicht benutzten sie in Wirklichkeit eine ganz andere Form der Anrede.

Der braune Beutler zuckte zusammen. »Ich?«

»Sie sind dazu ausgebildet, den Kommandanten zu vertreten, nicht wahr?« fragte Baby scharf. »Also vertreten Sie mich! Ich schätze, den Weg zum Befehlsstand finden Sie auch allein.« Die Beutlerin merkte gar nicht, daß ihr Tonfall dem des Captains ähnelte. Sie führte Kirk zum Bereitschaftsraum, als Brownie wie ehrfürchtig in den Kommandosessel sank.

Ein großer, derzeit nicht aktivierter Strategie-Tisch stand in dem Zimmer. Jim spürte, wie ihm praktisch sofort der Schweiß ausbrach — hier schien es noch heißer zu sein als auf der Brücke. Baby streifte den Mantel ab und gab damit ein unmißverständliches Signal: Sie wollte nicht länger auf das menschliche Empfinden Rücksicht nehmen. Die Flüssigkeit in ihrem Körpersack war dünner als Blut, aber genau *so* sah sie aus: wie Blut. Kirk stellte verblüfft fest, daß sich ihm nicht der Magen umdrehte. Gewöhnte er sich an den Anblick dieser gräßlich wirkenden Geschöpfe?

Er kam sofort auf den Kern der Sache. »Wenn Sie die *Enterprise* angreifen, so begehen Sie den schlimmsten Fehler Ihres Lebens.«

»Warum denn? Unsere Waffensysteme sind weitaus leistungsfähiger.«

»Mag sein. Aber an Bord meines Schiffes gibt es etwas, das Ihnen fehlt — einen spitzohrigen Vulkanier namens Spock. Baby, Sie irren sich, wenn Sie glauben, Spock herausfordern zu können. Ich bin nicht einmal sicher, ob *ich* imstande wäre, es mit ihm aufzunehmen. Außerdem: Mir liegt nichts daran, eine Antwort auf diese Frage zu finden. Bei Ihnen kommt das Problem namens Blau hinzu. In Ordnung, vorhin hat er gute Arbeit geleistet, aber er ist noch immer ein Anfänger. Und denken Sie daran, daß er gegen den besten Steuermann von ganz Starfleet antreten müßte.«

»Ich darf nicht zulassen, daß uns die *Enterprise* bei der Ausführung des Plans stört.«

»In dieser Hinsicht haben Sie überhaupt nichts zu befürchten! Angenommen, Starfleet übergibt Ihnen die Raumbasen... Dann wäre die *Enterprise* eine Eskorte, die gewährleistet, daß Sie den Raumsektor des Beta Castelli-Systems sicher erreichen, um dort die Hitzefront aufzuhalten. Aber wenn Sie das Feuer auf mein Schiff eröffnen... In dem Fall wird Mr. Spock Vergeltung üben, darauf können Sie sich verlassen — obgleich sich der Captain und drei andere Offiziere an Bord befinden. Nun, Ihre Schilde sind gut. Ich kenne keine besseren, um ganz ehrlich zu sein. Doch die perfekte Abschirmung muß erst noch erfunden werden. Was geschieht, wenn die *Enterprise* den Teil des Schiffes trifft, in dem der Baryonenumkehrer lagert? Was soll dann aus Ihrem wundervollen Plan werden?«

Die Kommandantin zuckte. Allem Anschein nach hatte sie noch nicht an diese Möglichkeit gedacht, und sie holte es jetzt nach. Nach einigen Sekunden ließ sie die Schultern hängen.

»Was geschieht dann?« beharrte Kirk.

»Der Plan führt nicht zum angestrebten Ergebnis«, gestand Baby ein.

»Das ziehen Sie jetzt zum erstenmal in Erwägung, nicht wahr?« fragte Kirk. »Wer Kommando-Verantwortung trägt, muß *alles* berücksichtigen. Ich habe immer wieder darauf hingewiesen, wie wichtig es ist, ständig vorauszudenken. Ein Captain darf sich nicht darauf beschränken, nur immer zu reagieren — er muß vor allem *agieren*. Zum Beispiel als Blau einfach so die Brücke verließ. Sie hätten darauf vorbereitet sein und ihn zurückhalten sollen. Und wenn er trotzdem gegangen wäre, hätten Sie die Sicherheitsabteilung verständigen müssen, um ihn unter Arrest zu stellen. Sie dürfen *auf keinen Fall* Ungehorsam bei einem Besatzungsmitglied zulassen. Ich könnte noch hundert andere Dinge nennen, mit denen Sie sich nicht auskennen. Glauben Sie mir, Baby: Es ist völlig unmöglich für Sie, mit Mr. Spock fertig zu werden. Darüber hinaus besteht Ihre erste Pflicht darin, den Umkehrer zu schützen. Nur mit jenem Gerät läßt sich unser Kosmos vor der Vernichtung durch das neue Universum bewahren.«

Die Schultern der Beutlerin sanken noch tiefer. »Ich habe versagt«, sagte sie leise. »Obgleich ich mir alle Mühe gab, zu lernen und Ihrem Beispiel zu folgen. Trotz der vielen Anstrengungen bin ich nicht kompetent genug, um das Kommando über dieses Raumschiff zu führen.«

Etwas schnürte Kirk den Hals zu. Dies war der entscheidende Augenblick, auf den er die ganze Zeit über hingearbeitet hatte. Durch die Konfrontation mit den eigenen Schwächen war die Selbstachtung der Beutlerin nahezu zerstört. Ihre geistig-emotionale Hilflosigkeit versetzte den Captain in die Lage, Babys Ego einen Schlag zu versetzen, von dem es sich nie ganz erholen würde. *Also los. Worauf wartest du noch? Nutz die gute Gelegenheit aus, bevor sie wieder zu sich finden kann.*

Beeil dich!

Kirk zögerte. Mitgefühl regte sich in ihm.

Die Stille dauerte an, während er versuchte, mit sich

selbst ins reine zu kommen. »Baby...«, begann er schließlich und sprach besonders sanft. »Sie bringen alle Voraussetzungen mit, um eine gute Raumschiff-Kommandantin zu werden. Ich habe Sie ständig auf Ihre Fehler hingewiesen — darin bestand meine Pflicht. Aber ich habe geschwiegen, wenn Sie gute Leistungen vollbrachten. Obwohl dann und wann ein Lob mehr als nur angemessen gewesen wäre. Sie lernen schnell, und normalerweise sind Ihre Entscheidungen gut überlegt. Sie genießen den Respekt Ihrer Crew. Und Sie haben den Mut, eine Verantwortung zu übernehmen, mit der kein Kind belastet werden sollte.«

Die Beutlerin hob den Kopf. »Haben Sie mich gerade als ›Kind‹ bezeichnet?«

Kirk lächelte. »Ich weiß, daß Sie noch nicht erwachsen sind, Baby. Ebensowenig wie Ihre Artgenossen an Bord dieses Schiffes. Das Unglück brachte nicht nur die Offiziere um, sondern alle älteren Besatzungsmitglieder.«

»Wie ... wie haben Sie das herausgefunden?«

»Spielt keine Rolle. Wir wissen es schon seit einer ganzen Weile. Und das gilt auch für die *Enterprise*. Ich habe ihr eine Art Nachricht geschickt, als die internen visuellen Schilde gesenkt waren.« Kirk lachte verlegen. »Auch aus diesem Grund möchte ich ein Gefecht vermeiden. Die Besatzung meines Schiffes hätte enorme Gewissensbisse, wenn sie ein Raumschiff vernichten müßte, das von Kindern geflogen wird.«

»Sie halten die *Enterprise* noch immer für Ihr Schiff?«

»Natürlich. Und daran wird sich auch nichts ändern. Früher oder später empfinden Sie in Hinsicht auf dieses Raumschiff ebenso — vielleicht ist das sogar schon der Fall. Wie dem auch sei ... Erzählen Sie mir von dem Plan, Baby. Es ist nicht *Ihr* Plan, oder?«

Die Kommandantin gab ein Geräusch von sich, das der Translator nicht übersetzte. »Niemand hat es für nötig gehalten, uns ›Kinder‹ an der Entwicklung des Plans zu beteiligen. Er stand schon fest, bevor ich den Inkubationsbottich verließ. Unsere Ältesten arbeiteten ihn aus, und alle Beutler an Bord dieses Schiffes wuchsen mit dem gleichen Ziel auf: Wir müssen den *Plan* möglichst korrekt ausführen, wenn es soweit ist.«

»Woher stammen Sie?« erkundigte sich Kirk. »Ursprünglich, meine ich. Vermutlich von außerhalb der Föderation, nicht wahr?«

»Wir lebten auf vier Planten eines Sonnensystems, das in Ihren Sternkarten keinen Namen hat. Damit meine ich natürlich die Ahnen. Unsere Sonne hatte fast ihren ganzen nuklearen Brennstoff verbraucht, und deshalb entschieden die Ältesten, aufzubrechen und nach einer neuen Heimat zu suchen.«

Kirk ahnte, was jetzt kam. »Aber ganz gleich, wohin Sie sich auch wandten — nirgends waren Sie willkommen.«

»Ja, das stimmt. Zuerst wußte niemand eine Antwort auf die Frage nach dem Warum. Die Computer-Speicherbänke enthalten Informationen über unser Bemühen, lokale Gesetze und Bräuche zu verstehen und sie zu achten. Doch nach und nach stellte sich die Wahrheit heraus. Anblick und Geruch unserer Spezies erfüllten andere Völker mit Abscheu. Unsere Stimmen können Taubheit verursachen. Und wenn wir jemanden berühren, so erleidet der Betreffende schwere Verbrennungen. Überall stießen wir auf Ablehnung.«

»Und deshalb beschlossen Sie, sich mit Gewalt zu nehmen, was mit friedlichen Mitteln nicht zu erreichen war.«

»Der Wandel in unseren Einstellungen und Haltungen erfolgte keineswegs von einem Augenblick zum anderen«, erwiderte die Beutlerin. »Captain ... Stellen Sie sich vor, Ihr ganzes Leben lang zurückgewiesen zu werden, und zwar nur aufgrund Ihrer körperlichen Besonderheiten. Wohin wir uns auch wandten, mit wem wir auch Kontakt aufnahmen — fünfzig Jahre lang kehrte man uns den sprichwörtlichen Rücken zu. Meine Vorfahren wußten gar nichts von ihren speziellen physischen Merkmalen, als sie mit der langen Reise durchs All begannen. Doch schon bald mußten sie es ertragen, noch schlimmer als Leprakranke behandelt zu werden.«

Kirk schwieg und verstand den Schmerz der Beutlerin.

»Die Computer informieren uns auch über etwas anderes: Gelegentlich schlugen uns wohlmeinende Menschen vor, mit bestimmten Methoden den Geruch zu eliminieren, das Erscheinungsbild zu verändern und so weiter. Sie gingen immer von der Annahme aus, daß wir nicht nur bereit waren, uns den Vorurteilen anderer Völker zu beugen, sondern eine entsprechende Chance geradezu herbeisehnten. Kein Mensch zog jemals in Erwägung, sich selbst unseren ästhetischen Maßstäben anzupassen.«

Kirk verzog das Gesicht. »Ich fürchte, Sie erwähnen damit einen für die Menschen typischen Verhaltensaspekt.«

»Schließlich gelangten die Ältesten zu dem Schluß, daß es für uns keinen Platz in Ihrer Föderation gab«, fuhr Baby fort. »Die Jahre der Schmach und Schande gingen zu Ende, als man den Plan entwickelte, den interstellaren Völkerbund zu *zwingen*, sich mit unserer Präsenz abzufinden. Man ging dabei von folgender Überlegung aus: Wenn wir die Macht ergriffen, so bliebe den anderen Spezies gar nichts anderes übrig, als uns zu akzeptieren. Als die Zirgosianer ein Gerät entwickelten, das ein energetisches Anzapfen anderer Universen ermöglichte, wich die theoretische Phase des Plans der praktischen.«

Kirk hatte etwas in dieser Art erwartet, doch Babys Schilderungen verwandelten Spekulationen in Realität. Der Plan, die Macht in der Föderation zu übernehmen, stammte nicht von ihr, doch sie schien entschlossen zu sein, mit ganzer Kraft zu seiner Verwirklichung beizutragen. Hinzu kam: Alle Beutler strebten das gleiche Ziel an, nicht nur die Besatzung dieses Schiffes. Jim dachte an den jähen Temperatursturz, der alle Erwachsenen an Bord umgebracht hatte: Jetzt mußten sich die Clans — das ganze Volk — auf eine Crew aus Kindern verlassen. *Warum haben Baby und die anderen nicht gewartet, bis sich Beutler von einem anderen Schiff an Bord beamten?* überlegte Kirk.

Er gab sich selbst die Antwort: *Weil das den Plan umgeworfen hätte.* Jim erinnerte sich an die Kom-Nachricht, in der ein Schiff mit Triebwerksschaden erwähnt worden war, das man im Raumdock von Starbase Vier reparierte. Wahrscheinlich wurde inzwischen jede Starbase von einem Beutler-Kreuzer begleitet. Oder gleich von mehreren — niemand kannte die Größe der Plünderer-Flotte. Kirk stellte sich vor, wie ein Raumer den vorherbestimmten Einsatzort verließ, um Babys Schiff zu erreichen ... *Vielleicht wäre dadurch das strategische Schema durcheinandergeraten.* Und noch etwas: Wie der Captain von Scott wußte, gab es an Bord jedes Schiffes nur einen ›Clan‹. Erwachsene eines anderen Schiffes, die sich an Bord beamten, verstießen möglicherweise gegen ein Clan-Tabu. Nun, was auch immer der Grund sein mochte: Erfolg oder Scheitern des Plans hingen nun von Baby und ihrer Kinder-Crew ab.

»Es war also nicht Ihre Idee«, sagte Kirk schließlich. »Aber es gibt etwas, das auf Ihre Initiative zurückgeht.« Er zögerte. »Holox.«

»Es ließ sich nicht vermeiden«, erwiderte die Beutlerin leise. »Wir mußten verhindern, daß die Kolonisten unsere Inkubationsbottiche bedrohten.«

»Es wäre bestimmt auf eine andere Weise möglich gewesen, sie von der Hitzekuppel fernzuhalten. Außerdem haben Sie zwei meiner Leute umgebracht, eine Frau namens Ching und einen Mann namens Hrolfson. Dadurch werden Sie zum Mörder, Baby. Bedeutet Ihnen das überhaupt nichts?«

»Selbst hundert Leben sind nicht so wichtig wie ein einzelner Beutler.«

»Auch das klingt auswendig gelernt. Und Sie irren sich: Jedes Leben ist wichtig.«

»So etwas läßt sich leicht sagen, Captain, aber glauben Sie wirklich daran? Ein Fremder, der Ihren Freund angreift — hat sein Leben den gleichen Wert wie das des Gefährten?«

Kirk nickte langsam. »In einem Punkt muß ich meine Meinung revidieren: *Sie* sind kein Kind mehr. Aber es war falsch, so viele Personen zu töten, Baby. Die Vergiftung der Siedler auf Holox können Sie unmöglich rechtfertigen.«

Eigentlich bot der Bereitschaftsraum nicht genug Platz, um darin umherzuwandern, aber Baby versuchte es trotzdem: drei Schritte in eine Richtung, drei in die andere. »Captain Kirk ... Seit ich gesprochene Worte verstehe, hat man mich gelehrt, kein Mitgefühl an andere Völker zu vergeuden. Wir alle sind mit folgendem Prinzip aufgewachsen: Das Töten ist notwendig, wenn dadurch ein Problem bei der Ausführung des Plans beseitigt wird. Ich akzeptiere diese Doktrin. Ich akzeptiere sie nicht nur — ich heiße sie willkommen. Captain, ich respektiere Sie, aber wenn Sie den Plan gefährden ... Ich würde nicht zögern, Sie umzubringen. Geben Sie sich in dieser Hinsicht keinen Illusionen hin.«

Kirks Herz klopfte noch schneller. Er nahm den Helm ab und wischte sich Schweiß von der Stirn. »Ich kann mir kaum vorstellen, daß Sie bereit wären, sich selbst und den Rest Ihres Volkes in den Tod zu schicken, nur weil ...«

»›Nur‹ weil uns die Föderation wie Aussätzige behandelt. Dazu bin ich tatsächlich bereit, Captain.«

»O Baby, Baby«, stöhnte Kirk. »Sie haben Ihr ganzes bisheriges Leben an Bord eines Raumschiffs verbracht, und daher ahnen Sie nicht, was Sie zerstören wollen! Es liegen noch viele Jahre vor Ihnen, und es gibt keinen

Grund für Sie, im Weltraum alt zu werden, ohne jemals auf einem Planeten gewesen zu sein. Es muß nicht auf diese Weise enden ... Sprechen wir darüber. Bestimmt fällt uns etwas ein.«

»Wir haben versucht, mit der Föderation zu sprechen. Aber niemand hörte uns zu.«

»Versuchen Sie es noch einmal. Damals hat man nicht verstanden, in welcher Lage Sie sich befinden.«

Die Beutlerin blieb stehen. »Ich habe keinen Einfluß mehr darauf. Die Durchführung des Plans hat längst begonnen.«

»Setzen Sie sich mit den anderen Schiffen in Verbindung. Teilen Sie ihnen mit ...«

»Captain ...«, sagte Baby plötzlich. »Ihr Helm. Sie haben Ihren Helm nicht wieder aufgesetzt.«

Jim hatte es ganz vergessen. Als ihn die Kommandantin daran erinnerte, regte sich sofort Übelkeit in ihm. Er unterdrückte sie und erwiderte: »Sehen Sie? Wir können uns anpassen. Sie haben es nur versäumt, uns eine entsprechende Chance zu geben.«

Baby starrte ihn ungläubig an.

»Wollen Sie mich wirklich umbringen?« fragte Kirk.

Das Wesen überlegte, bevor es antwortete: »Ich möchte niemanden umbringen. Aber ich *werde* töten, wenn es die Pflicht von mir verlangt.«

»Sie halten es gegebenenfalls für Ihre Pflicht. Aber es mangelt Ihnen an Überzeugung.«

»Es wohnt kein Zweifel in mir«, behauptete die Beutlerin.

»Ich glaube Ihnen nicht.«

Kirk glaubte, Bestürzung in Babys Gesicht zu erkennen, als sie auf der anderen Seite des Strategie-Tisches Platz nahm. »Ihre Ausführungen haben mich beunruhigt, Captain. Ich muß darüber nachdenken.«

»Lassen Sie sich Zeit. Und während Sie nachdenken ... Verzichten Sie darauf, die *Enterprise* anzugreifen — Sie könnten ohnehin keinen Sieg erringen.«

Baby schwieg einige Sekunden lang, und dann platzte es aus ihr heraus: »Nein! Ich darf nicht auf Sie hören! Sie haben mehr Erfahrung als ich und nutzen diesen Vorteil, um Unsicherheit in mir zu wecken. Ich lehne es ab, mich von Ihnen manipulieren zu lassen, Captain James T. Kirk! Wir greifen die *Enterprise* an!«

Enttäuschung verdrängte die Hoffnung aus Jim. Fast wäre es ihm gelungen, die Kommandantin auf seine Seite zu ziehen. »Baby...«

»Nein! Seien Sie still! Der Angriff findet statt.«

»Verschieben Sie ihn wenigstens für eine Weile. Es gibt ein elementares Gefechtsmanöver, das Sie beherrschen müssen, wenn Sie auch nur eine *kleine* Chance haben wollen, und bisher haben wir es noch nicht ausprobiert. Baby, Sie sind bereit sich zu opfern, aber ich möchte am Leben bleiben, wenn das irgendwie möglich ist. Warten Sie wenigstens, bis ich Ihnen und den anderen das Manöver gezeigt habe. Ohne solche Informationen sind Sie nicht imstande, den Baryonenumkehrer zu schützen.«

»Ist das die Wahrheit?«

»Und ob. Sie *müssen* wissen, worauf es bei der Einladung ankommt.«

»Einladung? So heißt das Manöver?«

»Ja.« Kirk hatte es gerade erfunden. »Damit lockt man den Gegner in eine ungünstige Position.«

Baby überlegte erneut. »Na schön. Sie haben knapp zwanzig Stunden.«

»Das genügt nicht!«

»Ich bedaure. Wir müssen innerhalb der nächsten zwanzig Stunden zum Raumsektor des Beta Castelli-Systems fliegen — andernfalls können wir nicht nahe genug an den Strukturriß heran, um den Baryonenumkehrer einzusetzen. Seine Reichweite ist begrenzt.«

»Ich verstehe.« Kirk starrte ins Leere. »Wieso *zwanzig* Stunden, nicht mehr und nicht weniger? Woher wissen Sie, wieviel Zeit uns noch bleibt?«

»Ich habe Orangensaftundwodka gebeten, einen Kurs zum Beta Castelli-System zu berechnen und mir die geschätzte Dauer des Warptransfers zu nennen.«

Kirk nickte. »Chekov hält sie für eine gute Navigatorin.«

»Die Zeit ist knapp — vergeuden wir sie nicht. Kommen Sie, Captain. Machen Sie uns mit dem Einladungsmanöver vertraut.«

Kirk setzte fast verlegen den Helm auf. »Entschuldigen Sie bitte, Baby, aber noch brauche ich dieses Ding, um den Anblick von mehreren Beutlern zu ertragen.«

»Schon gut. Wir kehren zur Brücke zurück. Jetzt.«

»Ja, jetzt.«

Und plötzlich wußte Kirk, was es zu unternehmen galt.

KAPITEL 10

Starfleet Command hatte entschieden, nicht kampflos zu kapitulieren.

Genauer gesagt: Starfleet Command wies die *Enterprise* an, den Plan der Beutler zu vereiteln. Zwar stellte das Hauptquartier Hilfe in Aussicht, aber mit ziemlicher Sicherheit traf sie nicht rechtzeitig ein: Das nächste Raumschiff brauchte sechs Tage, um den betreffenden Quadranten zu erreichen, und es dauerte nur noch siebzehn Stunden, bis die von den Plünderern gesetzte Frist verstrich. Die *Enterprise* mußte also allein zurechtkommen.

Spock erhielt seine Befehle von Admiral Quinlan, dessen Gesicht den ganzen Wandschirm auf der Brücke ausfüllte. Der Vulkanier wußte: Vermutlich hatte Starfleet Command bereits ein Dokument mit Kapitulationsbedingungen vorbereitet, falls die *Enterprise* versagte. Aber davon durfte nichts bekannt werden, solange noch die Möglichkeit bestand, den — gestohlenen — Baryonenumkehrer zu erbeuten und ihn jenem friedlichen Zweck zuzuführen, für den ihn die toten zirgosianischen Konstrukteure vorgesehen hatten. Dem Admiral war natürlich klar, daß er Spock mit einer geradezu selbstmörderischen Mission beauftragte, doch die Verantwortlichen bei Starfleet Command sahen keine Alternativen. Im Gegensatz zum vulkanischen Ersten Offizier, der einen entsprechenden Vorschlag unterbreitete.

»Admiral, Sie wissen sicher, daß uns das Beutler-Schiff in Hinsicht auf Feuerkraft und Deflektorkapazität weit überlegen ist«, sagte er ruhig. »Selbst wenn es uns gelänge, eine schwache Stelle in der Abschirmung zu finden — uns fehlen Hinweise darauf, wo sich der Baryonenumkehrer befindet. Vielleicht zerstören wir ihn unabsichtlich. Und dann gäbe es keine Rettung mehr für uns.«

»Beamen Sie eine bewaffnete Einsatzgruppe an Bord des Kreuzers«, erwiderte Quinlan. Er kam einem Einwand des Vulkaniers zuvor, indem er hinzufügte: »Das geht natürlich nicht, solange die Schilde stabil sind. Die eben von Ihnen erwähnte schwache Stelle in der Abschirmung — halten Sie danach Ausschau.«

Spock wartete, doch der Admiral schwieg. »Unsere Erfolgsaussichten wären auch dann gering, wenn wir eine solche Einsatzgruppe in das Schiff der Fremden transferieren«, gab er zu bedenken. »Wir hätten es mit einem zahlenmäßig weit überlegenen Gegner zu tun. Und darf ich den Admiral daran erinnern, daß die beste Waffe der Beutler aus ihren eigenen Körpern besteht? Eine Berührung von ihnen genügt, um uns außer Gefecht zu setzen.«

Quinlan seufzte schwer. »Dessen bin ich mir bewußt, Mr. Spock. Leider sehe ich keine andere Lösung für das Problem.«

»Vielleicht gibt es trotzdem eine, Sir. Captain Kirk und drei seiner Offiziere sind noch immer an Bord des Beutler-Schiffes ...«

»Ich kann mir vorstellen, wie Sie in diesem Zusammenhang empfinden«, unterbrach der Admiral den Vulkanier. »Aber das Leben von vier Menschen bedeutet sicher nicht soviel wie die von den Plünderern angedrohte totale Vernichtung. Uns bleibt keine Wahl, Mr. Spock.«

»Ich wollte auf folgendes hinaus, Sir: Captain Kirk ist in einer einzigartigen Position. Eine Zeitlang waren wir imstande, das Innere des Schiffes visuell-akustisch zu sondieren. Unsere Beobachtungen der Geschehnisse im

Kontrollraum deuten auf folgendes hin: Der Captain versucht, die Beutler-Crew zu demoralisieren, und anscheinend erzielt er dabei beträchtliche Erfolge. Während der Sondierungsphase übermittelte er eine Botschaft und forderte uns auf, noch nicht anzugreifen. Er wird uns ein Zeichen geben, wenn er den richtigen Zeitpunkt für gekommen hält.«

»Sind Sie noch immer in der Lage, die Vorgänge auf der Brücke des Plünderer-Raumschiffs zu beobachten?«

»Nein, Sir.«

»Also könnte Kirk inzwischen tot sein, oder?«

Nur die vulkanische Bio-Kontrolle verhinderte, daß Spock zu schwitzen begann. »Ich bin davon überzeugt, daß er noch lebt, Admiral. Bitte vergessen Sie nicht: Die Beutler sind sehr jung. Sie brauchen nicht nur Captain Kirks Erfahrungen, sondern auch die Präsenz von Autorität. Solange er einen Nutzen für sie hat, droht ihm keine Gefahr.«

»Sie meinen also, wir sollten zunächst abwarten und feststellen, was Kirk aushéckt?«

»Ja, Sir. Das erscheint mir angemessen.«

»Wie will Ihnen Kirk ein Zeichen geben, wenn keine visuelle oder akustische Sondierung mehr möglich ist?«

Spock zögerte. »Ihm fällt bestimmt etwas ein, Sir.« Davon war der Vulkanier überzeugt.

Admiral Quinlan runzelte die Stirn und dachte nach. »Sie hören von mir«, sagte er abrupt und unterbrach die Verbindung.

Die Anspannung auf der Brücke gewann eine fast greifbare Qualität. Der junge Mann am Kommunikationspult sah nervös auf. »Und jetzt, Mr. Spock?«

»Jetzt warten wir, Mr. Wittering. Ich ziehe mich in mein Quartier zurück. Mr. Sulu, Sie haben das Kommando.«

Die Offiziere wechselten enttäuschte Blicke. Wenn Spock die Antwort des Admirals in seiner Kabine entgegennahm, so erfuhren sie keine Einzelheiten.

Spock ging mit langen Schritten durch den Korridor, horchte in sich hinein und stellte fest, daß seine Besorgnis ständig wuchs. Es fiel ihm immer schwerer, auch weiterhin in ruhiger Gelassenheit zu verharren und die Situation mit kühler Rationalität zu beurteilen. Seltsam: Er mußte sich nun zu einer Objektivität *zwingen*, die eigentlich das natürliche Fundament seines Denkens sein sollte. Die Unruhe in ihm ... Begann sie, sein Urteilsvermögen zu beeinträchtigen, seine Reaktionen? War das vielleicht schon geschehen? Spock zweifelte plötzlich daran, daß er beim Gespräch mit Admiral Quinlan überzeugend genug geklungen hatte.

Jetzt hing alles von dem Ruf ab, den Captain James T. Kirk in Starfleet genoß. Es war ihm immer wieder gelungen, Katastrophen in Triumphe zu verwandeln — oder wenigstens in akzeptable Kompromisse. Jim zeichnete sich durch ein großes Überlebenstalent aus. Sein Einfallsreichtum und der Umstand, daß er nie aufgab, hatten die *Enterprise* zum berühmtesten Raumschiff in der Flotte gemacht. Das zog Starfleet Command bei der Entscheidung sicher in Erwägung. Sicher? Spock fragte sich plötzlich, ob Quinlan und seine Kollegen wirklich die logische — und richtige — Wahl treffen würden.

Der Erste Offizier erreichte seine Kabine, nahm dort Platz und besann sich auf die vulkanischen Mentaldisziplinen, um das Bewußtsein von allem Ballast zu befreien. Er verdrängte das expandierende neue Universum aus dem Zentrum seiner Aufmerksamkeit, ebenso das Schiff der Beutler, die *Enterprise*, das Zimmer, in dem er saß. Allmählich kehrte er den psychischen Fokus nach innen, verlangsamte Herzschlag und Atmung, und nach einer Weile hatte er das Unbehagen tief in sich unter Kontrolle. Jetzt brauchte er den computerartigen Verstand, den Dr. McCoy ihm immer wieder vorwarf.

Der Türmelder summte, und eine vertraute Stimme erklang. »McCoy.«

»Herein.«

Leonard blieb in der Tür stehen. »Ich möchte Sie nicht stören, Spock. Die jüngsten Ereignisse stellen vermutlich eine große Belastung für Sie dar ...«

»Bitte treten Sie näher, Doktor. Ich freue mich über Ihre Gesellschaft.«

McCoy setzte sich, und eine Zeitlang schwiegen die beiden Männer. Jeder hing seinen eigenen Gedanken nach. »Er kehrt zurück«, sagte der Arzt schließlich. »Jim wird mit allem fertig.«

Spock nickte. »Mein Vertrauen in die Fähigkeiten des Captains hat keineswegs gelitten, Doktor. Allerdings frage ich mich, ob die Beutler jetzt noch Interesse daran haben, ihre Ausbildung fortzusetzen. Das Ultimatum stellt einen unwiderruflichen Schritt da — ganz offensichtlich ist das Selbstbewußtsein der ›Kinder‹ inzwischen erheblich gewachsen. Ich fürchte, Jim hat nur noch wenig Zeit.«

McCoy biß sich auf die Lippe. »Darauf haben Sie den Admiral nicht hingewiesen.«

»Nein.«

Wieder herrschte Stille. Spock hob die Hand und schaltete den Bildschirm ein: Das Beutler-Schiff vollführte verschiedene Manöver und wiederholte sie mehrmals. Es schleuste drei Übungsziele aus und traf sie alle.

»Sie werden besser«, bemerkte Leonard. »Muß Jim unbedingt ein so guter Lehrer sein? Himmel, ich wünschte, wir könnten auf irgendeine Art und Weise *handeln*. Schade, daß die Hypnose nicht funktioniert hat. Es war eine gute Idee, Spock.«

Der Vulkanier stand abrupt auf. »Seltsam ...«

»Was meinen Sie?«

»Dieses neue Manöver. Ich kenne es nicht.«

Das rechteckige Schiff streckte ein ›Bein‹ aus: Es neigte sich in einem Winkel von etwa fünfundvierzig Grad nach oben, und anschließend kippte der ›Bug‹ des Kreuzers in bezug auf Spocks Bildschirm nach unten. Etwa zwanzig Sekunden lang verharrte der Raumer in dieser Position, und dann restrukturierte er sich wieder.

McCoy blinzelte verwirrt. »Was hat das zu bedeuten?« erkundigte er sich.

Sulus Stimme drang aus dem Interkom. »Mr. Spock, die Plünderer versuchen ein neues Manöver.«

»Ich habe es gesehen«, erwiderte der Erste Offizier. »Ist es Ihnen vertraut?«

»Nein, Sir. Ich frage mich, was die Fremden damit bezwecken wollen ...«

»Vielleicht geht dies gar nicht auf ihre eigenen Absichten zurück.«

McCoy wölbte die Brauen. »Sie glauben, *das* ist Jims Zeichen?«

»Möglich, aber unwahrscheinlich, Doktor. Ich nehme an, wir haben nur die fehlerhafte Ausführung eines bekannten Manövers beobachtet. Nun, mal sehen, ob es wiederholt wird.«

Das war tatsächlich der Fall. Ein ›Bein‹ wurde ausgestreckt, und dann kippte der Bug nach unten, um sich später wieder aufzurichten.

»Das *ist* ein Zeichen!« entfuhr es McCoy aufgeregt. Er erhob sich ebenfalls. »Jim möchte, daß Sie angreifen!«

Spock blieb skeptisch. »Wir dürfen keine voreiligen Schlüsse ziehen, Doktor. Vielleicht hat der Captain mehr im Sinn als einen direkten Angriff.«

»Nein! Ich bin ganz sicher. Wir sollen aktiv werden! Worauf warten wir noch, Spock? Jim ruft um Hilfe!«

»Darf ich Sie daran erinnern, daß der Captain noch vor seiner Entführung einen Angriff auf das Beutler-Schiff ausgeschlossen hat? Seit jenem Zeitpunkt hat der Raumer weder einen Teil seines Waffenpotentials noch die Schilde verloren. Er besitzt die gleiche offensive und defensive Kapazität wie vorher.«

McCoy knirschte mit den Zähnen. »Verdammt, Spock, warum müssen Sie immer so *vorsichtig* sein?«

»Weil man mit Vorsicht Gefahren meiden kann. Überlegen Sie, Doktor. Vielleicht ruinieren wir Jims Plan, wenn wir überstürzte Maßnahmen ergreifen. Als die internen visuellen Schilde gesenkt waren, hat der Captain mehrmals betont, daß wir abwarten sollen. Wenn wir uns jetzt zu einem Angriff hinreißen lassen, bekommt er vielleicht keine Gelegenheit, seine Absichten zu verwirklichen.«

McCoy ließ sich wieder in den Sessel sinken und seufzte. »Ich *hasse* es, wenn Sie recht haben.«

»Ja, diese Tendenz ist mir bereits bei Ihnen aufgefallen.«

»Jim *hat* einen Plan, nicht wahr, Spock? Sie sind ganz sicher, oder?«

»Er hat einen Plan, Doktor. Ich wäre bereit, mein Leben darauf zu wetten.«

»Sie *wetten* Ihr Leben«, brummte McCoy. »Und nicht nur Ihrs, sondern auch das aller anderen.«

Es knackte im Interkom-Lautsprecher, und Wittering meldete: »Admiral Quinlan möchte Sie sprechen, Mr. Spock.«

»Verbinden Sie mich mit ihm, Lieutenant.«

Das Beutler-Schiff verschwand vom Bildschirm und wich den besorgten Zügen des Admirals. »Wir haben beschlossen, Ihnen sieben Stunden Zeit zu geben, Spock«, sagte Quinlan ohne Einleitung. »Wenn Sie bis dahin nichts von Captain Kirk hören, werden Sie den Raumer der Plünderer angreifen. Nach den sieben Stunden bleiben uns nur noch zehn bis zum Ablauf des Ultimatums — sechshundert Minuten, um den Kreuzer aufzubringen, mit dem Baryonenumkehrer zum Beta Castelli-System zu fliegen und den Strukturriß zu schließen. Es wird ziemlich knapp. Sieben Stunden«, betonte der Admiral noch einmal. »Warten Sie nicht eine Minute länger. Verstanden?«

»Ja, Sir. Leider weiß Captain Kirk nichts von dieser Frist.«

»Daran können wir kaum etwas ändern. Quinlan Ende.« Graues Flimmern kroch über den Bildschirm.

»Lieber Himmel«, ächzte McCoy. »Wenn wir Jim doch nur Bescheid geben könnten ...«

»Vielleicht gibt es eine Möglichkeit, Doktor.« Spock öffnete die Tür und trat in den Korridor.

Leonard folgte ihm überrascht. »Ist Ihnen etwas eingefallen?«

»Ich habe nur an das Offensichtliche gedacht. Der Captain weiß nichts von der siebenstündigen Frist, und das bedeutet: Wir informieren ihn. Indem wir dem Beutler-Schiff eine Nachricht übermitteln.«

»Was für eine Nachricht?«

Vor den beiden Männern glitt das Schott des Turbolifts auf. »Nun, wir bieten den Beutlern Gelegenheit zur Kapitulation.«

Pinky hatte den Gefangenen eine Mahlzeit gebracht und das Quartier wieder verlassen.

Kirk schob den Teller mit seltsam aussehenden Fleischbrocken beiseite. »Vielleicht sind wir jetzt zum letztenmal allein, und deshalb sollten wir alles klären. Zunächst einmal ... Chekov, haben Sie den von Orangensaft berechneten Kurs überprüft? Erreichen wir den Raumsektor des Beta Castelli-Systems zu dem von ihr genannten Zeitpunkt?«

»Ja, Captain. Ihr sind keine Fehler unterlaufen.« Der junge Russe lächelte. »Das ist auch nicht anders zu erwarten. Immerhin hat sie einen guten Lehrer.«

»Hm, ihr Lehrer mag gut sein, aber offenbar mangelt es ihm an Bescheidenheit. Na schön. Es geht während unseres nächsten Aufenthalts im Kontrollraum los. Achten Sie auf mein Zeichen, Chekov. Es tut mir leid, ausgerechnet Sie damit zu beauftragen, denn immerhin sind Sie erst seit kurzer Zeit aus der Krankenstation zurück — aber gerade deshalb gibt es keinen geeigneteren Kandidaten. Seien Sie möglichst überzeugend krank.«

Chekov lächelte. »Die Beutler werden glauben, daß ich dem Tode näher bin als dem Leben. Nun, inzwischen habe ich mich fast ganz erholt.« Er deutete auf die Schlinge, in der sein rechter Arm ruhte. »Dieses Ding trage ich nur, weil Dr. Pillowna so etwas ausprobieren wollte.« Er hob den entsprechenden Arm. »Sehen Sie? Kein Problem.«

»Davon dürfen unsere ›Gastgeber‹ nichts erfahren. Erwecken Sie einen vollkommen hilflosen Eindruck.«

»Sie sollten was essen, Captain«, warf Scott ein. »Wir haben einiges vor uns.«

Kirk nickte. »Ja, das stimmt.« Eine Zeitlang aßen sie schweigend, und Kirk dachte an den Plan. Er schluckte zerkautes Fleisch hinunter und sah auf. »Uhura, Ihr Weg ist besonders weit: vom Kom-Pult bis zum Feuerleitstand. Und Sie müssen dort eintreffen, bevor es einem Beutler in den Sinn kommt, Sie aufzuhalten.«

»Ich schaffe es bestimmt«, entgegnete Uhura zuversichtlich. »Mein Kollege bricht zusammen, und ich eile ihm zu Hilfe — eine völlig normale Reaktion.«

Chekov grinste.

»Lenken Sie die Plünderer lange genug ab, damit sich Scotty um die M-und-A-Schilde kümmern kann«, fuhr Kirk fort. »Üben Sie dabei keine falsche Zurückhaltung. Machen Sie eine Szene, Uhura. Tragen Sie dick auf. Fesseln Sie die Aufmerksamkeit der Beutler.«

»Verstanden, Sir.«

Alles hing davon ab, ob Scott die Schilde unbemerkt senken konnte. ›M-und-A‹ — Kirks Kürzel für Maschinenraum und Ambientenkontrolle. Die beiden Sektionen befanden sich direkt übereinander und bildeten zusammen eins der ›Beine‹, die das Schiff ausstrecken konnte. Die zirgosianischen Ingenieure hatten eine Möglichkeit geplant, jene Abteilungen im Falle eines Unglücks an Bord zu separieren. Dieses Konstruktionsmerkmal wollte Jim nun gegen die Beutler ausnutzen.

Widerstrebend wandte er sich an Scott. »Es ist unsere

einzige Chance«, sagte er in einem kummervollen Tonfall.

»Ich weiß, Sir. Uns bleibt nichts anderes übrig.«

»Ich würde gern auf die Zerstörung der Triebwerke verzichten, aber Baby läßt uns keine Wahl. Fast wäre es mir gelungen, sie zur Vernunft zu bringen.« Kirk hielt Daumen und Zeigefinger dicht aneinander. »Nur so viel hat gefehlt, um sie zu überzeugen. Doch dann schaltete sie plötzlich auf stur und wollte nichts mehr hören. Deshalb müssen wir zu diesem Mittel greifen.«

»Ja, Sir, ich weiß«, sagte Scott niedergeschlagen.

Kirk musterte ihn. »Es sind nicht nur die Triebwerke, oder? Sie denken dabei auch an Ihren Mr. Green.«

»Er ist ein guter Junge, Captain. Die Vorstellung, ihn in Gefahr zu bringen, gefällt mir ganz und gar nicht.«

»Mir gefällt es ebensowenig wie Ihnen, glauben Sie mir.« Kirk spießte einen weiteren Fleischbrocken auf, hob die Gabel — und ließ sie wieder sinken. Etwas beunruhigte sowohl ihn als auch die anderen, und es wurde höchste Zeit, dieses Thema offen anzusprechen. Er sah Scotty an, der gedankenverloren kaute. »Sie mögen den Beutler, stimmt's?«

Der Chefingenieur seufzte. »Ja, ich schätze, das stimmt tatsächlich.«

»Was ist mit Ihnen?« wandte sich Jim an Uhura und Chekov. »Haben Sie Skrupel, der Besatzung dieses Schiffes einen ordentlichen Denkzettel zu verpassen?«

Zuerst schwiegen die beiden Offiziere. »Ich möchte nicht, daß Rose etwas zustößt«, antwortete Uhura schließlich.

Chekov nickte. »Ich wäre sehr traurig, wenn Orangensaftundwodka ums Leben käme«, gestand er ein.

»Nun...«, murmelte Kirk. »Ich empfinde ähnlich. Mir liegt nichts daran, das rote Monstrum ins Jenseits zu schicken. Baby hat sich meinen Respekt erworben.«

»Und Blau?« fragte Chekov mit unbewegter Miene.

Jim lachte. »Armer Kerl. Was ihn betrifft, hab ich

wahrscheinlich für den Rest meines Lebens ein schlechtes Gewissen.« Er wurde wieder ernst. »Darin bestehen unsere Schwierigkeiten, nicht wahr? Solange wir in den Beutlern ein Volk der Ungeheuer und gemeinen Schurken sahen, wußten wir genau, welche Einstellungen und Reaktionen sie verdienten. Aber jetzt haben wir sie als Individuen und Personen kennengelernt — dadurch wird alles problematischer.«

»Aye.« Scott nickte betrübt.

»Die Kinder an Bord dieses Schiffes haben eine lange und verdammt gründliche Gehirnwäsche hinter sich«, fuhr Kirk fort. »Sie begann schon in der Wiege — beziehungsweise in dem Beutler-Äquivalent einer Wiege. Eine sorgfältige Indoktrination hat Baby und die anderen dazu veranlaßt, auf eine ganz bestimmte Weise zu denken: Nur der *Plan* ist wichtig, sonst nichts. Man hat sie gelehrt, fremde Lebensformen seien nur Hindernisse, die möglichst rasch und gefühllos beiseite geräumt werden müssen. Das Töten ist ein Werkzeug, von dem man ab und zu Gebrauch machen muß. Nun, Baby hält nicht viel von einer derartigen Philosophie, aber auch für sie hat der Plan Priorität. Ich bezweifle, ob es hier auch nur einen Beutler gibt, der eine andere Ansicht vertritt.«

»Wir müssen noch einen weiteren Aspekt berücksichtigen«, fügte Uhura hinzu. »Wenn dies das einzige Schiff der sogenannten Plünderer wäre... Vielleicht würden die Kinder schließlich einsehen, daß sie sich falsch verhalten haben. Aber das ganze Volk verläßt sich auf sie. Deshalb weigern sie sich hartnäckig, den einmal eingeschlagenen Pfad zu verlassen.«

Die anderen drei Starfleet-Offiziere murmelten zustimmend und dachten nach. Noch vor wenigen Wochen hätten sie es für absurd gehalten, in bezug auf das Schicksal der Plünderer besorgt zu sein. Aber jetzt... Zu viele Dinge waren geschehen, um den Beutlern gegenüber an der früheren Perspektive festzuhalten. Jetzt fiel es schwer, sie zu verabscheuen.

Nach einer Weile kehrten Kirks Gedanken ins Hier und Heute zurück. »Scotty... Niemand darf bemerken, daß Sie die M-und-A-Schilde senken.«

»Völlig klar, Captain.«

»Gut. Wenn Sie Erfolg haben, so liegt der Rest bei Spock.«

Chekov schüttelte den Kopf. »Und wenn Mr. Spock nicht versteht, was Sie beabsichtigen?«

»He!« Uhura schlug nach dem Navigator, und es war nur zum Teil eine scherzhafte Geste. »Mr. Spock ist noch *nie* schwer von Begriff gewesen!«

Genau darauf zählte Kirk. In seinem ereignisreichen Leben hatte er viele Leute kennengelernt, doch wenn es darum ging, die Bedeutung einer bestimmten Situation zu erfassen und die richtigen Konsequenzen daraus zu ziehen — in diesem Fall brachte Jim nur dem Vulkanier bedingungsloses Vertrauen entgegen. *Wenn er mein Zeichen falsch interpretiert, sind wir erledigt,* dachte der Captain. *Wir haben keinen Ausweichplan.*

Plötzlich öffnete sich die Tür. »Fertig?« fragte Pinky fröhlich.

Nur Chekov setzte den Helm auf, als das rosarote Wesen hereinkam, das Antigravtablett mit den Tellern holte und wieder in den Korridor trat. *Es heißt, man kann sich an alles gewöhnen,* fuhr es Kirk durch den Sinn. Diese alte Binsenwahrheit vermittelte ihm seltsamen Trost.

Sein Name tönte aus dem Interkom-Lautsprecher — Rose rief ihn zur Brücke. Irgend etwas mußte geschehen sein, denn die Ruheperiode war noch nicht vorbei.

Als sie den Kontrollraum erreichten, erwartete sie eine Überraschung: Alle Beutler hatten die Mäntel und Umhänge abgelegt. Sie boten keinen angenehmen Anblick. Selbst Kirk zögerte kurz, bevor er den Turbolift verließ. Auf der Brücke schien es jetzt wärmer zu sein als vorher.

»Aufzeichnung ins zentrale Projektionsfeld«, ordnete Baby an.

Spocks Gesicht erschien auf dem großen Bildschirm. »An das Schiff der Beutler. Hier spricht Spock, Erster Offizier des Raumschiffs *Enterprise*. Ich fordere Sie auch, innerhalb der nächsten *sieben Stunden* zu kapitulieren und die Gefangenen freizulassen. Wenn Sie innerhalb von *sieben Stunden* aufgeben, wird Starfleet Command Milde walten lassen. Andernfalls wären wir gezwungen, Sie anzugreifen. Ich wiederhole: Ihnen bleiben nur *sieben Stunden*.« Rose berührte ein Sensorfeld, und daraufhin erstarrte das Bild.

»Genügt die Zeit, Captain?« raunte Scott.

»Ich denke schon«, flüsterte Kirk und fragte sich nach dem Grund für die Frist.

Sie erschien auch Baby sonderbar. »Warum sieben Stunden, Captain?« erkundigte sie sich. »Hat diese Zahl bei Ihrem Volk eine besondere Bedeutung?«

»Nein, es ist nur die Länge einer ganzen Arbeitsschicht«, improvisierte Kirk. »Zumindest an Bord der *Enterprise*. Wir neigen dazu, die Zeit in einzelne Dienstphasen einzuteilen.«

Orangensaftundwodka schob sich näher an Chekov heran, ohne den Blick vom Bildschirm abzuwenden. »Ist das ein Vulkanier oder ein Romulaner?« wisperte sie.

»Ein Vulkanier«, antwortete der Navigator leise.

»Was haben Sie jetzt vor, Baby?« fragte Kirk.

Die rote Beutlerin achtete nicht auf ihn und wies Rose an, einen externen Kom-Kanal zu öffnen. »Hier spricht Kommandantin Baby.« Sie identifizierte ihr Schiff nicht, weil sie gar keine Möglichkeit dazu hatte — es mußte erst noch einen Namen bekommen. »Wir danken Ihnen für Ihre Bereitschaft, unsere Kapitulation zu akzeptieren. Das gleiche Angebot unterbreiten wir auch Ihnen. Wenn Sie kapitulieren oder diesen Sektor verlassen, so wird die *Enterprise* nicht vernichtet. Wie lautet Ihre Antwort?«

Das erstarrte Bild des vulkanischen Ersten Offiziers verschwand vom Schirm, als Rose zur aktuellen Kom-

Verbindung umschaltete. »Ich grüße Sie, Kommandantin Baby«, sagte Spock, und sein Gesichtsausdruck gab nicht zu erkennen, was er von dem Namen hielt. »Wir lehnen Ihr Angebot ab und wiederholen unseres. Sie haben *sieben Stunden* Zeit, um eine Entscheidung zu treffen.«

Schon gut, Spock. Ich hab's kapiert! Laut sagte Kirk: »Ein guter Vorschlag, Baby. Denken Sie gründlich darüber nach.«

»Captain?« fragte Spock. »Sind Sie das?«

»Ende des Kontakts«, zischte die rote Beutlerin. Rose schloß den Kom-Kanal. »Captain Kirk, ich erlaube nicht, daß Sie mit Ihrem Ersten Offizier sprechen.«

Jim schnitt eine finstere Miene. »Er konnte mich nicht einmal sehen.«

»Trotzdem: Er hat Ihre Stimme gehört. Nun, eigentlich spielt es keine Rolle. Wir beherrschen jetzt das Einladungsmanöver und greifen an.«

»›Beherrschen‹ ist wohl kaum das richtige Wort«, erwiderte Kirk langsam. »Baby, Sie ahnen gar nicht, auf was Sie sich einlassen.«

»Ich lehne eine weitere Diskussion ab und befehle Ihnen hiermit, das Feuer auf die *Enterprise* zu eröffnen.«

»Das ist ein Fehler, Baby.« Mit deutlichem Widerstreben nahm Jim im Kommandosessel Platz. Er hätte es nie für möglich gehalten, irgendwann einmal einen Angriff gegen sein eigenes Schiff zu führen. Ein Versuch, die *Enterprise* zu vernichten? Absurd. Eher wäre Kirk bereit gewesen, die Erde oder Starfleet Command anzugreifen, vielleicht sogar Gott herauszufordern. »Offensiver Modus drei«, sagte er und seufzte.

Alle eilten zu ihren Posten. Chekov beugte sich im Sessel des Navigators vor und wirkte so hilflos, wie es seine Rolle von ihm verlangte. Nur Iwan und Orangensaftundwodka standen bei ihm, denn Rasputins Verbannung von der Brücke dauerte an. Auch bei Uhura befanden sich nur noch zwei Schüler: Sie hatte dem lernunwilligen Lilie mitgeteilt, er sei durchgefallen, und daraufhin beauftragte Brownie den Möchtegernkommandanten mit der Shuttle-Wartung.

Das Schiff entfaltete sich. »Diesmal müssen Sie besonders schnell reagieren, Blau«, sagte Kirk. »Denken Sie daran, daß Ihr Gegner Sulu heißt. Halbe Drehung.«

Sie näherten sich dem Starfleet-Raumer von der Seite her, und alle — Menschen und Beutler — hielten den Atem an. Die jungen Plünderer machten nun ihre ersten Gefechtserfahrungen. Ihre Nervosität galt nicht nur dem Ausgang des Kampfes, sondern auch den eigenen Leistungen. Kirk spürte, wie die Anspannung zunahm. Der Crew stand nun die Abschlußprüfung bevor, und die Strafen für ein Versagen waren besonders streng: Gefangennahme, Verletzung, vielleicht sogar der Tod.

»Photonentorpedos vorbereiten!« befahl der Captain.

»Torpedos vorbereitet«, bestätigte ein Beutler, der neben Scotts Konsole am Pult des Feuerleitstands saß.

»Zielanpeilung.«

»Ziel angepeilt und erfaßt, Sir.«

Kirk zögerte und merkte, wie die Unruhe auf der Brücke noch mehr wuchs. »Feuer.« Acht Torpedos rasten aus den energetischen Katapulten.

Die *Enterprise* tanzte elegant beiseite.

»Haben Sie das gesehen?« stieß Kirk mit Nachdruck hervor. »Haben Sie beobachtet, wie schnell Sulu das Schiff bewegte? Dazu müssen Sie ebenfalls in der Lage sein, Blau. Abdrehen.«

Der Steuermann drehte ab und klagte mit leisem Brummen über die trägen Reaktionen der Navigationskontrollen. Ein zweiter Angriff erfolgte, mit dem gleichen Ergebnis: Die *Enterprise* wich mühelos aus.

»Sie warten zu lange mit der Anweisung, die Torpedos abzufeuern«, warf die Kommandantin Kirk vor.

Er stand auf. »Wenn Sie das wirklich glauben ... Versuchen Sie's.«

Baby kam der Aufforderung nach. Diesmal rasten die

Photonentorpedos so weit am Ziel vorbei, daß die *Enterprise* nicht einmal ein Ausweichmanöver einleiten mußte. Chekov lachte leise. Die rote Beutlerin gab nicht auf, und schließlich gelang es ihr, Sulu zu einer kurzen Schubphase zu zwingen — ein schwacher Trost für jemanden, der sich gerade selbst gedemütigt hatte.

»Sie schaffen es nicht, die *Enterprise* zu treffen, Baby«, sagte Kirk tonlos. »Das Schiff ist zu schnell für Sie.«

»Wir setzen die Phaserkanonen ein«, fauchte die Kommandantin zornig. »Beschleunigung auf Warp null Komma drei.«

»Ich bitte Sie, Baby...« Kirk schüttelte den Kopf. »Sulu läßt Sie bestimmt nicht bis auf Reichweite der Phaser heran.«

»Angriffskurs, Steuermann.«

»Es hat keinen Sinn, Baby. Die *Enterprise* weicht zurück.«

»Beschleunigung auf Warp null Komma vier.«

»Sie verschwenden Zeit und Energie«, beharrte Kirk. »Sulu braucht nur die Geschwindigkeit anzupassen, um...«

»Phaserbatterien eins und zwei vorbereiten.«

»Selbst wenn Sie alle Phaser verwenden: Auf diese Weise richten Sie nichts...«

»Captain Kirk, seien Sie endlich *still!*«

»Ja, Ma'am.« Jim wandte sich vom Befehlsstand ab und ging zu Scotty.

Als sich die Beutler der Phaser-Reichweite näherten, wich die *Enterprise* zurück. Baby erhöhte die Geschwindigkeit — ebenso wie das Starfleet-Schiff. Die Kommandantin versuchte es mit mehreren Anflugwinkeln, aber sie konnte Sulu nicht überlisten. Plötzliche Beschleunigungen verursachten ebenso jähe Ausweichmanöver.

»Misterma'am!« rief Kirk. »Messen Sie die Entfernungen?«

»Ja, Sir. Die *Enterprise* bleibt außerhalb der Phaser-Reichweite, aber innerhalb der Wirkungszone von Photonentorpedos.«

»Sie kann also jederzeit das Feuer auf uns eröffnen«, überlegte Jim laut. »Während wir keine Möglichkeit haben, einen Treffer zu erzielen. Interessante Situation.«

»Transporter?« fragte Baby.

»Ebenfalls außer Reichweite.«

Fünfzehn Minuten lang beobachtete Kirk, wie Baby die sinnlosen Angriffe fortsetzte, und dann schlenderte er zum Kommandosessel zurück. »Analysieren Sie die Lage«, sagte er im Tonfall des Lehrers und Unterweisers. »Mit den Photonentorpedos können wir die *Enterprise* nicht treffen, und sie läßt uns auch nicht nahe genug heran, um die Phaser einzusetzen. Was folgt daraus?«

»Wir locken sie näher«, antwortete Baby sofort. »Mit dem Einladungsmanöver?«

»Genau.«

»Führen Sie es durch.« Die Beutlerin überließ Kirk den Sessel des Captains.

Jim erteilte Befehle, und das Schiff der Plünderer nahm eine Position ein, die in keinem Manöver-Handbuch beschrieben wurde. »Jetzt wirken wir hilflos«, erklärte er Baby. »Mal sehen, wie die *Enterprise* auf den Köder reagiert.«

Er verschränkte die Arme — und gab Chekov damit das vereinbarte Zeichen.

»Da ist es wieder!« entfuhr es Sulu. »Jenes seltsame Manöver! Was haben die Beutler vor?«

»Die Frage müßte lauten: Was hat *er* vor?« brummte McCoy. »Jim steckt dahinter. Ich bin ganz sicher.«

Spock schwieg und konzentrierte sich auf das fremde Raumschiff. Es hatte nun erneut die Form eines langgestreckten Rechtecks, und im Heckbereich ragte ein Segment in einem Winkel von fünfundvierzig Grad daraus hervor. Der vordere Teil des Kreuzers neigte sich nach ›unten‹, und dadurch entstand der Eindruck von Hilflosigkeit.

»Es handelt sich bestimmt nicht um einen regulären Angriffsmodus«, meinte Sulu. »Vielleicht sind die Plünderer in Schwierigkeiten.«

»So hat es den Anschein, Mr. Sulu. Möglicherweise hat der Gegner mit einer neuen Taktik begonnen.«

»Wie wollen Sie Gewißheit erlangen?« fragte McCoy.

»Indem wir zunächst einmal abwarten.«

Sie warteten. »Mit dem Schiff ist alles in bester Ordnung«, knurrte Leonard. »Die Stinker wollen uns in eine Falle locken. Erst jagen sie uns durch die halbe Galaxis — und plötzlich sind sie hilflos? Ha! Wenn Sie das glauben ... Auf dem Planeten Iotia gibt es eine Brücke, die ich Ihnen verkaufen könnte.«

»Ich teile Ihre Ansicht, Dr. McCoy, Sir«, sagte Sulu. »Es ist ein Trick.«

»Ein Trick, ja«, murmelte Spock. »Aber wer hat ihn ersonnen? Captain Kirk oder Kommandantin Baby?«

Das herausragende Segment faltete sich ins Rechteck zurück, und anschließend drehte sich das Schiff um die eigene Achse, bis es sich auf einer Höhe mit der *Enterprise* befand. Zwei Minuten lang geschah gar nichts, und dann wechselte es wieder zu der sonderbaren Position: nach vorn geneigt, hinten eine Art Ausleger.

Plötzlich sprang Spock auf. »Photonentorpedos vorbereiten!«

McCoy begriff nur einen Sekundenbruchteil später. »Lieber Himmel, das ist ein Tritt-mich-Zeichen!«

»Ich pflichte Ihnen bei, Doktor — unter der Voraussetzung, daß ich Ihre Metapher richtig verstehe«, entgegnete Spock. »Ganz offensichtlich sollen wir auf jenes Segment schießen. Ich schätze, diese spezielle Einladung nehmen wir an.«

»Photonentorpedos vorbereitet, Sir.«

»Peilen Sie das Ende der freigelegten Sektion an. Wir

sollten vermeiden, die zentralen Bereiche des Schiffes zu treffen.«

»Nur ein Kniff in den Schwanz«, kommentierte McCoy und grinste.

Der Vulkanier wandte sich an den Steuermann. »Mr. Sulu, Status der Beutler-Schilde?«

»Sie sind noch immer stabil, Sir«, antwortete Sulu kummervoll.

»Dann müssen wir uns noch etwas gedulden.« Spock nahm wieder im Kommandosessel Platz. »Sobald Sie eine Lücke in den Deflektoren entdecken, Mr. Sulu ...«

»Verstanden, Sir.«

Sie warteten erneut, diesmal mit der Hoffnung, daß der lange Alptraum bald zu Ende ging. Zum erstenmal glaubten sie, Kirks Absichten zu kennen.

Chekov preßte sich die eine Hand auf die Brust und stemmte sich mühsam hoch. »Orangensaftundwodka ... Bitte vertreten Sie mich.«

»Was ist los, Mr. Chekov?« fragte Kirk mit genau der richtigen Portion Besorgnis.

»Ich ... fühle mich nicht gut, Captain. Bitte um Erlaubnis, die Toilette aufsuchen zu dürfen.«

»Brauchen Sie Hilfe?«

»Nein, Sir, ich schaffe es auch allein.« Der junge Navigator wankte zum Oberdeck der Brücke, taumelte am Feuerleitstand vorbei — und brach zusammen. Während des Fallens drehte sich Chekov, um nicht mit der verletzten Schulter aufzuprallen.

»Chekov!« rief Uhura und sauste am Befehlsstand vorbei. Kirk folgte ihr. Scott wandte sich ebenfalls von seiner Konsole ab und blickte an den beiden Beutlern des Feuerleitstands vorbei, die sich über den Navigator beugten und nicht wagten, ihn zu berühren. »Sehen Sie nur, was Sie angestellt haben!« schrie Uhura die beiden verwirrten Plünderer an. »Erst fügen Sie ihm schlimme Verbrennungen zu, und dann zwingen Sie ihn, den

Dienst anzutreten, obgleich er sich noch nicht erholt hat.«

»Hören Sie mich, Chekov?« fragte Kirk.

»Ich ...«, begann einer der Beutler. »Uns trifft keine Schuld.«

»Eine Medo-Gruppe ist hierher unterwegs«, verkündete Rose.

Auch Baby trat nun näher. »Schwebt Ihr Gefährte in Lebensgefahr?«

»Sie!« Zorn blitzte in Uhuras dunklen Augen. »Was interessiert es Sie, ob Chekov stirbt oder nicht? Er ist Ihnen doch völlig gleichgültig, oder? Himmel, man sieht auf den ersten Blick, wie schlecht es ihm geht!«

»Er scheint ohnmächtig geworden zu sein«, erwiderte Baby ruhig und gelassen. »Bestimmt ist sein Zustand nicht kritisch.«

»Oh, Sie sind Kommandantin *und* Ärztin, nicht wahr?« fragte Uhura mit unüberhörbarem Sarkasmus.

Kirk sah zu Scott und beobachtete, wie der Chefingenieur aus Daumen und Zeigefinger einen Kreis formte. Aufregung zitterte in Jim. »Treten Sie zurück«, sagte er laut. »Machen Sie Platz.« *Worauf warten Sie noch, Mr. Spock?* dachte er. *Nehmen Sie sich nicht zuviel Zeit ...*

Eine Explosion erschütterte das Schiff, und auf der Brücke machte sie sich als deutlich spürbare Vibration bemerkbar.

»Was war das?« rief Iwan.

»Wir sind getroffen!« stellte Misterma'am ungläubig und fassungslos fest, als er auf die Anzeigen seiner Instrumente starrte. »Die *Enterprise* hat das Feuer auf uns eröffnet! Sie hat tatsächlich auf uns geschossen!« Er schien den Tränen nahe zu sein.

»Schadensbericht!« verlangte Baby.

»Äh ... Starke Beschädigungen im Maschinenraum. Und in der Ambientenkontrolle. Das Warptriebwerk funktioniert nicht mehr!«

»Haben wir noch Energie?«

»Nur Impulskraft«, antwortete Blau. Ein Hauch von Furcht erklang in seiner Stimme.

»Damit können wir der *Enterprise* nicht entkommen«, sagte Kirk. »Baby, führen Sie Ausweichmanöver durch, während Mr. Scott und ich versuchen, das Warptriebwerk zu reparieren. Wenn Sie ...«

Die Wucht einer zweiten Explosion ließ das Raumschiff erbeben.

»Hart nach Steuerbord, Blau!« rief die rote Kommandantin.

»Sorgen Sie dafür, daß wir in Bewegung bleiben!« fügte Kirk hinzu. Zusammen mit Scotty eilte er zum nächsten Turbolift.

»Jetzt, Chekov«, flüsterte Uhura und eilte los. Mit drei langen Schritten erreichte sie die Transferröhre, langte nach dem Haltegriff und schob sich durch die Öffnung. Chekov war dicht hinter ihr, nahm Rücksicht auf die verletzte Schulter und schloß allein die Finger der linken Hand um die Stange.

Sie ließen einen Kontrollraum hinter sich zurück, in dem nun fast Panik herrschte. Orangensaftundwodka schrie die Beutler am Feuerleitstand an, deren schrilles Kreischen Misterma'am galt. Misterma'am wiederum verfluchte Blau, und Blau erflehte heulend Anweisungen von Baby, die vergeblich versuchte, das akustische Chaos zu übertönen. Die entsetzten jungen Beutler sahen sich nun mit einer für sie völlig neuen Situation konfrontiert. Dies war ein echter Kampf mit echten Waffen — jetzt ging es nicht darum, wehrlose Übungsziele zu treffen. Schlimmer noch: Es weilten keine Menschen mehr in der Nähe, um mit Rat und Tat zu helfen ...

KAPITEL 11

Der Maschinenraum des Beutler-Schiffes stand in Flammen.

Feuer... Weder Kirk noch Scott verschwendeten einen Gedanken daran, daß die Plünderer nun von ihrer natürlichen Waffe bedroht wurden. Die Besorgnis der beiden Starfleet-Offiziere galt in erster Linie dem Umstand, daß die automatischen Brandschutzsysteme nicht reagierten. Offenbar war den zirgosianischen Konstrukteuren nicht genug Zeit geblieben, die betreffenden Anlagen zu testen, bevor die Beutler das Schiff stahlen.

Scott versuchte, die Sprühdüsen manuell zu aktivieren, aber nichts geschah. Er löste die Verkleidungsplatte von einem Pult und prüfte die Schaltkreise. »Ich glaube, ich weiß jetzt, wo das Problem liegt, Captain«, sagte er. »Aber es wird einige Minuten dauern, den Defekt zu beheben. Können Sie unterdessen etwas gegen das Feuer im Reaktorraum unternehmen?«

»Das sollte ich wohl besser«, erwiderte Kirk. Einmal mehr war er dankbar dafür, einen Helm zu tragen: Er schützte ihn vor dem Qualm, der überall zu sein schien und noch dichter wurde, anstatt sich aufzulösen. Er rief alle unverletzt gebliebenen Beutler zu sich und organisierte eine Eimerkette. Wenn sie nicht vom Rauch behindert wurden, erwiesen sich die Plünderer als geborene Feuerwehrleute. Sie schritten ungerührt durch Flammen, die Kirk auf der Stelle verbrannt hätten.

Medo-Gruppen trafen mit Antigravbahren ein und begannen mit dem Beutler-Äquivalent der Ersten Hilfe.

Mitten in dem Durcheinander stellte sich heraus, daß ein Techniker im Maschinenraum ums Leben gekommen war. Es handelt sich um ein knapp zwei Meter großes Wesen, das als Leiche einen mitleiderweckenden Anblick bot. Kirk starrte bestürzt auf den Toten hinab. *Ein Kind*, dachte er. *Und mein Plan hat es umgebracht.* »Es tut mir leid«, flüsterte er und trat zur Seite. Zwei Plünderer hoben den Leichnam auf eine Bahre und eilten fort. Jim erinnerte sich an die Info-Datei aus dem Bibliothekscomputer der *Enterprise*. Darin hieß es: *Niemand hat jemals einen toten Beutler gesehen.* Kirk schmeckte Galle und bedauerte zutiefst, daß diese Angabe nicht mehr den Tatsachen entsprach.

»Captain!« rief ein Beutler, der zur Eimerkette gehörte. »Passen Sie auf!«

Das Feuer hatte den Korridor erreicht und kroch an den Wänden zum nächsten Deck empor.

»Scotty...«, begann Jim in einem warnenden Tonfall.

»Ich bin gleich soweit«, antwortete der Chefingenieur.

Kirk eilte mit einem Teil der Löschgruppe in den Korridor, obgleich er wußte, daß ihre Bemühungen vergeblich bleiben mußten. Das Feuer hatte sich zu weit ausgebreitet und schmolz die aus Kunststoff bestehenden Wände.

Wenige Sekunden später zischten die Sprühdüsen im Maschinenraum. Die dortigen Plünderer seufzten erleichtert und gesellten sich ihren Kameraden im Korridor hinzu.

»Scotty!« rief Kirk noch einmal. »Auch die Düsen hier draußen funktionieren nicht! Wo sind Sie?«

Der Schotte hastete durch den dichten Qualm. »Haben Sie Mr. Green irgendwo gesehen, Captain?«

Jim überlegte. »Mir sind keine grünen Beutler aufgefallen.« Darauf wandte sich Scotty wortlos um und kehrte in den Maschinenraum zurück. Kirk sah ihm nach. »Warten Sie! Was haben Sie vor?«

Scott warf einen Blick über die Schulter. »Ich muß ihn finden, Jim«, sagte er schlicht und wartete.

Der Captain fluchte. »Na schön. Aber beeilen Sie sich.« Er lief zu den Beutlern und unterstützte ihr Bemühen, das Feuer in Schach zu halten, bis der Chefingenieur Gelegenheit bekam, auch das Brandschutzsystem des Korridors in Ordnung zu bringen.

Scotty wankte durch den Rauch und rief immer wieder den Namen seines Assistenten. Das Feuer im Reaktorraum war gelöscht; für den Materie-Antimaterie-Wandler bestand daher keine Gefahr mehr. Schließlich fand Scott den grünen Beutler: Er lag neben einer Konsole, den Kopf an die nahe Wand gestützt, und preßte sich beide Hände an die Seite.

»Mr. Green!« Der Chefingenieur riß entsetzt die Augen auf, als er eine immer größer werdende Lache aus viskoser Flüssigkeit sah.

Der Plünderer sah zu ihm auf. »Ist das der Scott?« brachte er undeutlich hervor.

»*Medo-Gruppe hierher!*« donnerte der Terraner und hörte, wie jemand den Ruf wiederholte. »Aye, Junge, ich bin's. Bleib still liegen. Hilfe ist unterwegs.«

»Zu ... spät. Ich sterbe. Aber es freut mich, Sie noch einmal wiedergesehen zu haben.«

»He, ich lasse nicht zu, daß du einfach so stirbst.«

Mr. Green hob die Hände, und darunter kam ein großes Loch in der Membran des Körpersacks zum Vorschein.

Scotty zögerte nicht eine Sekunde lang. Er riß sich den Helm vom Kopf, zog das braune Hemd aus und knüllte es zusammen. »Bitte beweg dich nicht, Junge. Wenn du mich berührst, kann ich dir kaum mehr helfen.«

Vorsichtig schob er das Knäuel in die klaffende Wunde. Mr. Green zuckte mehrmals zusammen, aber er blieb völlig stumm. »Das hat sicher sehr weh getan«, murmelte der Chefingenieur. »Tut mir leid — es ließ sich nicht vermeiden. Halt den improvisierten Verband fest, wenn ich die Hände zurückziehe ... *Jetzt.*«

Der Beutler hielt das Hemd an Ort und Stelle und schnitt eine schmerzerfüllte Grimasse. »Vielen Dank«, hauchte er.

»Dadurch solltest du weniger Flüssigkeit verlieren«, sagte Scott besorgt. »Wo bleiben die Krankenpfleger? *Medo-Gruppe!*«

Zwei Plünderer eilten mit einer Bahre herbei. Sie prüften die Wunde und den ›Pfropfen‹ darin, beschlossen dann, das Hemd des Menschen erst in der Krankenstation zu entfernen — einige Klebestreifen sorgten dafür, daß der Verband nicht fortrutschen konnte. Als sie den verwundeten Beutler auf die Bahre legten, drehte Mr. Green noch einmal den Kopf und sah zum Chefingenieur. »Denken Sie an Ihren Helm!«

»Oh«, erwiderte Scotty. »Aye, Junge. Ich vergesse ihn nicht. Und ich besuche dich, sobald ich Gelegenheit dazu finde.« Die beiden Pfleger stapften mit der Bahre fort.

Scott wandte sich um und trachtete danach, im Qualm nicht die Orientierung zu verlieren, als er den Maschinenraum durchquerte. Kurz darauf erreichte er den Korridor, wo Kirk und seine ›Feuerwehrmänner‹ einen aussichtslosen Kampf führten. Entweder gab es im Brandschutzsystem einen gravierenden Konstruktionsfehler, oder die entsprechende Installation war noch nicht komplett gewesen, als die Plünderer das Schiff übernahmen — keine einzige Düse sprühte Löschschaum. Normalerweise wäre es nicht weiter schwer gewesen, das Feuer unter Kontrolle zu bringen, doch nun fraßen sich die Flammen immer weiter und bedrohten das ganze Schiff.

»Scotty!« rief Kirk, als er den Chefingenieur sah. »Stellen Sie fest, wo sich die manuelle Bedienungseinheit befindet! Und beeilen Sie sich!«

»Sie müßte eigentlich neben dem Schott sein«, brummte der Schotte. »Ah, ja, hier ist sie.«

Kirk bemerkte erst jetzt Scotts verändertes Erscheinungsbild. »Was ist mit Ihrem Hemd?«

»Ich hab's benutzt, um Mr. Greens Wunde zu verbinden.« Der Ingenieur löste erneut eine Verkleidungsplatte und begann mit der Arbeit.

»Schneller!« drängte Jim. »Wir sind hier direkt unter der Ambientenkontrolle.«

Scott wußte, was das bedeutete. Wenn sich das Feuer auch zum nächsten Deck ausbreitete, geriet ihr Plan in Gefahr: Uhura und Chekov waren in der Ambientenkontrolle, um von dort aus den Gehorsam der Kommandantin zu erzwingen.

Der Beutler trug keine Translatormaske und sprach nur ein einziges Wort, aber das genügte, um in den beiden Menschen heftigen Schmerz zu erzeugen. Als der Plünderer sah, was seine Stimme bewirkte, wich er hastig zurück. Die Helme gewährten zumindest einen gewissen Schutz, und Uhura spürte, wie das Stechen in ihren Ohren zu einem dumpfen Pochen wurde. »Chekov?« fragte sie und berührte ihn behutsam an der linken Schulter. Der junge Navigator gestikulierte hilflos — offenbar konnte er sie nicht hören.

Abgesehen von diesem einen Beutler hielt sich niemand in der Sektion Ambientenkontrolle auf — alle anderen Plünderer halfen vermutlich dabei, den Brand auf dem Maschinendeck einzudämmen. Auf dem Weg hierher hatten Uhura und Chekov einige besorgte Beutler passiert, die Wartungsschächte beobachteten — offenbar bestand die Möglichkeit, daß sich das Feuer durch jene Verbindungsstollen ausbreitete. Uhura sah keine Flammen, aber der Rauchgeruch wurde immer stärker, je mehr sie sich ihrem Ziel näherten. Sie ahnte, daß sich ihr Alptraum nun in schreckliche Realität verwandelte. Jene Flammen, denen sie bisher nur in gräßlichen Visionen begegnet war — sie loderten hier, an Bord dieses Raumschiffs. Ein Vakuum schien in ihrer Magengrube zu entstehen, und etwas schnürte ihr die Kehle zu. Es fiel Uhura immer schwerer, einen Fuß vor den anderen zu setzen. Einmal mußte Chekov sie stützen und mit sich ziehen.

Sie ließ nun den Blick durch die Ambientenkontrolle schweifen und orientierte sich so schnell wie möglich. Die Kontrollen der Lebenserhaltungssysteme befanden sich auf der linken Seite, aber davor stand der Beutler. Es handelte sich um ein besonders buntes Exemplar: In seiner Körperflüssigkeit glänzten türkisfarbene und gelbe Tönungen. Ein Teil von Uhuras Selbst wunderte sich darüber, daß sie diesen Plünderer ansehen konnte, ohne Übelkeit zu verspüren, doch der zentrale Teil des Ichs befaßte sich mit einem wichtigeren Aspekt der gegenwärtigen Situation: Der Beutler stellte ein Hindernis dar, das es zu beseitigen galt. Uhura warf Chekov einen fragenden Blick zu.

Der Navigator beschloß, es zunächst auf eine friedliche Weise zu versuchen. Er richtete einen wahren Wortschwall an das Wesen, gestikulierte dabei und versuchte, den Plünderer zum Korridor zu locken. Der Beutler verstand ihn natürlich nicht, aber es gelang Chekov dennoch, so etwas wie Dringlichkeit zu vermitteln. Trotzdem: Türkis-Gelb weigerte sich, seinen Posten zu verlassen.

Uhura seufzte. Sie hatte keine Brandverletzung an der Schulter erlitten, und das bedeutete: Sie mußte den Plünderer außer Gefecht setzen. Während Chekov ihn ablenkte, setzte sich Uhura unauffällig in Bewegung. Sie hatte fast die andere Seite des Raums erreicht, als sie einen schweren, fast hundert Zentimeter langen Schraubenschlüssel fand. Mit beiden Händen mußte sie zugreifen, um ihn zu heben. Lautlos trat sie damit hinter den Beutler, holte aus und schlug zu.

Das Wesen war so groß, daß nur die Spitze des Schraubenschlüssels den Kopf traf. Doch es genügte: Er/sie stürzte wie ein gefällter Baum.

Die beiden Starfleet-Offiziere vergewisserten sich, daß die Membran des Körpersacks nicht aufgerissen war. »Und nun?« fragte Uhura. »Es wäre besser, wenn wir hier allein sind.«

»Ja«, erwiderte Chekov. Er nahm die Schlinge ab und warf sie beiseite. »Vielleicht erlangt sie das Bewußtsein wieder, bevor wir fertig sind. Aber wir können sie auch nicht in den Korridor tragen — sie ist viel zu schwer für uns.«

»Sie?«

»Oder *er*.« Der junge Russe zuckte mit den Schultern. »Und wenn wir die Arbeit von anderen Beutlern erledigen lassen?«

Chekovs Miene erhellte sich. »Eine hervorragende Idee!« Er trat in den Korridor und rief um Hilfe. Uhura nahm den Schraubenschlüssel und versteckte sich.

Drei Plünderer reagierten auf Chekovs Rufe und näherten sich mit tolpatschiger Hast — einer von ihnen trug glücklicherweise eine Translatormaske. Chekov erzählte eine erfundene Geschichte: Er sei auf dem Weg zum Maschinenraum gewesen, als sich plötzlich die Tür der Sektion Ambientenkontrolle öffnete und er sah, wie Türkis-Gelb zusammenbrach.

Die drei Beutler schöpften keinen Verdacht. Sie griffen zu, hoben ihren bewußtlosen Artgenossen hoch und stapften fort, um ihn zur Krankenstation zu bringen. Chekov ging in die andere Richtung, doch wenige Sekunden später kehrte er zurück.

»Wir können die Tür erst verriegeln, wenn der Captain und Mr. Scott hier sind«, keuchte er atemlos.

»Halten Sie Wache«, sagte Uhura besorgt und lief zu den Kontrollen der Lebenserhaltungssysteme. Nach kurzer Suche fand sie die Temperaturregler und änderte die Justierung auf *überall an Bord*. Anschließend senkte sie die Temperatur um zehn Grad.

Sie mußten fast dreißig Minuten warten. Als sie die Helme abnahmen, wurde der beißende Geruch des

Rauchs sofort stärker. In Uhura und Chekov wuchs die Anspannung, während eine Sekunde nach der anderen verstrich. Gleichzeitig spürten sie, wie es kühler wurde — ein wahrer Segen.

Schließlich traf der Captain ein. »Das Schott versiegeln!« stieß er hervor.

Chekov betätigte den Verriegelungsmechanismus. »Wo ist Mr. Scott?«

»Er versucht, das verdammte Brandschutzsystem in Ordnung zu bringen.« Kirk setzte ebenfalls den Helm ab. »Daran haben wir nicht gedacht — das Feuer breitet sich praktisch ungehindert aus. Es gelang Scotty, die Sprühdüsen im Maschinenraum manuell zu aktivieren, aber die Flammen waren bereits im Korridor. Wir haben es mit einer echten Feuersbrunst zu tun, und sie dringt hierher vor.« Jim sah Uhuras Gesichtsausdruck und legte ihr die Hand auf die Schulter. »Sie müssen jetzt stark sein.«

»Ja, Sir«, entgegnete sie pflichtbewußt.

»Die Temperatur ist gesunken — ich fühle es. Wo ist das Interkom?«

Uhura zeigte in die entsprechende Richtung.

Jim schaltete das Gerät ein. »Kirk an Brücke.«

»Hier Baby«, klang eine vertraute Stimme aus dem Lautsprecher. »Was ist los, Captain? Funktioniert das Warptriebwerk?«

»Negativ«, brummte Kirk. »Allem Anschein nach haben Ihre Ältesten den Zirgosianern nicht genug Zeit gelassen, um das Brandschutzsystem zu testen. Das Feuer greift auf andere Sektionen über, und wir können es nicht eindämmen. Aber für Sie gibt es auch noch ein anderes Problem. Bemerken Sie im Kontrollraum eine Veränderung der Temperatur?«

»Sie ist um zehn Grad gesunken. Hat das Feuer die Ambientenkontrolle erreicht?«

»Nein, das Feuer nicht. Aber wir.«

»Wie meinen Sie das?«

»*Wir* haben die Temperatur gesenkt, Baby. Und wir senken sie auch weiterhin, jeweils um einige Grad. Erinnern Sie sich daran, auf welche Weise die Ältesten starben? Ihre Körperflüssigkeit fror, und Sie konnten ihnen nicht helfen. Ein solches Schicksal steht auch Ihnen bevor, wenn Sie sich weigern, uns das Schiff zu übergeben. Verstehen Sie? Sie erfrieren, wenn Sie nicht kapitulieren. Oder Sie verbrennen vorher im Feuer.«

Die Kommandantin zögerte. »Wären Sie wirklich fähig, uns alle umzubringen, Captain Kirk?«

»*Verdammt, ich versuche, Sie zu retten, Sie großes, rotes Mon*...« Jim unterbrach sich und atmete mehrmals tief durch. »Hören Sie zu, Baby. Hören Sie *gut* zu. Folgendes wird geschehen, wenn Sie auf unsere Forderungen eingehen. Die *Enterprise* beamt eine voll ausgerüstete Einsatzgruppe an Bord, die das Feuer unter Kontrolle bringt. Später erfolgt der Transfer von Sicherheitswächtern und medizinischem Personal. Es sind bereits einige Beutler verletzt, und bestimmt bleiben es nicht die einzigen. Mir ist bisher ein Todesfall bekannt.«

Ein seltsames Geräusch drang aus dem Interkom. »Wer?« fragte Baby.

»Er war grau und arbeitete im Maschinenraum — mehr weiß ich leider nicht. Ich bedaure seinen Tod sehr, und deshalb appelliere ich an Sie, Baby: Sorgen Sie dafür, daß keine weiteren Opfer zu beklagen sind. Übergeben Sie uns das Schiff. Stellen Sie eine Kom-Verbindung zur *Enterprise* her, damit ich den Transfer von Rettungsgruppen veranlassen kann.«

»Und der Baryonenumkehrer?«

»Er wird an Bord meines Schiffes gebeamt.«

»Ausgeschlossen!«

»Überlegen Sie, Baby. Wenn Sie auch weiterhin auf stur schalten, haben Sie nur zwei Alternativen: Entweder erfrieren Sie, oder Sie beobachten, wie das Schiff unter Ihren Füßen verbrennt.«

»Wir lehnen die Kapitulation ab!«

»Dann behalten Sie die Temperaturanzeige im Auge. Kirk Ende.« Er desaktivierte das Interkom und nickte Uhura zu. Sie streckte die Hand nach dem Regler aus, senkte die Temperatur um einige Grad.

Im Anschluß daran warteten sie. Chekov begann mit einer unruhigen Wanderung.

»Captain...«, sagte Uhura nach einer Weile. »Bilde ich es mir nur ein, oder wird der Boden unter meinen Füßen tatsächlich wärmer?«

»Ihre Phantasie spielt Ihnen keinen Streich. Wahrscheinlich ist das Feuer jetzt direkt unter uns.« Kirk musterte die dunkelhäutige Frau aus den Augenwinkeln. Bisher schien sie sich gut zu beherrschen.

Weitere Minuten vergingen ereignislos, und auf Jims Zeichen hin senkte Uhura die Temperatur noch einmal. Chekov verharrte und lauschte an der verriegelten Tür. »Captain! Ich glaube, es sind Beutler im Korridor!«

Damit hatte Kirk gerechnet. »Weichen Sie besser vom Schott zurück.«

Chekov riß die Augen auf. »Können sich die Plünderer Zutritt verschaffen?«

»Ich weiß es nicht genau. Aus den Konstruktionsplänen des Schiffes geht folgendes hervor: Um ein versiegeltes Schott zu öffnen, muß man entweder den entsprechenden Code kennen oder den ganzen elektronischen Kontrollmechanismus neutralisieren. Letzteres ist nur möglich, wenn man die Korridorwand halb demontiert, um an die betreffenden Schaltkreise zu gelangen. Ich vermute, die Beutler-Kinder wissen nicht darüber Bescheid.«

»Und wenn sie versuchen, die Tür irgendwie aufzubrechen?«

»Nun, mit ihren einfachen Handwaffen sind sie dazu nicht imstande«, sagte Kirk. »Und wenn sie Photonengranaten verwenden, zerstören sie die ganze Sektion.«

»Hoffentlich ist ihnen das klar«, kommentierte Chekov nervös.

Welche Methode auch immer die Beutler ausprobierten: Sie erzielten nicht den gewünschten Erfolg. Die Menschen vernahmen ein dumpfes Pochen, dem neuerliche Stille folgte.

Uhura hob die Brauen. »Setzen sie etwa einen *Rammbock* ein?«

»Es hört sich so an.« *Ein Zeichen von Verzweiflung,* dachte Kirk mit einer Mischung aus Sorge und Zufriedenheit. Das Pochen wiederholte sich und folgte in kürzeren Abständen, doch das Schott gab nicht nach — die Zirgosianer hatten gute Arbeit geleistet.

Als alles still blieb, lächelte Jim und aktivierte das Interkom.

»Kirk an Brücke.«

»Ja, Captain?«

»Es klappt nicht, Baby. Die Tür ist noch immer verschlossen und verriegelt. Sie können uns nicht an einer weiteren Reduzierung der Temperatur hindern.«

»Wir sind bereit, hier und jetzt zu sterben, Captain Kirk.«

»Oh, sehr tapfer und edel. Hat man Sie auch das gelehrt, seit Sie die Inkubationsbottiche verließen? Baby, Ihr Tod würde überhaupt nichts ändern. Wir ertragen viel niedrigere Temperaturen als Sie und warten einfach, bis Sie alle erstarrt sind, bevor wir uns den Baryonenumkehrer nehmen. Nun, vielleicht versuchen Sie, in der Nähe des Feuers zu überleben, aber früher oder später erliegen die meisten von Ihnen der Kälte.« Jim zögerte. »Sie sind erledigt, Baby«, fügte er ruhig hinzu. »Dies ist das Ende für Ihren Plan.«

Die Kommandantin schwieg.

»Hören Sie mir zu, Baby«, fuhr Kirk fort. »Sie haben Ihre Sache gut gemacht und eigentlich sogar mehr geleistet, als man von Ihnen erwarten konnte. Aber ein kompetenter Raumschiff-Kommandant muß wissen, wann es besser ist, einen Schlußstrich zu ziehen. Verstehen Sie? Ihre kompromißlose Haltung hat jetzt keinen Sinn mehr, Baby. Erlauben Sie mir, die Rettungsgruppen an Bord zu holen, um dieses Schiff vor der Vernichtung zu bewahren. Und anschließend müssen wir das andere Feuer löschen — das im All, meine ich. Es wird höchste Zeit. Entscheiden Sie sich jetzt sofort.«

Kurze Stille, und dann: »Ich muß mich mit meinen Offizieren beraten.«

»Natürlich.« Jim sah das Lächeln seiner beiden Begleiter und kostete bereits das herrliche Aroma des Siegs.

Nach zwei Minuten meldete sich Baby per Interkom. »Wir sind einverstanden. Hiermit übergebe ich Ihnen mein Schiff, Captain Kirk.«

Uhura und Chekov jubelten. Erst der psychologische Krieg, die Kostprobe eines Gefechts, das sich immer weiter ausbreitende Feuer und die Gefahr, langsam zu erfrieren — es war zuviel für die jungen Beutler. »Das ist die beste Entscheidung, die Sie jemals getroffen haben, Baby«, sagte Kirk erleichtert. »Bitte weisen Sie Ihre Crew an, die Waffen niederzulegen. Wir wollen uns frei im Schiff bewegen können. Und noch etwas: Erteilen Sie die entsprechenden Befehle auf englisch.«

»Wie Sie wünschen. Bitte gedulden Sie sich ein wenig.« Sammelte die rote Beutlerin ihre Gedanken? Nach einigen Sekunden begann sie: »Achtung, an alle Decks. Hier spricht Kommandantin Baby. Die Umstände zwingen mich, Ihnen folgendes mitzuteilen: Ich habe kapituliert und das Schiff den Menschen von der *Enterprise* übergeben. Alle Feindseligkeiten werden sofort eingestellt. Ich wiederhole: Es finden keine feindseligen Aktionen mehr statt. Ganz gleich, wo Sie sind: Legen Sie Ihre Waffen auf den Boden. Ich habe Captain Kirk und seinen Leuten mit meinem Ehrenwort versprochen, daß sie sich frei an Bord bewegen können, ohne Angriffe befürchten zu müssen. Ich betone es noch einmal: Niemand wird Captain Kirk oder seine Leute angreifen. Bald beamen sich Rettungsgruppen von der *Enterprise* an Bord — um das Feuer zu löschen und die Verletzten zu behandeln.«

Baby legte eine kurze Pause ein und fuhr dann in einem weniger förmlichen Tonfall fort: »Niemand von Ihnen hat einen Grund, sich zu schämen. Ganz im Gegenteil. Sie haben Mut, Entschlossenheit und Einfallsreichtum bewiesen. Wir wußten um die Möglichkeit des Mißerfolgs, als unsere Ältesten starben und die Durchführung des Plans uns überließen. Nun, jeder von uns hat sich Mühe gegeben, jener großen Verantwortung gerecht zu werden, und darauf können wir stolz sein. *Ich* bin stolz auf *Sie*. Kein Captain hatte jemals eine bessere Besatzung. Zeigen wir nun den Menschen, daß wir eine Niederlage mit Würde hinzunehmen verstehen. Baby Ende.«

Die drei Terraner in der Sektion Ambientenkontrolle wechselten überraschte Blicke. »Eines Tages wird Baby eine hervorragende Kommandantin sein«, murmelte Kirk. »Na schön — Helme auf und los. Hier wird's mir langsam zu heiß.«

Chekov löste die elektronische Versiegelung des Schotts. Im Korridor standen acht oder neun deprimierte Beutler: Niemand von ihnen rührte sich, und ihre Waffen lagen auf dem Boden. Sie wirkten so niedergeschlagen, daß sich Mitgefühl in Chekov regte. »Tut mir schrecklich leid, Jungs«, sagte er. Dann folgte er Kirk und Uhura.

Das Feuer fraß sich durch die separierte Sektion mit dem Maschinenraum und der Ambientenkontrolle; andere Abteilungen des Schiffes waren glücklicherweise noch nicht betroffen. Die drei Offiziere von der *Enterprise* wollten den Transporterraum zwei Decks weiter oben erreichen. Die Turbolifte im Rest des Schiffes funktionierten nach wie vor, aber Kirk beschloß, jedes Risiko zu meiden, wählte statt dessen die Treppe eines Wartungsschachts.

Im Transporterraum begegneten sie nur einem Beutler. Er wich sofort beiseite, als die Menschen hereinkamen, überließ ihnen wortlos das Kontrollpult.

Jim blickte auf die Anzeigen und veränderte einige Justierungen. Dann sprach er drei Worte, die ihm schon seit langem auf der Zunge lagen: »Kirk an *Enterprise*.«

»Captain! Ich nehme an, Sie sind unverletzt?«

»Ja, Mr. Spock. Es geht mir gut. So gut, daß ich Sie hiermit in mein neues Schiff einlade.«

»In *Ihr* neues Schiff? Ich verstehe. Die Beutler haben kapituliert.«

»Und zwar auf eine würdevolle Weise«, sagte Kirk ernst und gab Anweisungen in Hinsicht auf jene Gruppen, die transferiert werden sollten. Er brauchte Feuerwehrleute, Sicherheitswächter, Techniker und Medo-Personal. »Übrigens: Sie haben gut gezielt, Mr. Spock.«

»Danke, Captain. Ich hoffe, an unserem Timing gab es nichts auszusetzen.«

»Es hätte kaum besser sein können. Da fällt mir ein ... Bitten Sie Mr. Sulu, sich mit einer der Gruppen hierherzubeamen. Ich brauche ihn als neuen Kommandanten dieses Schiffes. Die Koordinaten sind bereit programmiert — der Transfer kann jederzeit beginnen.«

»Das erste Sicherheitsteam trägt Schutzkleidung und hat sich hier im Transporterraum eingefunden.«

»Wir nehmen es in Empfang.«

Fast sofort materialisierte eine von Lieutenant Berengaria angeführte Gruppe auf der Plattform. »Captain! Ist alles in Ordnung mit Ihnen?«

»Ja, Lieutenant. Und ich freue mich *sehr*, Sie wiederzusehen. Wahrscheinlich können Sie den Einsatz am besten von der Brücke aus leiten.«

»Ja. Trucco, Sie bleiben hier und weisen das nächste Team an, die hiesige Waffenkammer zu sichern. Anschließend erwarte ich Sie auf der Brücke.« Berengaria blickte zum Turbolift. »Eine direkte Verbindung zum Kontrollraum?« Als Kirk nickte, betraten sie und ihre Begleiter die Transportkapsel. Nur Trucco blieb zurück.

»Wenigstens brauchen sie nicht den Gestank zu ertragen.« Uhura deutete auf Truccos Helm. »Bei uns sah die Sache anders aus.«

»Außerdem hatten sie mehr Zeit, sich an den Anblick zu gewöhnen«, sagte Kirk. »Aufgrund der visuellen Sondierung — nachdem es Ihnen gelang, die internen Schilde zu senken. Für diese Leute sollten sich weniger Probleme ergeben.«

Die zweite Sicherheitsgruppe traf ein, bekam ihre Anweisungen von Trucco und verließ den Transporterraum.

»Captain ...« Chekov lächelte. »Wollen Sie wirklich *Sulu* zum Kommandanten dieses Schiffes machen?«

»Ja. Wir sind es Blau schuldig, daß er Gelegenheit bekommt, seinen Helden kennenzulernen, nicht wahr?«

Spock rematerialisierte mit der dritten Sicherheitsgruppe. Sofort trat er von der Transferplattform herunter, und drei lange Schritte brachten ihn zu Kirk. »Ich gratuliere, Sir. Ich muß gestehen, daß ich zu einem gewissen Zeitpunkt um Ihr Wohlergehen besorgt gewesen bin.«

Kirk gab sich beleidigt. »Sie haben an mir gezweifelt?« *Eins steht fest: Meine Sorge war noch viel größer.* »Die Beutler werden uns keine Probleme mehr bereiten, Spock. Sie wissen, daß ihr Plan gescheitert ist. Es kommt jetzt nur noch darauf an, den Baryonenumkehrer zur *Enterprise* zu bringen.«

»Wenn uns mehr Zeit zur Verfügung steht ... Ich bin neugierig, wie Sie die Besatzung dieses Schiffes ohne einen erbitterten Kampf zur Kapitulation gezwungen haben.«

»Die Einzelheiten schildere ich Ihnen später«, sagte Jim. »Wir brauchen jetzt Leute, die sich mit der Eindämmung von Bränden auskennen.«

»Die nächste Gruppe besteht aus Feuerwehrleuten.«

Unmittelbar im Anschluß an diese Worte materialisierte ein gut ausgerüstetes Spezialistenteam. Kirk erklärte Ort und Art des Feuers — die Männer und Frauen hörten aufmerksam zu, nickten kurz und eilten los. »Kümmern Sie sich um den Baryonenumkehrer, Spock — Chekov weiß, wo er sich befindet. Ich komme später zu Ihnen.«

»Wohin wollen Sie, Captain?«

»Zur Brücke. Dort gibt es noch etwas zu erledigen.« Jim trat in den Turbolift. »Ich weiß nicht, wie groß der Umkehrer ist«, sagte er, bevor sich die Tür schloß.

Noch etwas, das es zu erledigen galt. Eigentlich konnte es warten, aber ... Kirk hielt es für seine Pflicht, Baby darauf hinzuweisen, daß sie tatsächlich die richtige Entscheidung getroffen hatte.

Als er die Transportkapsel verließ, präsentierte sich ihm eine Szene, die unter anderen Umständen komisch gewesen wäre. Es stand keineswegs fest, welche Seite die andere mehr fürchtete — Menschen die Beutler oder umgekehrt. Doch diesmal waren nicht etwa die ›Plünderer‹ bewaffnet: Sicherheitswächter von der *Enterprise* hielten Phaser schußbereit in den Händen. Die jungen Beutler wanden sich unruhig hin und her, und bei Misterma'am gewannen die Zuckungen ein solches Ausmaß, daß er den Eindruck erweckte, an Krämpfen zu leiden. Blau hingegen saß völlig steif; er hatte viel zu große Angst, um sich zu bewegen. Berengaria stand an der Kommunikationsstation, erteilte Anweisungen und wahrte dabei einen möglichst großen Abstand zu Rose. Der Kommandosessel war leer.

»Wo ist Baby?« fragte Kirk.

»Hier, Captain.«

Er hatte sie gar nicht bemerkt — die rote Beutlerin wartete neben dem Feuerleitstand. »Was machen Sie da drüben?«

»Ich habe den Befehl über dieses Schiff verloren. Daher steht mir der zentrale Sessel nicht mehr zu.«

»Nun ...« Jim räusperte sich und sprach so laut, daß ihn alle Personen auf der Brücke hörten. »Ich lasse einen

Offizier von der *Enterprise* hierherbeamen, mit dem Auftrag, das Kommando zu übernehmen. Er wüßte Ihre Hilfe sicher sehr zu schätzen, Baby. Was halten Sie davon, ihn zu beraten?«

»Ich bin bereit, bei der Lösung von Problemen in Hinsicht auf den Kommandowechsel zu helfen.«

»Gut, gut. Und bis der Offizier eintrifft ...« Kirk deutete zum Befehlsstand.

Mit langsamen, ruhigen Schritten näherte sich Baby dem Kommandosessel und setzte sich würdevoll.

»Lieutenant Berengaria!« rief Kirk. »Könnten Sie Ihre Leute vielleicht veranlassen, die Phaser aufs Deck zu richten? Als Zielscheibe fühle ich mich nicht besonders wohl.«

Berengaria brauchte gar nichts zu sagen — die Sicherheitswächter senkten ihre Waffen, wenn auch widerstrebend.

»Schon besser.« Jim stützte einen Ellenbogen auf die Rückenlehne des Kommandosessels und beugte sich zu Baby vor. Die anderen Menschen im Kontrollraum starrten ihn verblüfft an — Kirk wollte ihnen zeigen, daß die Beutler nicht so monströs und abscheulich waren, wie es zunächst den Anschein hatte. »Sie irren sich, wenn Sie glauben, zum letztenmal hier zu sitzen«, sagte er zu Baby. »Früher oder später nehmen Sie wieder die Pflichten der Kommandantin wahr.«

»Das bezweifle ich, Captain«, erwiderte die rote Beutlerin gepreßt. »Wenn die Föderation nicht unsere Hinrichtung anordnet ... Wahrscheinlich müssen wir den Rest unseres Lebens in einer Strafkolonie verbringen.«

Erneut hob Kirk die Stimme — seine nächsten Worte galten nicht nur Baby, sondern auch allen anderen Anwesenden. »Niemand wird Ihre Exekution anordnen, und mit ziemlicher Sicherheit enden Sie auch nicht in irgendeiner Strafkolonie. Ich vermute vielmehr, daß man Sie einem Rehabilitierungszentrum für Jugendliche anvertraut, damit Sie dort umerzogen werden.«

»*Um*erzogen?«

»Baby, man hat Sie und Ihre Crew gelehrt, uns zu hassen und sogar zu töten, wenn Sie das für notwendig erachten. Es handelt sich um eine Indoktrination, die Ihrem natürlichen Empfinden widerspricht. Es geht nun darum, jene Konditionierung rückgängig zu machen. Ich bin sicher, daß Sie im Lauf der Zeit zu gleichberechtigten Bürgern der Föderationsgesellschaft werden können. Wir möchten Sie auf unserer Seite, nicht als Gegner.«

»Sie würden uns tatsächlich in Ihre Gemeinschaft integrieren? Trotz der Schuld, die wir auf uns geladen haben?«

»Nun, die Erwachsenen der anderen Beutler-Schiffer empfangen wir nicht gerade mit offenen Armen. Um ganz ehrlich zu sein: Ich weiß nicht, was ihnen bevorsteht. Aber wenn sie ihre Absicht aufgeben, über den ganzen interstellaren Völkerbund zu herrschen, sollten eigentlich Verhandlungen möglich sein. Was auch immer geschieht: Ihnen und der Besatzung dieses Schiffes droht keine Gefahr. Wir kennen kein anderes Beispiel dafür, daß Kinder und Jugendliche ein Raumschiff durchs All gesteuert haben — derartige Talente wird Starfleet bestimmt nicht vergeuden. Baby, Sie sind ein geborener Captain. Sie gehören in einen Kommandosessel. Und irgendwann sitzen Sie wieder in einem. Übrigens: Wird es nicht langsam Zeit, daß wir diesem Schiff einen Namen geben?«

Alle Beutler auf der Brücke drehten sich um und sahen Kirk an. »Sie ... Sie haben einen Namen für unser Schiff?« fragte Baby fast ehrfürchtig.

»Ja. Ich habe entschieden, daß dieser Raumer von jetzt an *Kluges Baby* heißen wird. Zu Ihren Ehren.«

Ein oder zwei Sekunden lang herrschte völlige Stille im Kontrollraum, und dann sprachen alle Beutler gleichzeitig. Orangensaftundwodka wackelte glücklich im Sessel des Navigators. Baby war sprachlos.

»Captain Kirk...«, brachte sie schließlich hervor. »Sie... Captain... Ich, ich weiß nicht, warum Sie einen besiegten Feind auf diese Weise ehren.«

»Sie sind kein Feind, sondern ein Freund. Ein Freund und zukünftiger Verbündeter.«

Erneut war Baby viel zu erstaunt, um sofort Antwort zu geben. »Captain, als Sie uns von der Sektion Ambientenkontrolle aus mit dem Kältetod drohten, hielt ich Sie für das hinterhältigste und verschlagenste Geschöpf im ganzen Universum. Ich habe Ihnen nicht geglaubt, als Sie behaupteten, es ginge Ihnen nur darum, uns zu *retten*. Aber Ihnen liegt wirklich etwas an unserem Wohlergehen — vielleicht noch mehr als den Erwachsenen an Bord der anderen Schiffe. Ich hätte nie gedacht, daß ich mich einmal bei einem siegreichen Gegner bedanke, doch genau das ist nun der Fall. Ich danke Ihnen, Captain Kirk. Für alles. Ich wünschte, irgendwie das Ausmaß meiner Dankbarkeit zeigen zu können.«

»Nun, wenn ich Sie um etwas bitten darf...« Kirk lächelte. »Verraten Sie mir den Namen Ihres Volkes. Wir nennen Sie nur deshalb ›Beutler‹ oder gar ›Plünderer‹, weil wir nicht wissen, wie Sie heißen.«

»Sie möchten den Namen unseres Volkes erfahren?«

»Ja. Vorausgesetzt, Sie sind bereit, mir eine entsprechende Information zu geben. Dies ist keine Forderung des Siegers, Baby. Sie brauchen mir keine Auskunft zu geben, wenn Sie nicht möchten.«

»Aber ich möchte es. Und ich nehme an, die Crew teilt diesen Wunsch.«

Sie erhob sich und sah zu ihren Artgenossen im Kontrollraum. Alle standen nun und kippten den Kopf zustimmend von einer Seite zur anderen. Der Anblick von so vielen Beutlern, die alle die gleiche Geste vollführten, bereitete einigen Sicherheitswächtern von der *Enterprise* Unbehagen. Mehrere Waffen neigten sich nach oben, doch als Lieutenant Berengaria einen Befehl zischte, zeigten die Läufe erneut aufs Deck.

»Nun gut«, sagte Baby. »Captain Kirk — wir sind die Vinithi. So lautet der Name unseres Volkes.«

»Vinithi«, wiederholte Jim. Ein hübscher Name für eine Spezies, die auch weiterhin häßlich blieb. »Das gefällt mir besser als ›Beutler‹.«

»Uns ergeht es ebenso«, sagte Orangensaftundwodka ernst.

Die Tür des Turbolifts öffnete sich, und ein Raumanzug von der *Enterprise* trat auf die Brücke. Ein vertrautes Gesicht blickte durchs Helmvisier.

»Ah, da ist Ihr neuer Kommandant!« verkündete Kirk. »Willkommen an Bord, Mr. Sulu.«

»*Sulu!*« Alle Vinithi sprachen den Namen laut aus, und eine spürbare Welle aus Furcht und Neugier schwappte durch den Kontrollraum. Gescheiterte Pläne, die Niederlage — und jetzt auch noch das Trauma einer unerwarteten Konfrontation mit dem schrecklichen Sulu! Es war schwer gewesen, Captain Kirk zufriedenzustellen, doch Sulu stellte sicher noch viel höhere Anforderungen! Was mochte nun geschehen? Die Vinithi wichen unbewußt zurück.

Die Reaktion auf seinen Namen verblüffte Sulu, und auch einige von Berengarias Sicherheitswächtern wirkten überrascht. Doch Sulu ließ sich nichts anmerken. »Danke, Captain.«

Kirk wartete, bis das Murmeln verstummte. »Mr. Sulu, das ist Kommandantin Baby. Sie möchte einen reibungslosen Kommandowechsel gewährleisten, und ich bin sicher, daß Sie ihre Hilfe gut gebrauchen können.«

»Kommandantin Baby...«

»Mr. Sulu...« Die rote Beutlerin — beziehungsweise Vinithi — brachte es nicht fertig, ihn mit *Willkommen an Bord* zu begrüßen.

Kirk gab vor, die durch Sulus Präsenz entstandene nervöse Unruhe nicht zu bemerken. »Sie haben hiermit den Befehl über dieses Schiff. Die *Kluges Baby* gehört Ihnen.«

Wieder erklang leises Murmeln, und Sulu begann zu verstehen. *Man hält mich für den Bösewicht.* Als eine visuell-akustische Sondierung möglich gewesen war, hatten die Offiziere der *Enterprise* beobachtet, wie Kirk die Beutler zermürbte und Furcht vor Sulu in ihnen weckte. *Niemand braucht vor mir Angst zu haben,* dachte er. *Andererseits: Dies ist eine einzigartige Chance, den Schurken zu spielen.* Er trat an den Rand des Oberdecks heran und stemmte dort die Arme an die Hüften. »Ich übernehme das Kommando«, sagte er streng, und seine ›autoritäre‹ Stimme sorgte für neuerliche Stille im Kontrollraum. Er ließ den Blick über die Brückencrew schweifen, während er aus dem Mundwinkel Kirk zuflüsterte: »Und jetzt?«

Kirk lächelte müde. »Lassen Sie sich was einfallen«, erwiderte er leise. »Improvisieren Sie.« Er drehte sich um und ging zum Turbolift.

Sulu musterte die Vinithi nacheinander und wählte einen Beutler, der offensichtlich versuchte, unsichtbar zu werden. »Sie da, Steuermann! Kommen Sie hierher!«

Kirk trat in die Transportkapsel, und bevor sich das Schott schloß, beobachtete er folgendes: Der arme Blau stand langsam auf und schlurfte mit gesenktem Haupt dem Verhängnis entgegen.

KAPITEL 12

McCoy mußte eine Entscheidung treffen. Ganz gleich, was er auch unternahm — seinen Patienten drohte in jedem Fall Gefahr.

Er hatte sich mit einer Medo-Gruppe an Bord des Beutler-Schiffes gebeamt, sofort die Krankenstation aufgesucht und seine Begleiter dorthin geschickt, wo das Feuer wütete. Glücklicherweise waren durch den Brand bisher nur vier Plünderer verletzt worden — und zwar bei Explosionen, deren Druckwellen Trümmerstücke fortgeschleudert hatten. Bevor man die Verwundeten fand, verloren sie aufgrund der Risse in ihren Membranen viel Körperflüssigkeit. Es ließ sich nicht ausschließen, daß die Betreffenden starben.

Jene Information stammte von einer abscheulich aussehenden Beutlerin, deren Amnion schwarze und blaue Flüssigkeit enthielt — McCoy verglich sie mit einem wandelnden Bluterguß. Während des Gesprächs mußte er sich zwingen, nicht den Blick von ihr abzuwenden. Wenigstens schützte ihn die spezielle Kleidung vor dem Geruch und einem direkten Kontakt, der schlimme Verbrennungen zur Folge haben konnte.

Nach den Bildern auf dem Wandschirm hatte Leonard geglaubt, ausreichend vorbereitet zu sein, doch das stellte sich nun als Irrtum heraus. Im Lauf der Jahre war er mit vielen schrecklichen Dingen konfrontiert worden, aber bei diesem halb verwest wirkenden Geschöpf handelte es sich um einen *gesunden* Organismus. Er mußte sich immer wieder daran erinnern: *Dieses Wesen ist gesund und intelligent.* Und es schien gut Bescheid zu wissen. Die Beutlerin erklärte ihm den Zustand der einzelnen Patienten und wies darauf hin, wie sie die Risse in den Membranen geschlossen hatte. Ihr waren keine Fehler unterlaufen, soweit McCoy das feststellen konnte.

Es dauerte eine Weile, bis er sich an die neue Umgebung gewöhnte. Viele Instrumente in der Krankenstation erweckten einen seltsamen Eindruck, und die Medikamente ... Einige Fläschchen trugen englische Aufschriften, andere nicht. Als besonders erstaunlich erwiesen sich die Bottiche, gefüllt mit einer gelatineartigen Masse. Leonard erfuhr, daß die Behälter den Plünderern als Betten dienten, und er vermutete: Die seltsame Substanz fungierte wahrscheinlich als eine Art Schmiermittel für die Körpermembranen.

McCoy kannte sein größtes Problem: Er wußte praktisch nichts über die Anatomie und Physiologie der Beutler.

Er deutete auf den nächsten Patienten, ein großes, gelbes Wesen. »Wieviel Flüssigkeit kann ein so großer Bursche verlieren, bevor sein Zustand kritisch wird?«

Der wandelnde Bluterguß zuckte. »Einen ganzen Liter, behauptet der Medo-Computer. Aber ich bezweifle es. Unsere Flüssigkeitszellen werden nur langsam regeneriert.«

»Welchen Zweck erfüllen sie überhaupt?«

»Sie halten uns warm. So niedrige Temperaturen wie Menschen können wir nicht ertragen. Die Flüssigkeit verhindert, daß sich in unseren inneren Organen Eiskristalle bilden.«

»Lieber Himmel!« entfuhr es McCoy. »Ein Frostschutzmittel!«

»Wie bitte?«

»Schon gut. Warum behandeln Sie diesen Patienten nicht einfach mit einer Transfusion? Bestimmt steht Ihnen genug Körperflüssigkeit zur Verfügung.«

»In ihrem natürlichen Zustand läßt sie sich nur

schwer lagern. Woraus folgt: Es muß ein künstlicher Ersatz hergestellt worden.«

»Haben Sie schon damit begonnen?«

Die Beutlerin senkte den Kopf. »Ich weiß nicht, worauf es dabei ankommt.«

McCoy entsann sich daran, daß diese ›Ärztin‹ kaum mehr war als ein Kind. »Bitte erklären Sie mir das«, sagte er freundlich.

Das Geschöpf vor ihm wackelte mit dem Kopf. »Im Medo-Computer sind sowohl die chemische Formel als auch Informationen über das Herstellungsverfahren gespeichert. Ich habe die Daten immer wieder gelesen — ohne sie zu verstehen! Es gibt so viele Fragen, und niemand kann sie beantworten...«

»Hm«, murmelte Leonard. »In welcher Sprache werden die Informationen präsentiert? In ihrer?«

»Nein. Man kann zwischen Zirgosianisch und Föderations-Standard wählen. Die zirgosianischen Programmierer waren sicher nicht mit unserer Sprache vertraut.«

»Dann sollte es keine Probleme geben. Rufen Sie die Formel auf den Schirm, damit ich sie mir ansehen kann.«

McCoy blickte auf den Monitor und betrachtete lange Kolonnen aus Buchstaben, Zahlen und chemischen Symbolen. Anschließend las er die Angaben in Hinsicht auf die Herstellungsprozedur und beauftragte seine Assistentin, alle notwendigen Ingredienzen zu holen. Dann begaben sie sich ins Laboratorium und begannen mit der Produktion künstlicher Körperflüssigkeit. Leonard beantwortete alle Fragen der jungen Beutlerin und lachte, als er ihr zufriedenes Zittern sah — sie freute sich darüber, endlich etwas verstanden zu haben, das ihr bisher rätselhaft erschienen war. »Jetzt möchte ich Sie etwas fragen«, sagte McCoy nach einer Weile. »Der Computer wies nicht auf verschiedene Flüssigkeiten für verschiedene Farben hin. Sind Sie sicher, daß sich die gleiche Formel bei allen Patienten anwenden läßt, trotz der unterschiedlichen Kolorierung?«

»Oh, natürlich. Die Farbe bleibt ohne Einfluß auf die Zusammensetzung der Flüssigkeit. Ich meine, sie betrifft keine wesentlichen Faktoren.«

»Warum dann die individuellen Unterschiede?«

»Warum haben nicht alle Menschen die gleiche Augen- oder Haarfarbe? Warum existieren verschiedene physische Attribute?«

»Oh, ich verstehe. Es sind Charakteristiken einzelner Personen.«

»Ja.«

McCoy dachte an Dutzende von Subspezies der Beutler, die sich über Jahrhunderte hinweg vermischten und zu einem Volk verschmolzen. »Die eigentliche Arbeit müssen Sie erledigen«, sagte er. »Weil der Schutzanzug meine Bewegungsfreiheit einschränkt. Außerdem habe ich noch nie solche Patienten behandelt.«

Das Wesen gab ein undefinierbares Geräusch von sich. »*Ich* habe einen *Menschen* behandelt.«

»Tatsächlich? Wann? Und wen?«

»Der Chekov erlitt eine Verbrennung an der Schulter. Die Wunde war nicht sehr schlimm, und ich habe sie geheilt.«

»Auf welche Weise?« McCoy hörte aufmerksam zu. Es ging um Chekov. Die Beutlerin hatte ihm ein schmerzstillendes Mittel verabreicht, die verbrannte Stelle sterilisiert und nach Anzeichen für eine Infektion Ausschau gehalten, bevor sie Synthohaut auftrug. »Klingt einwandfrei«, kommentierte er. »Ich sehe mir seine Schulter später an, aber vermutlich ist damit alles in Ordnung. Übrigens: Wie heißen Sie?«

Das Geschöpf hob stolz den Kopf. »Mein Name lautet Pillowna. Der Chekov hat mich so genannt.«

»Pillowna!« McCoy musterte das schwarzblaue Monstrum und dachte: *Meine Tochter?* Doch er erkannte Chekovs Humor und lächelte nur. »Ein ehrenvoller Name.«

»Tatsächlich?« Es klang überrascht.

»Ja. Er bedeutet ›Tochter von Pille‹. Und Pille ... Nun, er ist ein berühmter und sehr erfolgreicher Starfleet-Arzt. Ein bemerkenswerter Mann.«

»Das wußte ich nicht! Und ich habe seinen Namen bekommen? Oh, danke für diese Auskunft!«

»Gern geschehen«, erwiderte Pille trocken.

McCoy sah nur zu, als Dr. Pillowna die Transfusionsapparatur installierte. Sie arbeitet rasch und geschickt, verlor keine Zeit. Schließlich kam auch der letzte Beutler an die Reihe, ein grüner Mann — oder Junge — mit einem großen Loch in der Seite. Die schwarzblaue ›Ärztin‹ trat beiseite und forderte Leonard mit einer knappen Geste auf, die einzelnen Patienten zu untersuchen. Er trat von Gelatinebett zu Gelatinebett, nickte und lobte Pillowna — sie hatte alles berücksichtigt.

Als McCoy sicher war, daß der Rekonvaleszenz nichts im Wege stand, drehte er sich um und wanderte durch die Krankenstation. In einem Nebenzimmer fand er etwas, das er auf den ersten Blick als Sarg erkannte. Er fragte Pillowna danach.

»Er kam im Maschinenraum ums Leben. Als die *Enterprise* das Feuer auf uns eröffnete.«

Leonard erfuhr erst jetzt, daß jemand getötet worden war. »Tut mir leid. Wir wollten Todesopfer vermeiden. Ich bedaure sehr, daß jemand sterben mußte.« Er überlegte. »Ich möchte die Leiche zur *Enterprise* beamen.«

Pillowna zuckte kurz. »Um eine Autopsie vorzunehmen. Damit habe ich gerechnet.«

»Um Ihnen zu helfen, brauchen wir mehr Informationen über Sie«, sagte McCoy in einem ruhigen, tröstenden Tonfall.

»Ich verstehe. Und ich glaube, daß Sie es gut mit uns meinen.«

Bei allen Raumgeistern! fuhr es Leonard durch den Sinn. *Sie vertraut mir!* Das freute ihn sehr. Die Rollen schienen plötzlich vertauscht zu sein: Er fühlte sich wie ein Kind, das gerade von einem Erwachsenen gelobt worden war.

Er spürte Schweiß auf der Stirn, und zum zweiten Mal innerhalb der letzten halben Stunde justierte er die Temperaturkontrolle des Schutzanzugs — was ihm sein Dilemma ins Gedächtnis zurückrief. Solange das Feuer noch immer an Bord dieses Schiffes brannte, waren Pillownas vier Patienten in der *Enterprise* besser aufgehoben. Doch die benötigten Behandlungsgeräte und Arzneien befanden sich hier, ganz zu schweigen vom Computer und den in ihm gespeicherten medizinischen Dateien. Wenn die Verletzten nicht transferiert wurden, riskierten sie den Tod im Feuer. Und wenn Leonard sie in der *Enterprise*-Krankenstation unterbrachte ... Dann bestand die Gefahr, daß er sie durch Ignoranz umbrachte. Wie sollte er sich entscheiden? Natürlich konnte er Pillowna mitnehmen, aber es widerstrebte ihm, sich auf ihre begrenzten Erfahrungen zu verlassen. Außerdem brauchte er die Computerdaten.

McCoy stellte eine Kom-Verbindung zu Spock her und fragte ihn, ob der Brand inzwischen unter Kontrolle gebracht worden war. Der Vulkanier antwortete, das Feuer im Maschinenraum und in der Sektion Ambientenkontrolle sei inzwischen gelöscht. Doch zuvor hatte es sich durch einige Wartungsschächte ausgebreitet — für das ›gestreckte Bein‹ bestand keine Gefahr mehr, aber dafür war der Rest des Schiffes bedroht.

Leonard hatte Jim schon seit einer ganzen Weile nicht mehr gesehen, aber Spock teilte ihm mit, alle seien unverletzt — sah man von Chekov ab, der jedoch nicht über Schmerzen klagte. McCoys Besorgnis galt auch gar nicht Kirk oder dem jungen Navigator, sondern Uhura. Sie befand sich an Bord eines brennenden Raumschiffs und mußte den Eindruck gewinnen, daß sich ihre Alpträume in entsetzliche Wirklichkeit verwandelten. *Sie sollte nicht hier sein, sondern in der* Enterprise, dachte der Arzt.

Er beschloß, die Beutler zunächst an Ort und Stelle zu lassen. Wenn sich das Feuer der Krankenstation näherte, konnte er sie immer noch zum Starfleet-Schiff beamen. *Bestimmt gelingt es den Spezialisten bald, den Brand einzudämmen.*

Zusammen mit Pillowna kehrte er zu den Patienten zurück — und stellte fest, daß sich Grün aufzusetzen versuchte. »He, immer mit der Ruhe!« warnte McCoy. »Sie sind ziemlich schwer verletzt worden.«

»Aye«, erwiderte der Beutler mit deutlichem Akzent. »Aber ich fühle mich schon viel besser.«

Leonard blinzelte verblüfft. »Was ... was sagen Sie da?«

»Ich fühle mich besser. Stimmt was nicht? Habe ich Sie irgendwie beleidigt?«

»O nein. Nein. Kennen Sie zufällig einen Menschen namens Montgomery Scott?«

»Aye!« entgegnete der Plünderer fröhlich. »Er ist mein Lehrer!«

McCoy schmunzelte. »Das erklärt eine Menge. Nun, Sie sind vermutlich Techniker.«

»Aye, das bin ich. Ich hoffe, eines Tages Chefingenieur zu werden. So wie der Scott.«

»Eins steht fest: Sie haben ein gutes Vorbild gewählt — es gibt nicht viele Leute wie Mr. Scott. Wie dem auch sei: Legen Sie sich wieder hin. Pillowna, können Sie irgendwie dafür sorgen, daß er still liegenbleibt?«

»Wie wär's, wenn ich ihm etwas auf den Kopf schlage?« Sie erbebte, ebenso wie der grüne Patient.

McCoy rollte mit den Augen. Beutler-Humor. Genau die richtige Medizin.

Die Vinithi hatten den Baryonenumkehrer in der Wartungssektion untergebracht, hoch oben auf einer Plattform, so daß er nicht im Weg war. Bei der Wartungskammer handelte es sich um den größten Raum an Bord der *Kluges Baby* — überall erstreckten sich Laufstege;

Geräte und Instrumente hingen von der Decke herab. Der Umkehrer stellte sich als schwarzer, im großen und ganzen rechteckiger Apparat heraus. Oben wies er zwei Kuppeln auf, und hinzu kam ein separates Kontrollsegment. Er ruhte in einer Glasfaserhülle, die an einem flaschenzugartigen Gebilde befestigt war. Kirk, Spock, Uhura und Chekov hatten die Helme abgenommen, wanderten übers Hauptdeck, reckten die Hälse und sahen nach oben.

Sie standen nicht still, weil der Boden unter ihren Füßen immer heißer wurde. Das Feuer hatte die Wartungsschächte verlassen und die zentralen Abteilungen des Schiffes erreicht, wütete nun eine Etage unter ihnen. Den Triebwerken drohte ebensowenig Gefahr wie der Ambientenkontrolle. Aber da das automatische Brandschutzsystem der *Kluges Baby* nicht funktionierte, fraß sich das Feuer immer weiter, und nun befand es sich direkt unter der Wartungssektion. Was bedeutete: Der Umkehrer mußte so rasch wie möglich zum Transporterraum gebracht werden.

»Es ist notwendig, das Gerät zum Hauptdeck herabzulassen, um Antigravmodule anzubringen, Captain«, sagte Spock. »Die normalen Antigrav-Einheiten sind offenbar nicht leistungsfähig genug — andernfalls hätten es die Beutler wohl kaum für notwendig gehalten, einen Flaschenzug zu benutzen.«

»Vinithi«, erwiderte Kirk. »Sie heißen Vinithi.«

Der Vulkanier hob eine Braue. »Es freut mich, ihren Namen zu erfahren. Vinithi.«

»Das Ding sieht ziemlich schwer aus ...« Kirks Blick folgte einem Kabel, das vom Flaschenzug zum Baryonenumkehrer und weiter bis zu einer kleineren Plattform reichte, auf der er eine Konsole bemerkte. »Klettern Sie dort hinauf, Uhura. Stellen Sie fest, mit welchen Schaltern die Hebevorrichtung kontrolliert wird.«

»Ja, Sir.« Sie eilte zu einer nahen Leiter und begann mit dem Aufstieg.

»Ich begebe mich zu der anderen Plattform, um den Umkehrer nach unten zu steuern«, fuhr Jim fort. »Spock, Sie und Chekov... Scotty! Was führt Sie hierher?«

Der Chefingenieur nahm den Helm ab und wischte sich Schweiß von der Stirn. »Derzeit werde ich nicht beim Feuer gebraucht, Captain. Durch die große Hitze sind alle wichtigen Schaltkreise des hiesigen Brandschutzsystems geschmolzen. Nun, ich habe die Sprühdüsen in den angrenzenden Sektionen überprüft und *glaube*, daß sie aktiv werden, wenn's sein muß.«

»Was ist mit den Feuerwehrleuten? Was unternehmen sie derzeit?«

Scott sprang vom einen Bein aufs andere, als er den heißen Boden durch die Stiefelsohlen spürte. »Sie haben den ganzen Wartungsbereich mit einer Schaumbarriere umgeben. Mit anderen Worten: Es brennt nur noch hier.«

»Das Feuer ist also unter Kontrolle?«

»Mehr oder weniger, Sir. Es kann sich nicht weiter ausbreiten.«

»Endlich eine gute Nachricht«, sagte Kirk. »Da oben hängt der Baryonenumkehrer, Scotty. Sehen Sie ihn? Wir müssen ihn irgendwie herunterholen.«

»Scheint recht schwer zu sein.«

Spock erklärte den Plan, als Kirk zur oberen Plattform emporkletterte. Die Leiter war an der Wand befestigt, und der Abstand zur Plattform betrug ungefähr einen Meter. Schon nach kurzer Zeit erreichte Jim sein Ziel. »Uhura?« rief er.

»Ich habe die Kontrollen gefunden, Sir. Es kann losgehen, wenn Sie soweit sind.«

»Einen Augenblick.« Kirk wartete, bis die drei Männer auf dem Hauptdeck Bereitschaft signalisierten. »Jetzt!«

Einen langen Laufsteg entfernt streckte Uhura die Hand nach den Schaltern aus — und zuckte zusammen, als sie ein lautes Knacken und Knirschen vernahm. Jähes Entsetzen erfaßte sie und ließ sie das Kontrollpult vergessen. Aus weit aufgerissenen Augen beobachtete sie, wie die Mitte des Hauptdecks donnernd einstürzte. Werkzeuge und diverse Instrumente glitten erst langsam und dann immer schneller in die Tiefe. Uhura starrte durch das Gitter zu ihren Füßen: Flammenzungen leckten aus dem großen Loch.

Jetzt ist es soweit, dachte sie. *Das Feuer, von dem ich geträumt habe...*

Plötzlich fiel ihr ein, daß drei Männer auf dem Deck gestanden hatten. Ruckartig drehte sie den Kopf, hielt nach ihnen Ausschau — und wagte kaum mehr zu atmen. Chekov und Scott war es gelungen, rechtzeitig zurückzuspringen, doch Spock... Der Chefingenieur lag auf dem Bauch, direkt am Rand der eingestürzten Stelle, und mit beiden Händen hielt er den Vulkanier am Arm fest. Chekov eilte herbei und griff ebenfalls zu. Gemeinsam zogen sie Spock empor, auf einen zwei bis drei Meter breiten Bereich, der kreisförmig um die Flammengrube herumreichte. Der Kloß in Uhuras Hals löste sich langsam auf, als sie beobachtete, wie der Erste Offizier ohne Hilfe aufstand — offenbar war er nicht verletzt. Jemand rief ihren Namen.

Jemand rief ihren Namen? Ja — Captain Kirk. Er forderte sie auf, den Schalter zu betätigen.

Den Schalter drücken...

Was für einen Schalter? Welcher war der richtige? Eben hatte sie es noch gewußt, aber jetzt... Uhura schlug sich mit der flachen Hand an die Stirn, in der Hoffnung, die Benommenheit zu vertreiben. Der Schalter. Dort.

Sie betätigte ihn.

Das Feuer hatte den Flaschenzug noch nicht beschädigt. Der Baryonenumkehrer in der Glasfaserhülle löste sich von der Plattform, und Kirk dirigierte ihn zum Rand. Das Zugkabel führte in einem Winkel von etwa fünfundvierzig Grad zum Verankerungspunkt auf dem Hauptdeck. Uhura dachte daran, was geschehen wäre, wenn sich jene Stelle im eingestürzten Bereich befunden hätte ... Bei dieser Vorstellung krampfte sich in ihrer Magengrube etwas zusammen.

Der Umkehrer schwebte von der Plattform und begann mit der Reise nach unten, als der Flaschenzug plötzlich versagte. Jenes Gerät, das den Strukturriß zwischen zwei Universen schließen konnte ... Es hing nun über den Flammen, auf halbem Wege zwischen Kirk auf der Plattform und den drei Männern weiter unten.

Unverzügliches Handeln war nötig! »Manuelle Kontrolle!« rief Uhura. »Die Vorrichtung verfügt über eine manuelle Kontrolle!«

Doch es gelang ihr nicht, das während der letzten sechzig Sekunden immer lauter gewordene Tosen des Feuers zu übertönen. Uhura sprang umher und ruderte mit den Armen, um die Aufmerksamkeit von Spock, Chekov und Scott zu wecken. Als sie in ihre Richtung sahen, bedeutete ihnen die Frau mit einigen Gesten, am Kabel zu ziehen. Sie verstanden. Die drei Offiziere griffen danach, und daraufhin schaltete Uhura auf manuelle Kontrolle um. Der Umkehrer ruckte immer wieder, als er nach unten sank, und schließlich war er in Sicherheit.

Uhura seufzte erleichtert — und versteifte sich, als einige kleine Explosionen krachten. Jene Leiter, die sie und der Captain benutzt hatten, um nach oben zu klettern, löste sich von der Wand und stürzte ins Flammenloch.

Sie bemerkte, wie Kirk erschrocken dorthin starrte, wo die Leiter befestigt gewesen war — er schien ebenso schockiert zu sein wie sie selbst. *Jetzt ist uns der Fluchtweg abgeschnitten!* Noch etwas anderes fiel ihr ein. Wie lange konnten die oberen Plattformen und Laufstege dem Feuer standhalten?

Hier sterbe ich, fuhr es Uhura durch den Sinn. Sie

trachtete vergeblich danach, diesen Gedanken aus sich zu vertreiben. *Dies ist der Ort meines Todes: hoch oben auf einer kleinen Plattform, im Innern eines fremden Raumschiffs. Hier verbrenne ich zu Asche.*

Sie sah nach unten. Nur wenige Zentimeter trennen die Flammen von den Sohlen ihrer Stiefel, und die aufsteigende Hitze raubte ihr den Atem. Es gab keine Möglichkeit, die Plattform zu verlassen. *Oder vielleicht doch?* Bestimmt existierte hier nicht nur eine Leiter. Uhura blickte sich nach einer anderen um, aber der Rauch trieb ihr Tränen in die Augen. Es fiel ihr schwer, einen klaren Eindruck von der Umgebung zu gewinnen.

Die erste Flamme tastete nur dreißig Zentimeter neben ihrem linken Stiefel durchs Gitter. Uhura rührte sich nicht von der Stelle. Sie konnte weder atmen noch schlucken, stand völlig erstarrt, von den Flammen wie hypnotisiert. Als das Tosen um sie herum ein wenig nachließ, hörte sie erneut, wie jemand nach ihr rief.

Die Stimme brach den Bann. Uhura drehte den Kopf — der Captain vollführte verzweifelte Kommen-Sie-hierher-Gesten. Die drei anderen Männer hatten unterdessen den Greifer des Flaschenzugs vom Baryonenumkehrer gelöst und zurückgeschickt: Kirk hielt sich mit einer Hand daran fest und winkte mit der anderen. Spock, Chekov und Scott wollten ihn herunterlassen, über das Feuer hinweg.

Und ich soll ihn begleiten.

Uhura stand noch immer wie angewurzelt. Zwischen ihr und dem Captain erstreckte sich ein langer Laufsteg quer durch die Wartungskammer. Er war gerade breit genug für eine Person, und inzwischen mußte das Geländer siebzig oder mehr Grad heiß sein. Außerdem konnte der Steg jederzeit nachgeben und ins Inferno hinabstürzen. Gleichzeitig bot er Uhura die einzige Chance: Wenn sie am Leben bleiben wollte, mußte sie seinem Verlauf folgen und die Grube mit den schrecklichen Flammen überqueren. Unmöglich. Ausgeschlossen. Der reinste Wahnsinn. Kirk mußte verrückt sein, wenn er von ihr verlangte, über das hungrige, erbarmungslose Feuer hinwegzulaufen. Sie schaffte es bestimmt nicht — schon allein deshalb, weil ihr die Beine den Gehorsam verweigerten.

Nein, der Weg übers Feuer kam nicht in Frage. Er führte in den sicheren Tod. In einen Tod, der auch dem Captain drohte, wenn er noch länger auf der Plattform wartete. Schweren Herzens schüttelte Uhura den Kopf. *Nein.* Mit einer Geste gab sie ihm zu verstehen, daß er sich allein in Sicherheit bringen sollte.

Aber er blieb stehen.

Sie sah, wie sich sein Gesicht verzerrte, als er etwas rief. Erneut winkte er, doch auch diesmal lehnte Uhura ab. Trotzdem machte Kirk keine Anstalten, die Plattform zu verlassen. Wie dumm von ihm! Er riskierte sein Leben in der absurden Hoffnung, daß Uhura irgendwie über die Flammen hinwegflog, um anschließend zusammen mit ihm der Gefahr zu entkommen. Warum floh er nicht endlich? Warum winkte und rief er auch weiterhin?

Das Gefühl, versagt zu haben ...

Vor vielen Jahren war jemand gestorben, weil lodernde Flammen Uhura vertrieben hatten. Sollte sich das jetzt wiederholen?

Ganz offensichtlich wollte der Captain nicht ohne sie aufbrechen. *Warum gibt er mir die Verantwortung für sein Leben? Warum muß ich eine solche Bürde tragen?*

Sie blickte noch einmal nach unten. Spock, Scott und Chekov... Sie winkten ebenfalls, deuteten zum Captain. Die Lippen der Männer bewegten sich, aber sie verstand kein Wort. *Sie wollen, daß ich über den Laufsteg gehe.*

Innerlich war Uhura hin und her gerissen. Einerseits fürchtete sie sich so sehr vor dem Feuer, daß sie nicht die Kraft für jene Schritte aufbrachte, die sowohl ihr als auch dem Captain das Leben retten würden. Anddererseits verfluchte sie die von Angst verursachte Passivität und versuchte, ihr emotionales Chaos unter Kontrolle zu bringen. »Reiß dich zusammen«, sagte sie laut. »Setz den einen Fuß vor den anderen!«

Sie kam der eigenen Aufforderung nach und *setzte* einen Fuß vor den anderen. Ein Schritt. Dann noch einer.

Sie befand sich nun auf dem Laufsteg. Weiter vorn nickte der Captain und rief etwas, das sich im Tosen verlor — vermutlich ermutigende Worte. Wie ein Zombie wankte Uhura über das Feuer hinweg. Sie hielt den Blick auf Kirk gerichtet, sah weder nach rechts noch nach links. Die Phantasie zeigte ihr Flammen, die emporwuchsen, um sie zu umfassen ... Sie konnte nicht weiter. Aber sie konnte auch nicht stehenbleiben. Ein Schritt. Und noch einer.

Und noch einer.

Der Captain griff nach ihren Armen, lachte und schwitzte. »Ich wußte, Sie würden es schaffen, Uhura! Ich *wußte* es!«

»Tatsächlich?« brachte sie hervor.

»Ja. Hören Sie gut zu: Wir haben nicht genug Zeit, um den Flaschenzug zweimal zu verwenden. Halten Sie sich an mir fest.« Er zog den Greifer heran.

Uhura trat hinter Kirk, schlang ihm die Arme um die Brust und schloß die rechte Hand ums linke Handgelenk. »Fertig«, sagte sie.

»Los geht's.«

Als sie die Plattform verließen, rutschten Uhuras Arme zwei oder drei Zentimeter nach unten, und daraufhin klammerte sie sich noch entschlossener fest. Ein Teil von ihr wunderte sich über die Kraft in Kirks Armen — sie mußten jetzt das Gewicht von zwei Personen aushalten. Eine seltsame Ruhe erfaßte Uhura, als sie die Flammen beobachtete.

Und dann spürte sie wieder festen Boden. Sie hatten es geschafft. Sie waren in Sicherheit. *Ich lebe. Ich bin nicht verbrannt.*

Scott jubelte und umarmte Uhura.

»Ich gratuliere Ihnen zu Ihrem Mut, Lieutenant«, sagte Spock.

Chekov starrte sie einige Sekunden lang groß an. »Ich dachte schon, Sie würden es nicht schaffen!« platzte es aus ihm heraus.

»Das habe ich ebenfalls befürchtet«, erwiderte Uhura, und es klang ernster als beabsichtigt. »Aber ich bin hier. Und ich lebe noch.«

Scott und Spock befestigten Antigravmodule am Baryonenumkehrer. Kirk trat in den Korridor und sah sich dort um. Als die drei anderen Männer das zirgosianische Aggregat aus der Wartungssektion steuerten, wandte sich der Captain zu ihnen um. »Dort kommen wir nicht weiter — die Flammen fressen sich durchs Deck. Damit ist uns leider der direkte Weg zum Transporterraum versperrt. Wir sind zu einem Umweg gezwungen.« Er lief los, und die anderen folgten ihm mit dem Umkehrer.

Sie mußten nach einem Wartungsschacht suchen, denn die Turbolifte funktionierten nicht mehr. Weit und breit waren keine Vinithi zu sehen — offenbar hatten sie diesen Bereich des Schiffes verlassen. Von Feuerwehrleuten fehlte ebenfalls jede Spur. Offenbar diente diese Abteilung als eine Art Lager, denn im Korridor standen große Behälter.

»Dort, Captain!« Chekov lief zum Schacht am Ende des Korridors, warf einen Blick durch die Tür — und sprang zurück, als ihm Schaum entgegenspritzte und in die Passage quoll. »Was ist *das* denn?«

»Löschschaum«, erklärte Scott. »Damit werden vermutlich alle Schächte gefüllt. Um das Feuer an einer weiteren Ausbreitung zu hindern.«

»Und wie verlassen wir diese Sektion?«

»Gute Frage.«

Kirk streckte die Hand aus. »Bitte geben Sie mir Ihren Kommunikator, Spock.« Der Vulkanier reichte ihm das kleine Gerät. »Kirk an Feuerwehrgruppe. Kirk an Feuerwehrgruppe.«

Einige Sekunden drang nur statisches Rauschen aus dem Lautsprecher. Dann: »Captain! Sind Sie wohlauf?«

»Ja. Was ist mit dem Feuer?«

»Wir haben es eingedämmt, Sir. Alle Ausgänge sind abgeriegelt, alle Wartungs- und Luftschächte mit Schaum gefüllt. Jetzt muß das Feuer nur noch gelöscht werden. In einer halben Stunde — höchstens in fünfundvierzig Minuten — ist die Sache erledigt.«

»Von welcher Sektion sprechen Sie?« erkundigte sich Kirk.

»Der Brand betrifft nur noch zwei Korridore. Mal sehen ... Nach diesem Plan lauten ihre Bezeichnungen H-2 und G-2.«

»Oh, oh.« Chekov deutete zur Wand: Unter einem unverständlichen zirgosianischen Symbol zeigte sich die große schwarze Markierung G-2.

»Wir sind in G-2«, sprach Kirk ins Mikrofon des Kommunikators. »Vier Offiziere leisten mir Gesellschaft, außerdem auch noch ein Apparat, der wichtiger ist als wir alle zusammen.«

»Gehen Sie irgendwo in Deckung, Captain. Und zwar schnell! Verlieren Sie keine Zeit. Suchen Sie nach einem Zimmer, das hermetisch abgedichtet werden kann. Beeilen Sie sich!«

»In Ordnung. Kirk Ende.« Er sah seine Begleiter an. »Sie haben's gehört. Halten wir nach einem Versteck Ausschau.«

Sie sahen sich hilflos um: An diesen Korridor grenzten keine Kabinen oder Kammern, die man versiegeln konnte. Was nun? Kirk überlegte, aber ihm fiel nichts ein. Er war müde — an diesem einen Tag schien er hundert Jahre gelebt zu haben.

»Captain ...«, sagte Spock. »Vielleicht gewähren uns die Behälter Schutz. Einer der größten sollte dem Baryonenumkehrer genug Platz bieten.«

»Gut, Spock.« Kirk seufzte erleichtert. »Natürlich — die Behälter. Wir müssen die größten leeren.«

Die beiden entsprechenden Container standen sich am Ende des Korridors gegenüber. Der erste enthielt Pakete mit konservierten Nahrungsmitteln; kleine Förderbänder trugen sie in den Korridor, als die Ladeklappe geöffnet wurde. Kirk half seinen Gefährten dabei, die Pakete beiseite zu räumen und den Umkehrer im Behälter unterzubringen. Spock verriegelte die Klappe und stellte fest, daß sie luftdicht schloß.

»Diesen hier muß man von oben entladen«, sagte Uhura. Sie meinte den zweiten Container auf der gegenüberliegenden Seite. Als sie den Deckel hob, fiel ihr Blick auf Umhänge — solche Mäntel trugen die Vinithi bei Kontakten mit anderen Völkern.

Etwas zischte und fauchte, und als sich Kirk umdrehte ... Flammen züngelten am anderen Ende des Korridors.

»Holt das Zeug da raus!« rief Jim. Uhura zerrte einen Umhang nach dem anderen durch die Öffnung. Die übrigen Offiziere halfen ihr und waren sich dabei häufig im Weg. Scott stolperte über Chekow und fiel zu Boden.

»Wir sind nicht besonders gut organisiert«, sagte Spock — die Untertreibung des Jahrhunderts.

Aber schließlich war der Container leer. »Und jetzt hinein!« befahl Kirk.

»Captain!« entfuhr es Scott kummervoll. »Bestimmt wird's da drin ziemlich eng.«

»Uns bleibt keine Wahl. Wir haben nicht genug Zeit, um einen dritten Behälter zu entleeren. Also los!«

Sie kletterten in den Container, und sofort kam es zu einem wirren Durcheinander aus Armen und Beinen. »Einen Augenblick«, sagte Uhura. »Ich stecke hier irgendwo fest ...«

Mit einem dumpfen Pochen senkte sich der Deckel herab, während die Offiziere noch versuchten, eine einigermaßen bequeme Position zu finden. Stimmen brummten und murmelten; jemand fluchte halblaut.

»Es ist stockfinster«, knurrte Kirk. »Hat jemand eine Lampe mitgebracht?«

»Mr. Chekov, wenn Sie Ihr Knie fünf Zentimeter nach ...«

»Das ist nicht *mein* Knie, Mr. Spock!«

»Uff! Wer sitzt da auf meinem Bauch?«

»Ach, Mädel, normalerweise hätte ich sicher nichts dagegen, daß Sie mir ins Ohr atmen, aber ...«

»Ich kann den Kopf nicht bewegen! Jemand hat seinen Fuß direkt ... Captain, sind Sie das? Könnten Sie den Fuß ein wenig zurückziehen?«

»Diesen Wunsch würde ich Ihnen gern erfüllen, aber jemand benutzt mein Bein als Trittleiter.«

»Captain, ich versuche nur, die Hebelkraft auszunutzen, um meine derzeitige Körperhaltung auf eine Weise zu verändern, die uns allen zum Vorteil gereicht. Es ist keineswegs meine Absicht, einen Teil Ihrer Anatomie als ›Trittleiter‹ zu verwenden.«

»Au! An der Schulter habe ich eine Verbrennung erlitten!«

»Entschuldigung.«

»He! Ich weiß nicht, wessen Hand das ist, aber *da* hat sie nichts zu suchen.«

»Tut mir leid, Lieutenant.«

Leises Schnaufen. »Jemand preßt mir den Ellenbogen an die Kehle!«

»Verzeihung, Captain. Ich habe nur versucht, den rechten Arm ein wenig zu heben, um ...«

»Uhura, ich möchte Ihnen nicht zur Last fallen, aber wären Sie vielleicht so nett, mich an der Nase zu kratzen?«

»Ich habe einen Krampf im Bein.«

»Wenn es zwei von uns gelänge, sich nach oben zu schieben, könnten die anderen drei ihre Körper zu einer kompakteren Konfiguration anordnen und ...«

»*Ruhe!*« donnerte Kirk und schuf damit jähe Stille. »Unser Vorrat an Luft ist begrenzt. Daher schlage ich vor, wir leiden *stumm*.«

Die Offiziere litten, ohne daß jemand sprach. Sie versuchten, möglichst flach zu atmen, um Sauerstoff zu sparen. Wie Heringe zusammengepfercht, lagen sie neben- und übereinander, hatten nicht einmal genug Platz, um die Hand zu heben und sich Schweiß von der Stirn zu wischen. Die Hitze war schier unerträglich. Ein Magen knurrte.

Zeit verstrich.

»Captain ...«, ließ sich Chekov vernehmen. »Glauben Sie, daß inzwischen dreißig Minuten vergangen sind?«

»Nein.«

Sie warteten noch etwas länger.

»Mr. Spock, läuft Ihre innere Uhr noch?« fragte Scott. »Wir sind jetzt lange genug in diesem Backofen, oder?«

»Es ist noch keine halbe Stunde her, seitdem wir hier Zuflucht gesucht haben.«

Sie warteten erneut.

»Ich bedauere sehr, daß wir hier nichts hören«, murmelte Kirk. »Inzwischen müßten wir eigentlich einen Blick riskieren können. Was meinen Sie, Mr. Spock?«

»Ich schätze, die Feuerwehrleute hatten genügend Zeit, um den Brand unter Kontrolle zu bringen. Wie dem auch sei: Vermutlich sind wir nicht mehr lange imstande, unter diesen besonderen Bedingungen zu überleben.«

»Ja, ich möchte ebenfalls raus aus diesem Ding. Jemand soll den Deckel aufklappen — ich kann die Arme nicht heben.«

Zwei verschiedene Stimmen schnauften und ächzten, und schließlich sagte Uhura: »Er klemmt!«

»Von ›klemmen‹ kann keine Rede sein, Lieutenant«, widersprach Spock. »Eine Sicherheitsvorrichtung hindert uns daran, den Deckel von innen zu lösen.«

»Toll!« brummte Scott. »Und was machen wir jetzt?«

»Wir rufen um Hilfe«, beantwortete Kirk die Frage des Chefingenieurs. Er begann sofort damit, und die anderen nahmen sich ein Beispiel daran. Sie schrien, hämmerten an die Seiten des Behälters und trieben sich gegenseitig in den Wahnsinn.

Glücklicherweise bemerkte man ihre Rufe, bevor sie Gelegenheit erhielten, völlig den Verstand zu verlieren. Der Deckel hob sich plötzlich, und die Offiziere zwinkerten im für sie grellen Licht. Als sich ihre Augen an die Helligkeit gewöhnten, sahen sie Dr. Leonard McCoy, der in den Container blickte und eine Braue fast bis zum Haaransatz hob.

»Soll ich fortgehen und später wiederkommen, wenn Sie hier fertig sind?« fragte er.

Kirk kletterte hastig ins Freie, dichtauf gefolgt von Uhura, Scott und Chekov. Spock kam als letzter zum Vorschein und versuchte, auch unter diesen ungebührlichen Umständen an seiner Würde festzuhalten. Sie alle waren verschwitzt, schmutzig, außer Atem, gereizt — und sehr froh, noch am Leben zu sein.

KAPITEL 13

Unmittelbar nach der Rückkehr zur *Enterprise* eilte Chefingenieur Montgomery Scott in den Bereich des Schiffes, den er als sein Zuhause erachtete, und dort küßte er das zentrale Kontrollpult für die Triebwerke. Der vulkanische Erste Offizier fand diese Geste melodramatisch und brachte seine Ansicht deutlich zum Ausdruck.

»Ach, Mr. Spock«, erwiderte Scotty, »wenn Sie solange wie ich bei den Monstren gewesen wären, könnten Sie mich sicher verstehen. Ich freue mich darüber, wieder daheim zu sein.«

»Und mich erfüllt es mit Zufriedenheit, Sie wieder auf Ihrem Posten zu wissen, Mr. Scott«, sagte Spock. »Allerdings haben wir derzeit keine Zeit, um Gefühle zur Schau zu stellen, so gerechtfertigt sie auch sein mögen. Die Installation des Baryonenumkehrers hat absolute Priorität.«

»Aye.« Scott nickte und wurde wieder ernst. »Außerdem müssen wir herausfinden, wie das Ding funktioniert.«

Eins der größten Probleme bestand darin, daß die Zirgosianer den Umkehrer für sich selbst gebaut hatten, ohne die Möglichkeit zu berücksichtigen, daß der Apparat irgendwann von den Angehörigen anderer Völker eingesetzt werden mochte. Woraus folgte: Die Kennzeichnungen und Beschriftungen bestanden aus zirgosianischen Symbolen. Spock rief betreffende Daten aus dem Speicher des Bibliothekscomputers und nahm damit eine Übersetzung vor. Anschließend konnten sie damit beginnen, das Rätsel der Funktionsweise zu lösen.

»Wenn ich die Bedeutung dieser Kontrollen richtig interpretiere, sorgt der Baryonenumkehrer nicht dafür, daß sich Baryonen in etwas anderes verwandeln«, sagte Spock. »Offenbar haben die Zirgosianer eine Möglichkeit gefunden, aus Leptonen Baryonen entstehen zu lassen.«

»*Was?*« stieß Scotty verblüfft hervor. »Das ist unmöglich! Leptonen können nicht in Baryonen umgewandelt werden!«

»Noch vor einigen Minuten wäre ich bereit gewesen, Ihnen zuzustimmen, Chefingenieur, aber jetzt ...« Spock zögerte kurz. »Allem Anschein werden die Leptonen erst zu Mesonen und dann zu den schwereren Baryonen transformiert. Der Umkehrer benutzt dabei keine Partikel, sondern Antipartikel.«

»Lassen Sie mich mal sehen.« Scott starrte auf die Displays und schüttelte den Kopf. »Wenn die Baryonen jene Barriere passieren, die unser Universum von dem anderen trennt ... Dann zerfallen sie, Mr. Spock. Und zwar *alle*.«

»Ich nehme an, aus diesem Grund haben die Zirgosianer den Einsatz von Antipartikeln vorgesehen. Wenn Antipartikel jene Barriere durchdringen, so unterliegen sie der gleichen Veränderung, doch in ihrem Fall führt sie zu Anti-Zerfall.«

»Und auf der anderen Seite entstehen neue Baryonen?« überlegte Scott laut. »Aye, das könnte klappen — auf diese Weise wird eine Art Partikelflicken geschaffen, der den Strukturriß schließt. Die Sache hat nur einen Haken: Man braucht dazu eine enorm starke Energiequelle. Ich fürchte, das energetische Potential der *Enterprise* reicht nicht aus.«

Spock verschränkte die Arme und blickte auf den Baryonenumkehrer hinab. »Wir haben nur dies, Mr. Scott — dieses eine Gerät. Seine Funktion erfordert einen autarken Generator, und vermutlich handelt es sich dabei um einen miniaturisierten Reaktor, den unsere Technologie noch nicht entwickelt hat.«

Scotts Wangen glühten. »Ein miniaturisierter Reaktor! Wenn alles vorbei ist ... Ich meine, wenn wir erfolgreich waren ... Können wir dann einen Blick *in* das Aggregat werfen?«

»Das entspräche auch meinem Wunsch«, entgegnete Spock. »Ich bin ebenfalls sehr daran interessiert, diese außerordentliche technische Errungenschaft zu untersuchen. Doch eins nach dem anderen. Der Umkehrer benötigt sicher externe Energie für die Einleitung seiner Aktivitätsphase.«

»Kein Problem. Hier an der Seite gibt es eine Schnittstelle, die sich für den energetischen Transfer eignet.«

»Des weiteren brauchen wir eine Möglichkeit, die Richtung des Partikelstroms zu bestimmen. Wenn wir dazu nicht in der Lage sind, haben wir kaum eine Chance, den Strukturriß zwischen unserem Kosmos und dem fremden Universum zu treffen.«

Scott wanderte um den Baryonenumkehrer herum. Zum zehnten oder elften Mal betrachtete er alle sichtbaren Teile des Apparats. »Ich habe bereits darüber nachgedacht. Es müßte sich eigentlich bewerkstelligen lassen, den Partikelstrom durch die Phaserkanonen zu leiten.«

»Die Phaserkanonen«, wiederholte der Vulkanier langsam. »Eine ausgezeichnete Idee. Kann der Vorgang von der Brücke aus kontrolliert werden?«

»Oh, das dürfte uns keine Schwierigkeiten bereiten.« Scotty ging in die Hocke und löste eine kleine Verkleidungsplatte am unteren Teil des Umkehrers. »Aha. Die Schalter für einzelne Betriebsmodi und Kontrollsequenzen. Jetzt müssen wir nur noch die richtige Kombination finden, Mr. Spock.«

Sie machten sich sofort ans Werk.

Fähnrich Chekov programmierte einen Kurs zum ›brennenden‹ Sektor der Galaxis, dorthin, wo sich einst das Beta Castelli-System befunden hatte — die *Enterprise* kehrte nun zum Ursprung des Unheils zurück. »Geschätzte Flugzeit bis zur Hitzefront: drei Stunden und siebenundzwanzig Minuten«, sagte der Navigator.

Er klingt müde, dachte Kirk. *Wir alle sind erschöpft.* Er saß wieder in seinem eigenen Kommandosessel und genoß es sichtlich. Jim hatte geduscht, die Kleidung gewechselt und gegessen, ebenso seine Gefährten, aber sie benötigten in erster Linie zehn oder mehr Stunden sorgenfreien Schlaf. Natürlich hätte er Chekov und Uhura befehlen können, sich in ihren Quartieren auszuruhen, aber bestimmt wollten sie auf der Brücke sein, wenn der Baryonenumkehrer aktiviert wurde — immerhin entschied der zirgosianische Apparat über Leben und Tod. Kirk sah zur Kommunikationsstation — Uhura hielt den Rücken gerade, den Kopf hoch erhoben. Warum *wirkte* sie nicht einmal müde?

Der Captain betätigte einen Schalter in der Armlehne des Sessels. »Kirk an Spock.«

»Hier Spock.«

»Bitte erstatten Sie Bericht. Haben Sie und Scotty inzwischen herausgefunden, wie der Umkehrer funktioniert? Können wir ihn verwenden?«

»Ich glaube schon, Captain. Die bisherigen Computertests bestätigten meinen Optimismus. Mr. Scott bereitet gerade eine interne Abschirmung vor, um die Phaserkanonen vor dem Partikelstrom zu schützen.«

Kirk zögerte. »Wir stopfen das Loch, indem wir Antipartikel hineinschießen?«

»Genau dazu dient der Baryonenumkehrer«, erwiderte Spock. »Ein breit gefächerter Strahl von einer Minute Dauer sollte den Strukturriß schließen.«

Jim seufzte leise. »Ich hoffe, den Zirgosianern ist kein Konstruktionsfehler unterlaufen.«

»Das hoffe ich auch, Captain.«

»Kirk Ende.«

Chekov drehte sich halb um und sah zum Befehlsstand. »Antipartikel?«

»Antipartikel.«

Der Navigator schüttelte den Kopf. »Gefährliches Zeug.«

»Sogar *sehr* gefährlich.«

»Wir sollten besorgt sein.«

Jim nickte. »Allerdings.«

»Aber ich bin viel zu erledigt, um mir Sorgen zu machen.«

Kirk lächelte. »Ich kenne das Gefühl, Mr. Chekov. Zuviel ist geschehen, und wir alle sind müde. Wenn Sie abgelöst werden möchten ...«

»Nein, Sir!« erwiderte Chekov hastig. »Auf keinen Fall, Sir! Ich lege großen Wert darauf, auch weiterhin die Navigationskontrollen zu bedienen.«

»Dachte ich mir«, sagte Kirk. »Was ist mit Ihnen, Lieutenant Uhura?«

»Auch ich ziehe es vor, auf meinem Posten zu bleiben, Sir.«

Der Captain nickte erneut. »Was ich gut verstehen kann. Bald stellt sich heraus, ob es für unsere Galaxis — für unser ganzes Universum — noch eine Zukunft gibt.«

Die Offiziere schwiegen, und es wurde ungewöhnlich still im Kontrollraum der *Enterprise*. Wenn jemand sprach, so nur mit gedämpfter Stimme. Selbst bei ihren Bewegungen achteten die Männer und Frauen darauf, keine Geräusche zu verursachen. *Wie bei einer Beerdigung*, dachte Kirk. Man zeige Respekt vor dem Toten. Man sei ernst und flüstere nur. Die düstere Atmosphäre weckte Nervosität in Kirk. *Wir sind noch nicht tot!*

McCoys Stimme tönte aus dem Interkom und beendete die Stille. »Es liegen jetzt die Ergebnisse der Autopsie vor, Jim.«

»Ich bin gleich bei dir.« Kirk ging zum Turbolift.

»Uhura, Sie haben das Kommando. Geben Sie mir Bescheid, wenn uns noch eine halbe Flugstunde von der Hitzefront trennt.«

Auf dem Weg zum Deck G dachte Kirk daran, was geschehen würde, wenn der Baryonenumkehrer versagte. Er versuchte, diese Überlegungen zu verdrängen, doch dann rief er sich innerlich zur Ordnung: Es gehörte zu seinen *Pflichten*, sich Gedanken darüber zu machen. Er hatte Baby oft genug darauf hingewiesen, daß ein guter Captain *alles* berücksichtigen mußte. *Offenbar bin ich nicht nur müde, sondern völlig fertig.*

In der Krankenstation war McCoy gerade damit beschäftigt, die Resultate der Autopsie im Medo-Computer zu speichern. Als er Kirk sah, wandte er sich vom Terminal ab. »Setz dich, Jim. Und bereite dich auf einige Überraschungen vor.«

Kirk nahm Platz. »Hast du herausgefunden, was es mit der Körperflüssigkeit auf sich hat?«

»Sie bewahrt die Vinithi vor dem Erfrieren. Dr. Pillowna — es fällt mir schwer, ernst zu bleiben, wenn ich diesen Namen ausspreche — wies mich bereits darauf hin. Ich hab's überprüft, und sie behielt recht. Bei der Flüssigkeit handelt es sich um einen Regulator für die Körpertemperatur. Sie hält nicht nur die inneren Organe warm, sondern dient auch als Frühwarnsystem, wenn die Temperatur gefährlich tief sinkt. Die Erwachsenen des Schiffes starben, als die Körperflüssigkeit zu Eis erstarrte, nicht wahr?«

»Das hat man uns erzählt, ja.«

»Nun, bestimmt merkten sie nichts davon. Die älteren Vinithi müssen tot gewesen sein, bevor die Amnion-Flüssigkeit gefror — sie erstarrte als letzter Bestandteil des Körpers. Die Kinder können geringere Temperaturen aushalten, aber auch sie empfänden es alles andere als angenehm, längere Zeit an Bord der *Enterprise* zu verbringen — für sie ist es hier viel zu kalt.«

»Das kann ich mir gut vorstellen«, sagte Kirk. »In ihrem Schiff war es so heiß wie in einem Backofen — obgleich sie die Temperatur für uns gesenkt hatten. Was ist nun mit der angekündigten Überraschung?«

»Die Vinithi sind langlebig. *Sehr* langlebig. Soweit ich das feststellen kann, dauern Kindheit und Jugend bei ihnen über hundert Jahre. Und da Kommandantin Baby die älteste ist ... Ich schätze sie auf hundertzehn oder hundertzwanzig.«

»*Was?*« stieß Jim verblüfft hervor. »Du glaubst, sie sei über hundert Jahre alt? Das bedeutet ...«

»Es bedeutet: Jene Kinder, die du zur Minna gemacht hast, sind achtzig Jahre älter als du.«

Kirk starrte den Arzt groß an. »Glücklicherweise erfahre ich das erst jetzt.«

McCoy lachte. »Wenn es dir vorher bekannt gewesen wäre ... Hättest du dich anders verhalten?«

»Bestimmt. Meine Güte ...«

»Aber es sind auch weiterhin Kinder und Jugendliche, trotz des nach unseren Maßstäben recht hohen Alters. Es vergehen noch viele Jahre, bis sie zu Erwachsenen werden.«

Kirk schwieg einige Sekunden lang. »Pille ... Du hast mir gerade mitgeteilt, daß Baby mehr als ein Jahrhundert an Bord eines Raumschiffs verbracht hat, ohne jemals auf einem Planeten gewesen zu sein.«

»Unsinn! Sie ...«

»Die Erwachsenen nahmen ihre Kinder nie mit, wenn sie Welten besuchten. Erinnerst du dich an die Inkubationskuppel auf Holox? Bei jener Gelegenheit lernten die jungen Vinithi zum erstenmal einen Planeten kennen. Wer nicht an dem Transfer beteiligt war wie Baby ... Die betreffenden Beutler kennen nur das Leben in einem Raumschiff. Damit meine ich natürlich nicht nur die *Kluges Baby*, sondern vor allem den anderen Kreuzer, mit dem die Erwachsenen das Beta Castelli-System erreichten.«

»Hundert Jahre in einem Schiff.« McCoy schüttelte den Kopf. »Es grenzt an ein Wunder, daß sie nicht übergeschnappt sind.«

Kirk nickte — daran hatte er ebenfalls gedacht. »Wir sind die ersten ›Aliens‹, zu denen sie direkten Kontakt hatten. Um es noch einmal zu betonen: Nur die Erwachsenen beamten sich auf Planeten — ihre Kinder blieben immer an Bord. Nach dem Unglück, das alle älteren Vinithi umbrachte, sprachen einige der Kinder mit der zirgosianischen Delegation, die sie aufforderte, Holox zu verlassen. Darüber hinaus waren die drei Gelcheniten im Schiff — lange genug, um gezwungen zu werden, die Kolonisten zu vergiften. Wie dem auch sei: Wir sind die einzigen Fremden, die den jungen Vinithi über einen längeren Zeitraum hinweg Gesellschaft leisteten.«

»Also erscheinen wir ihnen ebenso seltsam wie sie uns. Nun, inzwischen haben wir begonnen, uns aneinander zu gewöhnen, aber wir sind noch weit davon entfernt, jenes Volk zu verstehen.«

»Ich frage mich, in welcher Situation sich die jungen Vinithi an Bord der anderen Schiffe befinden«, murmelte Kirk. »Vermutlich sind sie ebenso indoktriniert worden wie *unsere* Beutler-Kinder. Was soll aus ihnen werden?«

»Du kannst nicht jeden retten, Jim.«

»Wir hatten eine Menge Glück, Pille. Ist dir das klar? Stell dir vor, die älteren Vinithi wären *nicht* durch ein Unglück ums Leben gekommen.«

Das Interkom summte. »Captain Kirk, Admiral Quinlan hat sich mit uns in Verbindung gesetzt und möchte Sie sprechen.«

»Schalten Sie den Kom-Kanal hierher, Uhura.«

Das Gesicht des Admirals erschien auf McCoys Bildschirm. »Captain Kirk — Sie haben einmal mehr gute Arbeit geleistet, und dazu gratuliere ich Ihnen. Es freut mich, daß Sie wieder an Bord der *Enterprise* sind.«

»Danke, Sir. Sie ahnen gar nicht, wie froh *ich* darüber

bin. Aber unsere Mission muß erst noch zu Ende gebracht werden.«

»Ich weiß. Irgendwelche Probleme mit dem Baryonenumkehrer?«

»Bisher keine. Die Frage, ob er wirklich funktioniert ... Darauf finden wir erst Antwort, wenn wir ihn aktivieren.«

»Ja, natürlich. Nun, ich habe angeordnet, daß die *Bellefonte* ein Rendezvousmanöver mit dem Vinithi-Schiff durchführt und Besatzungsmitglieder an Bord beamt, um Ihre Leute in der *Kluges Baby* abzulösen.« Der Admiral schnaubte. »*Kluges Baby!* Was für ein absurder Name.«

»Finden Sie?« erwiderte Kirk unschuldig.

»Außerdem: Wir prüfen Ihren Vorschlag einer Umerziehung der jungen Vinithi. Unter uns, Jim: Halten Sie so etwas für möglich? Immerhin handelt es sich um Mörder. Sind Sie tatsächlich der Ansicht, daß die Crew der *Kluges Baby* umerzogen werden kann?«

»Davon bin ich überzeugt«, sagte Kirk mit Nachdruck. »Die Vinithi haben getötet, ja, aber ihr Verhalten ging nicht etwa auf eine natürliche Veranlagung zurück. Es sind Kinder, Admiral. Überaus begabte Kinder und Opfer einer erbarmungslosen Gehirnwäsche: Man überzeugte sie davon, daß sie sich mit Gewalt nehmen können, was ihre Ältesten mit friedlichen Mitteln vergeblich zu erreichen versuchten. Denken Sie daran, Admiral: Über viele Jahre hinweg haben die Vinithi versucht, freundschaftliche Beziehungen mit der Föderation herzustellen.«

»Ja, das stimmt. In dieser Hinsicht sind wir nicht ohne Schuld. Nun, wenn Sie glauben, daß die ›Kinder‹ auf den rechten Pfad zurückgeführt werden können ...«

»Das glaube ich tatsächlich, Sir. Darüber hinaus sind die jungen Vinithi recht sympathisch, sobald man sich an ihr Erscheinungsbild gewöhnt hat. Und an den Geruch.«

»Hatten Sie Gelegenheit, sich zu ... akklimatisieren?«

»In gewisser Weise«, entgegnete Kirk. »Mit einigen Besatzungsmitgliedern der *Kluges Baby* haben wir bereits Freundschaft geschlossen.«

»Ach? Ein gutes Zeichen. Vielleicht gibt es für jene Wesen wirklich einen Platz in der Föderation. Schade, daß die anderen Beutler nicht so freundlich sind.«

»Da fällt mir ein: Was ist mit den übrigen Vinithi-Schiffen?«

»Sie sind einfach verschwunden. Als die Beutler erfuhren, daß wir den Baryonenumkehrer haben, steuerten sie die Kreuzer fort von unseren Raumbasen und leiteten den Warptransfer ein. Nun, mit diesem Problem müssen wir uns später befassen. Falls wir überhaupt eine Chance dazu bekommen.«

Kirk wußte, was Quinlan meinte. *Sicher erwartet er jetzt von mir, daß ich Zuversicht und Optimismus zum Ausdruck bringe.* Aber dazu sah sich der Captain außerstande; zuviel Zweifel wohnte in ihm. »In einigen Stunden wissen wir Bescheid«, sagte er nur.

»Ja.« Stille. »Nun, viel Glück, Kirk. Viel Glück für uns alle.« Der Admiral unterbrach die Kom-Verbindung.

»Ich fürchte, diesmal brauchen wir eine Menge Glück«, murmelte Jim.

McCoy war zuvor aus dem Erfassungsbereich der Übertragungssensoren getreten. Nun kehrte er zurück und setzte sich neben den Captain. »Seltsam, nicht wahr? Nach all dem, was wir in den vergangenen Jahren erlebt und geleistet haben — jetzt hängt das Überleben nicht von uns selbst ab, sondern von einem Apparat, der seine Existenz dem Einfallsreichtum eines fremden Volkes verdankt! Ausgerechnet auf diese Weise ins Gras zu beißen ...«

»Warum mußt du immer so pessimistisch sein, Pille? Es besteht eine hohe Wahrscheinlichkeit dafür, daß niemand von uns ›ins Gras beißen‹ muß.«

»Ach, und wie hoch ist die Wahrscheinlichkeit dafür?«

»Ich bin nicht Spock, aber wenn du trotzdem meine Meinung hören willst: Ich nehme an, unsere Chancen stehen fifty-fifty. Entweder haben wir Erfolg — oder wir sind erledigt.«

McCoy brummte. »Ob du's glaubst oder nicht: Zu diesem Schluß bin ich auch ohne deine Hilfe gelangt. Niemand von uns weiß, ob der Umkehrer funktioniert oder nicht. Spock hat keine Ahnung, und Scott ebensowenig. Selbst du bist unsicher. Lieber Himmel, nicht einmal die Zirgosianer wußten, ob auf das Ding Verlaß ist.«

»Die Zirgosianer waren davon überzeugt, daß der Baryonenumkehrer den gewünschten Zweck erfüllt«, sagte Kirk.

»Das genügt nicht, verdammt! Der Apparat ist nie getestet worden!« McCoy schnaufte. »Ich bin sicher, daß er versagt.«

»Und ich bin sicher, daß er den Strukturriß schließt.«

»Und worauf gründet sich deine Sicherheit, wenn ich fragen darf?«

»Auf das Gebot der Notwendigkeit«, antwortete Jim schlicht.

Zwanzig Flugminuten vor der *Enterprise* erstreckte sich die Hitzefront.

Kirk sah zu Scott, der am Feuerleitstand saß und nervös die neuen Schaltverbindungen überprüfte, inzwischen zum hundertsten Mal. Der Chefingenieur war schon oft mit Situationen konfrontiert worden, die ihn und seine Kameraden in Lebensgefahr gebracht hatten. Doch jetzt drohte nicht ›nur‹ ihm und den anderen Besatzungsmitgliedern der Tod, sondern *allen* Lebensformen in diesem Universum. Und um das Verderben abzuwenden, stand ihnen nur ein Gerät zur Verfügung, das jetzt zum erstenmal verwendet wurde. Deshalb vergewisserte sich Scotty immer wieder, daß ihm bei den Vorbereitungen kein Fehler unterlaufen war.

Die Nervosität beschränkte sich nicht nur auf ihn. McCoy wanderte hinter dem Kommandosessel umher und brummte dabei vor sich hin. Selbst der sonst immer so gelassene Spock offenbarte Gereiztheit — was die Besorgnis der übrigen Brückenoffiziere noch verstärkte. Unwillkürlich rechneten sie damit, daß der vulkanische Erste Offizier immer ruhig blieb, ganz gleich, was auch geschah. Doch jetzt deuteten subtile Anzeichen selbst bei ihm auf wachsendes Unbehagen hin.

In uns allen nimmt die Anspannung immer mehr zu, dachte Kirk. *Mit einer Ausnahme...* Uhura war wie das Auge im Zentrum eines Sturms, wie ein Fels in der Brandung. Nur sie erweckte den Eindruck, daß sie nicht zusammengezuckt wäre, wenn jemand plötzlich ›Buh!‹ gerufen hätte.

Derzeit galt ihre Aufmerksamkeit dem Wandschirm, der das All zeigte: Der Weltraum wurde immer heller, je mehr die Entfernung zur Hitzefront schmolz. Als Uhura den Blick des Captains spürte, drehte sie den Kopf.

»Alles in Ordnung?« fragte Kirk.

Sie lächelte. »Ja.«

Jim erwiderte das Lächeln. Ja, es war tatsächlich alles in Ordnung mit Uhura. Sie verstand ebensogut wie alle anderen, daß vielleicht im wahrsten Sinne des Wortes das Ende der Welt bevorstand. Aber sie war nun bereit, in jenem kosmischen Feuer zu sterben, wenn das Schicksal einen solchen Tod für sie vorsah. Flammen jagten ihr keine Angst mehr ein. Sie schufen Wärme und auch Gefahr, mußten als Teil der Realität akzeptiert werden. Diese Erkenntnis war es, die Uhura mit Ruhe erfüllte — sie hatte endlich den Sieg über ihren inneren Dämon errungen.

Es wurde immer wärmer im Kontrollraum. Kirk stand auf, ging zur wissenschaftlichen Station und blieb neben dem Ersten Offizier stehen. »Spock, ich...«

Der Vulkanier wandte sich ruckartig um. »*Ja?*« zischte er.

Kirk verbarg seine Überraschung nicht.

Spock seufzte. »Tut mir leid, Jim. Ich fühle mich von einer sonderbaren ... Beklemmung erfaßt und bedauere meine Reaktion — sie wird sich nicht wiederholen.«

Nicht nur die ›Beklemmung‹ war seltsam, sondern auch noch etwas anderes: Spock hatte immer darauf geachtet, den Captain auf der Brücke nie Jim zu nennen. Kirk hielt ein wenig Ablenkung für angemessen. »Ich wollte Sie nach der Zirgosianerin Dorelian fragen. Wo ist sie?«

»Unmittelbar im Anschluß an Ihre Entführung durch die Vinithi kehrte sie nach Holox zurück. Ich habe sie nicht auf die zu jenem Zeitpunkt aktuellen Ereignisse hingewiesen.«

»Nun, ich hätte mich gern von ihr verabschiedet.«

»Dorelian teilte diesen Wunsch, Captain. Und sie hinterließ eine Botschaft.«

Kirk sah den Vulkanier fragend an,

»Die Zirgosianerin erwartet von Ihnen, daß Sie Ihr Versprechen einlösen.«

Jim nickte. »Damit meinte sie sicher mein Versprechen, die Beutler beziehungsweise Vinithi aufzuhalten. Nun, wir haben sie daran gehindert, ihren Plan zu verwirklichen. Doch das reicht leider nicht aus. Wir müssen auch den von ihnen geschaffenen Strukturriß schließen.«

»Es klappt nicht«, brummte McCoy und setzte seine unruhige Wanderung fort.

»Doktor ...«, sagte Spock noch kühler als sonst. »Bitte nehmen Sie irgendwo Platz.«

»Ich will mich nicht setzen!«

Chekov drehte sich halb um. »Neben dem Feuerleitstand ist ein Sessel frei«, betonte er.

»Ich habe gerade gesagt, daß ich mich nicht ...«

»Setz dich, Pille!« unterbrach Kirk den Arzt. »Das ist

ein Befehl! Du gehst allen Anwesenden auf die Nerven.«

Leonard grummelte leise und ließ sich in den Sessel neben Scott sinken. Der Chefingenieur achtete überhaupt nicht darauf — er war mit einer neuerlichen Überprüfung der Schaltverbindungen beschäftigt.

»Es *kann* nicht klappen«, teilte ihm der Arzt mit.

»Es kann und es wird«, sagte Kirk mit gespieltem Optimismus. Er lenkte seine Schritte zum Befehlsstand, und als er wieder im Kommandosessel saß, fiel ihm auf, daß ihn alle Brückenoffiziere ansahen: Jede Miene verriet Zweifel, und das galt auch für Uhuras Gesicht.

Jim betätigte eine Taste. »Achtung, an alle Decks. Hier spricht der Captain. *Wir werden einen Erfolg erzielen!* Kirk Ende.«

»Jetzt ist die Besatzung sicher sehr erleichtert«, bemerkte McCoy sarkastisch.

Einige Minuten lang herrschte Stille, und die Hitze wurde unerträglich. Schließlich sagte Spock fast verträumt: »Und noch immer sind keine Messungen möglich.«

»Was meinen Sie damit, Spock?«

»Mit unserer Technik sind wir nicht in der Lage, das Ausmaß der Energie zu messen, die aus dem anderen Universum in unseren Kosmos dringt, Captain. Was wird geschehen, wenn der energetische Tunnel zwischen den beiden Universen geöffnet bleibt? Nun, es hängt davon ab, *wieviel* Energie zu uns herüberströmt. Vielleicht steht anderen Welten die gleiche jähe Vernichtung bevor, die Zirgos zerstörte. Die Zirgosianer wußten überhaupt nicht, was geschah. Praktisch von einem Augenblick zum anderen gleißte ihr Himmel mit der Helligkeit von vielen Sonnen, und ihr Planet verdampfte einfach. Weiter entfernt von der Hitzequelle nimmt die Destruktion mehr Zeit in Anspruch.«

»Eine entzückende Vorstellung«, warf McCoy ein.

»Aber selbst wenn der Zustrom an Energie verhältnismäßig gering ist — auch weit entfernten bewohnten Welten droht das Verderben. Die gasförmige Materie und der interstellare Staub beider Universen oszillieren heftig, was starke Strahlung zur Folge hat. Nun, was könnte passieren, wenn ein Teil jener energetischen Masse die Erde erreicht? Die Reibung zwischen der Oberfläche des Planeten Terra und den Gas- sowie Staubpartikeln absorbiert mechanische Energie, was den Radius der solaren Umlaufbahn verringert. Nehmen wir an, die Erde verliert auf diese Weise die Hälfte ihrer mechanischen Energie: Dadurch würde der terranische Orbit auf die Hälfte schrumpfen. Anders ausgedrückt: Der Abstand von Sol betrüge nicht mehr hundertfünfzig, sondern nur noch fünfundsiebzig Millionen Kilometer. Die Erde bekäme viermal soviel Licht und Wärme, und die Folge wären für Leben ungeeignete thermische Bedingungen.«

»Wollen Sie uns damit aufmuntern, Spock?« fragte McCoy.

Der Vulkanier achtete nicht auf den Arzt. »Die von der solaren Gravitation bewirkte Gezeitenreibung würde wie eine starke Bremse auf die Rotation des Planeten wirken — bis die Erde der Sonne immer die gleiche Seite zuwendet, so daß in der einen Hemisphäre immerwährender Tag herrscht und in der anderen ewige Nacht. Auf der hellen Seite wäre es so heiß, daß die Vegetation verbrennt, das Wasser der Flüsse, Seen und Meere kocht und schließlich verdampft. Es entstünde eine sterile Wüste. Was die dunkle Seite betrifft ... Dort würde sich eine mehrere hundert Meter dicke Eisschicht bilden. Hinzu kommt ...«

»Das genügt, Mr. Spock«, sagte Kirk leise.

Die Stille kehrte in den Kontrollraum zurück. Kirk musterte jene Personen, die ihn während dieser kritischen Phase seines Lebens begleiteten. Scotty hatte damit aufgehört, dauernd seine Instrumente zu überprüfen; er saß nun völlig reglos, wartete angespannt auf die

Anweisung, den Baryonenumkehrer zu aktivieren. McCoy kauerte neben ihm am Feuerleitstand: die Arme verschränkt, die Beine übereinandergeschlagen — er versuchte, sich so klein wie möglich zu machen. Die zwei Männer an der technischen Station und die beiden Sicherheitswächter boten einen vertrauten Anblick, doch den Platz des Steuermanns nahm nun eine Frau namens Raina ein, die Jim kaum kannte. Vielleicht war es ein Fehler gewesen, Sulu an Bord der *Kluges Baby* zurückzulassen... Nein, bestimmt mangelte es Raina nicht an Qualifikationen, obgleich sie ebenfalls nervös wirkte.

»Noch vier Minuten bis zur Hitzefront«, meldete Chekov.

Inzwischen war es fast unerträglich heiß auf der Brücke. Kirk trat an die Ambientenkonsole heran und sah dort auf die Anzeigen — überall an Bord stieg die Temperatur. »Wann wird es gefährlich für uns, Spock?«

»Wir haben die Gefahrenschwelle bereits erreicht, Captain.«

Der Vulkanier und Scotty hatten Kirk geraten, die *Enterprise* so nahe wie möglich an die Hitzefront heranzubringen. Zwar kannten sie die Reichweite des Baryonenumkehrers, aber es gab keine Möglichkeit, die exakte Entfernung zum Strukturriß zu messen. Deshalb mußte die Distanz auf ein Minimum reduziert werden.

»Noch eine Minute«, sagte Chekov.

»Relativgeschwindigkeit null!« befahl Kirk.

»Relativgeschwindigkeit null«, bestätigte Raina.

»Umkehrschub. Passen Sie den Beschleunigungsfaktor dem Vorrücken der Hitzefront an.«

»Aye, Sir.« Die *Enterprise* flog jetzt in die Richtung, aus der sie kam.

»Spock?«

»Die Temperatur steigt auch weiterhin, Captain.«

»Dann ist es soweit«, murmelte Kirk. Etwas lauter fügte er hinzu: »Baryonenumkehrer vorbereiten.«

»Umkehrer vorbereitet, Sir.«

»Aktivieren.«

Das Bild auf dem Wandschirm blieb unverändert: Es zuckten keine Strahlbahnen durchs All. Nichts deutete darauf hin, daß Milliarden von Antipartikeln aus den Phaserkanonen der *Enterprise* rasten und in dem energetischen Tunnel verschwanden, der die beiden Universen miteinander verband. Der unsichtbare Strom hielt an, bis sich der Umkehrer nach einer Minute automatisch ausschaltete. »Das wär's, Sir«, sagte Scott. »Wir haben den Baryonenflicken angebracht.«

Allen Brückenoffizieren ging der gleiche Gedanke durch den Kopf: *Hoffentlich hält er auch.*

»Temperatur?«

»Konstant.«

Es dauerte sicher eine Weile, bis sich eine Verringerung der Temperatur bemerkbar machte. Sie würde steigen, solange Energie vom anderen Universum durch den Strukturriß drang — die Hitzefront kühlte sich erst ab, wenn der energetische Tunnel vollkommen geschlossen war. Auch die Resthitze stellte eine Gefahr dar, aber daran ließ sich nichts ändern; früher oder später verschwand sie von allein. Kirk und seine Gefährten konnten nur hoffen, daß der Baryonenumkehrer einen weiteren Temperaturanstieg verhindert hatte.

Eine halbe Ewigkeit der Sorge verging, und schließlich formulierte Spock folgende magische Worte: »Die Temperatur ist um ein halbes Grad gesunken!«

Kirk kam dem Jubel der Offiziere zuvor. »Haben Sie noch etwas Geduld«, mahnte er.

Erneut warteten sie, und nach einer Weile verkündete Spock: »Jetzt ist die Temperatur um ein Grad gesunken ... Anderthalb ... Zwei ... Captain, die Hitzefront verliert eindeutig Energie!«

»Wir haben es geschafft!« entfuhr es Kirk erleichtert. Er lachte und schlug mit den Händen auf die Armlehnen des Kommandosessels. Um ihn herum war es plötzlich so laut, daß er kaum noch die eigene Stimme hörte.

Erstaunt beobachtete Jim seine Kameraden. Scotty und McCoy umarmten sich wie zwei Brüder, die zwanzig Jahre lang voneinander getrennt gewesen waren. Die beiden Männer an der technischen Station strahlten und klopften sich immer wieder auf den Rücken. Die Sicherheitswächter sprangen umher und schrien voller Freude. Uhura tanzte vor dem Kommunikationspult und sang; ihre Finger schnippten den Takt. Chekov und Raina ... Sie schienen die Umgebung völlig vergessen zu haben und umarmten sich leidenschaftlich.

Kirk fragte sich, ob auch die Besatzungsmitglieder in den anderen Abteilungen des Schiffes den Augenblick auf diese Weise feierten. Er wollte die Offiziere zur Ordnung rufen, überlegte es sich jedoch anders und klappte den Mund wieder zu. *Sie haben allen Grund, sich zu freuen.*

Plötzlich eilten die Männer und Frauen auf ihn zu, zogen Jim aus dem Kommandosessel und gratulierten ihm. Uhura drückte ihn fest an sich, doch bevor Jim Gefallen daran finden konnte, griff Scotty nach seiner Hand und gab sich alle Mühe, ihm den Arm abzureißen. Alle klopften ihm auf die Schulter und grinsten. Schließlich gab Kirk den letzten Rest von innerem Widerstand auf und nahm voller Enthusiasmus an der Feier teil — bis er Spock sah, der mit ernster Miene abseits des Durcheinanders stand.

Nach einigen Minuten ließ der Trubel nach, und die Offiziere kehrten fröhlich zu ihren Posten zurück. Als Jim im Kommandosessel Platz nahm, trat Spock auf ihn zu. Kirk erwartete eine weitere Gratulation, doch statt dessen sagte der Vulkanier: »Captain, ich bitte um Erlaubnis, die Brücke verlassen zu dürfen.«

»Stimmt was nicht?« fragte Jim überrascht.

»Ich ... möchte mein Quartier aufsuchen. Habe ich Ihre Erlaubnis?«

»Natürlich.«

Kirk starrte dem Ersten Offizier nach, als Spock in der Transportkapsel des Turbolifts verschwand. McCoy merkte, daß irgend etwas nicht mit rechten Dingen zuging, und er beugte sich zum Captain vor. »Etwas beunruhigt unseren vulkanischen Freund, Jim. Vielleicht sollte ich ...«

»Nein, ich rede mit ihm. Wenn er Hilfe braucht, gebe ich dir Bescheid.« Kirk erhob sich. »Uhura, teilen Sie Starfleet Command mit, daß der Baryonenumkehrer funktioniert hat.«

»Und ob, Sir!« lautete die begeistert klingende Antwort.

»Scotty?«

»Sir?«

»Sie haben das Kommando.« Kirk schritt zum Lift.

»Aye, Sir!« donnerte der Chefingenieur. Er grinste noch immer vom einen Ohr bis zum anderen. »Mr. Chekov! Halten Sie es für möglich, einen Kurs zu finden, der uns fortbringt vom kosmischen Feuer dort draußen?«

»Oh, ich glaube, das müßte sich eigentlich machen lassen, Mr. Scott!« erwiderte der Navigator und lächelte.

Kirk verlor keine Zeit und begab sich sofort zur Kabine des Ersten Offiziers. Vor der Tür blieb er stehen. »Ich bin's, Jim«, sagte er. Fast sofort glitt das Schott beiseite.

Spock nahm eine Haltung ein, die Kirk bei ihm noch nie zuvor beobachtet hatte. Er saß mit den Ellenbogen auf die Knie gestützt; das Gesicht verbarg sich hinter den Händen.

Verzweiflung? überlegte der Captain. *Ausgerechnet bei Spock?* Der Vulkanier sah auf, und Kirk versuchte vergeblich, seinen Gesichtsausdruck zu deuten — die Züge kamen jetzt wieder einer Maske gleich.

»Mir ist gerade eingefallen, daß ich es versäumt habe, Ihnen zu gratulieren«, sagte Spock in einem förmlichen

Tonfall. »Es gelang Ihnen, eine unvorstellbare Katastrophe zu verhindern, und dafür verdienen Sie Anerkennung. Ich hätte schon im Kontrollraum darauf hinweisen sollen.«

Kirk gab sich lässig, als er sich in einen Sessel sinken ließ. »Nun, es ergab sich kaum eine geeignete Gelegenheit, oder? Einige Minuten lang ging es auf der Brücke ziemlich turbulent zu. Kein Wunder, wenn man die Umstände berücksichtigt.«

Spock reagierte nicht auf die Freundlichkeit in Kirks Stimme. Er schwieg, und seine Miene verharrte in völliger Ausdruckslosigkeit.

Den Stier bei den Hörnern packen, dachte Jim. »Was ist los, Spock?« fragte er ernst. »Ich befehle Ihnen nicht, mir Auskunft zu geben, aber ich bitte Sie als Freund darum.«

Der Vulkanier blieb so lange stumm, daß Kirk schon nicht mehr mit einer Antwort rechnete, doch schließlich sagte er: »Ehrfurcht hat mich überwältigt, Jim. Ich habe etwas gespürt, mit dem Menschen ihr Leben lang fertig werden müssen. Können Sie sich vorstellen, wie es ist, zum erstenmal ein völlig neues Gefühl zu empfinden? Eine Emotion, von deren Existenz man weiß, die man dem Namen nach kennt — aber die man selbst nie erfahren hat? Jim, zum erstenmal in meinem Leben hatte ich Angst.«

Lieber Himmel! fuhr es Kirk durch den Sinn. *Das ist es also.* Die ehrliche Antwort auf Spocks Frage lautete: Nein, er konnte sich nicht vorstellen, wie es für einen erwachsenen Mann sein mochte, zum erstenmal der Angst zu begegnen. In dieser Hinsicht versagte seine Phantasie. Er ahnte jedoch, daß es ein schreckliches Erlebnis sein mußte. Insbesondere für einen so disziplinierten und beherrschten Mann wie Spock.

Kirk wählte seine Worte mit großer Sorgfalt, bevor er begann: »Wissen Sie, Spock, eigentlich ist Angst beziehungsweise Furcht gar nicht so schlecht. Glauben Sie mir: Ich hatte oft Gelegenheit, Erfahrungen damit zu sammeln. Jenes Gefühl zeichnet sich durch widersprüchliche Aspekte aus. Es kann lähmen oder eine Kraft entfalten, von deren Existenz man gar nichts wußte. Es kann Tollkühnheit wecken — oder zu übertriebener Vorsicht führen. Es kann die Adern mit Eis füllen — oder einen solchen Adrenalinschub verursachen, daß man vor Tatendrang geradezu platzt.«

Spock senkte den Kopf, bis das Kinn fast die Brust berührte. »Eine sehr widersprüchliche und destruktive Emotion.«

»Nicht unbedingt. Es kommt darauf an, die Furcht in ein Werkzeug zu verwandeln, von dem man ganz bewußt Gebrauch macht. Anders ausgedrückt: Es ist eine Frage der Kontrolle.« Kirk zögerte kurz. »Ich kenne keinen anderen Starfleet-Offizier, der bessere Voraussetzungen mitbringt, um jene Kontrolle zu finden.«

Spock wiederholte das Schlüsselwort: »Kontrolle.«

»Ja! Sie sollten nicht gegen die Furcht ankämpfen, sondern sie benutzen. Dadurch bekommt Ihr Leben eine ganz neue Dimension: Sie werden die Dinge aus einer Perspektive sehen, die Ihnen vorher nicht zur Verfügung stand. Wer menschliche Gene in sich trägt und nie Furcht kennengelernt hat, ist einfach nicht ... ganz. Verstehen Sie, Spock? Sie haben einen fehlenden Teil Ihres Selbst gefunden. Seien Sie nicht niedergeschlagen — *freuen* Sie sich statt dessen, Spock!«

Eine Zeitlang blieb es still. Dann hob der Vulkanier langsam den Kopf, sah Kirk an — und freute sich.

Die *Enterprise* kehrte heim und ließ ein Universum zurück, das sich ›nebenan‹ entwickelte, in seiner eigenen Zeit und — was noch wichtiger war — in seinem eigenen Raum.

STAR TREK™

in der Reihe
HEYNE SCIENCE FICTION & FANTASY

Vonda N. McIntyre, Star Trek II: Der Zorn des Khan · 06/3971
Vonda N. McIntyre, Der Entropie-Effekt · 06/3988
Robert E. Vardeman, Das Klingonen-Gambit · 06/4035
Lee Correy, Hort des Lebens · 06/4083
Vonda N. McIntyre, Star Trek III: Auf der Suche nach Mr. Spock · 06/4181
S. M. Murdock, Das Netz der Romulaner · 06/4209
Sonni Cooper, Schwarzes Feuer · 06/4270
Robert E. Vardeman, Meuterei auf der Enterprise · 06/4285
Howard Weinstein, Die Macht der Krone · 06/4342
Sondra Marshak & Myrna Culbreath, Das Prometheus-Projekt · 06/4379
Sondra Marshak & Myrna Culbreath, Tödliches Dreieck · 06/4411
A. C. Crispin, Sohn der Vergangenheit · 06/4431
Diane Duane, Der verwundete Himmel · 06/4458
David Dvorkin, Die Trellisane-Konfrontation · 06/4474
Vonda N. McIntyre, Star Trek IV: Zurück in die Gegenwart · 06/4486
Greg Bear, Corona · 06/4499
John M. Ford, Der letzte Schachzug · 06/4528
Diane Duane, Der Feind — mein Verbündeter · 06/4535
Melinda Snodgrass, Die Tränen der Sänger · 06/4551
Jean Lorrah, Mord an der Vulkan Akademie · 06/4568
Janet Kagan, Uhuras Lied · 06/4605
Laurence Yep, Herr der Schatten · 06/4627
Barbara Hambly, Ishmael · 06/4662
J. M. Dillard, Star Trek V: Am Rande des Universums · 06/4682
Della van Hise, Zeit zu töten · 06/4698
Margaret Wander Bonanno, Geiseln für den Frieden · 06/4724
Majliss Larson, Das Faustpfand der Klingonen · 06/4741
J. M. Dillard, Bewußtseinsschatten · 06/4762
Brad Ferguson, Krise auf Centaurus · 06/4776
Diane Carey, Das Schlachtschiff · 06/4804
J. M. Dillard, Dämonen · 06/4819
Diane Duane, Spocks Welt · 06/4830
Diane Carey, Der Verräter · 06/4848
Gene DeWeese, Zwischen den Fronten · 06/4862
J. M. Dillard, Die verlorenen Jahre · 06/4869
Howard Weinstein, Akkalla · 06/4879
Carmen Carter, McCoys Träume · 06/4898
Diane Duane & Peter Norwood, Die Romulaner · 06/4907
John M. Ford, Was kostet dieser Planet? · 06/4922
J. M. Dillard, Blutdurst · 06/4929
Gene Roddenberry, Star Trek (I): Der Film · 06/4942
J. M. Dillard, Star Trek VI: Das unentdeckte Land · 06/4943

in der Reihe
HEYNE SCIENCE FICTION & FANTASY

Jean Lorrah, Die UMUK-Seuche · 06/4949
A. C. Crispin, Zeit für gestern · 06/4969 (in Vorb.)
David Dvorkin, Die Zeitfalle · 06/4996
Barbara Paul, Das Drei-Minuten-Universum · 06/5005
Judith & Garfield Reeves-Stevens, Das Zentralgehirn · 06/5015 (in Vorb.)
Gene DeWeese, Nexus · 06/5019 (in Vorb.)

STAR TREK: DIE NÄCHSTE GENERATION:

David Gerrold, Mission Farpoint · 06/4589
Gene DeWeese, Die Friedenswächter · 06/4646
Carmen Carter, Die Kinder von Hamlin · 06/4685
Jean Lorrah, Überlebende · 06/4705
Peter David, Planet der Waffen · 06/4733
Diane Carey, Gespensterschiff · 06/4757
Howard Weinstein, Macht Hunger · 06/4771
John Vornholt, Masken · 06/4787
David & Daniel Dvorkin, Die Ehre des Captain · 06/4793
Michael Jan Friedman, Ein Ruf in die Dunkelheit · 06/4814
Peter David, Eine Hölle namens Paradies · 06/4837
Jean Lorrah, Metamorphose · 06/4856
Keith Sharee, Gullivers Flüchtlinge · 06/4889
Carmen Carter u. a., Planet des Untergangs · 06/4899
A. C. Crispin, Die Augen der Betrachter · 06/4914
Howard Weinstein, Im Exil · 06/4937
Michael Jan Friedman, Das verschwundene Juwel · 06/4958
John Vornholt, Kontamination · 06/4986
Mel Gilden, Baldwins Erinnerungen · 06/5024 (in Vorb.)
Peter David, Vendetta · 06/5057 (in Vorb.)

STAR TREK: DIE ANFÄNGE:

Vonda N. McIntyre, Die erste Mission · 06/4619
Margaret Wander Bonanno, Fremde vom Himmel · 06/4669
Diane Carey, Die letzte Grenze · 06/4714

DAS STAR TREK-HANDBUCH:

überarbeitete und aktualisierte Neuausgabe!
von *Ralph Sander* · 06/4900

Diese Liste ist eine Bibliographie erschienener Titel
KEIN VERZEICHNIS LIEFERBARER BÜCHER!

Top Hits der Science Fiction

Man kann nicht alles lesen – deshalb ein paar heiße Tips

Ursula K. Le Guin
Die Geißel des Himmels
06/3373

Poul Anderson
Korridore der Zeit
06/3115

Wolfgang Jeschke
Der letzte Tag der Schöpfung
06/4200

John Brunner
Die Opfer der Nova
06/4341

Harry Harrison
New York 1999
06/4351

Wilhelm Heyne Verlag
München

Neuland

Heyne Science Fiction Band 2000
Autoren der Weltliteratur schreiben über die Welt von morgen.

Die Zukunft hat schon seit jeher die besten Autoren der Weltliteratur fasziniert. Gerade in jüngster Zeit hat sich dieses Interesse deutlich verstärkt. Etablierte Schriftsteller wie Doris Lessing, Patricia Highsmith, Fay Weldon, Lars Gustafsson, Friedrich Dürrenmatt oder Italo Calvino haben sich ebenso mit der Welt von morgen auseinandergesetzt wie die führenden Kultautoren der jüngeren Generation, z.B. Ian McEwan, Paul Auster, Martin Amis, Peter Carey oder T. C. Boyle.

Der vorliegende Sammelband bietet erstmals einen repräsentativen Überblick über einen bisher, sehr zu Unrecht, wenig beachteten Bereich der Weltliteratur. Erzähler aus Australien, Brasilien, Deutschland, Großbritannien, Italien, Kanada, Rußland, Schweden, der Schweiz und den USA versammeln sich hier zu einem Gipfeltreffen literarischer Imagination. Neuland – in jeder Beziehung.

Karl Michael Armer/Wolfgang Jeschke
Neuland
06/5000

Wilhelm Heyne Verlag
München

HEYNE
SCIENCE FICTION

Seit einem Vierteljahrhundert ist STAR TREK ein fester Bestandteil der internationalen SF-Szene und wuchs von einer Fernsehserie unter vielen zu einem einzigartigen Phänomen quer durch alle Medien.

(RAUMSCHIFF ENTERPRISE)

Das STAR TREK-Universum

bietet erstmals in deutscher Sprache einen Überblick über die Medien, in denen STAR TREK vertreten ist.

Dieses Nachschlagewerk wurde auf den neuesten Stand gebracht und enthält neben den Inhalten zu über 200 TV-Episoden, einer ausführlichen Besprechung der Kinofilme und einer umfassenden Filmographie erstmalig ein Verzeichnis der nie verfilmten Episoden sowie Kurzbewertungen aller zum Thema STAR TREK erschienenen Bücher.

Ob unter dem Kommando von Captain Kirk oder Captain Picard – der Flug der Enterprise ist nicht aufzuhalten.

Deutsche Erstausgabe
06/4900

**Wilhelm Heyne Verlag
München**

BATTLETECH

HEYNE SCIENCE FICTION UND FANTASY

06/4628

06/4629

06/4630

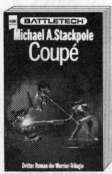

06/4689

06/4794

06/4829

Weitere Bände in Vorbereitung

Wilhelm Heyne Verlag München